漢語語法詞匯概論

唐秀玲 編著

漢語語法詞匯概論

編　　著：唐秀玲

責任編輯：鄒淑樺

封面設計：涂　慧

出　　版：商務印書館 (香港) 有限公司

　　　　　香港筲箕灣耀興道 3 號東匯廣場 8 樓

　　　　　http://www.commercialpress.com.hk

發　　行：香港聯合書刊物流有限公司

　　　　　香港新界大埔汀麗路 36 號中華商務印刷大廈 3 字樓

印　　刷：美雅印刷製本有限公司

　　　　　九龍觀塘榮業街 6 號海濱工業大廈 4 樓 A

版　　次：2020 年 3 月第 1 版第 1 次印刷

　　　　　©2020 商務印書館 (香港) 有限公司

　　　　　ISBN 978 962 07 0568 7

　　　　　Printed in Hong Kong

目　錄

第一章　概　論

第二章　語法篇：語素和詞

第三章 語法篇：短語

第四章 語法篇：單句的分析方法

第五章 語法篇：單句句型和句式

第六章 語法篇：複句句型

第七章　口語語法

第八章　詞匯篇：詞的形式

第九章　詞匯篇：詞的意義

第十章 詞匯篇：詞匯的構成

第一章　　概　論

閱讀重點

1. 認識何謂語言規律，反思個人語感，從中歸納相關的語言規律。

2. 思考語言知識學習對語言運用和語文教學的意義。

3. 理解「現代漢語」的定義，用實例說明現代漢語的特點。

語言和語言規律

　　從語言學的觀點看，語言是一套音義結合的符號系統；從社會學觀點看，語言是人們的溝通工具、文化的載體。綜合來說，語言是人們藉以表情達意、與人交際、傳承文化的音義結合的符號系統。語言在人們的日常生活裏發揮著很重要的作用。人們可以通過語言來學習，思考、幻想、感受美、表達美，還可以用語言來描述語言本身的結構系統。到底人們是如何獲得語言能力的呢？這是心理語言學關心的問題。雖然認知心理學派並不完全同意喬姆斯基 (Noam Chomsky) 關於「語言習得機制」的看法，但都一致肯定語言與心智活動關係密切。[1] 研究語言學和心智科學的平克 (S.Pinker) 教授在他《語言本能》(The Language Instinct) 一書中，提出了「語言是人類本能」的看法。他認為「思想並不是一定需要語言才可以存在」，但是假如仔細觀察語言，我們會發覺語言的心理機制其實很複雜。他以《語言本能》由英語翻譯到中文為例，說明運用不同語言的人都有相似的地方，就是都會使用語言，都會把

1　二十到五十年代，行為主義心理學的代表人物史金納 (B.F.Skinner) 從動物的條件反射理論出發，探討人類如何獲得語言，認為兒童在一定的語言環境中學習應用各種語言形式是一個「刺激─反應─強化」的過程。五十年代末以後，語言學家喬姆斯基批判了行為主義，認為人類天生具有「語言習得機制」(language acquistion device)，兒童是通過這個機制來掌握語言，而不是靠刺激和反應。這點可以由人們可以用有限的規律創造無限的句子來證明。認知心理學的觀點，則不同意語言的獲得來自天賦的語言機制，認為兒童必先發展一般的認知結構，認識世界，建立一些認知概念，然後才以此基礎學習如何把這些內容轉變為語言的表述。

名詞和動詞串成句子，通過句子來表達意念，並且可以穿越時空為別人所理解。人們都是很自然的、沒有接受任何訓練就發展出這種能力，這就是「語言本能」。[2]

把名詞和動詞串成句子就是語言規律之一。從嬰兒學話開始，我們可以看到嬰兒如何辨認語音，兒童如何運用詞語來指稱事物，如何把詞語排列成句子，如何利用句子來表達要求，更可以逐漸學會如何運用語言來寫詩作文，如何領會言外之意等等。人們在出生到成長的過程中，只要可以接觸到語言，就可以不自覺地內化和運用語言複雜的結構和規律。明顯可見，人們必須掌握語言規律，才可以有效使用語言。人們可以在不知不覺中習得語言規律，也可以很有意識地學習語言知識。對語言規律的不自覺掌握，近乎一種感知經驗，不一定能用語言來解釋各種語言現象；把語言規律當作系統知識來學習，就可以獲得説明語言本身的工具，進而解釋語言。

絕大部分的母語使用者是通過不自覺的方式來習得母語規律的運用能力，至於外語學習，常見的是以自覺的方式來掌握目的語規律。對於母語使用者來説，語言規律的有意識學習，目的不外是加強語言運用的自覺性，增強語言運用成效。要對母語規律有科學的認識，需要通過有計劃的學習，把不自覺的語感轉化成自覺的知識。例如，學習辨認詞類，有助辨析詞語的用法，「打仗」是不帶賓語的動詞，可以充當句子的謂語，進行陳述，「戰爭」是名詞，不直接充當句子的謂語。了解句子的結構，有助解釋句子為甚麼不通順，如「工廠排出的廢氣

2　見 Pinker《語言本能》中文版序，Pinker, S 著，洪蘭譯 (1998)：《語言本能》，台北，商業周刊出版股份有限公司，頁 9-10。Pinker 指出他自己是很同意 Chomsky「語言習得機制」的看法。Pinker 的觀點可以説是以認知心理學的角度把 Chomsky 的看法再推前一步，把人們掌握語言規律、運用語言規律看作一種本能。

令到環境污染」一句宜改為動賓句，因為「污染」是帶賓動詞，可以直接帶「環境」這個賓語，不需要用兼語結構。區別靜態的語序和動態的成分移位，有助分辨句子之間的銜接問題，如「我吃菜」的主動賓語序，在某種語境中會出現這樣的變化：「菜，我吃，肉，我不吃」，這種賓語前置句首的移位結構，方便於對舉事物，可以回應「這裏有菜有肉，你儘管吃」一類的語句。認識詞義的構成，有助加強詞語運用的準確性和得體性，如能按使用場合選用「來」、「來臨」、「光臨」和「蒞臨」等近義詞。認識詞匯系統，有助區別標準詞匯和方言詞匯的關係，注意詞匯的規範和動態變化，區分「坐的士」、「坐計程車」、「坐出租汽車」、「打的」哪個是規範詞，哪種場合適宜用哪個詞；「CD」、「MD」、「DVD」、「卡拉 OK」等含有非漢語語素的詞語又是否規範。

總的來說，人們可以通過各種語言經驗來掌握語言規律，也可以通過系統的知識學習來建構對語言規律的整體概念，後者往往可以把經驗提升到自覺意識的層次，增強語言運用的反思能力，提高語言運用的水平。

第二節 | 語言知識學習在語言運用和語文教學上的意義

　　人們可以運用語言來表情達意，但不一定能使用語言來解釋語言規律。這說明了語言運用能力和語言分析能力是不同的能力。事實上，人們是可以把語言當作事物來進行觀察和分析的，這種對語言的認知就是「語言意識」。[3]

　　語言知識的學習可以強化語言意識，語言意識可以加強分析語言的自覺，改善語言運用。因此，語言能力、語言意識，和語言知識是密切相關的。例如香港人說普通話，大多數會記住曾學過的普通話規律，把「先」一類副詞移到動詞前面，如把粵語「我走先」的後置式改說成普通話的規範形式「我先走」，然而，這種規律卻不宜過度概括，把「早、晚、多、少、快、慢」一併歸納在同一規律之下。[4] 如普通話和粵語的「快」都是形容詞兼副詞，形容詞「快」指動作進行的速度大，與「慢」相對，如「吃飯時要吃快點」，粵語「食快啲」也是這個意思，副詞「快」指動作在時間短內出現，如「菜

3　語言意識，英語有不同用詞，包括 language awareness, linguistic awareness, metalinguistic awareness 等，指的是利用語言來分析語言的能力，即人們對語言的結構和形式有所認知，最後達致反思和分析個人的語言運用的水平。在兒童語言能力發展的過程中語言意識的出現比較晚，而且自發性不強。有關討論可參考靳洪剛（1994）：《語言發展心理學》，台北，五南圖書出版公司，頁 144-150。

4　部分粵普對比的參考資料，會出現類似的簡單說明：「普通話『副詞』一定在『動詞』前面；廣州話有些『副詞』可在『動詞』後面，如『早、晚、多、少、快、慢、先……』等」，例子可參看 http://hkmandarintutor.com/Home/News/detail/id/20.html

要涼了，快點吃吧」，這與粵語的「快啲食」並無分別。又例如普通話的「早」可以出現在動詞前面充當狀語——「早點來」，也可以出現在動詞後面充當補語——「來早了 (點)」，這種不同語序反映不同意義的情況粵語也是常見的，如「早啲來」和「來早咗 (啲)」。如果學習者在學習普通話時能有類似的知識學習，語言意識得以強化，這樣，便能自覺選用適合的結構了。

香港課程發展議會在二零零二年編訂的《中國語文教育學習領域課程指引 (小一至中三)》，其中「中國語文教育課程發展的基本理念」的第三點指出「香港主要使用粵語，學生書面語表達容易受口語影響，故須提高學生運用規範書面語的能力」，因此，「培養讀寫聽說的基本能力，增進語文基礎知識及其他生活知識⋯⋯」是中國語文課程基礎教育階段 (小學及初中) 的一個學習目標，而在「讀、寫、聽、說」的學習範疇說明裏，也指出了「在學習過程中，要注意積累語文知識，培養語感⋯⋯」；「學與教」的環節補充說明了「⋯⋯知識是能力的基礎，教師在教學中要豐富學生的語文知識，而有關知識的學習，要以提高語文能力為主要學習目的⋯⋯」。[5] 課程發展議會在二零零七年修訂的《中學中國語文建議學習重點 (試用)》重申「學生學習語文知識，目的在增加對語文的了

5　詳見香港課程發展議會 (2002)：《中國語文教育學習領域課程指引 (小一至中三)》，香港特別行政區課程發展議會。《中國語文教育學習領域課程指引 (小一至中三)》附錄三「中學中國語文基礎知識學習重點」，細列各個學習項目，分別為文字、詞匯、標點符號、語法、修辭、古漢語、文章、文學。其中詞匯包括同義詞、近義詞、反義詞、多義詞、詞語的感情色彩、口語和書面語詞匯的不同，以及成語、慣用詞、歇後語、諺語等。語法包括詞類、詞語的構成、句子等。

解，增強語文運用的能力」。[6] 在中文課程規劃中，語言知識被視為語文能力的發展基礎，由此可見，語文教師適宜思考如何有效教授語言知識，以幫助學生把相關知識轉化成語文能力，提高語文運用成效。語言知識教學有兩種，一種是讓學生通過大量閱讀來領悟語言規律，培養語感，再由個人語感來指導表達。語感是可以幫助學生判斷語文表達的通順不通順、自然不自然，但卻往往停留在「知其然」的狀態，對語言問題的診斷不一定準確。另一種是直接給學生講解語言知識，讓學生有意識地區別各種語言形式，並掌握各種語言形式的運用方法，以期獲得準確得體的效果。這種教學有助提高學生的語言意識，利用語文知識來分析各種語言現象，在「知其然」也「知其所以然」的情況下，解決語文運用的問題。美國教育學者 Shulman 於上世紀八十年代提出了「學科教學知識」(Pedagogical Content Knowledge) 的概念，把語言知識在教學上的應用更推進了一步。「學科教學知識」指教師超越純學科知識的範疇，利用各種如隱喻、類比、圖形說明、範例示範、模擬、動手操作、解說、展示說明、問答引導、討論等教學表徵方式，把學科知識轉化為學生能理解和接受的學習內容，是一種高度綜合「學科」和「專業」兩個領域知識的知識，在教學過程中所發揮的功能非純學科知識和一般

6　參見課程發展議會 (2007)：《中學中國語文建議學習重點 (試用)》「使用要則」第 1 點 https://www.edb.gov.hk/attachment/tc/curriculum-development/kla/chi-edu/sec_chi_suggest_learn_2007_070628.pdf

教學知識簡單相加所能達成。[7] 例如教授小學生以下的兒童詩，對於
「收集」一詞的解釋，教師便須深入掌握詞的意義。

> 林煥彰　〈小貓曬太陽〉
> 　　小貓在陽臺上
> 　　曬太陽
> 　　牠喜歡把自己卷成一個
> 　　小小的毛線球
> 　　收集冬天的陽光

「收集」指「使聚集在一起」、「把零散的東西收攏在一起」，[8] 一般
跟實體事物搭配，如「收集郵票」、「收集貝殼」、「收集標本」等等，
「陽光」是一種光，不是能用手抓住的東西，是不可能被「收集」的。
然而，教師只要對詞義的動態變異有所認識，便會意識到詞義在搭

7　Shulman 在〈Those Who Understand：Knowledge Growth in Teaching〉一文提
　　出教師教育的三種知識：學科內容知識（Subject Matter Content knowledge）、
　　學科教學知識（Pedagogical Content Knowledge）、課程知識（Curriculum
　　Knowledge）參見 Shulman. Lee S.（1986），Those Who Understand：
　　Knowledge Growth in Teaching, Educational Researcher, 15：2, pp.4-14.
　　http://links.jstor.org/sici?sici=0013-189X%28198602%2915%3A2%3C4%3ATWU
　　KGI%3E2.0.CO%3B2-X
　　Shulman後來在〈Knowledge and Teaching：Foundations of the New
　　Reform〉一文提出提出七種知識：（1）學科內容知識（Content Knowledge）；
　　（2）一般教學法知識（General Pedagogical Knowledge）；（3）課程知
　　識（CurriculumKnowledge）；（4）學科教學知識（Pedagogical Content
　　Knowledge）；（5）學生的知識（Knowledge of Learners and Their
　　Characteristics）；（6）教育情境知識（Knowledge of Educational Contexts）；
　　（7）教育目標與價值的知識（Knowledge of Educational ends，purposes and
　　values），參見 Shulman, Lee S.（1987），Knowledge and Teaching: Foundations
　　of the New Reform, Harvard Educational Review, 57:1, pp.1-22.

8　參見《漢典》http://www.zdic.net/c/6/14b/326993.htm

配關係中會出現義素增減的變化，繼而分析「收集」和「陽光」搭配後所產生的效果：「收集」的「實體」義素脫落了，「陽光」添加了「積少成多」的變化，產生「越來越暖」的感覺。假如教師對詞義有徹底的掌握，對語言運用的敏感度和透視力相應加強，在教學時便能適切引導學生欣賞這兩個詞的超常搭配所塑造的效果——「小貓曬太陽，像個會吸收陽光，越來越暖的毛線球」的可愛形象。又例如中學課本上的改病句練習，其中一個句子「清晨的食物部，靜得一點聲音也沒有，只有幾個同學在討論功課。」，課本指出句子犯上邏輯錯誤——靜得一點聲音也沒有，不可能有同學在討論功課，發出聲音，所提供的兩個參考答案分別是：(1)「清晨的食物部，只有幾個同學在討論功課。」；(2)「清晨的食物部，靜得一點聲音也沒有，只有幾個同學在溫習。」。從結構上看，原句可以理解為一個描寫環境寧靜的解說複句，主語是「清晨的食物部」，第一分句描述當時環境極其寧靜，第二分句是對第一分句進行補充描寫的存現結構，當中用了範圍副詞「只」來強調才幾個同學在討論功課，以加深寧靜氣氛的描寫。參考答案的第一種修改方式，把複句改成單句，句子意義由描述環境寧靜變為單純的動態陳述，跟原句意義不同。如果教師對漢語複句的結構和語義表達有足夠的認識，便可以引導學生觀察句子結構的改變，所反映的句意出現怎樣的變化，這樣的教學比被動地「依書直說」更能加強學生的語言意識，培養語感。

　　總而言之，語言知識學習有助加強語言意識、培養語感，提高語文運用成效，語文教師無論用哪種方法教授語言知識，都須掌握一套語言知識，一方面藉以檢定個人語言運用的優缺點，另一方面可以適切教給學生語言知識，增加他們的自我監控能力，糾正語言失誤，改善語言表達。

第三節 | 現代漢語的特點

討論現代漢語的特點以前，先要確立現代漢語的內涵。現代漢語有廣狹兩個意義。狹義的現代漢語指現代漢民族共同語，以北京語音為標準音，以北方話為基礎方言，以典範的現代白話文著作為語法規範的普通話。[9] 廣義的現代漢語包括現代各地方言，即北方方言、吳方言、湘方言、贛方言、閩方言，客家方言和粵方言等七大方言。要觀察現代漢語的特點，可以通過比較的方式，包括從歷史的角度來比較古代漢語和現代漢語，以及從共時的角度來比較現代漢語和其他外語。

3.1 現代漢語和印歐語的差異

比較現代漢語和印歐語，[10] 可以發覺現代漢語有以下特點：

(1) 漢語屬聲調語言，印歐語是無聲調語言。[11]

9　狹義的現代漢語指漢民族共同語。漢民族共同語有其他的叫法。中國內地以「現代漢語」為官方名稱；台灣沿用舊名，叫「國語」；海外華人叫「華語」；英文「Mandarin」含「官話」的意義，指官員使用的語言。關於民族共同語的三個標準的詳細說明，可以參考胡裕樹（1996）：《現代漢語（增訂本）》，香港，三聯書店，頁11-16；程徵祥、田小琳（1989）：《現代漢語》，香港，三聯書店，頁 15-16。

10　根據語言的發生，可以把世界上的語言劃分為若干語系。漢語屬漢藏語系，漢藏語系主要分佈在亞洲東部、中部和東南部。印歐語系分佈在各大洲，包括英語、德語、法語、俄語、拉丁語等。

11　聲調語言的語音結構包括了聲調，聲調有區別詞義的作用。

(2) 漢語缺乏印歐語那樣的詞形變化，印歐語裏名詞、形容詞和動詞的性、數、格、時、人稱都有不同的形態，例如英語在名詞詞根後加上詞綴「s」來表示眾數，在動詞詞根後加上「ed」來表示過去時態，也可通過內部屈折來表示這類語法意義，如「goose」的眾數是「geese」，「swim」的過去時態是「swam」，完全的變形可以表示程度的變化，如「bad, worse, worst」。

(3) 漢語詞類與句法成分之間不存在一一對應的關係，動詞、形容詞可以直接充當主語或賓語，名詞可以充當謂語甚或狀語。例如「游泳可以鍛鍊體能」、「我們一起游泳」、「他不喜歡在游泳池裏游泳」，動詞「游泳」可以充當主語、述語和賓語。「節儉」是形容詞，在「節儉是一種美德」一句裏充當主語；「我們以後電郵聯繫吧」裏修飾動詞謂語「聯繫」的狀語是名詞「電郵」；「今天星期一」，由名詞作謂語。這些詞語在充當不同的句法成分時，不需要改變詞語的形態，而印歐語如英語，動詞「swim」在充當主語時，則必須變為名詞的形態「swimming」。

(4) 動詞不是漢語成句的必有成分，例如「今天星期一」一句，時間名詞「星期一」作句子謂語，「他很美」，由形容詞充當述語，並不需要加入任何動詞成分；英語句子則必須帶動詞成分，如「Today is Monday」，「She is beautiful」。[12]

12　有關漢語與印歐語的比較，可參考張斌（1998）：《漢語語法學》，上海，上海教育出版社，頁 1，頁 8。朱德熙（1985）：《語法答問》，北京，商務印書館，頁 2-9。

3.2 現代漢語和古漢語的差異

比較現代漢語和古漢語，[13] 差別大致如下：

(1) 古漢語有入聲，普通話沒有。

(2) 古漢語裏單音詞佔優勢，現代漢語裏雙音節詞佔優勢。[14]

(3) 古漢語的語氣詞在普通話中全部更換了，例如表陳述的語氣，文言常用「也、矣、焉、耳」等語氣詞，現代漢語則用「了、的」；表疑問，文言用「乎、歟」，現代漢語則用「嗎、呢」；表感歎，文言常用「哉、夫」，現代漢語則用「啊」等取代。

(4) 古漢語的代詞在現代漢語中基本上更換了，例如「吾、汝、其、是、此、彼」等，現代漢語已很少用，取而代之的是「我、你、他、這、那」等。

(5) 古漢語裏許多實詞在現代漢語裏虛化了，例如「被」（《史記·項羽本紀》：「項王亦被十餘創。」）、「把」（王充《論衡·順鼓》：「操刀把杖以擊之。」）在現代漢語裏是介詞不是動詞。

(6) 詞類活用現象以古漢語較突出，名詞、形容詞可以帶上賓語，活用為動詞，例如著名的詩句「春風又綠江南岸」。

(7) 古、今漢語的句法並沒有太大的差異。

---

13 古漢語和現代漢語比較，語序基本一致，語氣詞的差異最大，詳細內容可參閱張斌 (1998)：《漢語語法學》，上海，上海教育出版社，頁 2-9。張斌 (2003)：《現代漢語》(中央廣播電視大學教材)，北京，中央廣播電視大學出版社，頁 5-6。

14 參考陸儉明 (2003)：《現代漢語語法研究教程》，頁 7，根據對使用頻率最高的 8000 個常用詞的統計，現代漢語裏，雙音節詞佔 71%，單音節詞佔 26%，三、四、五音節的詞 (基本上是外來詞譯詞) 佔 3%。但是，在日常口語裏，單音節詞的使用頻率高達 61%，雙音節詞的使用頻率只有 37%。就現代漢語口語來說，單音節詞的使用頻率大大高於雙音節詞。

第四節 | 現代漢語的語法和詞匯

按語言學的分析，語言可以劃分為語音、詞匯、語法、言語篇章等不同層次，每個層次可以分別歸納出其結構和規律。本書重點介紹現代漢語的語法和詞匯。

「詞匯」和「語法」有兩個含義。從語言本身來看，詞匯指詞語總集，語法指語言的結構規律，即詞、短語、句子的結構規律。從語言知識的角度看，詞匯指說明詞語總集的學問，可以叫做「詞匯知識」、「詞匯學」，語法指說明語言的結構規律的學問，可以叫做「語法知識」、「語法學」。在語言運用的過程裏，詞語和語法是互相作用的。一般來說，詞語反映人們對事物的概念，在表達的過程中，人們會依據一定的規律把詞語組成句子，這樣才可以表達讓人理解的意思。例如自我介紹，說漢語的人總會按現代漢語組句規律把「我」、「姓」、「唐」三個詞語排列成「我姓唐」，至於其他語序，如「我唐姓」、「唐我姓」、「唐姓我」，「姓我唐」和「姓唐我」就會讓人不明所以了。

語句合乎語法規則是語言溝通的基礎，[15] 假如要提高語言使用的成效，我們就得注意語言使用的得體性了。得體的語言使用也跟語法、詞匯有關。例如「甲乙兩個國家打仗了」，「甲乙兩個國家發

---

15 「語言溝通」指日常生活的語言運用，與文學創作不同。文學創作追求創新，故意突破語言規律，是語言運用的一種變例，不當作常規看待。

生戰爭了」都是信息內容相近的陳述句,其中「打仗」和「戰爭」兩個詞反映的是相似的概念,即「民族與民族之間,國與國之間的武裝鬥爭」,但它們的用法卻不相同。「打仗」是不帶賓語的動詞,可以單獨充當句子的謂語,進行陳述;「戰爭」是名詞,用在句子的謂語中,須跟另外一個動詞組合,才能進行陳述。這兩個句子的結構也不同,前一句是動詞謂語句,後一句是動賓句,它們表現出來的語體色彩也有差異,前一句比較口語化,後一句接近書面語體,比較典雅。只要能掌握這兩個句子在形式、功能和語體色彩上的異同,我們就能按使用場合的需要選用恰當的句子。

有時候,在同樣的句法結構裏,虛詞的使用會改變意義。例如「中國醫學」和「中國的醫學」,都是由「中國」和「醫學」兩個名詞組成的偏正短語,但後者在「中國」和「醫學」之間加插了結構助詞「的」,它所指稱的內容跟「中國醫學」是不同的。我們知道了這兩種形式反映的是不同的意義,就不會用「中國的醫學」來指稱傳統中醫了。由此可見,語法和詞匯知識的學習,能幫助我們區別各種語言事實之間的差異,解釋差異的由來,同時可以強化語言運用的自覺性,加強語言表達的效果。

第五節	**本章練習：語感的運用**

分析以下句子有沒有問題。

1. 小學數學科課本裏某道題目

用圈把下面的東西分起來，再填上適當的答案。

a.　有糖 10 粒，每 4 粒分成 1 包，可分成＿＿＿＿包。

b.　煎蛋 10 隻，每隻 1 碟，可分成＿＿＿＿碟。

2. 小學生作文

題目：我最要好的朋友

我最要好的朋友是陳大文，他就讀六年級，歲是十二歲。

他的外貌很英俊和可愛很受人歡迎，高高的，他的特徵是嘴角有一條疤痕，性格溫柔，對做功課的態度很和藹。

參考答案

1. 小學數學科課本裏某道題目

用圈把下面的東西 分 起 來 ，再填上適當的答案 。

分析：動詞「分」和補語「起來」不搭配，可以改為「分開來」或「分成幾組」。

2. 小學生作文

題目 ：我最要好的朋友

我 最 要 好 的 朋 友 是 陳 大 文 ， 他 就 讀 六 年 級 ， 歲 是 十 二 歲 。

分析：這句的主語是「他」，相關的陳述不用再重複相同的主語，最後分句的主語「歲」和述語「是」多餘。

他 的 外 貌 很 英 俊 和 可 愛 ， 很 受 人 歡 迎 ， 高 高 的 ， 他 的 特 徵 是 嘴 角 有 一 條 疤 痕 ， 性 格 溫 柔 ， 對 做 功 課 的 態 度 很 和 藹 。

分析：這句是描述一個人的外貌和性格的複句，複句中的分句沒有按照從外到內的順序來排列，語序混亂，最後的分句，描述主體「做功課的態度」和描述詞語「和藹」不搭配。

可以改為：他的外貌英俊，嘴角有一道疤痕，高高的，性格溫柔，態度和藹，很受歡迎。

語素和詞

閱讀重點

能識別語法單位：語素、詞、短語、句子。

人們的説話過程是一個編碼過程，即先有交際的需要，由此產生要表達的意義，然後按既定的結構規律把詞語組成句子，最後經語音或文字的媒介，把意義表達出來，成為話語內容。語法所觀察的就是這個編碼過程中把較小語言單位組合成較大語言單位的結構規律。因此，要進行語法分析，首先要確定不同的語言單位，而從語法角度劃分的語言單位叫語法單位。現代漢語的語法單位可以分析為以下四種：[1]

語素→詞→短語→句子

借用以下例句 (朱自清〈荷塘月色〉) 可以説明這幾種語法單位的關係。

---

1 語法是客觀存在的語言結構規律，語法學是研究語言結構規律的科學，所謂的語法系統就是語法學家對語法事實所做的描寫。語法學可從不同的角度來對語言進行分析和研究，例如傳統語法、結構語法、功能語法等語法學派，研究觀點和所採用的語言分析方法各有差異，分析結果自然也有同有異。因此，雖然語言的客觀語法結構系統只有一個，但描寫它的語法學系統可以不止一個。出現這種現象的原因簡而言之是(1)語法學家掌握的材料不盡相同；(2)分類的標準不同。用於教學的教學語法系統是配合教學需要，綜合各家學說所編訂的語法系統。《暫擬漢語教學語法系統 (1956)》和《中學教學語法系統提要 (試用) (1984)》都是供漢語文教學參考的教學語法系統。

　荷塘四面，長着許多樹，蓊蓊鬱鬱的。路的一旁，是些楊柳，和一些不知道名字的樹。

(1) a. 荷塘四面，長着許多樹，蓊蓊鬱鬱的。　　（句子：複句）

　　b. 路的一旁，是些楊柳，和一些不知道

　　　名字的樹。　　　　　　　　　　　　　（句子：單句）

(3) 路的一旁

　　不知道名字的樹

　　不知道

(4) 路　的　一旁　是　楊柳　和　不　知道　樹　　　　（詞）

(5) 路　的　一　旁　是　些　楊　柳　和　不

　　知　道　名　字　樹　　　　　　　　　　（語素）

　句子是語言交際的基本單位，如上述 (1) a 和 (1) b 兩句都傳遞着相對完整的信息，帶有特定的語氣，因內部結構不同而分為單句和複句。語素、詞、短語是語言的結構單位，語素和語素組成詞，如「一」可與「旁」組合成「一旁」，表示方位，又可與「些」組成「一些」，表示不定數量，「楊柳」的「楊」可與「桃」組成「楊桃」這水果名稱，「楊柳」的「柳」可與「眉」組成「柳眉」，指稱女子細長的眼眉；詞和詞組成短語，如「路」和「的」和「一旁」組成方位短語「路的一旁」，明確限定方位所在，動詞「是」與名詞「楊柳」組成述賓短語「是楊柳」，表示事物的存在。在特定情境下，詞和短語一經使用就可以成為句子，例如天氣轉變了，便會說「下雨了！」來陳述天氣的變化，為確保空氣清新，某些場合會貼出「不准吸煙！」來表示禁止特定的行為。

第二節 | **語素**

閱讀重點

1. 理解語素是最小音義結合體的定義，
   並知道語素有單音節和多音節的形式；
2. 知道語素有不同的構詞功能；
3. 運用替換法辨認各種形式的語素。

　　語素是語言中最小的音義結合體，任何一個語素都具有語音形式和意義內容，缺一不可。語素的功能是構詞。[2] 例如「我」，語音形式是「wǒ」，意義是「說話人的自稱」，「我」後面可以加上另一個語素「們」，表示說話人在內的一組人；「自」，語音形式是「zì」，含「自己」的意義，在現代漢語裏，「自」不能獨立成詞，多與其他語素組成詞語，如「自己」、「自由」、「自愛」、「自卑」、「自負」等等。

2　「語素」也稱「詞素」，《暫擬漢語教學語法系統 (1956)》就用了「詞素」。「語素」
　　和「詞素」都翻譯自英語的「morpheme」。兩個詞所反映的概念略有不同。「詞素」
　　是對詞進行切分以後所得到的結構單位，即先以詞的確定為前提，才有詞素的確
　　立。「語素」是以音義結合為切分標準所分析出來的最小結構單位，它的確定可以
　　先於詞的確定。

2.1 語素的辨認

在現代漢語裏，能說出來又帶有最小意義的單音節都是語素，例如「天 (tiān)」、「廷 (tíng)」、「吃 (chī)」、「羨 (xiàn)」、「好 (hǎo)」、「愉 (yú)」，當中有的語素可以獨立成詞，如「天」、「吃」、「好」，不用和其他語素組合，便可以直接用來造句，有的語素卻先要和其他語素組成詞，如「朝廷」、「羨慕」、「愉快」等，才能造句。

現代漢語裏有一些單位是雙音節的，這些雙音節形式是一個雙音節語素還是由兩個語素組成的雙音節詞，可以通過替換法來辨認。方法是用已確定的單音節語素來進行雙向替換，在同類型結構中兩個音節都能替換的，即包含了兩個語素。例如：

(1) 鄉居

鄉村　　　鄉間　　　鄉俗

民居　　　故居　　　新居

(2) 欣賞

欣喜　　　欣慰　　　欣羨

觀賞　　　讚賞　　　鑑賞

通過雙向替換，「鄉」、「居」、「欣」、「賞」可以確認是語素，它們可以跟不同的語素組成詞。有的雙音節形式只能進行單向替換，例如：

(1) 蟾蜍

蟾宮　　　蟾輪　　　蟾光

？蜍

(2) 嫦娥

嫦？

宮娥　　　嬌娥

　　從以上替換過程可以看到，「蟾蜍」的「蟾」還可以和其他語素組成詞，而「蜍」既不能獨立成詞，而離開了「蟾」，也不能和其他語素組成詞；「嫦娥」的「嫦」情況也與「蜍」相似。總結替換的結果，「蟾蜍」、「蟾」、「嫦娥」、「娥」是語素，「蜍」、「嫦」不是語素。

　　語素是最小的音義結合體，指的是一音一義的結合，在辨認語素時，必須區分清楚同形異義的單位。例如「鄉居」的「鄉」，語音形式是「xiāng」，意義指「城市外的區域」，是與「城」相對的鄉村，跟「家鄉」的意義不同，因此，「鄉里」、「鄉愁」、「鄉情」、「鄉音」裏的「鄉」與「鄉村」、「鄉間」、「鄉俗」裏的「鄉」是同形異義的兩個語素。

2.2 語素的分類

　　語素可以按音節、構詞功能、組合時的位置來分類。以下是語素類別的簡介。

2.2.1 按音節分

　　按音節數量可以把語素分為以下類別。

(1) 單音節語素：花、兒、吃、走、美、樂、雛、就、吧、嗎

(2) 雙音節語素：彷彿、糊塗、蝴蝶、蟋蟀、壽司、沙發、夾克、卡通

(3) 多音節語素：三明治、卡路里、盤尼西林、奧林匹克、卡拉 OK

雙音節語素有的來自古漢語裏的聯綿詞，有的來自外來詞，多音節語素則多來自外來詞。

2.2.2 按構詞功能分

能單獨成詞的語素叫成詞語素；不能單獨成詞的語素叫不成詞語素。例如：

(1) 成詞語素：山、水、吃、喝、美、醜、常、很、就、啊

(2) 不成詞語素：雖（雖然）、子（桌子）、鄉（故鄉、鄉愁）、民（人民、民主）

成詞語素既是語素也是詞，可以單獨運用來造句，也可以與其他語素組成詞，如「愚公決心把**山**移走」，「他們世代都住在**山谷**裏」。不成詞語素僅是個語素，必須與其他語素組成了詞才可以造句，如「他自小離開**故鄉**在外謀生」，「他**雖然**擺解不了濃濃的**鄉愁**，但是**仍然**很專心為生活打拼」。

2.2.3 按組合時的位置分

與其他語素組合時位置固定的叫定位語素；沒有固定構詞位置的叫非定位語素。例如：

(1) 定位語素

　　a. 自：自己、自主、自愛、自信、自大

　　b. 老：老師、老鼠、老虎、老大、老陳

　　c. 頭：石頭、木頭、苦頭、甜頭、看頭

　　d. 手：水手、歌手、陀手、生手、熟手

(2) 非定位語素

　　a. 兒：嬰兒、幼兒、兒童、兒歌、兒戲

　　b. 民：人民、居民、平民、民眾、民居

　　c 人：人才、人格、詩人、工人、介紹人

　　語素是有聲語言的最小音義結合體，形式是語音，漢字是漢語音節的書寫符號，因此，語素和漢字之間並不一一相應。例如「蝴蝶」、「幽默」、「烏托邦」、「盤尼西林」，都是由幾個漢字來表示一個語素；「強大」的「強」唸「qiáng」，「勉強」的「強」唸「qiǎng」，「倔強」的「強」唸「jiàng」，則由一個漢字來代表幾個語素。

第三節 | 詞

閱讀重點

1. 理解詞的概念定義。

2. 理解現代漢語採用哪種標準來劃分詞類，嘗試運用這標準來辨認不同詞類，而不僅靠語感直覺；

3. 理解實詞和虛詞的區分標準，並能運用此標準來辨認實詞和虛詞。

3.1 詞

詞是由語素組成的最小的能夠獨立運用的語言單位。「最小的」區別於較大的語言單位「短語」，「語言單位」指「音義結合」的單位。「獨立運用」指可以用來造句，例如：

(1) 來！

(2) 媽媽把我們的衣服洗得乾乾淨淨。

例句 (1) 的動詞「來」，能獨立成句，是詞。例句 (2)，把能獨立成句的「媽媽」、「我們」、「衣服」、「洗」、「乾乾淨淨」提取出來，剩餘的介詞「把」和結構助詞「的、得」雖不能獨立成句，但仍能用來造句，也是詞。

3.2 詞類的劃分標準

詞與詞可以組合成短語，而詞與詞之間存在着一定的組合規律。如果嘗試組合以下各組詞語，便會發現詞的一些組合規律：

(1) 讀　　用　　買

(2) 報　　電腦　　東西

(3) 剛　　常　　馬上

把以上三組詞語組成較大的語言單位時，會發現第 (1) 組詞可以分別跟第 (2) 組、第 (3) 組詞組合，如「讀報」、「用電腦」、「買東西」、「剛讀」、「常用」、「馬上買」等，但第 (2) 組詞是不會跟第 (3) 組組合的，如「剛報」*、「常電腦」*、「馬上東西」*，都不能成立。用以上三組詞語造句，會發現某些詞往往佔了句中某些特定位置。例如：

	主語	狀語	述語	賓語
(4)	媽媽	常	買	東西。
(5)	報	馬上	送給	爸爸。
(6)	電腦	剛	壞（了）	。

分析上述 (4)、(5)、(6) 三個句子的結構，可以看到第 (2) 組詞可以出現在主語的位置，也可以出現在動詞後面賓語的位置，第 (1) 組詞出現在句子的述語位置，是句子的核心，發揮陳述功能，而第 (3) 組詞則多出現在述語前面充當狀語，修飾述語，但並非構句的必有成分，即句子缺了這成分也可以成立。由此可見，詞與詞之間是有結合規律的，而詞是有不同的造句功能的。

以上觀察的是詞的語法特點，從這樣的語法角度，依據語法功能把詞分類，所劃分出來的類別稱「詞類」。詞的語法功能可以概

括為以下三項：[3]

  a. 詞充當句法成分的能力；

  b. 詞與詞的結合能力；

  c. 詞的重疊。

  詞充當句法成分的能力指一個詞能否單獨充當句法成分，例如「我愛紅紅的蘋果」，「的」不能單獨充當句法成分，其他詞語就可以。[4]詞與詞的結合能力指一個詞能與哪些詞組合，不能與哪些詞組合，一個詞與其他詞組合時，可以組成怎樣的結構關係。例如名詞，這種詞常受形容詞及數量短語修飾，如「舊衣服」、「蔚藍的天空」、「幾個蘋果」；可以前加介詞，如「從今天開始」的「從今天」，「為國家犧牲」的「為國家」，「在外國讀大學」的「在外國」等等。詞的重疊是詞類劃分的輔助標準，指詞有沒有某種可以表示語法意義變化的重疊形式。例如動詞重疊後含有「嘗試」的意味，如「聽聽」、「嚐嚐」、「考慮考慮」，形容詞重疊後有「程度加深」的意味，如「紅紅」、「冷冷」、「熱熱鬧鬧」。有的詞是沒有重疊特性的，例如名詞一般是不重疊的。[5]

3.3 實詞和虛詞

  詞類並不是一次就可以劃分出來的。根據「能否單獨充當句法

---

3 劃分詞類，首先面對的是劃分詞類的標準問題。關於這個問題，漢語語法學界在二十世紀三十年代末已展開了討論。目前漢語語法界以功能為詞類劃分標準。

4 劃分詞類的標準之一是詞語充當「句法成分」的功能，關於「句法成分」，可參看本書第三章「短語」和第五章第二節「單句的分析方法」。

5 有某些名詞可以重疊，如「人人」、「天天」，重疊後增添了「每一」的意思，但這並非名詞的常態特點。

成分」這個標準，可以先把詞劃分為實詞和虛詞兩大類別。例如：

　　(1) 風在哪兒？（徐青山〈風在哪兒〉）

　　(2) 路的一旁，是些楊柳，和一些不知道名字的樹。

（朱自清〈荷塘月色〉）

　　(1) 句裏的詞語「風」（主語）、「在」（述語）、「哪兒」（賓語）都能單獨充當句法成分，是實詞。實詞包括名詞、動詞、形容詞、數詞、量詞、代詞、副詞。(2) 句裏，有的詞如「的、和」等不能單獨充當句法成分，是虛詞。虛詞的主要作用是「連接」和「附着」。連詞的作用是連接，如「楊柳和不知道名字的樹」裏的「和」連接了「柳樹」和「不知道名字的樹」，表示聯合關係；結構助詞如「路的一旁」裏的「的」連接了「路」和「一旁」構成定中關係；介詞、助詞（時態助詞、比況助詞、列舉助詞）、語氣詞的作用是附着，如「吃了飯了」裏的時態助詞「了」附着動詞「吃」的後面，表示動作的完成，語氣詞「了」附着句子後面，表示陳述的語氣。虛詞包括介詞、連詞、助詞（結構助詞、時態助詞、比況助詞、列舉助詞）、語氣詞。嘆詞和擬聲詞是比較特殊的詞類。

實詞的類別

閱讀重點

1. 重點掌握名詞、動詞和形容詞的區分標準，並用以辨認個別詞語的詞類；

2. 認識副詞的特點，能辨認個別副詞。

　　實詞含有詞匯意義，例如「語法」反映了「語言規律」這個概念。實詞因含詞匯意義，所以能傳遞信息，例如「今天星期一。」指出時間，「我是學生。」陳述人個人身份，「出去！」、「安靜！」提出要求或發出命令。

4.1 名詞

　　名詞的詞匯意義在於指稱人、事、物的概念。

4.1.1 名詞與其他詞的結合情況

　　(1) 名詞前面可以加數詞和名量詞，也可以加指示代詞，例如：

　　　　一杯**水**、幾本**書**、十來個**人**、六十萬塊**錢**、

　　　　五千年的**歷史**

　　　　這個**人**、那幾瓶**酒**、某種**想法**、每首**樂曲**、哪段**時間**、

　　　　多少種**心情**

(2) 名詞前面可以加形容詞，例如：

　　a. 形 + 名：新**書包**、大**商場**、小**毛病**

　　b. 形 + 的 + 名：彎曲的**河道**、微弱的**光芒**、

　　　水汪汪的**眼睛**

(3) 名詞前面也可以加名詞，例如：

　　石英**手錶**、社會**制度**、學問的**基礎**、國家的**資源**

(4) 名詞前面可以加介詞，例如：

　　在**家**（休息）、由**他**（處理）、從**學校**（走出來）、

　　把**書**（給我）、被**人**（欺負）

(5) 名詞一般不受副詞修飾，不能以前加否定副詞「不」的方式表示否定，例如：「學問的基礎是事實和證據」（顧頡剛〈懷疑與學問〉）一句裏「學問」、「基礎」、「事實」、「證據」都是名詞，它們都不受副詞修飾，如「很學問」*、「不基礎」*、「常事實」*、「馬上證據」* 等組合都不能成立，要說成「很有學問」、「沒有基礎」、「常講事實」、「馬上找證據」才站得住腳，副詞「很」、「沒」修飾的是動詞「有」，「常」修飾動詞「講」，「馬上」修飾動詞「找」。

　　不受副詞修飾是名詞的普遍特點，但名詞在某些格式裏是可以受副詞修飾的，例如「名詞 + 不 + 名詞」：「我管他**經理**不**經理**，是他犯的錯，就得負責」。

　　在某些句子裏，名詞充當謂語，看起來是能受副詞修飾的，但從句子的角度來看，副詞所修飾的是謂語，不是名詞。[6]

6　這是趙元任的觀點，見趙元任著，丁邦新譯（1980）:《中國話的文法》，頁 257。

a. 你真**夠朋友**！

b. 這個人太**君子**了。

c. 婚後生活我不想多說，我只說她很**個性**。

d. 你也太**書呆子**啦……

e. 我覺得跟你特說得來，**特知音**。[7]

4.1.2 名詞的造句功能

從以下句子可以觀察到名詞的句法功能：[8]

(1) 名詞充當主語：**園林** ‖ 就是花園。

(2) 名詞充當賓語：西湖 ‖ 是一種自然的**風光**。

(3) 名詞充當定語：**中國**的園林 ‖ 有兩種類型。

(4) 名詞充當謂語：今天 ‖ **星期一**。

(5) 名詞充當狀語：有線電視台 ‖ 會**現場**直播幾場足球比賽。

名詞雖然可以充當謂語，甚至狀語，但名詞的句法成分功能還是以充當主語、賓語和定語為主。[9]

7　例子取自趙元任《中國話的文法》和于根元〈副 + 名〉，載於《語法研究和探索（六）》（1992），北京，語文出版社。

8　有關例句子分析所用符號，是句子成分分析法所用符號。

9　莫彭齡和單青曾對名詞、動詞、形容詞三大類實詞句法功能做過統計分析，名詞不充當補語，而充當謂語、狀語的情況也極少，有關資料詳見莫彭齡、單青（1985）：〈三大實詞句法功能的統計分析〉，載《南京師範大學學報（社會科學版）》，1985年第 2 期，頁 55-61。胡明揚另外統計了 3892 個名詞，剔除了方位詞、時間詞和處所詞，發現能直接用作狀語的只有 64 個左右，只佔 0.16%，見胡明揚（1996）：〈現代漢語詞類問題考察〉，載於《詞類問題考察》，北京，北京語言學院出版社，頁 8。

4.1.3 名詞的重疊

　　名詞是不重疊的，僅有非常少數的名詞可以重疊，這些名詞重疊後有「每一、每個」的含意，如「人人有份」的「人人」是「每個人」的意思，「家家有本難唸的經」的「家家」指「每個家庭」，「事事如意」的「事事」指「每一件事」。香港曾經流行一時的廣告語句「路路暢通」，就是利用這個規律創造出來的。

4.1.4 名詞的附屬類別 —— 方位詞

　　「方位詞」是名詞的一個附屬類別，有單純和合成兩種形式，詳見下表。

單純的、單音節的	合成的、雙音節的			舉例
	前加「以」	前加「之」	對舉	
上	以上	之上	上下	天上、三樓以上、十歲上下
下	以下	之下		樓下、中游以下、樹蔭之下
前	以前	之前	前後	門前、開學以前、假期前後
後	以後	之後		山後、下課後、畢業以後
左			左右	三百塊錢左右
右				
東	以東	之東		河東、青藏高原以東
西	以西	之西		路西、絲路之西
南	以南	之南		江南、大漠之南
北	以北	之北		嶺北、赤道以北
單純的、單音節的	合成的、雙音節的			舉例
	前加「以」	前加「之」	對舉	
內	以內	之內	內外	國內、範圍之內、國內外
外	以外	之外		國外、範圍以外、金錢之外
裏				屋裏、屋子裏、學校裏

單純的、 單音節的	合成的、雙音節的			舉例
	前加 「以」	前加 「之」	對舉	
中		之中		盤中、杯子中、作品之中
間		之間		花間、人間、人鬼之間
旁				路旁、樹旁、身旁

　　方位詞大多數附在其他詞語後面組成「方位短語」，如表示空間的「教室裏」、「書本上」、「範圍之內」，表示時間的「暑假前」、「下課以後」、「聖誕前後」等。

4.2 動詞

　　動詞的詞匯意義在於指稱動作、行為的概念。

4.2.1 動詞與其他詞的結合情況

(1) 動詞後面帶時態助詞「了、着、過」，表示動作、行為的進展時貌，例如：

a. 完成貌：**睡了**、**吃了**飯、**提了**問題、**交了**習作、**忘了**一切

b. 進行、持續貌：**微笑**着、**拿**着書、**打**着雨傘、**仰望**着天空

c. 完成、經驗貌：**洗過**臉、**去**過北京、**看**過那篇文章

(2) 動詞前面可以加「不」或「沒」、「沒有」等副詞來表示否定，例如「不**愛**」、「不**知道**」、「沒**去**」、「沒有**注意**」。

(3) 動詞可以受副詞修飾，例如「已經**發芽**」、「當然**得到**（完全的勝利）」、「彷彿同時**變**了（鉛塊）」、「全然**忘卻**」、「最**喜歡**」、「太**感**（興趣）」。

(4) 動詞後面可以加數詞和量詞作補充,例如「**說**一次」、「**讀**幾遍」、「**去**一趟」、「**打**一下」、「**住**三年」、「**去**（了）一個月」。

(5) 動詞可以受形容詞修飾或補充,例如「坦白**說**」、「努力**幹**」、「激烈地**爭論**」、「快樂地**跳舞**」、「**吃**飽」、「**說**清楚」、「**幹**得出色」。

(6) 動詞可與名詞組合,例如:

　　a. 名詞 + 動詞:學生**學習**、工人**上班**、國家**經營**、主席**主持**

　　b. 動詞 + 名詞:**找**工作、**看**電影兒、**學習**語法、**比賽**足球、**養育**孩子

　　c. 名詞 + 動詞:電話**聯絡**、經濟**入侵**、武力**抵抗**

　　a、c 兩組都是名詞在前動詞在後的組合,但結構不同,a 組是主謂結構,c 組是狀中結構,b 組動詞在前名詞在後,是述賓結構。

4.2.2 動詞的造句功能

　　動詞在句中的功能主要是充當謂語,其次是充當定語、補語,而充當賓語、主語的情況則不太普遍。例如:

(1) 動詞充當述語:a. 我 ‖ 在他家**書寫**條幅。

　　　　　　　　　b. 我的老師孫涵泊 ‖ **是**朋友的孩子。

(2) 動詞充當定語:雞毛蒜皮的事 ‖ 也要鬧出個**流血**事件。

(3) 動詞充當賓語:我 ‖ 得需要**提拔**和**獲獎**。

(4) 動詞充當主語:街頭上的**毆鬥** ‖ 發生了。

　　　(句例選自賈平凹〈我的老師〉載於《坐佛》。)

(6) 動詞帶賓語的情況，有以下幾種：

　　a. 必須帶賓語，例如「**甘於**平淡」、「**得以**發展」、「**合乎**規則」、「**覺得**難過」、「**像**一場夢」、「**顧全**大局」。

　　b. 可帶賓語也可不帶賓語，例如：

　　　　i) 請**坐**；他**坐**飛機走了

　　　　ii) 我**去**吧；我**去**北京

　　　　iii) 學期**開始**了；學生**開始**學習了

　　　　iv) 大家在**討論**；會上**討論**了調整工資的問題

　　c. 有的述賓式雙音節動詞不帶賓語，但使用時可以在中間插入其他成分，例如：

　　　　i) 工人在**休息**。

　　　　ii) 警察每天都要**巡邏**。

　　　　iii) 我們又**見面**了。

　　　　　　我們已經**見**了幾次**面**了。

　　　　　　我**見**了他一**面**。

　　　　iv) 他在**洗澡**。

　　　　　　他一天**洗**幾次**澡**。

　　　　　　他**洗**了個冷水**澡**。

　　d. 有的動詞帶雙賓語，例如：

　　　　i) **送** 朋友 一件生日**禮物**；**給** 服務員 小費；

　　　　ii) **答應** 媽媽 努力學習；**告訴** 他 別忘了帶雨傘；

　　　　iii) **問** 你 他今天來不來；**通知** 所有家長 學校下午停課

4.2.3 動詞的重疊

　　有些動詞是可以重疊的,這些動詞重疊後帶有短暫或嘗試的意義,有以下兩種形式:[10]

　　(1) AA 式

　　這是單音節動詞的重疊式,非第三聲動詞重疊後第一音節唸原調,第二音節唸輕聲,第三聲動詞重疊後,第一音節唸第二聲,第二音節唸輕聲。例如「聽聽 (tīngting)」、「聊聊 (liáoliao)」、「改改 (唸 gáigai)」、「看看 (kànkan)」。這種重疊式,中間可以插入「一」,如「聽一聽」、「聊一聊」、「改一改」、「看一看」。如果在動詞後面加上時態助詞「了」,就表示動作的完成,如「聽了聽」、「聊了聊」、「改了改」、「看了看」、「聽了一聽」、「聊了一聊」、「改了一改」、「看了一看」等。動賓式的雙音節動詞,重疊形式是跟 AA 式相似的 AAB 式,如「跳跳舞」、「唱唱歌」、「下下棋」、「幫幫忙」。

　　(2) ABAB 式

　　這是雙音節動詞的重疊式,第二、第四兩個音節輕讀。例如「休息休息 (xīuxixīuxi)」、「考慮考慮 (kǎolükǎolü)」、「檢討檢討 (jiántaojiántao)」。

　　帶賓動詞重疊後還可以帶賓語,例如:

　　　　a. 他晚上總會給孩子們**說說**故事,然後就讓他們睡覺去。

10　對動詞重疊的範圍,語法界有不同的看法。有的認為動詞重疊只包含 AA 式和 ABAB 式,A—A 式是述補的結構,不算重疊,A 著 A 著是動詞的連用,也不算是重疊。有關討論,可以參考胡裕樹、范曉主編 (1996):《動詞研究綜述》,山西,山西高校聯合出版社,頁 74-82。本書則把 A—A,A 了 A 看作 AA 的變式,因為 A—A 式中的「一 A」跟典型的數量補語「一下」不同,不能把其中的 A 看作量,另外,「一」是輕聲,跟一般的數量補語的唸法不同。至於 A 了 A 可以說是 AA 的完成態。

b. 他們每個星期天都到這公園來**耍耍**劍，**練練**功，**鍛鍊鍛鍊**身體。

4.2.4 動詞的其他使用格式

動詞還可以通過以下的格式來表示特定的語義。

（1）V 着 V 着

動詞用在這個格式裏，表示動作的進行貌，如：

　　a. **聽着聽着**就睡了

　　b. **看着看着**就把這本小說看完了

　　c. **走着走着**就來到他家門前

（2）V 來 V 去

動詞用在這個格式裏，可以表示動作重複的意義，例如：

　　a. 那群小孩兒在草地上**跑來跑去**，很是高興。

　　b. 他**說來說去**總是那幾句話，沒有甚麼新見解。

（3）V 不 V、V 沒 V（過）

動詞可以通過「肯定＋否定」的並列格式來提問，帶疑問的語氣，例如：

　　a. 你**是不是**一年級學生？

　　b 你**去不去**西安？

　　c. 你**能不能**借我幾塊錢？

　　d. 你**知道不知道**他甚麼時候回來的？

　　e. 他今年**畢業沒畢業**？

　　f. 你**看沒看過**這本小說？

4.2.5 動詞的附屬類別

動詞之中有某些詞出現頻率較高，但數量有限，並且具有自身較強的功能特點，這些動詞可以列為動詞的附屬類別。

（1）判斷動詞

判斷動詞只有「是」一個。「是」可以用「不」來否定；可以受某些副詞修飾，如「就是」、「都是」、「才是」、「大概是」；有「V不V」表示疑問的格式；帶賓語，如「是工人」、「是教書的」；可以單獨用來回應問題。

「是」的造句格式是「A是B」。在這種格式裏，「是」表示等同、歸類、存在、具有某種特徵、確認等語義，例如：

　　a. 表等同：<u>魯迅</u>是《狂人日記》的作者。（等同的關係可以寫為 A=B）

　　b. 表歸類：魯迅是偉大的作家。（歸類的關係可以寫為 A〈B）

　　c. 表存在：滿書架都是<u>魯迅</u>的作品。

　　d. 表特徵：魯迅的雜文是鋒利的匕首。

「是」也可以用在「A是A，B是B」的對舉格式裏，如：

　　a. 我是我，他是他。

　　b. 一是一，二是二。

「是」還可以用在「動詞＋量詞短語＋是＋量詞短語」，如：

　　a. 活一天是一天

　　b. 治好一個是一個

（2）能願動詞

能願動詞的意義基礎是表示可能性、允許的情況、應當的情

況、主觀意願等。例如「可能」、「會」表示可能性、必然性；「可」、「可以」、「能」、「能夠」等表示客觀情況、主觀條件允許與否；「應當」、「應該」、「應」、「該」、「得」(děi) 等表示事理、習慣、規則、制度等的要求；「要」、「願意」、「肯」、「敢」等表示主觀的要求、意向。能願動詞可以接受程度副詞的修飾，例如「很**能** (吃)」、「十分**願意** (參加)」，在句子中，一般是附在謂語的前面充當狀語，以下是一些例子。

a. 表示可能性：他**可能**遇上了交通事故，所以還沒來。

b. 表示客觀情況的允許情況：這瓶牛奶過了期，不**能**喝。

c. 表示主觀條件的允許情況：這幾個游泳健將**可以**橫渡長江。

d. 表示事理、規則的要求：考試不**該**作弊。

e. 表示主觀的意向：他**敢**挺身而出，上庭作證。

能願動詞除了有「V 不 V」表示疑問的格式，如「你**能 不 能**幫我一個忙」，還有表示肯定的「不 X 不」格式，如「我**不能不**幫你」。

(3) 趨向動詞

趨向動詞有單音節和雙音節兩種，見下表。

	上	下	進	出	回	過	起	開
來	上來	下來	進來	出來	回來	過來	起來	開來
去	上去	下去	進去	出去	回去	過去	X	X

趨向動詞用在其他動詞或形容詞後面，表示動作行為的趨向、開始、繼續、興起和結果。例如：

a. 表示趨向：拿〈**來**〉一碗麵、寄了名信片〈**回去**〉、把鹽遞〈**過來**〉、從教室走〈**出來**〉

  b. 表示動作行為的開始、繼續：説〈**起來**〉、唱〈**下去**〉、
    停〈**下來**〉

  c. 表示動作行為的結果：露〈**出**〉破綻、貼〈**上**〉郵票、
    找〈**來**〉一個人

  d. 表示狀態的開始、繼續：富〈**起來**〉、胖〈**起來**〉、
    瘦〈**下去**〉、窮〈**下去**〉

  趨向動詞在表示動作行為的趨向時，都有個着眼點。「來」和「去」，以説話人所在的位置為着眼點，「來」表示動作行為移向説話人，如「來我家玩兒」，「去」表示動作行為移離説話人，如「去上海旅遊」。「上」、「下」、「進」、「出」、「回」、「過」、「起」、「開」，以事物所處地點為着眼點，表示動作行為向特定的方向移動，如「上」表示動作行為由低處向高處移動，「進」表示動作行為由外面向裏面移動，「回」表示動作行為由別處向原處移動。合成的雙音節趨向動詞，如「上來」、「下去」、「進來」、「出去」則兼有前兩組的着眼點，即包含了説話人、事兩個着眼點，如「你走出來」和「你走出去」，兩句的動作都是從某個處所的裏面移向外面，但前者是移向説話人，後者是移離説話人。

4.3　形容詞

  形容詞的詞匯意義在於指稱人、事、物、動作、行為的性質、狀態。

4.3.1　形容詞與其他詞的結合情況

  (1) 形容詞可以與名詞組合，例如：

a. **好**人、**慢**動作、**快樂**時光、**漂亮**的裙子、**勇敢**的人

b. 環境**好**、動作**慢**、天氣**炎熱**、日子**漫長**、文章**精彩**

　　a、b 兩組都是形容詞和名詞的組合，但由於語序不同，結構便不同，a 組是定中結構，b 組是主謂結構。

(2) 形容詞可以與動詞組合，例如：

a. **慢**走、**愉快**學習、**勇敢**作戰、**愉快**學習、**用功**溫習、**留心**聽課

輕輕地走，**快樂**地幹活、**傷心**地哭、**痛快**地喝、**安靜**地聽

b. 做**好**、吃**飽**、讀**準**、聽**清楚**、說**明白**、洗**乾淨**

幹得**好**、走得**快**、唱得**動聽**、打扮得**大大方方**

　　a、b 兩組都是形容詞和動詞的組合，但由於語序不同，結構便不同，a 組是狀中結構，b 組是述補結構。

(3) 形容詞可以接受否定副詞「不」限制，有的形容詞也可以接受程度副詞的修飾，例如：

a. 不**重**（的擔子）、不**快樂**（的時光）、不**高興**（地說）

b. 很**好**（的書）、十分**勇敢**（的人）、非常**愉快**（地學習）、很**高興**（地說）

(4) 形容詞可以接受數量的修飾或補充，例如：

a. 三米**深**、十公斤**重**、幾十公里**遠**

b. **深**三米、**重**十公斤、**厚**兩寸、**矮**幾分、**輕**三安士

c. **快**點兒、**好**點兒、**小心**一點兒、**認真**一點兒

(5) 形容詞後面可以加趨向動詞或時態助詞，表示「狀態的開始、繼續」或「狀態處於甚麼樣的情況或達到甚麼樣的程

度」等語義，例如：

　　a. 樹上的蘋果**紅**了起來。

　　b. 不能再讓孩子**苦**下去。

　　c. 你不能再**胖**下去，這對身體不好。

(6) 形容詞後面加了時態助詞，可以帶賓語；在比較句中，形
　　容詞也可以帶賓語，例如：

　　a. **紅臉**—**紅**了臉、**苦孩子**—**苦**了孩子、

　　　厚臉皮—**厚**着臉皮

　　b. 他**大**我一歲，明年就大學畢業了。

　　c. 我們總不能永遠都**矮**別人一等！

4.3.2 形容詞的造句功能

　　形容詞主要的造句功能是充當定語、謂語，其次是充當狀語，
充當賓語、補語、主語的情況就不太普遍。例如：

(1) 形容詞充當定語：我的思潮 ‖ 好像也沖入一**靜謐**的山
　　谷裏。

(2) 形容動詞充當謂語：天氣 ‖ 真**好**啊。

(3) 形容詞充當狀語：他 ‖ 每天總**好奇**的與我談幾句。

(4) 形容詞充當賓語：其餘的湖面 ‖ 是一片**澄碧**。

(5) 形容詞充當補語：白馬湖 ‖ 不知今夜又刮得怎樣**厲
　　害**哩！

(6) 形容詞充當主語：風的**多和大** ‖ 凡是到過那裏的人都知道的。

　　(以上 (1)、(2)、(3)、(4) 四句選自陳之蕃〈釣勝於魚〉載於
《旅美小簡》，(5)、(6) 兩句選自夏丏尊〈白馬湖之冬〉。)

4.3.3 形容詞的重疊

不少形容詞是可以重疊的。重疊式形容詞表示程度的加深，有以下幾種形式。

（1）AA 式

這是單音節形容詞的重疊形式，重疊式的第二個音節唸高平調，是重音所在。例如「高高」、「紅紅」、「滿滿」、「好好」、「快快」等。

（2）AABB 式

這是雙音節形容詞的重疊形式，重疊式的最後一個音節也唸高平調，是重音所在。例如「開開心心」、「老老實實」、「熱熱鬧鬧」、「密密麻麻」等。

（3）ABAB 式

這是另一種雙音節形容詞的重疊形式，例如「熱鬧熱鬧」、「火紅火紅」、「筆挺筆挺」等。

（4）A 裏 AB 式

這是不完全的形容詞重疊形式，一般表示人們不太喜歡的性狀，例如「糊裏糊塗」、「古裏古怪」、「流裏流氣」等。

4.3.4 形容詞的分類

不少語法書在形容詞中劃分出一個附屬類別，叫非謂形容詞。這些詞的功能跟形容詞有同有異。相似的功能包括可以修飾名詞、動詞，例如：金（手錶）、正（班長）、女（司機）、慢性（毒藥）、中式（套餐）、大型（購物商場）、放射性（元素）、中級（水平）、多邊（貿易）、頭號（嫌疑犯）、單程（車票）、高速（公路）、超速（駕駛）、硬性（規定）、自動（調節）。不同之處是這類詞不能單獨充

當謂語、不做補語、不受副詞修飾、不帶時態助詞。針對這類詞跟一般形容詞的差異情況，有的語法書把這類詞獨立於形容詞之外，叫區別詞。[11]

4.4 數詞

數詞是一個封閉的類，詞義基礎是表示數目，表示數的多少，包括以下幾種：

(1) 系數詞：一、二、兩、三、四、五、六、七、八、九、十

(2) 位數詞：十、百、千、萬、億、兆

(3) 概數詞：幾、數、多少、若干、許多

(4) 其他數詞：半、零。

這些數詞按特定的組合方法來構成複雜的數目，系數詞表示個體數目，一般單用，如「三個學生、十年樹木、百年大計、萬水千山」；系數詞和位數詞合用，系數詞在前位數詞在後，可以組成一個數目，如「二十人、三百天」。「十」既是系數詞也是位數詞，其他位數詞可以看作「十」的倍數。

4.4.1 數詞跟其他詞語的組合情況

(1) 數詞的基本功能就是與量詞組合，成為量詞短語，例如「**一本**(書)」、「**兩條**(腿)」、「**三種**(想法)」、「**百年**(大計)」、「**千米**(賽跑)」、「**半塊**(金子)」、「**零度**(氣溫)」、「(去)**一次**」、「(看)**兩遍**」、「(打)**三下**」等。

---

11 呂叔湘、朱德熙等都提出了對「非謂形容詞」的看法，張斌主編(2000)：《現代漢語》(上海普通高校「九五」重點教材)，主張放棄「非謂形容詞」這個術語，明確劃分出另外一個詞類，叫區別詞，這樣，區別詞不再隸屬於形容詞。

(2) 數詞可以直接修飾名詞，「數 + 名」的組合有時候可以表示組織或事物的編號，例如：「**三**年級」(第三年級)、「**七**旅」(第七旅)、「**九**中」(第九中學)。

(3) 在一些固定結構中，數詞可以直接修飾動詞，例如「**半**信**半**疑」、「**一**知**半**解」、「**三五**成群」、「**四**分**五**裂」、「**七**拼**八**湊」、「**千**錘**百**鍊」。

(4) 數詞在表示序數、分數、概數時，通常要與別的詞結合。

　　a. 表序數：在前面加「第」、「初」等助詞，如：第**一**，初**三**。

　　b. 表分數：用「X 分之 X」的格式，如：**二**分**一**、**百**分之**三十**。

　　c. 表概數：在後面加「多」、「來」、「把」等助詞，或加方位詞「以上」、「以下」、「左右」、「上下」，也可以在前面加副詞「約」、「近」等，如「**三十**多棵樹」、「**十**來斤米」、「**千**把人」、「**一百**塊左右」、「**六百萬**上下」、「約**兩千**字」、「近**百**名讀者」。系數詞的連用，也可以表示概數，如「**一兩**天時間」、「**三四**個人」、「**五六**本書」。

4.4.2 **數詞的造句功能**

　　數詞一般很少單獨充當句法成分，數詞結合了量詞以後才產生句法功能，只有在以下情況，才直接充當句法成分。

(1) 充當主語

　　用於計算：**三七** ‖ 二十一。

　　用於列舉：(要出人頭地，鶴立雞群，) **一** ‖ 靠努力，**二** ‖ 靠運氣。

(2) 充當謂語

　　用於計算：三五 ‖ **一十五**。

　　用於説明日期：今天 ‖ **十三**，明天 ‖ **十四**。

　　用於説明年齡：我 ‖ 快**二十二**了。（你多大了？）

4.4.3 數詞的重疊

　　數詞不重疊，只有一些固定結構例外，例如「三三兩兩」、「七七八八」。

4.4.4 幾個數詞的特殊用法

　　數詞裏有幾個詞語的使用方法比較特別。

　　(1)「二」和「兩」

　　「二」和「兩」的用法是有差異的。「二」用來表示序數、分數，如「第二名」、「二等獎」、「二分之一」、「一點二米」、「二叔」、「二月」；「兩」用在量詞前面，如「兩個(人)」、「兩點(鐘)」、「兩天(的時間)」、「(看)兩次」。在表度量衡量詞前，「二」和「兩」都可以用，如「二斤」、「兩斤」、「二米」、「兩米」；但「兩」多表約數，「二」表確數。數數時，個位、十位數只能用「二」，百、千、萬、億，「二」和「兩」都可以用，如「二百」、「兩百」、「二萬」、「兩萬」。

　　(2)「倆」和「仨」

　　「倆」(liǎ)和「仨」(sā)分別是由數詞「兩」、「三」與量詞「個」結合壓縮而成，多用於口語，使用時不能再在後邊加上量詞。例如：

　　　a. 一會兒炒飯打**倆**雞蛋。

　　　b. 他們爺兒**仨**看電影去了。

(3)「一」

「一」是最小的系數詞，但運用在特定得格式中，有「全體」或「很小」的意思，例如：

> a.「一氣呵成」、一手拍在桌子上、一心嫁個有錢人。（表「全體」）

> b.一口氣喝完幾杯啤酒、一溜煙兒跑到他家、一個勁兒翻了幾個跟頭。（表「很小」）

「一」可以重疊，表示「逐一」的意思，例如：「一一道謝」、「一一解答」、「一一檢查」；也可以用作在複句中，關聯分句，表示承接關係，例如：

> a. 她一哭，大家**也**跟着哭。

> b. 心一虛，話**也**說錯了。

4.5 量詞

量詞是計量時用來表示事物或動作的單位，例如「兩本書」、「十個學生」、「三十塊錢」。漢語必須用「數＋量＋名」的結構來稱述，缺了量詞，成了「兩書」、「十學生」、「三十錢」，就不通順，不合乎漢語的語法規律。

量詞不能單獨充當句法成分，重疊後可以充當主語，如「個個身強力壯」。一般來說，量詞跟數詞或數詞短語組合成量詞短語後，可以發揮句法功能。

4.5.1 量詞與數詞組合後的造句功能

量詞分物量詞和動量詞，可以修飾名詞充當定語的叫做物量詞。物量詞分兩組，除了修飾名詞，也可以與形容詞組合。

第一組：個、隻、件、頭、條、架、台、幅、篇、堆、塊、隊、雙、副……

第二組：尺、寸、斤、兩、克、磅、里、公斤、公里、畝、點、些……

第一組在一般情況下，只修飾名詞，如直接跟形容詞組合，則須放在形容詞後面，如「整**段**文字」、「整**個**局面」、「全**個**民族」、「滿**杯**花雕」、「滿**盤**大閘蟹」、「長**篇**小説」、「短**篇**小説」。第二組可以修飾名詞，也可以修飾形容詞，如「一**尺**布」、「一**尺**長」、「兩**斤**肉」、「兩**斤**重」、「八千**里**路」、「幾千**里**遠」。

能放在動詞後面進行補充的量詞，叫做動量詞，分兩組：

第一組：下、次、遍、趟、場、回、番、陣

第二組：年、日、天、周

由第一組動量詞組成的量詞短語，常用在動詞後面表示動作的數量，如「説了**兩遍**」、「演出了**五十場**」、「來了**幾回**」；由第二組動量詞組成的量詞短語，用在動詞後面可以表示動作、行為持續的時間，如「休息**兩天**」、「留學**四年**」、「住了**兩周**」、「睡了**三日三夜**」。

(1) 數量短語可以用在名詞前面進行修飾，例如：

　　a. 儀器 ‖ 有（**一個**）隆起的頂蓋。

　　b. 儀器內部 ‖ 有（**一根**）中心柱。

　　c. 它的外部 ‖ 有（**八個**）龍頭，每（**一個**）龍頭口中 ‖ 都銜着（**一顆**）銅丸。

　　d. 張衡製造的地動儀 ‖ 是世界上最早的（**一台**）測報地震的儀器。

　　　　　　　　　　　　　（以上句子選自<u>張茸</u>〈張衡的地動儀〉。）

(2) 能修飾形容詞的物量詞可以充當狀語、補語，例如：

  a. 這幅山水畫 ‖ **六尺**長。

  b. 這幅山水畫 ‖ 長**六尺**。

(3) 動量詞與數詞組成的量詞短語可以用在動詞後面進行補充，例如：

  a. 我 ‖ 真是白走**一趟**了。

  b. 他 ‖ 把事情扼要交代了**一遍**。

(4) 數詞與物量詞的組合，有的中間可以插入形容詞「大」或「小」，例如「一大塊石頭」、「一大堆垃圾」、「一小碗飯」、「一小撮鹽」。

4.5.2 量詞的重疊

量詞是可以重疊的，有以下形式。

(1) AA 式

這是單音節量詞的重疊式，表示「每一」的意思，例如「個個」、「件件」、「本本」、「套套」、「處處」、「縷縷」、「陣陣」、「聲聲」、「回回」、「年年」、「天天」；固定短語「斤斤計較」的「斤斤」就有「每一斤」的意思。

(2) 一 AA／一 A 一 A 式

「一 AA」式可以看作「AA」式前加數詞「一」，也可以是「一 + 量」量詞短語重疊的省略式，即「一 A 一 A」式的省略形式。這些重疊式有時表示「每一」，有時表示「逐一」。例如：

  a. 傍晚時候，上燈了，**一點點**黃暈的光，烘托出一片安靜而和平的夜。

  b. ……他們趕趟兒似的，**一個個**都出來了。（朱自清〈春〉）

　　c. 來台灣以後，前前後後養過五隻貓，竟然沒有一隻是得善終的，牠們**一隻隻**的神態清晰地在我眼前。（琦君〈失犬記〉）

4.6 代詞

　　代詞具有替代和指稱的功能。

4.6.1 代詞的分類

　　依據代詞替代或指稱的對象，可以分為人稱代詞、疑問代詞、指示代詞三類。

代詞類別 指代對象	(1) 疑問代詞	(2) 指示代詞			(3) 人稱代詞			
		遠指	近指	定指	人稱	定指	不定指	
人 / 事物	誰 甚麼 哪	這	那	各 某 該 每 本 其他 其餘	第一人稱	我、咱 我們、咱們	自己 自個兒	
					第二人稱	你、您 你們		
					第三人稱	他、她、牠、它、祂 他們、她們 牠們、它們	人 人家 別人 大家 大伙兒	
處所	哪兒 哪裏 甚麼（地方）	這兒 這裏	那兒 那裏					
時間	幾時 甚麼（時候）	這會兒 這（時候）	那會兒 那（時候）					
數量	幾、多少 哪些	這麼些	那麼些					
性質 狀態 方式 行動 程度 原因	怎麼 怎樣 怎麼樣 甚麼樣 為甚麼 幹嘛	這麼 這麼樣 這樣	那麼 那麼樣 那樣					

4.6.2 代詞的造句功能

代詞的替代功能指在語句中替代其他詞語、短語，以及語篇中的句子。因此，它代替哪個語言單位，就具備哪個語言單位的語法功能。代詞的指稱功能即確指語境裏某特定的人、事或物。例如：

(1) 不久，兔子家庭裏竟有添丁之喜，多了三隻番薯似的、蠕動着的小動物，其中兩隻在寒流中凍僵了，只有一隻生命力較強的，漸漸的長大。圓圓胖胖的，好像一枚雪球，在**牠那**綠色的小天地中，爬來爬去……

(2) ……**牠**是**那樣**的幼小，而動作又是**那樣**的緩慢……

(3) ……**為甚麼牠那**美麗的生命，該犧牲在殘酷的黑貓腳爪之下？

(4) ……難道竹子們是在**這裏**進行一項爬高的比賽？

(5) ……希望能從**它**的身上，學一點點**如何**才能挺拔的祕訣，**如何**才能昂然而立的本領。

(6) 我想，該不是颱風不來南投罷，恐怕是**這些**茂密的竹子們，不允許**它**進入**這**片山林的。假如真是**這樣**，就更值得向**它們**學習了。

(以上(1)、(2)、(3)句選自張秀亞〈溫情〉，《曼陀羅》，(4)、(5)、(6)句選自張騰蛟〈溪頭的竹子〉)

以上 (1) 句，人稱代詞「牠」代替前面提到的「一隻生命力較強的小兔」，是「小天地」的修飾成分，帶定語的功能；指示代詞「那」指稱前一段提到的「一個朋友送來的」、「做得很精緻」、「漆得綠油油的」的「籠子」。 (2) 句的人稱代詞「牠」代替小兔，是句子的主語；指示代詞「那樣」指稱「幼小」和「緩慢」的程度，在句

裏充當狀語，具有修飾謂語的功能。（3）句的疑問代詞「為甚麼」指稱事情的原因，用在句首，可以看作狀語提前（可以把句子的語序改為「牠那美麗的生命**為甚麼**該犧牲在殘酷的黑貓腳爪之下」來比較一下），針對「為甚麼」而回答的，可以是一個分句。（4）句的指示代詞「這裏」指代溪頭山林，與介詞「在」組成介詞短語，在句中充當狀語。（5）句的疑問代詞「如何」指代「挺拔」和「昂然而立」的方式和狀態，修飾後面的動詞，帶狀語的功能。（6）句指示代詞「這樣」在句中充當賓語，指代前面句子中「是」的賓語「這些茂密的竹子們，不允許它進入這片山林」。

4.6.3 代詞與其他詞的結合情況

以上的例子說明了代詞的語法功能。不同類別的代詞跟其他詞語的組合情況也有差異。

(1) 人稱代詞

　　a. 人稱代詞可以跟其他名詞組成偏正短語，例如：「**我爸爸**」、「**他們**中間」、「**我們**國家」、「**我**的祖母」、「**你們**的後面」、「**我們**的國家」。

　　b.「**自己**」、「**自個兒**」可以跟其他人稱代詞組成同位短語，例如「**我**自個兒」、「**他**自己」、「**他們**自己」、「**人家**自個兒」。

(2) 指示代詞

　　a. 指示代詞可以跟名詞組合，例如「**這**事兒」、「**這**人」、「**那**地方」、「**那**時候」、「**這裏**的人」、「**那邊**的氣候」。

　　b. 指示代詞也可以跟動詞、形容詞組成合，例如「**這樣**

教」、「**那樣**學」、「**這麼**大」、「**那麼**慢」。

c. 表處所和時間的指示代詞，可以與介詞組合，例如「在**那**時候」、「從**這**裏 (跑過去)」、「打**那**年 (到現在)」。

(3) 疑問代詞

a. 表處所的疑問代詞可以跟動詞組合，例如「上**哪兒**」、「去**哪兒**」、「坐**哪兒**」、「走到**哪裏**」、「搬到**哪裏**」。

b. 表數量的疑問代詞可以跟量詞組合，也可以直接與名詞組合，例如「**幾**斤？」、「**多少**塊？」、「**多少**錢？」、「**哪些**人？」。

c. 表性質狀態的疑問代詞可以跟動詞組合，例如「**怎麼**走」、「**怎麼**辦」、「**幹嘛**不看」、「**幹嘛**哭起來」。

4.6.4 代詞的其他用法

在語言運用中，代詞不一定都確有所指，以下是一些例子：

(1) **你**一言，**我**一語的，真的沒完沒了哇！

(2) 考試完了，今天咱們玩**他**個痛快！

(3) **這**也不對，**那**也不行，你想怎麼樣？

(4) 這小頑皮，整天都喊着要**這樣**要**那樣**，真給他煩死了。

(5) 你説**怎麼樣**就**怎麼樣**，真夠橫的。

(6) 每個人都為自己的行為負責，這件事，**誰**做的**誰**負責。

(7) **哪兒**有陽光**哪兒**就有生命。

(8) 他跑到**哪裏**就睡到**哪裏**，沒有固定的家。

(9) 你想要**甚麼**就給你**甚麼**。

(10) **甚麼樣**的人就做**甚麼樣**的事。

（11）她總愛誇自己**怎麼怎麼**的美、**怎麼怎麼**的聰明大方。

4.7　副詞

副詞所含詞語比名詞、動詞、形容詞三大開放詞類的詞語少得多，但比介詞、連詞、助詞等封閉詞類的詞語多得多。[12]

4.7.1　副詞的分類

下表列舉了副詞的類別。

類別	例詞
（1）表示程度的	很、最、太、極、更、挺、越、愈、略、稍、較、十分、格外、分外、萬分、過於、越發、極其、異常、幾乎、尤其、更加、盡量、似乎、稍微……
（2）表示範圍的	都、總、全、光、只、單、皆、俱、僅、凡、就、統統、總共、一共、一概、一律、一同、一道……

12　副詞的虛實歸屬，一向以來都有不同的看法。比較注重意義虛實的，會把副詞劃為
　　虛詞，如黎錦熙、王力、張志公等；比較重視句法功能的，會把副詞劃為實詞，如
　　胡裕樹、張斌等；也又有人認為副詞並不能充當句子的基本成分，不能把副詞劃為
　　實詞，如朱德熙。陸儉明（1982）〈現代漢語副詞獨用芻議〉載於《語言教學與研究》
　　（1982 年第 2 期），指出現代漢語裏有五百多個虛詞，發現有約六十五個副詞（佔
　　13.4%）可以獨用，即可以單說、單獨成句。本書依據實詞和虛詞的劃分標準，即
　　是否能獨立成句或充當句法成分，把副詞劃為實詞。張誼生（2000）：《現代漢語副
　　詞研究》，上海，學林出版社，總結了關於副詞的討論，並研究了副詞各個分類的
　　句法功能及語義，十分詳細。

續表

類別	例詞
(3) 表示情狀的	互相、親自、大力、竭力、多方、相繼、趕緊、不禁、即興、悠然、驟然、昂然、依稀、默默、……
(4) 表示時間的	正、在、便、才、已、剛、就、將、曾、永、馬上、立刻、永遠、頓時、忽然、漸漸、然後、已經、將要、一向、一直、從來、歷來、隨即、終於、霎時、遲早、早晚、不時……
(5) 表示頻率、重複的	又、也、再、還、常、再三、屢次、始終、往往、不斷、仍然、重新、老是、總是、終日……
(6) 表示肯定、否定的	不、沒、未、別、準、必、必然、必須、沒有、一定、的確、未必、未曾、未免、不妨、不便……
(7) 表示語氣的	可、卻、偏、竟、倒、是、難道、難怪、究竟、索性、到底、簡直、幸虧、反正、反而、何苦、何必、當然、居然、竟然、果然、也許、其實、或許、明明、恰恰、只好、甚至、不愧、就是……

4.7.2 副詞與其他詞的組合情況

副詞可以與動詞、形容詞組合，但不會與名詞組合。例如：

(1) 四面 ‖ **都還**是嚴冬的蕭殺，而**久經**訣別的故鄉的**久經**逝去的春天 ‖，**卻就**在這天空中蕩漾了。

(2) 但我 ‖ **是向來不**愛放風箏的，不但**不**愛，並且嫌惡他……

(3) ……我的心 ‖ **從此也**寬鬆了吧！

(4) 我的心 ‖ **只得**沉重着。

(句子選自魯迅〈風箏〉)

從以上的句子可以看到副詞可以跟動詞、形容詞組合，主要功能是充當修飾成分——狀語。副詞的運用可以達到某程度的修辭效果。例如 (1) 句，範圍副詞「都」和頻率副詞「還」修飾判斷動詞「是」，表述了「嚴冬的肅殺」所包含的範圍及所維持的時間，後一分句的時間副詞「久經」修飾動詞「訣別」和「逝去」，對比出離鄉今昔的時間差距，時間副詞「就」修飾動詞「蕩漾」，加上語氣副詞「卻」，突出了後一個分句的轉折意味，強化「嚴冬」和當年「春天」的對比。(2) 句，否定副詞「不」限制動詞「愛」，「向來」指明「不愛放風箏」的時間，語氣副詞「是」強調了整個分句的陳述，突出了對放風箏的「嫌惡」程度，和後一分句互相呼應。(3) 句，時間副詞「從此」、頻率副詞「也」修飾形容詞「寬鬆」，強調了作者心情的轉變。(4) 句，語氣副詞「只得」修飾形容詞「沉重」，透露了作者的無奈感。

有些副詞還可以充當補語，例如「高興極了」、「好得很」、「熱鬧非常」。否定副詞「不」在回答問題時，可以單獨成句。有些語氣副詞可以置於句首，如「難道你不想休息一下嗎」、「反正這本書擱着沒用，借給你吧」、「其實，我也不想幹下去」等。

4.7.3 副詞的重疊

有一部分副詞是可以重疊的，例如「萬萬不能」、「最最遺憾」、「我實實在在告訴你」，「真真正正完整無缺」。

虛詞的類別

> **閱讀重點**
>
> 1. 了解虛詞在語言表達中具有重要作用;
> 2. 認識各類虛詞的特點,能區分個別虛詞。

　　虛詞的數量遠比實詞少,但其重要性不低於實詞。實詞有詞匯意義的基礎,是傳遞信息的主體,沒有了實詞,人們就沒法傳意了。例如以下第一個句子,全靠動詞「走」來表達出麻石向森仔提出的要求。然而,傳遞信息的語句卻又不能沒有虛詞,例如以下後續的一句,如果刪除了句中的虛詞,成了「麻石軟癱石頭上森仔說」,句子便無法成立。

　　「走吧!」麻石對軟癱在石頭上的森仔說。(曹文軒《古堡》)

　　由此可見,虛詞有語法意義的基礎,具有完成句法結構的功能。例如上述例子缺了語氣詞「吧」,便不能把舒緩的語氣表達出來,沒有了介詞「對」,不能引介出談話的對象,不用上介詞「在」,不能引介出動作「軟癱」的處所,省去了結構助詞「的」,便突顯不了被修飾的中心語「森仔」。

　　虛詞的主要作用是「連接」和「附着」。連詞的作用是連接,結構助詞也常連接修飾和被修飾兩個成分或補充和被補充兩個成分,

包括名詞、動詞、形容詞。介詞、助詞 (結構助詞除外)、語氣詞的作用是附着；介詞常附於名詞；時態助詞附於動詞、形容詞；語氣詞附於句末。

5.1　介詞

5.1.1　介詞的功能

介詞不能單獨充當謂語。試比較以下各句：

(1) 我 ‖ **從**山中。＊　(2) 我 ‖ **從**山中來。

(3) 我 ‖ **在**晚上。＊　(4) 我 ‖ **在**晚上上班。

(5) 我 ‖ **比**你。＊　　(6) 我 ‖ **比**你大。

(7) 我和你 ‖ **比**才智，不**比**才智力氣。

(1) 句謂語只有由介詞「從」和方位詞「山中」組成的介詞短語，不能成句。 (2) 句的加了動詞「來」充當謂語，就能成句。 (3) 句謂語只有由介詞「在」和時間名詞「晚上」組成的介詞短語，不能成句。 (4) 句加了動詞「上班」充當謂語，就能成句。 (5) 句只有由介詞「比」和代詞「你」組成的介詞短語，不能成句。 (6) 句加了形容詞謂語「大」，就能成句。 (7) 句的謂語是動詞「比」和賓語「才智」、「力氣」，可以成句。可見介詞的句法功能是附於名詞或名詞性短語的前面，組合成介詞短語，充當狀語。例如：

　　a. 缺了一根手指頭的廚子老高 ‖ [**從**外面]進來了⋯⋯

　　b. 我 ‖ [**把**褲腳**向**下]拉了拉⋯⋯

（自林海音《城南舊事》）

有些介詞，如「在、向、於、給、自」等，可以附着帶有賓語的動詞後面，再加賓語，組成述賓短語。例如：

c. 我們畢業生 ‖ 坐**在**前八排，我 ‖ 又是坐**在**最前一排的中間位子上。

d. 每天早晨醒來，看**到**陽光照**到**玻璃窗上了……

e. ……每天都是懷着恐懼的心情，奔**向**學校去。

（例句選自林海音《城南舊事》）

由介詞和名詞組成的介詞短語有時候可以充當定語，如以下一句。

f. 母親非常想念**在**日本的哥哥

5.1.2 介詞的分類

介詞按其引介的對象可以分為以下幾類。

(1) 指明施事、受事、受益者：

被、叫、讓、把、將、給、對、替、由

(2) 指明處所、時間、方位：

自、從、往、朝、向、在、當、由、於、趁、沿着、順着

(3) 指明目的、方式、手段、憑據：

為、為了、為着、按着、通過、根據、憑、本着、遵照、依照、以、經過

(4) 指明伴隨和比較：

和、跟、同、與、比

(5) 表示關涉：

關於、至於、對於

5.2 連詞

5.2.1 連詞的功能

連詞的作用是連接，把不同的語法單位組合在一起。例如：

(1) 葉子**和**花 ‖ 仿佛在牛乳中洗過一樣⋯⋯

(2) 路的一旁 ‖ ，是些楊柳，**和**一些不知道名字的樹。

(3) 塘中的月色 ‖ 並不均勻；**但**光**與**影 ‖ 有着和諧的旋律，
如梵婀玲上奏着的名曲。

(4) 荷塘的四面 ‖ ，遠遠近近、高高低低都是樹，**而**楊柳 ‖
最多。

（<u>朱自清</u>〈荷塘月色〉）

(1) 句的「和」連接兩個名詞，表示聯合關係，充當句子的主
語。(2) 句的連詞「和」則連接兩個名詞性短語，也表示聯合關係，
充當賓語。(3) 句的連詞「但」和 (4) 句的連詞「而」都連接了分句，
「而」表示聯合關係，「但」表示偏正的轉折關係。

5.2.2 連詞的分類

連詞按照所表示的語法意義，可以分為兩類。

(1) 表示聯合關係

　　a. 連接詞或短語：和、跟、同、與、及、而、並、或、
　　　或者

　　b. 連接分句：不但⋯而且、或者⋯或者、與其⋯不如

(2) 表示偏正關係

　　連接分句：如果、即使、除非、因為⋯所以、雖然⋯但是

5.3 助詞

5.3.1 助詞的功能

漢語通過添加助詞來完成一定的語法結構或表示某種語法意義，例如添加結構助詞「的」，完成偏正的結構「我**的**書」、「你**的**書」、「有趣**的**故事」、「勇敢**的**人」等，添加時態助詞「了」或「過」，可以顯示動作的過去時態，如「他昨天來**過**」、「我今早寄**了**信了」。

5.3.2 助詞的類別

助詞按特定的語法功能可以分為以下類別。

(1) 結構助詞：的、地、得

結構助詞的作用在於標明詞語之間的某種結構關係。

例如：

a. 這把鑰匙 ‖ 就是發問**的**精神。

b. 一切知識**的**獲得 ‖ 大都從發問而來。

c. 舉出這些人物來，無非要證明發問精神**的**可貴。

d. 變動和進步 ‖ 又不斷**地**給我們帶來許多新問題。

e. 你 ‖ 願意永遠盲目**地**讓別人帶着你走麼？

f. 發覺**的**問題 ‖ 越多，對於實際**的**事物 ‖ 也一定看**得**越清楚。

(啟凡〈發問的精神〉)

以上句子裏的結構助詞「的」和「地」表明了詞語之間修飾和被修飾的關係，「得」表明前後詞語有補充説明和被補充説明的關係。

　　「的」還有另一種用法，不是連接，而是附着在別的詞語後面，組成一個作用相當於名詞的「的字短語」，用來指稱人或事物。例如：

　　　　a. 最難**的** ‖ 是考作文。

　　　　b. 考試制度 ‖ 是一切制度裏最好**的**。（考試制度 ‖ 還是最好的制度。）

（<u>老舍</u>〈考而不死是為神〉）

「的」、「地」和「得」這三個結構助詞在普通話口語裏都唸輕聲。

（2）時態助詞：了、着、過

　　時態助詞附着在動詞或形容詞後面，表明某種動作或狀態處於甚麼樣的情況或達到甚麼樣的程度。例如：

　　　　a. 花裏帶**着**甜味，閉**了**眼，……

　　　　b. 他們的草屋 ‖ ，稀稀疏疏的在雨裏靜默**着**。

（<u>朱自清</u>〈春〉）

「了」表示動作的完成，如 a 句的「閉了眼」；「了」也可以表示狀態出現了某種情況，例如「眼睛紅了」。「著着」表示動作的正在進行，如 a 句的「帶著着甜味」，「著着」也可以表示狀態正在持續，例如 b 句的「靜默著着」。「過」表示曾經經歷某種動作，或曾經出現某種狀態，如「我去**過**西安幾次」，「他的心臟病好**過**一陣子」。

（3）其他助詞（比況助詞、列舉助詞）

　　有些助詞附加在其他詞語的前面或後面，表示某種附加意義，或構成某種短語。例如：

　　　　a. ……他們 ‖ 也趕趟兒**似的**，一個個都出來了。

（<u>朱自清</u>〈春〉）

b. 春天 ‖ 像健壯的青年，有鐵**一般**的胳膊和腰腳……

（朱自清〈春〉）

a、b 句裏的「似的」、「一般」是比況助詞，直接附着其他詞語後面，具有修飾的功能。

用在數詞前面、表示次序的「第」、「初」是表數助詞，如「**第**一」、「**初**三」。列舉未盡，常用列舉助詞「等」來表示，如「參加亞運會的國家包括中國、日本、韓國、馬來西亞、印度**等**」。

句子如「我們日常**所**見、**所**聞、**所**接觸的事物裏，有很多的道理」（啟凡〈發問的精神〉），助詞「所」直接用在動詞前面，如「見」、「聞」、「接觸」，構成所字短語，功能與名詞相似，在這句裏充當定語，修飾中心語「事物」。

5.4 語氣詞

句子是表情達意的基本單位，每個句子都會帶有一定的語調。語調是表示語氣的重要方式，書面語用標點符號來表示。例如以下的一段對話：

顧　　客：有甚麼便宜點兒的菜？

服務員：便宜點兒的，要幾個**呀**？打算要幾個菜？

顧　　客：要兩個三個？兩三個**吧**。

服務員：吃辣的**嗎**？

顧　　客：吃辣的，可以。

服務員：都要辣的，三個都要辣的？

顧　　客：來一個不辣的。

　　這段對話裏，顧客須以下降的語調來提出「吃辣的，可以」、「來一個不辣的」的要求；「三個都要辣的」是服務員對顧客的詢問，他須用上升的語調來表示疑問的語氣。

　　語氣詞的添加是漢語裏語氣表達的另一種方式，例如「吧」表示祈使，「嗎」表示疑問。如對話裏，顧客就用了下降的語調和語氣詞「吧」來提出「要兩三個菜」的要求，服務員用了上升的語調和語氣詞「嗎」來提出問題。

　　一般來說，語氣詞附在整個句子的後面，表示某種特定的語氣，也可以加插在不同的句子成分、句法成分之間。以下是六個基本的語氣詞。

語氣詞	音	所表語氣情態	例句
的	de	加強對事實性狀或疑問點的確定	就這幾個，六塊，挺好**的**。（服務員介紹菜餚）
			怎麼吃**的**？（病人問醫生吃藥的問題）
了	le	加強對新現象的疑問	您已經八十多了**了**？（看起來只有五十左右）
		確定已然事實	我再香港住了十幾年**了**（到現在為止）。
		表示出現新情況	下雨**了**。
嗎	ma	突出疑問點	喘**嗎**？喘不喘？
		表示反問、回聲問	你不是要上學**嗎**？怎麼還睡在床上？

續表

語氣詞	音	所表語氣情態	例句
呢	ne	表示不容置疑	現在只有學習，學習還跟不上**呢**。
		表示深究	貧血，怎麼治**呢**？ 還有**呢**？（醫生詢問病人不舒服的症狀）
		用在句中，表示停頓	…但是**呢**，我就覺得抽了（煙）以後非常不舒服，嘴裏有一股很難聞的味兒…另外**呢**…
吧	ba	表示半信半疑	不遠了**吧**？
		表示請求、命令等	再便宜點兒**吧**。（顧客在講價）
		用在句中，表示列舉、選擇等	就是現在的中學生**吧**，有着一個最明顯的特點，就是以自我為中心。
啊 呀 哇 哪	a ya wa na	強化疑問	哪個窗口售票**啊**？ 這個**啊**？（服務員跟顧客確認他的要求） 你多大孩子**呀**？
		加強解釋、提醒等	錢不夠**啊**。（説明縮短行程的原因）
		用在句中，表示停頓	音樂**啊**、錄音**啊**、電視**啊**，歌劇**啊**都經常看。 我告訴你**呀**，你從這坐一站到前邊兒…… （公車服務員給乘客指路）

第六節 | **特殊詞類**

> **學習重點**
>
> 認識嘆詞和擬聲詞的特點，以及這兩種
> 特殊詞類的功能。

嘆詞和擬聲詞是模擬聲音的特殊詞類，功能跟虛詞不同。

6.1 嘆詞 [13]

嘆詞模擬人類自己的聲音、表示各種情感，也表示答應和允諾。例如魯迅〈立論〉一文裏，老師教學生關於新生男孩不謊人、不遭打的立論：「啊呀！這孩子呵！您瞧！多麼……。阿唷！哈哈！……」。這裏用了幾個表示喜悅或讚嘆的嘆詞「啊呀」、「阿唷」、「哈哈」，所表達的是人們愛聽的正面情感反應，卻沒有實質的立論內容。由此可見，嘆詞的運用很能賦予讀者或聽話人一個聯想空間，沒有特指的詞彙意義。

嘆詞的語法功能跟一般虛詞不同。嘆詞不與別的詞發生結構

---

13 語氣詞主要的功能是附着詞、短語或句子之後，表達特定的語氣，嘆詞是獨立使用，表達人們不同的感情，兩者都是口語表達常用的成分，趙元任《中國話的文法》（丁邦新譯，1980 年版）從所搜集到的口語語料中歸納出 27 個語氣詞，41 個感嘆詞。

關係，獨立性強，可以單獨成句，也可以在句中出現，位置靈活。
以下例子顯示嘆詞所表示的心情、感情、態度，以及其在句中的
位置。

(1) 喜悅、讚歎

　　a. **哇**！下雪啦！

　　b. **嘿嘿**！這孩子真聰明。

(2) 悲傷、無奈

　　a.「**唉**！天氣可真涼了 —— 」（這「了」字唸得很高，拖得
　　　很長。）

　　（郁達夫〈故都之秋〉）

　　c. **咦**，我的錢包呢？

(3) 意外、驚訝

　　a. A：行。那我趕緊去，反正開着車也快。一會兒就⋯⋯

　　　B：**噢**、開着車來的，開甚麼車呀？

　　　B：跑車。

　　　A：汽車！**嚄**，開上跑車啦！

　　b. 電影場裏電燈初滅的時候，總有幾聲「**噯喲**！小三兒，
　　　你在哪兒哪？」

　　（梁實秋〈旁若無人〉載於《雅舍小品》）

(4) 提醒、領悟

　　a. **哦**，他記性好，可是我的臉卻紅了，我怎麼可以白吃他
　　　東西呢？

　　（琦君〈晨〉載於《三更有夢書當枕》）

　　b. **哎呀**，原來就是他！

(5) 鄙視、唾棄

　　a. **哼**！難道你就袖手旁觀，見死不救嗎？

　　b. 是你幹的，還在抵賴，真無恥，**呸**！

(6) 招呼、應答

　　a. B：筲箕灣，**嗯**，我告訴你呀，你從這邊坐 102 過海。

　　　　A：**欸**，102 我知道。

　　b. A：**哎**，給我一斤白菜。

　　　　B：哪種？

　　　　A：就這種大的。

6.2 擬聲詞

　　擬聲詞是摹擬事物聲音的詞，可以單獨成句，也可以充當定語和狀語。以下是一些例子。

(1) 孩子放下書包，就跑進廚房喊：「媽媽，今晚有甚麼好菜，我肚子餓得**咕嘟嘟**直叫。」

(2) 然後坐在**吱吱咯咯**的竹椅裏，就着菜油燈，瞇起近視眼，看她的《花名寶卷》。

(3) ……我在不讀書、不看電視的晚上，總是熄了燈，諦聽蟋蟀**唧唧**，偶然有蝙蝠飛過，會自然想起……

((1)、(2)句選自琦君〈媽媽的手〉載於《三更有夢書當枕》,(3)句選自李牧華〈我愛鄉居〉載於《心室隨筆》

　　以上面例子都用上了擬聲詞，(1) 句以肚子餓的聲音「咕嘟嘟」來修飾動詞「叫」，構成狀中型偏正短語，充當分句的補語，描述「餓」的程度。(2) 句以模擬竹椅子被坐着所發出的聲音「吱吱咯咯」充當定語，修飾「竹椅」。 (3) 句直接以「蟋蟀叫聲」的擬聲詞「唧

唧」與「蟋蟀」構成主謂短語，充當分句中謂語動詞「諦聽」的賓語。

　　擬聲詞並沒有特定的詞匯意義，它的作用是通過模擬各種事物的聲音，讓人產生豐富而形象化的想像。擬聲詞的造句功能也很多變，大多數是充當修飾成分，如定語和狀語，也可以作補語。

　　總的來說，從詞義基礎來看，嘆詞和擬聲詞跟實詞不同，從造句功能來看，嘆詞和擬聲詞跟虛詞有別，因此，嘆詞和擬聲詞可以看作兩個特別的詞類。

詞類活用和詞的兼類

學習重點

認識詞的兼類現象，能區分詞類活用和詞的兼類。

　　王安石詩句「春風又**綠**江南岸」，「綠」本來是形容詞，在這句裏臨時用作動詞，帶了賓語「江南岸」，這種臨時改變詞原來用法的語言現象叫做詞類活用，在文學作品或口語表達裏比較常見。呂叔湘在〈關於漢語詞類的一些原則性問題〉裏解釋過「詞類活用」：「某甲類，臨時當乙類詞用一下，例如『我是喝黃酒的，可如果你們一定要喝**白乾**，我也可以**白乾**一下』。這裏的『白乾』是動詞（前面有『可以』，後面有『一下』，但是咱們很清楚地認識到這只時臨時『借用』，難得這麼用一回，這可以叫做詞類活用，不是真的一詞多類，詞典裏不必在『白乾』底下注上一個『動』字。）」，[14] 但是，以下例句中的「憧憬」卻不能看作是詞類活用。

　　例如：

　　我在東京某晚遇見一件很小的事，然而這件事我永遠不能忘

14　呂叔湘（1955）：〈關於漢語詞類的一些原則性問題〉載於《漢語的詞類問題》，中華書局，頁 157。

記，並且常常**使我憧憬**。（豐子愷〈東京某晚的事〉《豐子愷散文選集》）

　　參考《現代漢語詞典》，「憧憬」的意義和舉例是「向往：未來美好的憧憬｜憧憬着未來。」，[15] 可見「憧憬」（chōngjǐng）所反映的同一個詞義同時具備了名詞和動詞兩種句法功能，如例句「使我憧憬」是兼語結構，充當兼語結構的第二個動詞便是動詞的用法，而在「愛情是一種巧遇，愛情是一個約定，愛情是一句誓言，愛情是**一個憧憬**」中，「憧憬」具有可與名量詞「個」組合的特點，是名詞的用法，這兩種不同用法是句法上必須的，並非為修辭效果而偶

15　參看《現代漢語詞典 - 在線漢語大詞典》https：//cidian.51240.com/chongjing_
　　kl6__cidianchaxun/

然改用，這叫詞的兼類。[16]

又例如：

> a. 他是一位稱職的**翻譯**。

> b. 他**翻譯**了莎氏比亞的劇本。

參考《現代漢語詞典》，「翻譯」有以下兩個意義：

> ① 把一種語言文字的意義用另一種語言文字表達出來（也指方言與民族共同語、方言與方言、古代語與現代語之間一種用另一種表達）；把代表語言文字的符號或數碼用語言文字表達出來：翻譯外國小說／把密碼翻譯出來。

---

16 關於詞的兼類問題，語法界還有不同的看法，例如有人認為「把門鎖 1 上」和「買了一把鎖 2」裏的「鎖」是兼有名詞和動詞兩種功能的兼類詞，有人卻不同意。這牽涉到對詞的基本看法。兼類詞其實指同音同義而詞性不同的詞，主要問題在如何界定同意義，如「鎖 1」指「用鎖使門、箱子、抽屜等關住或使鐵鏈栓住」，表示一種行為動作，「鎖 2」則指「安在門、箱子、抽屜等的開合處或鐵鏈的環孔中，使人不能隨便打開的金屬器具」，表示一種事物，應該是不同的兩個詞，所以不是詞的兼類，語法學家朱德熙先生持這種觀點，他在《語法講義》指出「兼類問題跟我們如何分析詞義有關。舉例來說，『鎖』有兩個意思，有時指東西（鎖和鑰匙｜一把鎖），有時指動作（鎖門｜別鎖）。因為這兩種意義區別很明顯，我們有理由把指東西的『鎖』和指動作的『鎖』看成兩個不同的詞。由於兩個『鎖』在語法功能上也是對立的，我們有理由說指東西的『鎖』是名詞，指動作的『鎖』是動詞。這樣處理，就沒有兼類的問題。」但是，有的看法是對詞義歸納採用比較寬鬆的標準，認為兩個意義之間存有引申關係，是一詞的多義，多義詞的意義之間有極密切的關係，因此，一詞雖多義，但還是一詞，所以「鎖」是兼有動詞和名詞兩種功能的詞語，可以看作詞的兼類。趙元任持類似的觀點，《中國話的文法》（丁邦新譯，1980 年版）指出「一個詞有時屬於這一類，有時屬於那一類時，就叫詞類重複。要是從詞本身的角度來說，就是一詞多屬。每個語言都有一部分的詞是多屬的⋯⋯中國話裏，比方『怪』字，說『可是這很怪』，是形容詞，說『怪難看的』，是副詞，而說『別怪我！』就是及物動詞。」關於詞的兼類的深入討論，可參考陸儉明（2003）：《現代漢語語法研究教程》，北京：北京大學出版社，頁 45-52。

②做翻譯工作的人：他當過三年翻譯。[17]

a、b 兩句的「翻譯」所呈現的用法乃基於上述兩個詞義，而這兩個意義有着引申的關係 —— 由「把一種語言文字轉換為另一種語言文字」的行為延伸轉移為從事這類工作的人，從語法的角度看，①和②所聯繫的語法功能是對立的。②義的「翻譯」具有名詞的功能，包括可受名量詞修飾，可與介詞結合，不受副詞修飾等，如「當一個稱職的翻譯並不容易」、「把別的翻譯都請來」。①義的「翻譯」具有動詞的功能，包括可附着時態助詞，能帶賓語，也可以帶動量詞，如「把這段對話翻譯了兩次還不滿意」，「他翻譯了一本意大利詩集」等。由此，可以把「翻譯」看做一個兼類詞，a、b 兩句「翻譯」的用法是常規而非臨時變換的。

以下是常見的兼類詞：

(1) 兼屬名、動詞：

　　編輯、領導、創作、報告、教育、代表、總結、計畫。

(2) 兼屬名詞、形容詞：

　　困難、精神、經濟、衛生、道德、錯誤、標準、科學。

(3) 兼屬動詞、形容詞：

　　團結、豐富、繁榮、端正、充實、深入、方便、明確。

總的來說，詞恆常地具有兩類或兩類以上的語法功能，叫詞的兼類現象，詞臨時改變了用法，是詞類活用。

17　參看《現代漢語詞典 - 在線漢語大詞典》　https：//cidian.51240.com/fanyi_ylh__cidianchaxun/

第八節 | **本章練習**

練習一：語素和詞的辨認

一. 以下句子含幾個詞？幾個語素？

句子	含詞數量	含語素數量
1. 他吃了三件三明治。		
2. 他買了一張英國沙發。		
3. 我們請了他喝檸檬冷飲。		
4. 我心目中的駱駝不是這樣的。		
5. 水果含豐富果糖。		
6. 愛恩斯坦是偉大的物理學家。		

練習二：實詞和虛詞

一. 比較實詞和虛詞的不同功能，在 □ 裏打 ✓ 或 × 以示該類詞是否具備相關的語法功能。

	實詞	虛詞
含詞匯意義	□	□
單獨充當句子成分	□	□
有「連接」和「附着」的作用	□	□

二．找出以下句子中的虛詞。

(1) 大北風 ‖ 颳得正猛。

(2) 我 ‖ 走在最先。

(3) 早上父親 ‖ 冒着狂風暴雨上班去。

(4) 他 ‖ 帶着批評的眼光凝視着鏡中的人影。

(5) 他 ‖ 有為日常瑣事默默祈禱的習慣。

(6) 我 ‖ 被她的話打動了，而她卻若無其事。

練習三：實詞的辨認

一．名詞、動詞、形容詞的辨認

根據詞類的語法功能把下列詞分為名詞、動詞、形容詞三組。

吃力　吃虧　疾病　生病　勇敢　勇氣

思想　思考　信任　放任　心計　心軟

二．副詞、形容詞、名詞的辨認

參考下表的說明，判別下列各組詞語屬於哪種詞類。

語法功能	名詞	形容詞	副詞
1. 能修飾名詞	✓	✓	
2. 能修飾動詞	✓	✓	✓
3. 能修飾形容詞			✓
4. 前面可以數量限制	✓		
5. 前面可以加「不」來表示否定		✓	
6. 前面可以加「很」來修飾程度		✓	

1. 形容詞和副詞

格外　特別　快速　趕快　正確　的確　親切　親自

2. 名詞和副詞

現在　正在　從來　從前　暫時　目前

三．其他實詞的辨認

以下一段選自<u>葉永烈</u>〈生理圖章〉，請找出當中的數詞、量詞、代詞、副詞。

在美國，有一個罪犯常常打電話威脅別人，勒索贖金。美國警察把他在電話中的講話聲錄音，儘管他打電話時故意改變了腔調，警方還是根據他的聲紋，把他從幾個嫌疑犯中辨別出來！

四．代詞的運用

請填上恰當的代詞，並指出這些代詞有甚麼作用？

1. ＿＿＿＿＿＿＿來了？
2. 你買了＿＿＿＿＿＿回來？
3. 他們＿＿＿＿＿一言＿＿＿＿＿語地說個不停。
4. 我還是喜歡香港，我到＿＿＿＿＿＿住都不習慣。
5. ＿＿＿＿＿＿是誰的錢包？
6. ＿＿＿＿＿＿個胖小子是誰家的孩子？

練習四：虛詞、特殊詞類的辨認

一. 介詞的辨認

以下帶橫線的詞，哪個是介詞？

1. 星期天我在家，不出外，你來吧。
2. 他說在這一兩天裏回來，叫你不要擔心。
3. 說話要有根據，不能瞎說。
4. 根據調查所得，今年失業的人比去年減少了 2.5%。
5. 他說得對，我們不能對人不對事。
6. 他來自印尼，是心繫祖國的歸僑。

二. 介詞和連詞的辨認

以下帶橫線的詞，哪個是介詞？哪個是連詞？

1. 我跟你說，你最好別管閒事。
2. 你跟他一起來吧。
3. 山上的天氣跟山下不一樣。
4. 他走得太快了，我跟不上。
5. 我買了大白菜跟豬肉回來，可以包餃子吃了。
6. 我同你一起去跟他講清楚吧。

三. 虛詞和特殊詞類的辨認

以下兩段文字分屬不同的語體，請找出當中屬於虛詞和特殊詞類的詞語。

1. 餐廳裏的對話

A：這個清炒蝦仁分量多大呀？

B：嗯，不太大，普通分量，兩個人是可以的。

A：欸，那就來一個清炒蝦仁和賽螃蟹吧。

2. 短文　陳木城〈春天的小雨滴滴滴〉

雨，不大，卻滴滴答答地下個不停。於是，屋子前面的小水溝流動起來了，像一股清泉，從地底下湧出來，高興得嘩啦嘩啦，嘩啦嘩啦，你推我擠似的。

詞類		例詞
虛詞	介詞	
	連詞	
	結構助詞	
	語氣詞	
特殊詞類	嘆詞	
	擬聲詞	

參考答案

練習一：

句子	含詞數量	含語素數量
1. 他 (1) 吃 (2) 了 (3) 三 (4) 件 (5) 三明治 * (6)。	6	6
2. 他 (1) 買 (2) 了 (3) 一 (4) 張 (5) 英國 * (6) 沙發 * (7)。	7	7
3. 我們 (1) 請 (2) 了 (3) 他 (4) 喝 (5) 檸檬 * (6) 冷飲 (7)。	7	9
4. 我 (1) 心目 (2) 中 (3) 的 (4) 駱駝 * (5) 不 (6) 是 (7) 這樣 (8) 的 (9)。	9	11
5. 水果 (1) 含 (2) 豐富 (3) 果糖 (4)。	4	6
6. 愛恩斯坦 * (1) 是 (2) 偉大 (3) 的 (4) 物理學家 (5)。　　　　(陳之藩〈釣勝於魚〉)	5	9

( ) 顯示詞的數量。* 顯示多音節語素。

練習二：

1.

	實詞	虛詞
含詞匯意義	☑	☒
單獨充當句子成分	☑	☒
有「連接」和「附着」的作用	☒	☑

2. (1) 得 (結構助詞)

(2) 在 (介詞)

(3) 着 (時態助詞)

(4) (帶) 着 (時態助詞) (批評) 的 (結構助詞)，(凝視) 着 (時

態助詞)(鏡中)的(結構助詞)

(5) 為(介詞),的(結構助詞)

(6) 被(介詞),的(結構助詞),了(語氣助詞);而(連詞)

練習三:

一. 名詞: 疾病　勇氣　思想　心計

動詞: 生病　思考　信任

形容詞:吃力　吃虧　勇敢　放任　心軟

二. 1. 形容詞和副詞

格外(副)　特別(形)　快速(形)　趕快(副)

正確(形)　的確(副)　親切(形)　親自(副)

2. 名詞和副詞

現在(名)　正在(副)　從來(副)　從前(名)

暫時(副)　目前(名)

三. 數詞:一　　　　量詞:個

代詞:他　　　　副詞:常常　儘管　還是

四. 1. 誰(人稱疑問代詞)來了?

2. 你買了甚麼(事物疑問代詞)回來。

3. 他們你(人稱代詞,泛指)一言我(人稱代詞,泛指)語地
說個不停。

4. 我還是喜歡香港,我到哪裏(地點代詞,不定指)住都不
習慣。

5. 這(指示代詞,近指)是誰的錢包?

6. 那(指示代詞,遠指)個胖小子是誰家的孩子?

練習四：

一.1. 星期天我**在（動）**家，不出外，你來吧。

2. 他說**在（介）**這一兩天裏回來，叫你不要擔心。

3. 說話要有**根據（名）**，不能瞎說。

4. **根據（介）**調查所得，今年失業的人比去年減少了 2.5%。

5. 他說得**對（形）**，我們不能**對（介）**人不**對（介）**事。

6. 他來**自**印尼，是心繫祖國的歸僑。

二.1. 我**跟（介）**你說，你最好別管閒事。

2. 你**跟（連）**他一起來吧。

3. 山上的天氣**跟（介）**山下不一樣。

4. 他走得太快了，我**跟（動）**不上。

5. 我買了大白菜**跟（連）**豬肉回來，可以包餃子吃了。

6. 我**同（連）**你一起去**跟（介）**他講清楚吧。

三.

詞類		例詞
虛詞	介詞	**從**
	連詞	**和**
	結構助詞	**地　的　得**
	語氣詞	**呀　的　吧　了　似的 ***
特殊詞類	嘆詞	**嗯　欸**
	擬聲詞	**滴滴答答　嘩啦嘩啦**

*「似的」有兩種用法：(1) 前面來了一個天使似的小女孩。　(2)

你好像都知道他心裏想着甚麼似的。(1)「似的」附着比喻體後面,是比況助詞的功能。(2)「似的」附着句末表達推測的語氣,是語氣詞的用法。

第三章　語法篇

短語

短語和詞

> **閱讀重點**
>
> 1. 理解短語的概念；
> 2. 嘗試利用擴展法和變換法來區分詞和短語。

短語和詞一樣是語言的備用材料。詞和短語的區別主要表現在以下兩方面。

1.1 結合程度不同

詞由語素構成，語素之間結合程度緊密，不能插入其他成分。例如「白菜」、「火車」、「站立」、「學習」等。短語的結構成分是詞，結合程度比較鬆散，各詞之間能插入其他成分。例如「青山」(青的山)、「無軌電車」(無軌的電車)、「站起來」(站了起來)、「學漢語」(學了三年漢語)。

1.2 表達意念不同

詞所表達的是一個單純的、凝固的概念，而不是幾個語素意義的相加，例如「白菜」，它的意義不是白色的菜。短語中詞與詞之間的結合只是臨時的關係，所表達的不是融合在一起的、固定

的、凝結的和不可分割的概念，例如「學漢語」，「學」是動作行為，「漢語」是動作行為的對象，兩個詞各自保留本身的的意義，並沒融合成新的概念。

　　詞和短語的界限有時候比較難劃分，這是由於有的語言單位由兩個成詞語素構成，在形式上難以判斷是詞還是短語，如「大雨」和「大意」、「輕放」和「輕視」、「吃飯」和「吃力」、「丟錢」和「丟臉」等。通過擴展和變換的方法，可以把這些語言單位區分為詞或短語。

　　擴展和變換的運用，可以參考「離則為短語，合則為詞」的標準。所謂「合」，是指兩個單位恆常地緊密結合，中間不加插其他成分，代表一個獨立、完整的概念；所謂「離」，是指兩個單位的結合是臨時的，中間可以加插其他成分，是兩個獨立概念的相加。此外，假如變換兩個成分的位置，結構仍然站得住腳而成分的意義不變，這個組合就是短語，否則，就是詞。比較以下兩組語言單位在擴展結構和變換結構後的變化，就可以知道 A 組是短語，B 組是詞。

A 組	B 組
大雨 (1) 大的雨 (2) 雨真大	大意 (1) 大的意 * (2) 意真大 *
輕放 (1) 輕輕地放 (2) 輕輕地把東西放好	輕視 (1) 輕輕地視 * (2) 輕輕地把人視好 *

續表

A 組	B 組
吃飯 (1) 他吃完了飯了 (2) 把飯吃完 (3) 飯是我吃的	吃力 (1) 他吃完了力了 * (3) 把力吃完 * (3) 力是我吃的 *
丟錢 (1) 他丟了錢 (2) 把錢丟了 (3) 錢是我丟的	丟臉 (1) 他丟了臉 * (2) 把臉丟了 * (3) 臉是我丟的 *

　　在運用擴展或變換的方法來分析這類結構時，還要留意單位的意義。例如「吃飯」有以下三個意義：

　　　　a. 吃米飯

　　　　b. 用膳

　　　　c. 泛指生活或生存

　　以 a 的意義為基礎，「吃飯」可以擴展為「吃了兩碗飯」，也可以變換成「把飯吃完」、「飯是我吃的」、「飯，我不吃」等，可見「吃」和「飯」的結合比較鬆散，是短語。以 b、c 的意義為基礎，就不能出現類似的結構擴展和結構變換的情況，可見是成詞語素「吃」和「飯」融合成為一個單純的概念，「飯」並沒保留着「米飯」的意義。因此，b、c 義的「吃飯」是由兩個成詞語素組成的詞。

　　有的語言單位可以合也可以離，處於詞和短語的中間狀態，叫離合詞。例如「洗澡」可以擴展為「洗了三次澡」、「理髮」可以

擴展為「理了一個髮」。[1] 一些非述賓結構的語言單位可以通過語音層次的標誌來區分是詞還是短語。語言單位的最後一個語素唸成輕聲，可以判定為詞。例如「東西」(dōng xī，這大街東西長十公里) 是短語，「東西」(dōngxi，我們去逛街買東西) 是詞；「是非」(shìfēi，年青人要明辨是非) 是短語，「是非」(shìfei，千萬不要搬弄是非) 是詞。

1　漢語動詞性語言單位的「可分離」現象，在漢語語法研究裏早有討論。「離合詞」由陸志韋在 1957 年出版的《漢語的構詞法》(科學出版社) 裏提出。「離合詞」指動賓格的複合詞，在未擴展時是一個詞，擴展後是兩個詞。語法學家對「離合詞」有不同的處理方法，趙元任看作是複合詞的一種，呂叔湘認為是短語，有的認為「離合詞」是界於詞與短語中間的一種狀態，即不擴展是詞，擴展後是短語，例如張斌、胡裕樹即主此説。

第二節　短語的結構類型

短語有實詞與實詞的組合，也有實詞和虛詞的組合。按照詞和詞的結構方式，可以把短語分為若干種結構類別。短語的結構類別是分析句型的基礎。

2.1 偏正短語

偏正短語由兩組詞語組成，前一部分是修飾語，後一部分是中心語，兩部分有修飾和被修飾的關係。例如：

A. 舊毛筆（甚麼樣的毛筆好寫？）

　　老師的毛筆（誰的毛筆那麼好寫？）

　　兩枝毛筆（老師有幾枝毛筆？）

B. 用心學習（怎樣學習書法？）

　　非常大（春聯的字寫多大？）

A 組和 B 組顯示了兩種不同的偏正短語。

（1）定中短語

由定語、中心語兩部分組成，後面的中心語多由名詞或名詞性短語充當，前面的定語對中心語起修飾或限制的作用，如上述 A 組中的修飾語，有表示某種屬性的（舊毛筆）、有表示領屬關係（老師的毛筆）、有表示數量的（兩枝毛筆）。定語與中心語之間有的直接組合，有的要依靠結構助詞「的」組合。例如：

　　a. 定語＋中心語：（新）書包、（木頭）桌子、（跳舞）比賽、（中國）醫學

　　b. 定語＋的＋中心語：（父母）的關懷、（漂亮）的女孩兒、（中國）的醫學

（2）狀中短語

由狀語、中心語兩部分組成，後面的中心語多由動詞、形容詞充當，前面的狀語對中心語起修飾或限制作用，如上述 B 組中的修飾語，有表示動作方式的（用心學習）、有表示屬性的程度的（非常大）。狀語與中心語之間有的直接組合，有的要依靠結構助詞「地」組合。例如：

　　a. 狀語＋中心語：[坦白] 說、[該] 進去、[挺] 漂亮、[格外] 留神

　　b. 狀語＋地＋中心語：[努力] 地幹、[謙虛] 地學習、[輕輕鬆鬆] 地生活

2.2 述賓短語

述賓短語由述語和賓語兩部分組成，兩部分之間存有支配和被支配的關係；前面的述語由動詞充當，後面的賓語是述語支配、關涉的對象，例如「老師寫毛筆字」中，動詞「寫」和「毛筆字」發生關聯，成為述賓結構，能回答「寫甚麼」的問題。

述語和賓語之間含不同的意義關係，[2] 例如：

(1) 賓語是接受動作所支配的受事：打人、吃餃子、買東西、供養父母

(2) 賓語是動作、行為所牽涉的對象：打電話、學普通話、關心社會、孝順父母

(3) 賓語是動作、行為的結果：打毛衣、寫文章、蓋房子、拍電影

(4) 賓語是動作、行為的處所：去北京、坐地鐵、吃食堂、逛百貨公司

(5) 賓語是動作、行為的工具：寫毛筆、照 X 光、跳火圈、耍三截棍

(6) 賓語是動作、行為的方式：寄掛號、耍太極、游捷泳、看急診

(7) 賓語是存現、消失的事物：
來了一個人、死了三口豬、少了一本書、掛着一幅畫、放着一瓶花

(8) 賓語是判斷的對象：是文學家

有的動詞可以帶兩個賓語，結構形式是「述語＋間接賓語（人）＋直接賓語（物）」，例如：送我一朵玫瑰花（給予類）、拿了他幾塊錢（取得類）、借他十塊錢（予取類）、叫他老闆（表稱類）。有的動詞可以帶複雜的賓語，比較以下 A 組和 B 組的賓語，明顯可見 B

2　賓語的意義類型一般分為受事賓語（如「打人」）、施事賓語（如「來客人」）、關係賓語（如「是作家」），這是比較概括的分類，語法論著中對賓語的意義分類則各有不同。這裏列舉比較明顯可察的。

組，動詞後的賓語由另一短語充當，是一個複雜賓語。

A.	喜歡你	B.	喜歡在大樹下看書
	討厭抽煙		討厭跟人討價還價
	知道這件事		知道他為甚麼遲到
	研究語法		研究怎樣解決財赤的問題

2.3 述補短語

述補短語由述語和補語兩部分組成，兩部分之間存有補充和被補充的關係；前面的述語多由動詞、動詞性短語或形容詞、形容性短語充當，後面的補語對述語加以補充說明，表達不同的意義，例如：

(1) 表結果：洗〈乾淨〉、說〈清楚〉、聽〈懂〉、做〈完〉、看得〈仔細〉

(2) 表趨向：扔〈進去〉、掏〈出來〉、拿〈回來〉、跳下〈去〉、搬〈上來〉

(3) 表程度：好〈極〉、熟〈透〉、好得〈很〉、餓得〈要命〉

(4) 表情態：跑得〈很快〉、跳得〈很遠〉、急得〈走來走去〉、熱得〈滿頭大汗〉

(5) 表可能：演得〈好〉、演〈不好〉、跑得〈快〉、跑〈不快〉、吃得〈飽〉、吃〈不飽〉

(6) 表數量：等了〈一會兒〉、看了〈幾眼〉、去了〈一趟〉、住了〈年幾〉

述語與補語之間有的直接組合，有的要依靠結構助詞「得」組合。例如：

a. 述語＋補語：寫〈好〉、跳〈一下〉、走〈進去〉、窮〈極〉、高〈六呎〉

　　b. 述語 + 得 + 補語：吃得〈飽〉、聽得〈清楚〉、熱得〈要命〉、紅得〈發紫〉

2.4 主謂短語

　　主謂短語由主語和謂語兩部分組成，兩部分之間存有陳述和被陳述的關係，前面的主語是謂語陳述和說明的對象，後面的謂語是陳述和說明主語的內容。在主語後面的謂語，可以是詞，也可以是短語，例如：

　　(1) 主語 + 動詞/ 動詞性短語：

　　　　a. 春天 ‖ 到、我 ‖ 願意、大家 ‖ 休息、你 ‖ 說

　　　　b. 工人 ‖ 造 (述) 橋 (賓)、學生 ‖ 學習 (述) 語法 (賓)、他 ‖ 去 (述) 上海 (賓)

　　　　c. 小孩 ‖ 睡 (述) 得早 (補)、你 ‖ 說 (述) 下去 (補)、我 ‖ 看 (述) 下去 (補)

　　(2) 主語 + 形容詞/ 形容詞性短語

　　　　a. 心情 ‖ 舒暢、工作 ‖ 順利、性格 ‖ 善良

　　　　b. 蘋果 ‖ 紅 (述) 透 (補)、錢 ‖ 多 (述) 得很 (補)、我 ‖ 餓 (述) 得要命 (補)

　　(3) 主語 + 名詞/ 名詞性短語

　　　　明天 ‖ 中秋、今天 ‖ 星期一、他 ‖ 高個子

　　(4) 主語 + 主謂短語

　　　　這個學生 ‖ 態度認真 (主謂)、這個房間 ‖ 香氣撲鼻 (主謂)

　　在主謂短語裏，主語也可以是一個短語，例如「這個學生」是一個名詞性偏正短語，又例如「努力學習很重要」的主語「努力學

習」是動詞性偏正短語。

2.5 聯合短語

聯合短語由兩個或兩個以上的部分組成，各組成部分之間存有並列、遞進、選擇等關係。有的直接結合，有的靠連詞、關聯詞組合，有的組成部分之間用頓號或逗號隔開。例如：

(1) 並列聯合：

　　a. 名詞並列：香港九龍；茶壺、茶杯、茶葉筒；空氣和食水

　　b. 動詞並列：讀書遊戲；唱歌、跳舞、猜燈謎；檢討並建議

　　c. 形容詞並列：安定繁榮；光明、正直、果敢；又快又好

(2) 選擇聯合：香港或九龍；咖啡還是奶茶；選擇或放棄；去不去；對或錯；冷還是不冷

(3) 遞進聯合：不光說還身體力行；不但聰明而且好學

2.6 連動短語

連動短語由兩個或兩個以上的動詞或動詞性短語組成，各部分之間沒有語音停頓和關聯詞語，如「上街買東西」、「打電話找她」。連動短語裏的幾個動作行為也有不同語義關係，例如：

先後關係：上班賺錢、倒茶喝、進來說清楚

同步關係：去旅行、上街去、送孩子上學

V1 是 V2 的方式：笑着說、瞪着眼睛撒謊、扭着腰跳舞

V1 是 V2 的處所：蹲在路邊休息、躺在床上看電視、靠着牆
　　　　　　　　邊講手機

V2 是 V1 的目的：賺錢供孩子上學、大清早起來給他煮早餐

V1 是 V2 的條件：有條件出國留學、有機會當義工

2.7 兼語短語

由述賓短語和主謂短語套疊組成，而述賓短語中的「賓語」兼做主謂短語的「主語」，即後面述語的施事是前面述語的受事。例如：

V1 含致使意義：叫你去（叫你，你去）

　　　　　　　使人傷心（使人，人傷心）

　　　　　　　令他感到不快（令他，他感到不快）

　　　　　　　讓我試試看（讓我，我試試看）

　　　　　　　請他吃飯（請他，他吃飯）

V1 含認定和稱謂意義：選他當代表（選他，他當代表）

　　　　　　　　　　提名她參選港姐（提名她，她參選港姐）

　　　　　　　　　　當她是老佛爺（當她，她是老佛爺）

　　　　　　　　　　叫他做老大（叫他，他做老大）

V1 是領屬類動詞：有個朋友是醫生（有個朋友，朋友是醫生）

　　　　　　　　沒人願意跟他玩（沒人，人願意跟他玩）。

2.8 同位短語

同位短語的各組成部分互相指稱，即短語裏的各個部分從不同的角度來同指一個人或同一件物，例如：我們大家、香港這地方、清明節那天。同位短語裏的前後兩個名詞性成分有以下的意義關係。

N1=N2（N1 和 N2 所指稱的是同一事物）：他自己、咱們哥

倆、《邊城》的作者沈從文、

N1≥N2（N1 的外延比 N2 大，N1 多為通名，N2 多為專名）：首都北京、校長郭玲、物理學家愛恩斯坦、胖子老李

N1≤N2（N1 的外延比 N2 小，N1 多為專名，N2 多為通名）：郭玲校長、陳小朋友、香港特區

2.9 方位短語

方位短語指方位詞附着詞或短語後面構成的短語。例如：

(1) 詞與方位詞組合：手裏、身上、教室外、書架旁、長江以南、春節之後

(2) 短語與方位詞組合：

百貨商場皮鞋櫃檯前面、事情發生以後、他去旅行前後

2.10 量詞短語

量詞短語指量詞附着數詞、指示代詞、疑問代詞後面構成的短語。例如：

(1) 數量短語 —— 數詞 + 量詞：一串（葡萄）、兩斤（魚）、二十個（客人）、（跑）六趟、（說）一遍、（看）幾眼。

(2) 指量短語 —— 指示代詞 + 量詞／數詞 + 量詞：這點（小事）、那盆（水仙）、這幾本（書）、這一回（見面）、下周（書法課）、每位（嘉賓）、某個（學生）。

(3) 問量短語 —— 疑問代詞 + 量詞／數詞 + 量詞：哪個（人）、哪一次（聽話）、多少斤（魚）。

2.11 介詞短語

介詞短語由介詞和名詞、代詞或名詞性短語組成，介詞在前，其他成分在後。例如：

(1) 表時間：<u>從</u>今天（起）、<u>自</u>暑假以後

(2) 表方向：<u>向</u>郊外（發展）、<u>由</u>心（出發）

(3) 引出受事：<u>把</u>書（放好）、<u>把</u>孩子（嚇壞）

(4) 引出施事：<u>被</u>人（打傷）、<u>被</u>好朋友（出賣）

(5) 表方式：<u>按</u>章（工作）、<u>依據</u>慣例（處理）

(6) 表關涉：<u>對</u>這個人（沒有看法）、<u>比</u>哥哥（高）

2.12 的字短語

的字短語指助詞「的」附着別的詞，包括名詞、動詞、形容詞、代詞或短語後面構成的名詞性短語。的字短語作用與名詞相似，能指稱事物，但概括性比名詞大。例如：

(1) 指稱施事：來的、參加宴會的，如「**來的** ‖ 都是達官貴人」。

(2) 指稱受事：吃的、外國運來的，如「他們**吃的** ‖ 都是**外國運來的**」。

(3) 指稱工具：用來吃西餐的、調味用的，如「我 ‖ 已經把**調味用的**準備好了」。

(4) 指稱領有者：他的、國家的，如「工人們**穿的**、**吃的** ‖ 都是**國家的**」。

(5) 指稱有特徵的事物：高的、大的、鋼的、新潮的，如「**高的** ‖ 是甲隊球員。」

2.13 所字短語

所字短語指助詞「所」附着動詞或動詞性短語前面所構成的短
語。所字短語的作用在指稱事物（限於受事）。例如：**所**
見**所**聞、**所**用、**所**關心、**所**同意。

2.14 比況短語

比況短語指「似的」、「一般」、「一樣」、「般」等比況助詞附着
其他詞語或短語後面。例如：桃花**似的**、打雷**一樣**、仙子**一般**、
兄弟**般**。

2.15 固定短語

固定短語內部詞與詞的結構相當穩定，不能隨意替換，也有一
些固定短語可以依據某種結構模式替換其中某些成分。例如：

(1) 專名：商務印書館、食物環境衛生署

(2) 成語：守株待兔、杯弓蛇影、畫蛇添足

(3)「一 A 半 B」：一知半解、一言半語、一男半女

(4)「七 A 八 B」：七嘴八舌、七上八落、七折八扣

(5)「A 三 B 四」：朝三暮四、丟三落四、說三道四

(6) 表整體概念的述賓結構：開夜車、吹牛皮、喝西北風、坐
冷板凳

短語的功能類別

　　短語和詞一樣，具有造句功能，依照詞的語法分類，可以把上述結構不同的短語劃分為三大功能類別，見下表。

功能類別	名詞性短語	動詞性短語	形容詞性短語
特點	造句功能相當於名詞，常充當主語、賓語、定語等。	造句功能相當於動詞，常充當謂語，有時充當主語、賓語。	造句功能相當於形容詞，常充當謂語、定語、狀語。
結構類型	凡是以名詞為中心成分或主體的短語： (1) 由名詞組成的主謂短語 (今天星期一) (2) 定中型偏正短語 (很香的茶) (3) 由名詞組成的聯合短語 (茶壺和茶杯)	凡是以動詞為中心成分或主體的短語： (1) 以動詞作謂語的主謂短語 (他泡茶) (2) 述賓短語 (泡香茶) (3) 以動詞為中心語的狀中型偏正短語 (用心泡)	凡是以形容詞為中心成分或主體的短語： (1) 以形容詞作謂語的主謂短語 (茶很香) (2) 以形容詞為中心語的狀中型偏正短語 (很香) (3) 以形容詞為中心語的述補短語 (香極了)

續表

功能類別	名詞性短語	動詞性短語	形容詞性短語
	(4) 量詞短語（一個） (5) 方位短語（桌子上） (6) 同位短語（綠茶龍井） (7) 的字短語（泡茶用的） (8) 所字短語（所見）	(4) 以動詞為中心語的述補短語（泡得很香） (5) 由動詞組成的聯合短語（喝茶聊天） (6) 連動短語（泡茶喝） (7) 兼語短語（請他泡茶）	(4) 由形容詞組成的聯合短語（又香又濃） (5) 比況短語（仙丹似的）
例子粗體字顯示功能類別的短語	**河堤的斜坡上**（名詞性短語，充當句子的主語）是**一片**（名詞性短語，是「竹林」的定語）竹林，**竹林裏**（名詞性短語，是第二分句的主語）**有幾棵榆樹**（動詞性短語，充當第二分句的謂語），**伸枝展椏**（動詞性短語，充當第三分句的謂語），遮蓋了竹梢，顯出**鶴立雞群**（動詞性短語，充當賓語「得意姿態」的定語）的得意姿態（名詞性短語，充當賓語）。 （李牧華〈我愛鄉居〉）		

　　同一功能類別的短語，內部結構不一定相同，如以上同屬動詞性的幾個短語就各有不同的結構：「有幾棵榆樹」是述賓短語，「伸枝展椏」是聯合短語，「鶴立雞群」是固定短語。

第四節 ｜ 複雜的短語

閱讀重點

1. 認識語言的結構是有層次的；

2. 運用層次分析法分析短語結構；

3. 認識層次分析法的作用。

　　短語是由詞按照一定的結構方式一層一層結合起來的，構成短語的直接組成部分叫「直接成分」。只有一個結構層次的短語包含兩個直接成分，例如「喝汽水」是由動詞「喝」和名詞「汽水」直接組合成述賓關係的短語。多個結構層次的短語是由詞語按結構層次逐級組成，例如「層層的葉子中間，零星地點綴着些白花」（朱自清〈荷塘月色〉）的主語和賓語都是多層次的短語，其結構層次可分析如下：

(1) 層層的 葉子 中間

a. 第一層次：方位短語
　　直接成分：層層的葉子、中間

b. 第二層次：定中短語
　　直接成分：層層的、葉子

(2)　零星地 點綴着 些 白花

a. 第一層次：狀中短語
直接成分：零星地、點綴着些白花

b. 第二層次：述賓短語
直接成分：點綴着、些白花

c. 第三層次：定中短語
直接成分：些、白花

d. 第四層次：定中短語
直接成分：白、花

　　逐層切分以找出各結構層次的直接結構成分，叫做「層次分析法」，也叫「直接成分分析法」。利用層次分析法分析短語，可以清楚顯示短語的組合層次，有助於解釋歧義現象。例如：

(3)　中國 羊絨 大衣　　　(4)　中國 羊絨 大衣

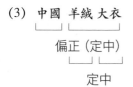

　　以上兩個不同的結合層次顯示了最外層的定語「中國」所修飾的範圍是不同的。(3) 的「中國」修飾範圍比 (4) 大，兩個短語的指稱對象也不同；(3) 指「中國生產的羊絨大衣」，(4) 指「由中國產羊絨所製成的大衣」。這種短語的歧義現象可以通過加插結構助詞「的」和其他修飾詞語來加以限制其中一個意義，如「中國製的羊絨大衣」、「中國羊絨製的大衣」等。

　　(5) 和 (6) 都是由五個詞組成的短語，詞語的排列次序表面上是一樣的，但是，實際上這五個詞的內部可以出現不同的組合層次。(3)、(4)、(5)、(6) 這樣的短語叫做「同形異構」。同形異構的短語，往往會出現歧義，要到進入句子以後，歧義才會受到語境制約。例如：

　　(7) a. 就是那頭老虎咬死**了**獵人的狗。

　　　　b. 就是那頭老虎**把**獵人的狗咬死了。

　　(8) a. **那條**咬死獵人的狗終於給抓住了。

　　　　b. 他們終於**把那條**咬死獵人的狗抓住了。

　　以上短語出現歧義，除了因為是同形異構外，還跟動詞「咬」和名詞「狗」的語義關係有關。由於「狗」是有生名詞，它既可以是「咬」的施事，也可以是「咬」的受事，因此，當這個靜態的語言單位仍然處於脫離語境的孤立狀態時，它只能具備抽象的結構形式和概括的意義，因為聯繫具體內容的陳述框架，即指稱和陳述的兩部份尚未建立，這樣歧義便無從消除。因此，短語的層次分析有助於解釋歧義現象，但不能解決歧義的問題。當靜態的語言單位進入動態的語用環境後，歧義就會受到一定的限制，如上述例句，表示施事或受事的成分出現，或「把字結構」的運用，都能限制動詞「咬」和名詞「狗」的特定語義關係。

短語結構裏「的」和「得」的用法

> **閱讀重點**
>
> 認識結構助詞「的」和「得」的不同用法。

5.1 「的」的用法

結構助詞「的」的其中一種用法是用在定中式偏正結構的定語和中心語中間,但並非所有定中式偏正結構都必須用「的」。偏正結構用不用「的」,會出現以下不同的變化。

(1) 定中式偏正結構用「的」表示領屬,不用「的」則帶有性質的含義。例如:

領屬關係	非領屬關係
中國的醫學	中國醫學
孩子的脾氣	孩子脾氣
狐狸的尾巴	狐狸尾巴

(2) 表示數量限制的偏正結構,用不用「的」,在語義上會有差異。例如:

三斤的魚 (指魚的大小)

三斤魚 (指魚的多少)

(3) 定中式偏正結構不用「的」,會改變了原來的關係。例如:

偏正結構	其他結構
討論的問題	討論問題（述賓結構）
學生的家長	學生家長（聯合結構）
我們的老師	我們老師（同位結構）

5.2 「得」的用法

結構助詞「得」用在述語和補語之間，表示述補結構，是補語的標誌，但是，並非所有述補結構都必須用「得」。用量詞短語作補語的，不用「得」，如「**去了兩次**絲綢之路」、「櫻花每年只**開一次**」；用副詞「極」作補語的，也不用「得」，如「**好極**了」、「**痛快極**了」。

述補結構的補語是短語或形容詞重疊式，必須用「得」，如「說得眉飛色舞」、「解釋得非常清楚」、「穿得大大方方」、「打掃得整整齊齊」。這種述補結構裏，動詞表示的行為已經實現了，補語是表示動作的情態。

補語是單個形容詞，則可表情態又可表可能，而它們的否定形式是不同的。

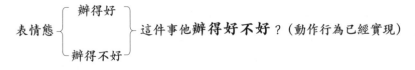

第六節 | 本章練習

練習一：短語的認識
短語結構的觀察和分析

　　下表展示了名詞、動詞和形容詞三大實詞類別的組合情況，並以編號標示各種組合類別。仔細觀察和比較各個短語結構，在以下橫線上填寫答案，比較各種短語結構的特點。

1. 「木頭桌子」這短語裏面，_____修飾_____，所以兩個名詞也可以構成_____關係。

2. 「詩仙李白」由兩個_____組成，雖然是兩個詞，但_____，所以是_____短語。

3. 主謂結構的「拳頭大」意思是_____，偏正結構的「拳頭大」意思是_____。

4. 「討論結束」是由兩個_____詞組成，由「討論」充當_____語。

5. 「巡迴表演」是由兩個_____詞組成，由「巡迴」充當_____語。

6. 「愛創作」是由兩個_____詞組成，由「創作」充當_____語。

7. 偏正結構的「改革方案」意思是_____，述賓結構的「改革方案」意思是_____。

8. 「快走」和「樂死」都是由一個_____和一個_____組成，但結構卻不同。「快走」是由「快」充當_____語修飾動詞「走」的情態，「樂死」是由「死」充當 語補述「樂」的程度。

名 + 名	動 + 動	形 + 形
(1) 主謂 (今天晴天)	(1) 主謂 (討論結束)	
(2) 偏正 (木頭桌子)	(2) 偏正 (巡迴表演)	
(3) 聯合 (香港深圳)	(3) 聯合 (唱歌跳舞)	(3) 聯合 (健康快樂)
	(4) 述補 (走進來)	(4) 述補 (高興極)
	(5) 述賓 (愛創作)	
(6) 同位 (詩仙李白)		
	(7) 連動 (倒茶喝)	

名 + 動	動 + 名	形 + 名
(1) 主謂 (教師講課)		
(2) 偏正 (電話聯絡)	(2) 偏正 (改革方案)	(2) 偏正 (良好市民)
	(5) 述賓 (吃晚飯)	
	(改革方案)	

名 + 形	動 + 形	形 + 動
(1) 主謂 (事態嚴重)	(1) 主謂 (愛國可敬)	
(拳頭大)		
(2) 偏正 (拳頭大)		(2) 偏正 (快走)
	(4) 述補 (洗乾淨)	(4) 述補 (樂死)
	(5) 述賓 (喜歡安靜)	

練習二：短語結構的辨認

以下文字取自老舍的〈趵突泉的欣賞〉，請寫出帶數字編號楷體字的短語的結構類型。

(1) **千佛山、大明湖和趵突泉**，是濟南的三大名勝，現在單講趵突泉。但是泉的所在地，並不是我們 (2) **理想中**的 (3) **一個**美景。

泉 (4) **太好了**。

你立定呆呆的 (5) **看三分鐘**，你便覺得自然的偉大，(6) **使你再不敢正眼去看**。

(7) **冬天更好**，泉上 (8) **起了一片熱氣**，(9) **白而輕軟**……

……有的像 (10) **一串明珠**，(11) **走到中途又歪下去**，真像一串珍珠 (12) **在水裏**斜放着……

有的……這 (13) **比那大泉**更有趣。

……水也 (14) **流得很旺**，但是我 (15) **還是愛**原來的三個。

練習三：短語的功能類別

一.指出以下短語裏楷書粗體字的詞屬甚麼詞類？

1. **叫**他**找**東西
2. **上街買**東西
3. 他**買**東西
4. 好**香**
5. **紅得刺眼**

6. **柴米油鹽**
7. 很**香**的茶
8. 游泳池**旁邊**
9. **教書的** *
10. **所見** *

* 指整個短語的功能相當於哪種詞類。

二. 按楷書粗體字的詞所屬詞類，判斷以上短語分屬哪個功能
　　類別，然後填寫下表。

名詞性短語	動詞性短語	形容詞性短語

填寫以下的觀察總結：

　　短語的分類有兩種，(1) 是＿＿＿＿＿，(2) 是＿＿＿＿＿，因此
＿＿＿＿不同的短語，如果中心成分都是具有某＿＿＿＿的語法
功能，由於中心成分都是＿＿＿＿，所以屬同一＿＿＿＿類別。例
如「柴米油鹽」是＿＿＿＿結構，「很鄉的茶」是＿＿＿＿結構由於
中心成分都是＿＿＿＿，所以同屬＿＿＿＿，又如「上街買東西」
是＿＿＿＿結構，「他買（東西）」是＿＿＿＿結構，由於中心成分
都是動詞，所以同屬＿＿＿＿。

練習四：短語層次分析

　　「**聘請採訪波場靚女記者**」是香港某報章招聘廣告的標題，
仔細觀察這標題含有怎樣的歧義，嘗試利用層次分析法來分析短語
的組合層次，找出不同的意義。

參考答案

練習一：

1. 「木頭桌子」這短語裏面，<u>木頭修飾桌子</u>，所以兩個名詞也可以構成<u>偏正（定中）</u>關係。

2. 「詩仙李白」由兩個名詞組成，雖然是兩個詞，但都指向同一個<u>人</u>，所以是<u>同位短語</u>。

3. 主謂結構的「拳頭大」意思是以大來描述拳頭的<u>大小</u>，偏正結構的「拳頭大」意思是<u>用拳頭來比況大的程度</u>。

4. 「討論結束」是由兩個<u>動</u>詞組成，由「討論」充當<u>主</u>語。

5. 「巡迴表演」是由兩個<u>動</u>詞組成，由「巡迴」充當<u>狀</u>語。

6. 「愛創作」是由兩個<u>動</u>詞組成，由「創作」充當<u>賓</u>語。

7. 偏正結構的「改革方案」意思是<u>方案是關於改革方面的</u>，述賓結構的「改革方案」意思是<u>方案不夠好，要改革一下</u>。

8. 「快走」和「樂死」都是由一個<u>形容</u>詞和一個<u>動</u>詞組成，但結構卻不同。「快走」是由「快」充當<u>狀</u>語修飾動詞「走」的情態，「樂死」是由「死」充當<u>補</u>語補述「樂」的程度。

練習二：

(1) 聯合短語 (2) 方位短語 (3) 量詞短語 (4) 狀中短語

(5) 述補短語 (6) 兼語短語

(7) 主謂短語 (8) 述賓短語 (9) 聯合短語

(10) 定中短語 (11) 連動短語 (12) 介詞短語 (13) 介詞短語

(14) 述補短語 (15) 狀中短語

練習三：

一.

1. **叫**他**找**東西（動詞）
2. **上街買**東西（動詞）
3. 他**買**（東西）（動詞）
4. 很**香**（形容詞）
5. **紅**得刺眼（形容詞）

6. **柴米油鹽**（名詞）
7. 很香的**茶**（名詞）
8. 游泳池**旁邊**（方位名詞）
9. **教書的**（名詞）
10. **所見**（名詞）

二.

名詞性短語	動詞性短語	形容詞性短語
6-10	1-3	4-5

　　短語的分類有兩種，(1) 是結構類型，(2) 是功能類型，因此，結構不同的短語，如果中心成分都是具有某詞類的語法功能，便屬同一功能類別。例如「柴米油鹽」是聯合結構，「很鄉的茶」是定中結構，由於中心成分都是名詞，所以同屬名詞性短語，又如「上街買東西」是連動結構，「他買（東西）」是主謂結構，由於中心成分都是動詞，所以同屬動詞性短語。

練習四：

1. 意義：聘請記者，記者的採訪對象是波場靚女。

2. 意義：聘請靚女記者，記者的採訪對象是波場。

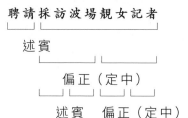

第四章 **語法篇**

單句的分析方法

第一節 ｜ 句　子

> **閱讀重點**
>
> 1. 了解句子的本質；
> 2. 辨認不同形式的句子。

　　句子是人們交際的基本語言單位。在口語表達上，每個句子都有一定的語調，句子和句子之間有較大的停頓，在書面表達上，每個句子只能用上句號、問號或感嘆號來表示語調和停頓。例如：

(1) 問路對話

A：這位先生，請問附近有廁所嗎？

B：往前走走，有廁所。

A：遠嗎，還？

B：不太遠。往前走走就是了。

A：噢！在右邊左邊啊？

B：順着這邊儿上走，別過馬路。

A：好哩。

(2) 豐子愷《送阿寶出黃金時代》片段

　　……我的孩子們！我憧憬於你們的生活，每天不止一次！我想委曲地說出來，使你們自己曉得。可惜到你們懂得我的話的時候，你們將不復是可以使我憧憬的人了。這是何等可悲的事啊！

　　從以上語言例子可以看到句子除了「主 - 謂」兩部結構外，還有其他結構形式。由於語境不同，句子的運用會出現不同的選擇。談話雙方都出現在交際現場的口頭對話，句子往往因語境而省略不言而喻的冗餘，結構便顯得鬆散，如以上問路對話裏的「遠嗎，還？」，主語「廁所」因上文而省略了，述語因表達迫切而前移了，整個句子看似不完整，但由於在語境當中已清楚表達了關於距離的疑問，算是合法的句子。至於書面表達，讀者多為不確定的群體，也沒出現在作者的寫作現場，所以句子不適宜省略太多，以免影響達意效果，結構便顯得嚴謹，如《送阿寶出黃金時代》一段裏的「這是何等可悲的事啊！」句子的主語謂語清晰可見。

　　總的來說，句子是交際的基本語言單位，就是說句子具有表述功能這個本質，無論是口頭上講出來的還是書面上寫出來的，只要表述一定意義，帶有一定的語調，就是句子。句子的表述功能，指的是句子的使用產生自說話人的傳意動機，能反映特定的內容，例如「早！」透露了說話人的社會禮貌，暗含着要和對方建立良好關係的動機，「下雨了。」陳述了已然事實，「我不要吃辣的。」提出了特定要求，這些日常生活中常說的，都是句子，有的是主謂句，有的是非主謂結構的句子。

　　句子結構有繁有簡，按照結構特點，可以先把句子劃分為單句和複句兩大類型。

1.1 單句

　　只有一套外部結構（主謂結構或非主謂結構）的句子就是單句。例如：

　　(1) 噢！

(2) 好哩。

(3) 遠嗎，還？

(4) 請問附近有廁所嗎？。

(5) 我的孩子們！

(6) 這是何等可悲的事啊！

　　以上都是只有一套外部結構的句子，(1) 是表知道的歎詞句，(2) 是表應允的形容詞非主謂句，(3) 是省略主語的主謂句，(4) 是帶有敬詞表疑問的主謂句，(5) 是表呼喚的名詞性非主謂句，(6) 是表感嘆的主謂句。

1.2　複句

　　含兩套或以上平行的外部結構（主謂結構或非主謂結構）的句子就是複句。例如：[1]

(1) 往前走走，① 有廁所。②

(2) 順着這邊儿上走，① 別過馬路。②

(3) 我憧憬於你們的生活，① 每天不止一次！②

(4) 幾乎所有的舞蹈都要將同一動作重複若干次，① 並且往往將動作的重複和音樂的重複結合起來，② 但在重複之中又給以相應的變化；③ 通過這種重複與變化以突出某一種效果，④ 表達出一種思想感情。……（梁思成〈千篇一律與千變萬化〉

　　以上是含有兩套或以上平行外部結構的複句。複句中平行的

1　句子後的 ① ② 表示該複句中各分句和數量。

外部結構叫分句，分句在複句中有一定的意義關聯。(1) 和 (2) 兩句來自指路話語，當中的分句都是跟時間先後有關的連貫關係。(3) 來自豐子愷對兒女成長的感受，第二分句補充陳述了第一分句中「憧憬」的次數。(4) 是一個三重結構的複句，解釋「重複」和「變化」的關係及要達成的目的；① ② ③ 和 ④ ⑤ 是最外層，陳述重複與變化要達成的目的，① ② 和 ③ 三個分句是第二層，以轉折關係突出在舞蹈和音樂的重複中所出現的變化，① ② 和 ④ ⑤ 同時是第三層，① 和 ② 並列陳述舞蹈和音樂的重複，④ 和 ⑤ 並列陳述重複和變化要達成的兩個目的。

句子成分

閱讀重點

1. 了解句法成分和句子分析的關係；
2. 識別句子中的各個成分。

2.1 句法成分 [2]

2.1.1 主語

　　有一類句子可以二分為兩大部分，第一部分叫主語，是句子的陳述對象。一般用「‖」來劃分句子的主語和謂語，「‖」前面的多為主語。例如以下取自阿濃〈祖父的遺物〉一文中的句子裏，「祖

2　傳統的語法分析不區分句子分析和句法分析，所以也沒有嚴格區分「句子成分」和「句法成分」。張斌（1998）：《漢語語法學》（頁 41-44）指出句法分析即短語（詞組）分析。句法成分也就是組成短語的成分。歸納短語的結構（見本書第三章第二節），可以看到句法成分包括了主語、謂語、賓語、定語、狀語、補語。張斌（2003）：《現代漢語（中央廣播電視大學教材）》（頁 326-327）進一步說明了短語和句子的區別，包括：句子有語氣，短語沒有；句子有獨立語（見本章 2.2 節），短語沒有；句子的主語有時候後置，賓語有時候前提，短語中有主謂短語，沒有謂主短語，有述賓短語，沒有賓述短語。由此可見，短語的構成成分位置固定。句子分析以句法分析為基礎，因此，本部把句法成分的介紹擴大到句子的層面，讓學習者可以從動態的角度觀察短語結構和句子分析的關係。

父」、「他」、「遺物」、「我跟祖父的感情」、「他看報紙用的放大鏡」
都是句子的主語。

(1) **祖父** ‖ 逝世三個多月了。

(2) **遺物** ‖ 也不曾清理。

(3) **他** ‖ 很是寂寞。

(4) 我跟祖父的**感情** ‖ 很好。

(5) 他看報紙用的**放大鏡** ‖ 是我的玩具之一。

(6) **跳健康舞** ‖ 能鬆弛緊張的神經。

(7) **跳健康舞、畫畫兒、聽音樂，游泳** ‖ 都能鬆弛緊張
的神經。

(1) 句的主語是動作的發出者，叫施事主語。(2) 句的主語受
謂語動詞所支配，叫受事主語。(3)、(4)、(5) 句的主語是關係主
語或中性主語。主語的結構可以是詞，也可以是短語，例如 (1)、
(2)、(3) 句的主語是詞，(4) 句的主語是偏正短語，(5) 句的主語
是多層次的偏正短語。主語也可以是動詞性的，如 (6) 句由動詞
「跳」組成的述賓短語充當主語，(7) 句由「跳」、「畫」，「聽」和「游
泳」組成的聯合短語充當主語。

2.1.2 謂語

謂語是相對於句子主語而言的第二部分，「‖」後面是謂語。
例如上述句子裏「逝世三個多月了」、「也不曾清理」、「很是寂寞」、
「很好」、「是我的玩具之一」都是句子的謂語。謂語的核心可叫述
語，直接與主語構成陳述和被陳述的關係。假如述語由帶賓動詞充
當，後面必須出現賓語，如以上句 (5)，由判斷動詞「是」充當謂語
的核心，「我的玩具之一」便是「是」這個述語的必有成分，缺了句

子便不成立。不帶賓語的動詞或形容詞也充當述語，如以上例句子裏的「逝世」、「清理」、「寂寞」和「好」都是謂語的中心語／述語。出現在述語前面的是述語的修飾成分，出現在後面的多為補充成分。

2.1.3 賓語

賓語的位置在由帶賓動詞充當的述語後面，是受充當述語的動詞所支配的或所關涉的對象。一般用＿＿＿＿來表示，例如：

(1) 學生們 ‖ 在球場裏**踢**足球。

(2) 這鍋飯 ‖ 可以**吃**飽三十人。

(3) 我 ‖ **姓**陳。

(4) 獨生子女 ‖ **成**了家裏的小皇帝。

(5) 月兒 ‖ **像**檸檬。

(6) 院子裏 ‖ 都**是**竹樹。

(7) 老師 ‖ **教**我漢語。

(8) 體育系的同學 ‖ 都**喜歡**在大清早做體操。

(9) 我們 ‖ 要**學習**怎樣面對困難，怎樣解決困難。

賓語和述語有不同的語義關係，如 (1) 句的賓語是動作的接受者，叫受事賓語，(2) 句的賓語是動作的發出者，是施事賓語，(3)、(4)、(5)、(6) 句的賓語可以統稱為關係賓語或中性賓語。(7) 句的動詞 (述語) 帶雙賓語。詞或短語都可以充當賓語，如 (8)、(9) 句的賓語就是動詞性短語。[3]

3　賓語的意義類型參考第三章第二節 2.2 述賓短語部分的説明 (頁 89)，這裏為便於辨認賓語在句中的位置和結構特點，採用比較概括的分類。

2.1.4 定語

　　句子的主語或賓語假如是名詞性偏正短語（定中型偏正短語），則名詞性中心語前面的修飾成分是定語，也就是説定語是主語（中心成分）和賓語（中心成分）的修飾成分，一般用（　　）來表示，例如：

　　(1)（**他**）的房間 ‖ 仍保持（原來）的樣子。

　　(2)（**小**）蒲公英 ‖ 活像（一群）（小）傘兵。

　　(3)（**小**）蒲公英 ‖ 長着（蓬蓬鬆鬆）的（白）絨毛。

　　以上句子裏，句 (1) 的「他」是表示領屬的定語，限制主語「房間」；句 (2) 的「一群」是限制數量的定語，限制賓語「小傘兵」，句 (3) 的「蓬蓬鬆鬆」和句 (2)、(3) 的「小」都是修飾事物特性的定語，分別修飾賓語「白絨毛」和主語「蒲公英」。

2.1.5 狀語

　　句子的謂語假如是非名詞性偏正短語（狀中型偏正短語），則非名詞中心語前面的修飾成分是狀語，也就是説狀語是述語（謂語的核心）的修飾成分，位置在述語前面。一般用 [　　] 來表示，例如：

　　(1) 學生們 ‖ [**在球場裏**] 踢足球。

　　(2) 今天的天氣 ‖ [**比昨天**] 好。

　　(3) 漆黑夜空裏的星星 ‖ [**像鑲在天鵝絨上的鑽石一樣**] 燦爛奪目。

　　(4) 老婦人 ‖ [**在菜園裏**] [**慢慢地**] 拾菜葉。

　　(5) 老婦人 ‖ [**在菜園裏**] [**慢慢地**] [**把一塊塊菜葉**] 拾起來。

(6) 菜園裏的菜葉 ‖［**都**］［**給老婦人**］［**一塊塊**］拾起來。

(7) 他 ‖［**真**］［**夠**］朋友。

以上句子裏，「在球場裏」、「在菜園裏」是指出處所的狀語；「慢慢」、「一塊一塊」是修飾動作進行狀態的狀語；「把一塊塊菜葉」是引介受事的狀語；「給老婦人」是引介施事的狀語；「比昨天」是引介比較對象的狀語；「像鑲在天鵝絨上的鑽石一樣」是引介比擬對象的狀語。(7) 句的述語由名詞充當，「真」和「夠」修飾的是句子中的述語，「夠」修飾程度，「真」強調語氣。

句子的結構是有層次的，從以下的分析可以看到，句子裏多個句法成分的組合是有先後層次之分的，而看似出現在同一平面的兩個狀語，由於組合層次不同，其修飾範圍也不同。

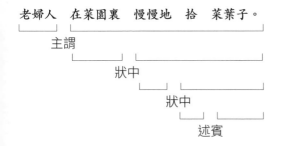

出現在句子謂語裏的幾個句法成分中，與主語「老婦人」直接構成主謂關係的是「拾菜葉子」。在這個「主謂賓」的基本格局上，狀語「慢慢地」先跟「拾菜葉子」組合，修飾述語「拾」的狀態，而另一個狀語「在菜園裏」最後與「慢慢地拾菜葉子」組合，指明「慢慢地拾菜葉子」整個動作在哪裏（處所）進行。換言之，同樣是狀語，以結構層次來說，「慢慢地」在內層，「在菜園裏」在外層，從

意義範圍來看，「在菜園裏」修飾的比「慢慢地」要大。

由此可見，分析句子不能太機械化、純形式化，把所有狀語看作同一層次上的成分，有時候須從句子的意義來觀察句中多個狀語是如何組合的，以及多個狀語言所修飾的意義範圍有怎樣的關係。如「這個設計不很好」，如把「不」和「很」看成同一層次上的狀語，即「不」與「很」並列，同時修飾「好」，成了「不好」與「很好」，意義就講不通了。仔細觀察這句子的意義，就會發現「不很好」並非同時在同一個層次上組成的。狀語「很」和述語「好」先結合成狀中型偏正短語，然後「不」才加以否定，即「不」所要否定的並非「好」，而是「很好」的程度。

總的來說，分析句子中各個句法成分，不能只從詞語着眼，還要留意短語的結構，尤其是複雜的短語結構（見第三章第四節）。

2.1.6 補語

句子的謂語假如是動詞性或形容詞性述補短語，則中心語後面的補充成分便是補語，也就是說，補語是述語的補充成分，位置在述語後面。一般用〈 〉來表示，例如：

(1) 今天的天氣 ‖ 好〈**極**〉。

(2) 天邊的雲霞 ‖ 紅得〈**發紫**〉。

(3) 她 ‖ 把地板擦得〈**發亮**〉。

(4) 他 ‖ 往地上的螞蟻群踩了〈**幾腳**〉。

(5) 她 ‖ 笑得〈**直不起腰來**〉。

(6) 我 ‖ 餓得〈**可以一口氣吃下三個漢堡包**〉。

以上句子裏，「極」是表示程度的補語；「發紫」、「發亮」是表示結果的補語；「幾腳」是表示數量的補語；「直不起腰來」、「可以一口氣吃下三個漢堡包」是多層次短語，表示情態。

2.2　句子的特殊成分

句子的特殊成分指六個句法成分以外不能離句獨立的成分。特殊成分雖然不直接組成句子，跟句中其他句法成分沒有結構關係，但往往因應語用需要，在句中發揮特定的表達作用，可以分以下三種。

2.2.1　句首修飾語

句首修飾語出現在句子的開頭，起修飾限制的作用。

(1) **明天下午三點**，咱們老地方見。

(2) **輕輕的**我走了，正如我輕輕的來……（徐志摩〈再別康橋〉）

(3) **在這些街道上**，肩上搭着布條的苦力蹲着進食，穿着圍裙的婦人在捲煙，果攤上撐着雨傘，一名和尚提着一束白菜走過。（西西〈店鋪〉）

(4) **對於白人**，我們或者諂媚，或者排斥；**對於黑人**，那個計程車司機的心態非常典型。（龍應台〈給我一個中國娃娃〉）

　　句 (1) 和句 (2) 的句首修飾語都可以還原為狀語，狀語提前到句首是為了收突顯特定意義之效；句 (1) 要突出時間，句 (2) 要營造寧靜告別的氣氛。句 (3) 和 (4) 的句首修飾語不能還原，有引進話題的作用，句 (3) 是為後續的四種人物活動描述提供場景，句 (4) 是限制後續句子的陳述範圍。

2.2.2 提示成分

　　句中兩個詞或短語同指一個事物，一個用在句中作為句子的組成部分，另一個用在句首或句末，不屬於句子的主語或謂語的組成部分，這些成分叫提示成分。例如：

　　(1) **長江**，你 ‖ 是我們偉大的母親河！

　　(2) **畢業同學裏，有的** ‖ 當老師，**有的** ‖ 當編輯，**有的** ‖ 繼續進修。

　　(3) 我 ‖ 真的拿你沒辦法，**小氣鬼**！

句 (1) 的「長江」和「你」同指一條河流，「你」是句子的主語，句首的「長江」提示主語「你」的實指。句 (2)「畢業同學裏」是總説式提示成分，後續句「有的……有的……有的……」是相關的分項陳述。句 (3) 的「小氣鬼」和賓語「你」同指一人，有提示作用的「小氣鬼」位置在句末。

2.2.3 獨立成分

　　獨立成分也叫插語、插入語、插説語等，指句中加插的一個詞或短語，位置比較靈活，具有加強語勢，變化語氣，引起注意等語用作用。

(1) 表呼喚：**老師**，我們今天是要停課嗎？

(2) 表應答：

a. **好**，我會考慮考慮。

b. **嗯**，我來了。

(3) 引起對方注意：

a. **看**，下大雨了。

b. 車來了，**當心**。

(4) 表示推測：

a. 他的病，**看樣子**，是治不好的了。

b. 這套房子，**少說**也要港幣千多萬。

(5) 表示強調：**老實說**，我對藝術真的很感興趣。

(6) 表示消息來源：**據說**情況起了變化，得小心。

(7) 表示總括：**一句話**，誰做錯了就罰誰。

第三節 | **單句的分析方法**

閱讀重點

1. 認識句子成分分析法的特點，運用句子成分分析法來檢視並修訂病句；

2. 認識層次分析法的特點，運用層次分析法來分析句子的組合層次。

3.1 句子成分分析法

句子成分分析法又叫中心詞分析法，是傳統語法的析句方法。[4] 句子成分分析法的析句觀點是句子是由詞構成的，析句就是在同一句子最大的層次上，劃分出句子所含的主、謂、定、狀、賓、補六個句法成分，程序如下：

(1) 先把句子按邏輯語義關係分為主語部分和謂語部分。

(2) 找出這兩個部分的中心語 —— 主語部分的中心詞和和謂語部分的中心詞，如由帶賓語動詞充當謂語中心詞，則再

4　「句子成分分析法」以 1956 年制訂的《漢語語法教學暫擬系統》為代表，以主語和謂語為基本成分，定語、狀語、補語、賓語是連帶成分。1984 年公佈試用的《中學教學語法系統提要（試用）》把賓語提為句子的主幹，即把定語、狀語、補語都壓縮掉，剩餘下來就是句子的主幹。

找出受動詞支配的賓語；主語中心詞、謂語中心詞、賓語中心詞可看作句子的基本成分。

(3) 分別找出各中心詞的連帶成分，包括：

　　a. 主語部分的修飾語 —— 定語

　　b. 謂語部分的修飾語 —— 狀語、補語

　　c. 賓語的修飾語 —— 定語

(4) 最後按找出的句子成分總結句子的格局。例如：[5]

　　a. (他們的) 眼睛 ‖ [緊張地] 盯着 (電視機) 的屏幕。

a 句的格局是：定語—主語 ‖ 狀語—謂語/ 述語—定語—賓語。

　　b. (窗外的) 雨點 ‖ [不停地] 打 < 進來 >。

b 句的格局是：定語—主語 ‖ 狀語—謂語/ 述語—補語。

句子成分分析法便於檢驗句子的主幹，句子的主幹和枝葉分得清楚，有助理解句子的意義。例如：[6]

(1) (兩隻) (僅有的簡單的智商和強烈的直覺) 的小鼠 ‖ [常]
　　[四處] 尋找 (他們) (喜歡的) (那種) (硬硬的、需要輕咬
　　細嚼) 的乳酪。→

　　　　句子主幹：小鼠 ‖ 尋找乳酪。

5　句子劃分主謂兩部分後，為簡便陳述，把主語部分的中心詞稱為主語，謂語部分的中心詞稱為謂語或述語。

6　有關例句分析並沒把所有成分分析到詞，因為客觀看來，有的成分是有結構的短語，如句 (2)「講求效率」是整體修飾主語中心詞「現代人」的述賓短語，如分析到詞，成了「講求」和「效率」兩個詞同時修飾「現代人」——(講求) 的現代人、(效率) 的現代人，那是説不通的。這也是句子成分分析法的缺點。

(2) (講求效率) 的現代人‖[在學習、工作和生活的拼搏中]，
　　[不免][要]承受 (莫大) 的 (精神) 壓力。→

　　　　句子主幹：現代人‖承受壓力。

(3) 氣團‖[就]是 (在水平範圍可達數千公里而溫度、濕度等物
　　理性質在水平方向上的差異不大) 的 (一大塊) 空氣層。→

　　　　句子主幹：氣團‖是空氣層。

　　人們要表達的內容可以很具體細緻的，這些細節內容有的以
連帶的修飾成分或補充成分呈現在句子的結構中，如：

(1) 句子擴充後出現連帶成分：(怎樣) 的小鼠[怎樣]尋找 (怎
　　樣) 的乳酪？
(2) 句子擴充後出現連帶成分：(怎樣) 的現代人[在怎樣的情
　　況下]承受 (怎樣) 的壓力？
(3) 句子擴充後出現連帶成分：氣團是 (怎樣) 的空氣層？

　　句子主幹傳達的是基本信息，有時候最需要人留意或理解的
卻在發揮修飾功能的連帶成分上。如為「氣團」下定義的句 (3)，
其要傳達的內容重點就在修飾賓語的定語。運用句子成分分析法，
有助劃分清楚句子的主幹和修飾的枝葉，藉以逐步正確掌握句子的
意義重點。

　　抓住句子的主幹和格局，同時有助檢查語法毛病，如成分缺漏
或語序不當等。例如：

(4) (幾十個) 學生‖走了 (莊嚴) 的禮堂。

　　語法毛病：「走」和「禮堂」不直接構成動賓關係，這裏欠了表
「走」的方向的趨向補語。

(5) <u>第二段、第三段</u> ‖ [比起來][更]<u>清楚</u>。

語法毛病：狀語「比起來」缺了比較對象，句子意義便出現問題，這是狀語殘缺的毛病。

(6) 教育處規定，在職的英語及普通話教師可在五年內透過進修或考試達標，① 但要一年內通過考試卻是新入職教師唯一達標的方法，② 對政府予新舊教師不同達標方法有欠公平。③

　　句 (6) 是一個複句，要清楚掌握句子的意義，首先要抓住分句的結構毛病。以下是三個分句的結構分析。

① <u>教育處</u> ‖ <u>規定</u>，在職的英語及普通話教師可在五年內透過進修或考試達標，

② <u>但要一年內通過考試</u> ‖ [卻]<u>是</u> (新入職教師) (唯一) (達標) 的方法，

③ <u>對政府予新舊教師不同達標方法</u> ‖ <u>有欠</u> 公平。

　　句子成分分析法首先幫助我們抓住句子的主幹，因此，第一步便可檢查主幹是否成立，從上述分析可見句 (6) 三個分句都是主謂賓結構，第③分句明顯可見主語部分的「對」是多餘的。主幹成立，便可進一步檢查修飾成分，如第②分句，問題出現在賓語的中心詞上，賓語的核心是「方法」還是「達標方法」，檢視主語的意義，賓語該是「達標方法」，那麼，連接定語和中心語的結構助詞「的」適宜前移到定語「唯一」之後，以明確「唯一」的修飾範圍。

　　檢查了句子的基本問題後，便可以初步修訂句子的基本毛病，意義便會清晰一點：

　　教育處規定，在職的英語及普通話教師可在五年內透過進修或考試達標，但要一年內通過考試卻是新入職教師唯一**的**達標方

法，政府予新舊教師不同達標方法有欠公平。

　　句子成分分析法雖然有助檢查單句的語法毛病，但在語法研究的角度看，也有一定的局限性，包括：

(1) 離開了句子的枝葉，句子的主幹不一定能站得住，例如：

　　a. 美國‖爆炸了一顆原子彈。→句子的主幹：美國‖爆炸了。[7]

　　b. 我從前不喜歡喝酒，現在還是不喜歡喝酒，將來大概仍然不喜歡喝酒。→句子的主幹：我‖喜歡，喜歡，喜歡。[8]

(2) 離開了句子的枝葉，句子的主幹意思變了，有時候更顯得滑稽或於理不通，例如：

　　a. 他‖有一次在夢中飛到天上。→句子的主幹：他‖飛到天上。

　　b. 于福的老婆‖是小芹的娘。→句子的主幹：老婆‖是娘。

　　c. 大家‖笑痛了肚皮。→句子的主幹：大家‖笑肚皮。[9]

3.2 層次分析法

　　層次分析法又叫直接成分分析法，是針對句子成分分析法的

7　這是《漢語語法教學暫擬系統》的分析方法，賓語不作句子的基本成分，後來也把賓語看作基本成分，部分問題便得以解決。

8　例句選自呂叔湘《漢語語法分析問題》第 72 段。

9　參看分析句的問題，參考張斌 (1998)：《漢語語法學》，上海，上海教育出版社，頁 41-56。

問題而提出的。[10] 層次分析法主要是對句子進行二分，每次切出最大的兩個直接成分，然後層層縮小切分範圍，達到分析目的就行。例如：

(1) 幾十個學生立刻走進了莊嚴的禮堂。

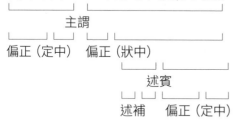

(2) 我每年都到舅舅家住上幾年

「層次分析法」有助描寫複雜的語言組合層次，看出句子裏各個單位是怎樣層層組合，例如：

10　層次分析法是用分析短語的方法來分析句子，可以丁聲樹等著 (1961) 的《現代漢語語法講話》為代表。

(3) 他 正 看着 和氣的 胖女傭 爬上一張高凳 顫巍巍地要替各雞隻打掃灰塵。

以上句子的賓語是一個多層次結構的主謂短語，假如採用句子成分分析法，要把這賓語跟其他句法成分一樣，在同一層次上分析到詞，是難以達成的。層次分析法能兼顧句子的意義，不會出現類似句子成分分析法的問題，例如：

(4) 于福的 老婆 是 小芹的 娘

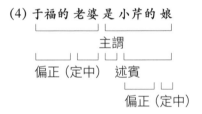

用層次分析法分析句子，可以看到上句中「于福」、「小芹」分別與「老婆」、「娘」先組成偏正短語然後才再組成主謂賓結構，表領屬的定語有重要的作用。

第四節 | **本章練習**

一. 參考例子，用符號分析句子。

主謂句 主語部分 ‖ 謂語部分

主語 ＿＿＿＿＿　　述語 / 謂語　賓語 ～～～～

定語 (　)　　狀語[　　]　　補語〈　〉

例：

遊覽蘇州園林 ‖ [必然][會]注意到花牆和廊子。

你 ‖ 表現出眾 (主謂短語充當謂語，不能再細分)。

說實在的 (獨立成分)，我 ‖ 聽〈不懂〉(你) 的意思。

1. 房間裏的燈突然熄了。
2. 我跟媽媽上超級市場買菜。
3. 他有好幾個朋友總愛借錢不還。
4. 於是我像一朵雲似的，飄到南方來。(陳之樊〈寂寞的畫廊〉)
5. 校長已為我找好了房子。(陳之樊〈寂寞的畫廊〉)

二. 句子成分分析法的運用：病句修改

利用句子成分分析法分析以下句子，找出語法毛病，然後修改病句。

1. 今天，我們紅帽隊對黃衣隊踢足球。

2. 小兔子躲在紙盒裏睡覺，十分可愛極了。

3. 醫生還沒有替弟弟注射針藥，就已經大叫了。

4. 老師，我說兩題 IQ 題給你。

5. 我一開門進去，在馬桶格裏面，有三個我的朋友的人在裏面打機。

三. 用層次分析法分析以下句子。檢查一下句子是否有多於一種的組合層次。不同層次的意義有甚麼不同。

1. 我們三個分一個西瓜。

2. 官員們在討論一個教師的建議。

參考答案

練習一：

1. (房間裏) 的 <u>燈</u> ‖ [突然] <u>熄</u>了。

2. <u>我</u> ‖ [跟媽媽] <u>上超級市場買菜</u> (連動短語充當述語)。

3. <u>他</u> ‖ <u>有好幾個朋友總愛借錢不還</u> (兼語短語充當述語)。

4. 於是 (句首修飾語，連接上文) <u>我</u> ‖ [像一朵雲似的]，<u>飄</u>到南方〈來〉。 (陳之藩〈寂寞的畫廊〉)

5. <u>校長</u> ‖ [已][為我] <u>找</u>〈好〉了房子。 (陳之藩〈寂寞的畫廊〉)

練習二：

1. 今天 (句首修飾語)，<u>我們紅帽隊</u> (同位短語充當主語) ‖ [~~對~~ **跟** 黃衣隊] (狀語錯用介詞) <u>踢</u> 足球。

2. <u>小兔子</u> ‖ <u>躲在紙盒裏睡覺</u> (連動短語充當述語)，‖ [十分] <u>可愛</u> 〈~~極~~〉子。(狀語「十分」修飾程度，補語「極」補充程度，狀中、述補兩個描述程度的結構只取其一)

3. <u>醫生</u> ‖ [還][沒有][替弟弟] <u>注射</u> 針藥，^ 弟弟 (前一分句主語是「醫生」，如果第二分句省略主語，則會理解為承前省去重複的主語，但從句意看，這句要陳述的是「弟弟」，因此須補上跟前句不同的主語，以免誤會) ‖ [就][已經][大] <u>叫</u>了。

4. 老師 (提示成分)，<u>我</u> ‖ <u>說兩題 IQ 題給你</u> ^ 猜 (兼語結構不完整，須補上第二動詞：「給你猜」)。

5. <u>我</u> ‖ <u>一開門進去</u>，‖^ <u>發現</u> (欠動詞述語) 在馬桶格裏面，有三個 (數量短語位置錯誤) 我的三個朋友~~的大~~ (成分多餘) 在裏面打機 *。

* 第二分句的基本結構是主述賓：「我 + 發現 + 賓語」；賓語是「我」

　　發現的一件事，陳述一件事多為「甚麼人在哪裏做甚麼」，因此，
　　這句的賓語該是另一個主謂結構「我的三個朋友　‖[在馬桶格裏
　　面]打機」

* 全句是一個「一……就……」的承接複雜句，第二分句還須在述語
　前補上「就」：我一開門進去，就發現我的三個朋友在馬桶格裏面
　打機。

練習三：

1a. 我們三個分一個西瓜。

主謂

述賓

1b. 我們三個分一個西瓜。

主謂

偏正（狀中）

述賓

1a. 的意思是分西瓜的只有「我們三人」。

1b. 的意思是「我們三人一組分一個西瓜」。

2a. 官員們在討論一個教師的建議。

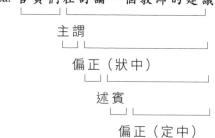

2b. 賓語部分的層次不同

一個教師的建議

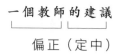

偏正（定中）

2a. 的意思是官員討論的是一個來自教師的建議，教師人數不確定。

2b. 的意思是官員討論的是來自一個教師的建議。

單句句型和句式

第一節 | 漢語的句型系統

> **閱讀重點**
>
> 1. 認識漢語的句型系統；
> 2. 認識單句句型的歸納標準。

漢語的句子分為單句與複句兩大類別，而單句和複句有着不同的分類標準。單句以結構為分類標準，複句以分句之間的邏輯意義為分類標準。

單句句型是從許多句子中歸納出來的結構類型，最上位為主謂句和非主謂句兩大類。主謂句按謂語的性質與結構劃分為幾種下位句型，非主謂句也按中心語的性質或成分之間的結構關係劃分為幾種下位句型。複句則按結構層次和結構形式分為簡單複句、多重複句、緊縮句。簡單複句可按分句與分句之間的關係分為若干類別。以下是現代漢語句子結構類型簡表：

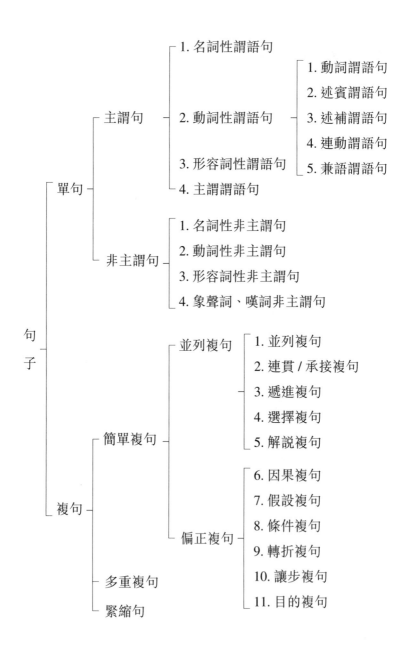

單句句型——主謂句

> **閱讀重點**
>
> 1. 認識主謂句的結構特點;
>
> 2. 認識各種主謂句的表達功能。

　　單句是與複句相對的一種句子,外部結構最多只有一個主語部分和一個謂語部分,也可以由一個詞或一個非主謂短語構成。主謂句指外部具有主、謂兩部結構的單句,是比較常見的句型,依據充當謂語的詞語性質或結構特點可以分為四種下位句型。

2.1 名詞性謂語句

　　名詞性謂語句是由名詞或名詞性偏正短語充當謂語的句子,以說明為主要功能,有時也可以起描寫的作用。例如:

　　1. 名詞充當謂語:

　　(1) 今天**星期五**。

　　(2) 下一站**天后**。

　　(3) 孩子**腸胃炎**。(胡燕青〈白米隨想〉)

　　2. 偏正短語充當謂語,述語是名詞:

　　(1) 魯迅,**紹興人**。

　　(2) 你**哪裏人**?

(3) 你好大的**膽子**。

(4) 市面一片熱鬧的**景象**。

(5) 他房間裏光**書**。

(6) 你這人真夠**朋友**！

3. 偏正短語充當謂語，述語是數量短語：

(1) 一斤白菜**二十塊**。

(2) 這小伙子今年才**二十**。

2.2 動詞性謂語句

動詞性謂語句是由動詞或動詞性短語充當謂語的句子，以陳述為主要功能。動詞性謂語句是主謂句的主體，由於動詞性短語類型多，結構複雜，所以可以按充當謂語的動詞性短語的結構分為幾種不同的下位句型。

1. 動詞謂語句 —— 動詞充當謂語或謂語的中心

(1) 單個動詞做謂語：春天**到**了。

(2) 謂語裏含狀語：春風 ‖ 溫柔地**吹**着。

2. 述賓句 —— 述賓短語充當謂語

(1) 賓語是詞：我愛**竹**。（張秀亞〈竹〉

最難捉的是披甲的**飛將**。（周建人〈蜘蛛〉）

右面盡是**田畝**，左面是一條清澈的**小河**。（徐蔚南〈山陰到上〉）[1]

---

1 充當賓語的可以是詞也可以複雜的短語，依據句子成分分析法，可把偏正短語的中心語看作賓語的核心，其他短語結構則不宜在同一層次上再拆分。

(2) 賓語是述賓短語：小孩子都愛**吃冰淇淋**。

(3) 賓語是主謂短語：我們看見**碼頭附近種着的一株樹在風中折了腰，頂上的樹葉都垂到地面上來**。（也斯〈在風中〉）

我還記得**那一天，我和他兩人，當時看了這幅天然的妙畫，默然相視了一會，似乎我們的心靈已在一起，已互相了解**……（徐蔚南〈山陰到上〉）

(4) 雙賓語：我剛才給了**小馬**兩本**書**。

我讚**楊柳美麗**。（豐子愷〈楊柳〉）

3. 述補句 —— 述補短語充當謂語

(1) 補語是詞：（你怎麼啦？）我**摔壞**了。

（魯迅〈一件小事〉）

他**學**得**怎麼樣**？他**學**得**不錯**。

(2) 補語是短語：她今天**打扮**得**花枝招展**。

災民**哭**得**我也掉眼淚**了。

太陽**曬**得**她越來越黑**了。

她**講**故事**講**得**比誰都動聽**。

4. 連動句 —— 連動短語充當謂語

連動的結構有多種形式，包括：

(1) 兩個動詞連用：他**回家休息**了。

(2) 動詞和述賓短語連用：

我**去看電影**。

他**打完電話走**了。

(3) 三個述賓短語連用：他**坐飛機去上海過春節**。

連動句裏，連用的動詞或動詞性短語之間有不同的語義關係，包括：

①動作先後的關係，例如：

他摘下一朵茉莉花插到瘦雞妹妹的頭髮上。

(林海音《城南舊事》)

……華大媽 (便出去了，不多時，) **拿着一片老荷葉回來**，(攤在桌上。) (魯迅《藥》)

②以某種動作方式來進行另一種動作，例如：

　i) 小妹妹**哭着回家**。

　ii) 朗誦隊**站着朗誦詩歌**。

　iii) 很多大學生每天都**坐火車上學**。

　iv)(我生病，) 母親**用手揉着我火燙的額角**，(按摩我酸痛的四肢……) (琦君〈媽媽的手〉)

　v) 我即刻**伸手折斷了蝴蝶的一枝翅骨**，(又將風輪擲在地下，踏扁了。) (魯迅〈風箏〉)

③ 兩個動作有行為和目的的關係，例如：

　i) 我得**請假養病**。

　ii) 我下班後會**聽音樂鬆弛一下**。

④兩個動作有因果關係，例如：

　i) 有一次，我**切肉不小心割破了手**…… (琦君〈媽媽的手〉)

　ii) 他**喝得太多回不了家**。

⑤「有 + 動詞 / 動詞性短語」，表示條件、能力和動作的關係，例如：

　　　i）我**有能力辦好這件事**。

　　　ii）你**沒有理由這樣批評人**。

5. 兼語句 —— 兼語短語充當謂語

　　兼語句有以下幾種語義。

(1)「使令」類兼語句，含使令動詞，是典型的兼語句，例如：

　　　i）非典型肺炎事件**促使市民大眾注重個人和公眾衛生**。

　　　ii）（必須這樣，）知識和道理才能**讓我們終身受用**，（才不會失去學習的價值。）（啟凡〈發問的精神〉）

　　　iii）抹上甚麼露甚麼霜也無法**使它們**（作者的一雙手）**豐潤如少女的手了**。（琦君〈媽媽的手〉）

　　　iv）你（如果真在這裏，聽到我的話，）便**教這烏鴉飛上你的墳頂**，（給我看罷。）（魯迅《藥》）

(2)「有無」類兼語句，含動詞「有」或「無」，例如：

　　　i）我**有個朋友北上工作**。

　　　ii）這辦公桌暫時**沒有人用**。

　　　iii）我們班裏都**沒有人喜歡她**。

(3)「給予」類兼語句

　　　i）你**倒給老伯一杯茶喝**吧。

　　　ii）你**給幾粒糖這小孩兒吃**吧。

2.3 形容詞性謂語句

　　形容詞性謂語句是由形容詞或形容詞性短語充當謂語的句子，以描述為主要功能。例如：

(1) 形容詞充當謂語：阿義 ‖ **可憐**。（魯迅《藥》）

(2) 謂語裏含狀語：

　　a. 這花臉好**大**，好**特別**！（馮驥才〈花臉〉）

　　b. 米成了白飯更是**動人**。（胡燕青〈白米隨想〉）

　　c. 喝酒對肝臟**有害**。

　　d. 我怎麼這樣**糊塗**！

(3) 謂語裏含補語：

　　a. 天氣**暖**起來了。

　　b. 這個價錢 ‖ **貴**了〈一點〉。

2.4 主謂謂語句

　　主謂謂語句是由主謂短語充當謂語的句子，句子的主語叫「大主語」，句子謂語叫「大謂語」，「大謂語」裏的主語叫「小主語」，「大謂語」裏的謂語叫「小謂語」。主謂謂語句以描述、說明為主要功能。例如：

(1) 大主語和小主語之間有領屬關係或整體與部分的關係：

　　a. **西湖風景**優美。

　　b. **奶奶臉**紅了，（我也臉紅了。）（賈平凹《醜石》）

(2) 大主語是小謂語的受事，小主語是小謂語的施事：

　　a. **這個故事我**聽過。

　　b. **一口水他**也沒喝過。

　　c. **甚麼東西他**都吃。

　　d. **誰他**都不信任。

(3) 大主語是小謂語的工具、材料、與事等：

　　　a. **這張紙小新**用來摺紙飛機。

　　　b. **這個印老師傅**刻了一首詩。

　　　c. **小劉我**送了一本書，(**小李 ‖ 我**送了一個電子計
　　　　算機。)

(4) 大謂語作用是計量，小主語和小謂語多為表數量的詞語：

　　　a. **蘋果十塊**三個。

　　　b. **頂級大閘蟹一斤**才兩隻。

(5) 大主語是小主語的施事 [2]

　　　a. **這學生寫字**很工整。

　　　b. **這年輕人做事**很認真。

(6) 大主語表示範圍、對象、或所關涉的事物。

　　　a. **這樣的血饅頭甚麼癆病**都包好！(魯迅《藥》)

　　　b. **這件事我們**很有不同的看法。

2　主謂謂語句中的「大主語是小主語的施事」類型也可以看作主謂主語句，即主語可
　以是「這學生」，也可以是「這學生寫字」。

單句句型——非主謂句

> **閱讀重點**
>
> 1. 認識非主謂句的結構特點；
>
> 2. 認識各種非主謂句的表達功能。

單句中無主語、謂語之分的句子叫非主謂句。非主謂句是由詞或主謂短語以外的短語構成，按詞語的功能一般分為名詞性非主謂句、動詞性非主謂句、形容詞性非主謂句，以及象聲詞、嘆詞非主謂句等四種下位類型。

3.1 名詞性非主謂句

名詞性非主謂句是由名詞或名詞性短語組成的句子。

1. 用於劇本、小說、散文，以說明故事發生的時間、地點、場景：

   時：夫差十一年 (前四八九年) 春。

   景：吳王的正殿。 (姚克《西施》)

2. 用於描寫：

   (1) 多麼迷人的繁星啊！

   (2) 苦命的孩子！

3. 表示感嘆：

(誰的？不就是夏四奶奶的兒子麼？) 那個小傢伙！

（魯迅《藥》）

4. 表示突然出現或發現的事物：

（……現在怎樣？）銀子！　　　　　（魯迅《藥》）

5. 表示祈使、叫賣：

(1) 身份證！

(2) 衣裳竹！[3]

6. 表示招呼、應答：

(1) 誰？

(2) 我！

(3) 多少錢？

(4) 六塊。

3.2 動詞性非主謂句

動詞性非主謂句是由動詞或動詞性短語組成的句子。

1. 陳述自然界發生的現象：

(1) 下雨了。

(2) 出太陽了。

2. 陳述突然發生或發現的事物、事情：

(1) 失火了！

(2) 搶劫呀！

3　「衣裳竹」是香港早年常聽到的叫賣聲，指用來晾衣服的長竹竿。

3. 説明特定情況或事物的存在、出現、消失等：

(1) 吃飯了。

(2) 來了幾個客人。

4. 表示祈使、命令、要求，或用於標語、口號、熟語：

(1) 出去！

(2) 再見。

(3) 請坐。

(4) 請靠右面站。

(5) 歡迎光臨！

(6) 小心山火！

(7) 禁止隨地吐痰！

5. 用於叫賣、問答：

(1) 進來看看！

(2) 磨鉸剪鏟刀！[4]

3.3 形容詞性非主謂句

形容詞性非主謂句是由形容詞或形容詞性短語組成的句子。

1. 用於應答、問答：

(1) 你先回家看着孩子吧。——行！

(2) 你再把這段改改。——不行！

(3) 我想跟你談談今年的計畫。——好！

2. 表示感歎或論斷：

4 「磨鉸剪鏟刀」是香港早年常聽到的叫賣聲，有工人上門來幫人磨刀、磨剪刀。

　　（1）很不簡單啊！

　　（2）太棒了！

　　（3）好極了

3. 表示祈使

　　（1）安靜點兒！

　　（2）快點兒吧。

3.4 象聲詞、嘆詞非主謂句

嘆詞句是由歎詞組成的句子。

（1）表示呼喚、應答、問答：

　　A：**喂**，（是詢問處嗎？）

　　B：**哎**，（對。）

（2）表示憤怒、鄙視、斥責：

　　哼，（小流氓！）

（3）表示喜悅、高興：

　　啊，（多好的秋天！）

（4）表示驚訝、領悟、哀歎：

　　—— **咦**，（你聽，好像是不祥的警笛）（余光中〈與李白同

　　　　遊高速公路〉）

特殊句式

閱讀重點

1. 認識各種特殊句式及其表達功能;

2. 在寫作時利用對單句的認識檢視所造
句子是否能發揮恰當的語用效果。

句式是句子的特徵類別,同一句型裏可以有不同的句式,以下
是一些例子。

我抬頭目送他遠去,(1) 眼前的景色,令人欲醉 (2) ⋯⋯日光
直射的水面,是一條銀河,(3) 其餘的湖面是一片澄碧 (4) ⋯⋯他
家裏堆一大堆木材,(5) 每天他要把大塊鋸成小塊,(6) 把小塊鋸
成更小,(7) 以資休息。(8)

(陳之藩〈釣勝於魚〉載於《旅美小簡》)

上面的句子是複句,現以幾個分句為單位,分析句子的結構。

(1) 我抬頭目送他遠去(動詞性謂語句:連動句)

(2) 眼前的景色,**令**人欲醉(動詞性謂語句:兼語句)

(3) 日光直射的水面,**是**一條銀河(動詞性謂語句:動賓句)

(4) 其餘的湖面**是**一片澄碧(動詞性謂語句:動賓句)

(5) 他家裏堆一大堆木材(動詞性謂語句:動賓句)

(6) 每天他要**把**大塊鋸成小塊 (動詞性謂語句：動賓句)

以上幾個句子，謂語都是動詞性短語，所以都屬動詞性謂語句的句型。但是，這幾個動詞性謂語句卻有不同的結構特徵，第 (1) 句由連動短語充當謂語，第 (2) 句由兼語短語充當謂語，這些短語結構在句子層次不再切分為更小的句法成分，形式跟其餘四句明顯不同。第 (3)、(4)、(5)、(6) 句都是帶了賓語的動詞性謂語句，但是，第 (3)、(4) 句由判斷動詞「是」充當述語，跟第 (5) 句由一般及物動詞充當述語明顯不同，第 (6) 雖然也由一般動詞充當述語，但狀語出現了由介詞「把」組成的介賓短語。我們可以看到有些句子出現了一些明顯標誌，如用上了「是」字和「把」字。這些帶有明顯標誌的句子，在語義和語用上都有一定的特殊性，我們把這類句子抽象出來的形式叫做句式。以下介紹幾種句式。

4.1 「是」字句

「是」字句的特徵標誌就是「是」。按不同的語義、語用特點分以下幾種。

4.1.1 表判斷、說明的「是」字句

這類「是」字句指由判斷動詞「是」充當述語的動詞性謂語句，可以表達下列不同的語義。例如：

(1) 表示判斷

    a. 主語和賓語有等同關係：高一點的那個男孩大概就**是**那小女孩兒的哥 哥。

    b. 主語和賓語有種屬關係：松樹**是**所謂歲寒三友的其中一員。

(2) 說明特點

　　a. 說明事物的特點：這些菜都**是**四川的。

　　b. 說明人物的性格特點：

　　　我們中國的孔子，也**是**個好問的人。（啟凡〈發問的精神〉）

　　c. 說明環境特點：四面都還**是**嚴冬的蕭殺……（魯迅〈風箏〉）

　　d. 說明時間：故鄉的風箏時節，**是**春二月……（魯迅〈風箏〉）

　　e. 說明工具：洗刷廚房用的**是**強烈的鹼水……（綺君〈媽媽的手〉）

　　f. 說明領有：我們倆買的書不一樣，他**是**旅遊雜誌，我**是**參考書。

　　g. 以比喻來表示特點：這把鑰匙就**是**發問的精神。（啟凡〈發問的精神〉）

　　h. 表示存在：宿舍前面**是**一排樹。

4.1.2 表強調的「是」字句

　　表強調的「是」字句分兩類。

　　(1) 由判斷動詞「是」充當述語，[5] 格式為「X **是** X」，例如：

　　a. 用於對舉格式「A **是** A，B **是** B」，表示「A 不是 B，B 不是 A」，例如：

5　關於判斷動詞「是」的運用，可參考本書第二章第 3.3 節（2）動詞部分。

ⅰ）他很講信用，一**是**一，二**是**二，絕不含糊。

ⅱ）知道就**是**知道，不知道就**是**不知道，這才是真知。

b. 不用於對舉格式，含轉折意味，例如：

ⅰ）這新設計的電子錶好看**是**好看，就是不耐用。

ⅱ）這孩子聰明**是**聰明，可是太自以為是，難有進步。

(2) 由語氣副詞「是」充當狀語，例如：

a. 爸爸**是**多麼喜歡花。（林海音《城南舊事》）

b. 我們**是**多麼喜歡長高了變成大人，我們又**是**多麼怕呢！（林海音《城南舊事》）

c. 祥林嫂的命運**是**悲慘，可在舊社會的環境裏，她又可以怎麼樣呢？

d. 他就**是**不把別人看在眼裏。

e. 我**是**昨天才回來，今天才有時間找你。

4.2 「是……的」句

「是……的」句是由添加語氣副詞「是」和語氣詞「的」而成的句子，含強調的意味，例如：

(1) 月光**是**隔了樹照過來**的**……（朱自清〈荷塘月色〉）

(2) 這本書**是**在去年編好了**的**。

(3) **是**誰把爸爸的石榴摘下來**的**？

(4) **是**它們自己掉下來**的**。（(3) 和 (4) 兩句取自林海音《城南舊事》）

(5) 這題目**是**很難**的**，要用心分析。

(6) 這個菜**是**挺辣**的**，不能吃辣的就不要點了。

4.3 存現句

存現句是敘述或說明某時某地存在、出現、消失某些人或事物的句子。基本格式是:「表時間、處所的名詞或名詞性短語 ‖ 述賓短語」。存現句有以下幾種意義。

4.3.1 表示存在:

(1) 路的一旁**是**些楊柳,和一些不知道名字的樹。(朱自清〈荷塘月色〉)

(2) 前頭就**是**文化中心了。

(3) 天上**有**無數閃鑠的星星。

4.3.2 表示出現:

(1) ……店屋裏**散**滿了一種奇怪的香味。(魯迅《藥》)

(2) 他的旁邊,一邊**立着**他的父親,一邊**立着**他的母親……(魯迅《藥》)

(3) 店裏**坐**着許多人,老栓也忙了……兩個眼眶,都**圍**着一圈黑線。(魯迅《藥》)

4.3.3 表示消失:

(1) ……面前只**剩**下一張空盤。(魯迅《藥》)

(2) 今天班裏**少**了幾個同學。

(3) 農場**走**掉了好幾隻羊

存現句若由「是」和「有」以外的動詞充當述語,較富形象性,試比較:

　　a. 天上**有**無數閃鑠的星星。

　　b. 天上**滿佈**無數閃鑠的星星。

　　c. 天上**閃着**無數星星。

　　b 句比 a 句較富於形象性，而 c 句比 a、b 兩句更富動感，比較能突出星星閃動的形象。因此，存現句中使用哪類動詞來充當述語，要視乎我們要營造一個怎樣的環境氣氛，試比較：

　　d. 路的一旁是些楊柳，和一些不知道名字的樹。（朱自清〈荷塘月色〉）

　　e. 路的一旁搖曳着些楊柳，和一些不知道名字的樹。

　　e 句無疑比 d 句更富動態，突顯楊柳搖曳生姿的美態，但是卻破壞了「荷塘月色」的靜謐氣氛，也難以烘托作者獨自散步、賞境沉思的自得情懷。

4.4 雙賓句

　　雙賓句指句中述語動詞後面帶兩個賓語的句子形式，如：他‖送了老師（一個）感謝卡。

　　可以帶雙賓語的動詞所代表的動作行為都同時涉及與動作有關的人和事物，包括表示「交、送贈」的動詞，表示「教、教授」的動詞，表示「接、接受」的動詞，表示「借、租」的動詞，表示「問、請示」的動詞，表示「欠、浪費」的動詞，表示「稱呼、罵」的動詞，以及後面附着「給」的動詞，如「寫給、指給、帶給」等。以下是一些例子：

　　(1)（……但是，四面又明明是嚴冬，）正給我（非常）的寒威和冷氣。（魯迅〈風箏〉）

(2) 這個故事只能告訴我們（無邊）的寂寞。（陳之藩〈寂寞的
畫廊〉

(3) 我今年必須寄給（外國）朋友（一些）聖誕卡。

(4) 大伙兒叫他 大哥。

4.5 「把」字句

「把」字句是漢語中富有特色的句子，句子格式是由施事充當
主語，介詞「把」和受事組成介詞短語，置於述語動詞前面，充當
狀語，例如：

爸 ‖ [把我][從床頭]打到 床角，從床上打到床下，（外面的
雨聲混合着我的哭聲。）（林海音《城南舊事》）

一般認為「把」字句含有對受事進行處置的語意，[6] 也可以說是
述語動詞所代表的動作行為對「把」字的賓語施加一定的影響，使
該賓語發生某種變化，產生某種結果，處於某種狀態，或遭受某種
遭遇，[7] 因此述語後面的補充成分是交際雙方關心的信息焦點。[8] 試

6　王力（1946）《中國語法綱要》指出，介詞「把」由動詞虛化而來，本義是「握」，如
蘇軾詞「把酒問青天」，虛化後的介詞「把」再沒有這個動作的本義。句子「喝乾了
酒」和「把酒喝乾了」，意思不完全相同。「喝乾了酒」是普通的敍述，「把酒喝乾了」
是處置式，即表示處置的意義。

7　呂淑湘主編（1999）《現代漢語八百詞（增訂本）》認為「把」字句含有五種語義：表
示處置，表示致使，表示動作的處所或範圍，表示不如意的事情（後面的名詞是當
事者）。

8　根據張斌（1998）《漢語語法學》，從信息傳遞系統的觀點看，陳述句通常是先說出
已知信息（舊信息），在此基礎上傳達未知信息（新信息），新信息的重點叫焦點。
例如「他把那扇大門打開了」一句，主語「他」是舊信息，謂語「把那扇大門打開了」
是新信息，「打開」是焦點；「他打開了那扇大門」一句，主語「他」是舊信息，謂語
「打開了那扇大門」是新信息，「那扇大門」是焦點。

比較：

(1) a. 他‖喝光了**酒**。

　　b. 他‖**[把酒] 喝光**了。

(2) a. 他‖打破了**玻璃窗兒**。

　　b. 他‖**[把玻璃窗兒] 打破**了。

(3) a. 他‖跌傷了**腿**。

　　b. 他‖**[把腿] 跌傷**了。

　　以上 b 句的信息焦點都在述語動詞後面的補語上，這個補語反映了把字句的語義，即施事主語所施予的動作行為使受事發生了「沒有剩餘」的結果，遭受到「破」、「受傷」的遭遇。

　　部分「把」字句有與其平行的非「把」字結構，而這兩種結構各有不同的表達效果。非「把」字句陳述重點在受事賓語，「把」字句的陳述重點就在動作或動作的結果。對於「把」字和非「把」字兩種不同結構的選用，主要考慮表達的需要。例如魯迅《藥》裏有一段關於老栓起床出去買血饅頭的描述：「老栓……便點上燈籠，吹熄燈盞，走向裏屋子去了」，句子裏的「點上燈籠」、「吹熄燈盞」是述賓結構，也可以改用「把」字格式，如「把燈籠點上」、「把燈盞吹熄」；但這裏要敘述的是老栓出外以前的一連串行動，就是先點上出外用的「燈籠」，跟着吹熄家裏的「燈盞」，然後才走向裏屋子看兒子，最後才離家，假如改用「把」字格式，那就強調了老栓如何處理「燈籠燈盞」，「燈籠燈盞」出現了甚麼樣的結果便成了一連串行動中比較突顯的焦點，這樣便破壞了敘述的平直性、和諧性，跟沉寂的背景不太協調。

　　又如陳木城的一首兒童詩歌〈拉鏈〉：

　　天空，有一件藍色的夾克

　　飛機飛過去了——

　　把白色的拉練拉上了

　　大地，有一件綠色的外套

　　火車來來去去

　　把拉鏈拉上又拉下

　　我們家，是一件溫暖的大衣

　　爸爸媽媽吵架時

　　把拉鏈拉開了

　　淘氣的弟弟跑跑跳跳

　　把拉鏈輕輕地拉上

　　詩歌用了「把」字結構，把受事賓語「拉鏈」提前到動詞述語「拉」的前面充當狀語，從而突出「拉」的動態和聚焦到「拉上」、「拉下」、「拉開」的結果，讓讀者自由想像在「拉上」、「拉下」、「拉開」的空間裏看到、聽到、感覺到的世界，加強詩歌的想像性。假如把詩句改為「拉上了白色的拉練」、「拉上拉鏈，又拉下拉鏈」、「拉開了拉鏈」、「輕輕地拉上拉鏈」，則每句的焦點都落在「拉鏈」上，「拉鏈」就成了再三強調的形象，「拉上」、「拉下」、「拉開」所產生的空間感就淡化了。

　　有的「把」字句補語並非指向前置賓語（受事者）所遭遇的結果，而是施事者的施動情態，例如：

（4）a. 他‖愛那個姑娘愛得死去活來。

　　　b. 他‖把那個姑娘愛得死去活來。

（5）a. 我‖真的沒他辦法。

　　　b. 我‖真的把他沒辦法。

（6）a.（真沒想到），大嫂‖死了。

　　　b.（真沒想到），把個大嫂死了。

以上三個句子跟前三個句子一樣，都有非「把」字的平行格式，但這幾個「a」句，非「把」字句的補語，突顯的並非受事產生的變化，而是施事的情態，對比之下，可見 b 句「把」字結構的運用，也發揮了突顯施事對受事所產生的情態變化。

有些「把」字句謂語結構比較複雜，沒有平行的非「把」字格式，這類「把」字句的運用完全是基於結構上的需要，例如：

（4）他‖[把老虎]畫〈成〉了（一條）狗。

（5）我‖[就Ⅱ把一盤熱騰騰的菜]捧〈上〉飯桌……

（琦君〈媽媽的手〉）

（6）她‖[永遠Ⅱ把最好的享受]讓給爸爸……

（琦君〈媽媽的手〉）

（7）他‖[把家裏人要負的責任][都] [往自己一個人身上] 攬。

（8）他‖[把我]罵得〈狗血淋頭〉。

（4）、（5）和（6）句的述語動詞後面都帶了賓語，而且（5）、（6）句由「把」字組成的介賓短語裏的賓語都是一個偏正短語；（7）句由「把」字組成的介賓狀語和另一個狀語都是多層次的短語；（8）句述語動詞後帶了由主謂短語充當的補語。這些句子的謂語都屬

於複雜結構，按現代漢語的規範用法，必須用「把」字格式。

　　後面不帶任何成分的單音節動詞或一些表關係、心理活動的動詞如「是、好像、愛、覺得」充當述語，是不能使用「把」字句的。例如：

　　(9) 單音節動詞，後面不帶其他成分：

　　　　a. 你看完這本，再看那本。

　　　　b. 你把這本看完，再把那本**看**。*

　　(10) 單音節、表關係的動詞：

　　　　a. 他很像他爸爸。

　　　　b. 他很把他爸爸**像**。*

　　(11) 表心理活動的動詞：

　　　　a. 他愛看書。

　　　　b. 他把看書**愛**。*

　　　　c. 他覺得你看不起他。

　　　　d. 他把你看不起他**覺得**。*

4.6 「被」字句

　　「被」字句是有標誌的被動句。所謂被動句是相對於主動句而言的，試觀察以下句子：

　　a.　他打破了玻璃窗兒。

　　b.　他把玻璃窗兒打破了。

　　c.　玻璃窗兒被他打破了。

　　d.　玻璃窗兒被打破了。

　　e.　玻璃窗兒打破了。

　　a、b 句的主語都是施事，是主動句。c、d、e 句，主語都是
受事，句子意義或概念都是被動的，是被動句。這三個被動句中，
c、d 句在格式上用了介詞「被」，具有明顯的被動標誌，叫「被」
字句。其他介詞如「叫、讓、給」作用跟「被」字相同，也算是被字
結構的一種變化。e 句則不帶「被」字標誌的被動句。「被」字句有
以下四種格式：

　　(1) 受事‖[被 + 施事]+ 動詞／動詞性短語

　　這種形式是典型的有標誌被動句，受事充當主語，介詞「被」
與施事組合成狀語，置於述語動詞前面，如：(玻璃) 窗兒‖[被他]
打〈破〉了。

　　(2) 受事‖被 + 動詞性短語

　　這種形式，「被」字後面不出現施事，如：(玻璃) 窗兒‖被打
〈破〉了。

　　(3) 受事‖[被 + 施事 + 所]+ 動詞／動詞性短語

　　這種形式多用於書面語，如：

　　　　a. 很多老人家‖[被祈福黨的謊言**所**]迷惑。

　　　　b. 教育改革‖[廣**為**社會各界人士**所**]關注。

　　(4) 受事‖[被 + 施事 + 給]+ 動詞性短語

　　這種形式多用於口語，如：玻璃窗兒‖[被他給]打〈破〉了。

　　「被」字句的使用主要考慮表達的需要，這跟信息焦點有關。
與「被」字句平行的是主動句，主動句陳述對象是施事，「被」字句
陳述對象是受事；主動句和「被」字句的信息重點因主語的改變而
有所不同。例如：

　　　　a. 他‖打〈破〉了 (這) (玻璃) 窗兒。

　　b.（這）（玻璃）窗兒‖[昨天][剛]修〈好〉，‖[今天]
　　　[又][被他] 打〈破〉了。

　　a 句陳述對象是施事主語「他」，新信息是「打破了這玻璃窗兒」，信息焦點是賓語「這玻璃窗兒」；b 句陳述對象是受事主語「這玻璃窗兒」，新信息是「被他打破了」，信息焦點是動作結果「破」。在 b 句的語言環境裏，「被」字句的運用能保持前後陳述對象的一致性，假如不用「被」字結構，改用主動式，句子會改寫為「這玻璃窗兒昨天剛修好，今天他又打破了（承前省了「這玻璃窗兒」）」，兩個分句的陳述對象改變了，新舊信息的分佈便有所不同。

　　例如余光中〈與李白同遊高速公路〉一詩，第一節開始以「你（李白）」為陳述對象：

剛才在店裏**你**應該少喝幾杯的

進口的威士忌不比魯酒

太烈了，……

　　第二節也保持着以「你（李白）」為陳述對象，為了保持這個特指對象「酒徒李白」為個別詩句的陳述起點，所以用上了被動句或「被」字句。

　　——咦，**你**聽，好像是不祥的警笛

追上了，就靠在路旁吧

跟我換一個位子，快，千萬不能讓交警抓到你醉眼駕駛

血管裏一大半流着酒精

詩人的形象已經夠壞了

批評家和警察同樣不留情

身分證上，是可疑的「無業」

別再提甚麼謫不謫仙

何況**你的駕照**上星期

早因為酒債給店裏扣留了

以上面一節詩，由「你聽」開始，確定了主角是「酒徒李白」，於是「千萬不能讓交警抓到你醉眼駕駛」、「何況你的駕照上星期早因為酒債給店裏扣留了」就用上了被動的格式。在特定的語境中運用被動句或「被」字句，可以增加敘述的流暢性。

詩歌的後半，作者改換了陳述對象，引出為人熟悉的人物「高力士」和「議員們」，讓讀者以這些人物為起點來認識李白的所作所為，使句子意義可以聚焦在李白的行為上，於是，本來充當主語的「李白」就變成被動句裏的施事，並且隱沒在不帶「被」字的被動句裏，例如下面第一句：

高力士和議員們全得罪光了

賀知章又不在，看誰來保你？

……

「被」字句的信息焦點跟一般句子的信息結構一樣，舊信息在前，新信息都在句末的謂語部分，如「高力士和議員們全得罪光了」一句，用的是被動格式，把「高力士和議員們」用作表示攜帶舊信息的主語，突出李白「狂莽」的行為「全得罪光了」，信息聚焦在「光」這個結果上。

4.7 比較句

比較句的作用是表述比較的意念，包括比較人、事、物在性格、性狀、程度等方面的異同，有以下幾種的格式。

4.7.1 「比」字句

「比」字句的基本格式是：

主語 (參比主項) ‖ [比 + 賓語 (參比客項)]+ 述語 (比較視點) + 〈補語〉(比較結論)

比較視點是多種多樣的，因此，比較的格式也出現不同的變化，例如：

(1) 他比我小兩歲。

(2) 馬比牛跑得快。

(3) 香港不比北京熱。

(4) 他不比你幹得好。

(5) 我不如他能幹。

(6) 我說英語不如他說得流利。

(7) 他唱得比我好多了。

(8) (吃吧，) 沒有比這再好的了。

(9) 他比阿 Q 還阿 Q。

(1)、(2) 都是典型的比較句。(3)、(4)、(5) 是否定式的比較句。(6)、(7) 兩句要比較的是述語動詞的狀態、程度，由介詞「比」構成的介詞短語屬於句子補語的一部分。(8) 句是兼語結構，比較主項隱藏了。(9) 句多用於口語，活用名詞充當述語。

4.7.2「有 / 沒有 ……（這麼 / 那麼）」

有些比較句帶有以某事物為參照的意味，格式是：主語（參比主項）‖ [有 / 沒有（比較結論）+ 賓語（參比客項）+ 這麼 / 那麼]+ 述語（比較視點），例如：

(1) 兒子快有我這麼高了。

(2) 我說普通話沒有他那麼好。

(3) 坐巴士沒有坐地鐵那麼擠。

(4) 香港沒有北京熱。

4.7.3「跟……一樣」、「像……這麼 / 那麼 ....」

有的比較句強調兩種事物的同異，格式包括：

主語（參比主項）‖ [跟 + 賓語（參比客項）+ 一樣（比較結論）]+ 述語（比較視點）

主語（參比主項）‖ [像 + 賓語（參比客項）+ 這麼 / 那麼（比較結論）]+ 述語（比較視點），例如：

(1) 她跟我一樣大。

(2) 這件衣服跟那件不一樣大。

(3) 他長得跟他哥哥不一樣。

(4) 他像他爸爸那麼聰明。

(5) 我不像他那麼愛看電影。

句類

閱讀重點

1. 認識句類的劃分標準和各種句類的語
   用功能;
2. 注意各種句類在口語上所用的語氣語
   調,提高説普通話時的自然語感。

　　句子除了可以按照結構特點來進行分類以外,還可以按照句子的語用功能和語氣來進行分類,這就是「句類」。句類指句子的語氣類型,是一種語用類別。語氣是句子表達的外在體現,通過語調或語氣詞表現出來。句子按説話的語氣大概可分為以下四種。

5.1 陳述句

　　陳述句是對客觀事物或現象加以説明的句子,作用是傳達信息,新信息多在句子的謂語部分。書面句子句末用句號;口語句子,三、四音節的短句,語調平直,長句句尾語調下降。例如:

　　(1) 差不多先生的相貌,和你和我都差不多。

　　　　　　　　　　　　　　　　(胡適〈差不多先生傳〉《新生活》)

　　(2) 我的老師孫涵泊,是朋友的兒子,今年三歲半。

　　　　　　　　　　　　　　　　　　(賈平凹〈我的老師〉《坐佛》)

5.2 疑問句

疑問句是提出問題的句子，作用是要求對方針對句子的「疑問點」給予回應。書面句子句末用問號；口語句子一般是語調上升，但有時候會因為用不用語氣詞，用甚麼語氣詞，語調便有所不同。疑問句分以下幾種形式。

5.2.1 是非問句

是非問句的表達方式一般是把陳述句的語調改為疑問語調，或加上疑問語氣詞，作用是讓別人對整個句子加以肯定或否定。是非問可用語氣詞「嗎」、「吧」，但不用「呢」。例如：

(1) 你不去？

(2) 附近有廁所嗎？

(3) 你會來吧？

(4) 你知道中國最有名的人是誰？

　　（胡適〈差不多先生傳〉《新生活》）

(5) 紅糖，白糖，不是差不多嗎？

　　（胡適〈差不多先生傳〉《新生活》）

(1)、(2)、(3) 句的疑問點都很明顯。(4) 句的疑問點可以是「知道」也可以是「誰」，在口語表達上可以通過重音來強調疑問點；重音在「知道」，疑問點在「知道」，那是是非問句，可以加上語氣詞「嗎」；重音在「誰」，疑問點在「誰」，那是特指問句，可以加上語氣詞「呢」。(5) 句利用疑問的方式來表示肯定的陳述，從語氣來看，仍然是疑問句。

5.2.2 反復問句

反復問句以肯定和否定並列形式，讓別人作出正面或反面的回應。反復問可以用語氣詞「呢」來表示深究的語氣。例如：

(1) 用「X 不 X」來顯示疑問點：

  a. 疑問點在謂語，用語氣詞「呢」：

    i) 你**去不去**呢？

    ii) 他的發音**準不準**？

  b. 疑問點在述語：你**買不買**這本書？

  c. 疑問點在述語，動詞的否定式置於賓語之後：你**買**這本書**不買**？

  d. 疑問點在述語，動詞的否定式省略了動詞：你**買**這本書**不**？

  e. 疑問點在述語：你**讀過沒讀過**紅樓夢？

  f. 疑問點在補語：他跑得**快不快**？

(2) 用「是不是」來顯示疑問點：

  a. 疑問點在主語，用語氣詞「呢」：**是不是**你去呢？

  b. 疑問點在主語：**是不是**你昨天來找我？

  c. 疑問點在狀語：你**是不是**昨天來找我？

  d. 疑問點在述語：你昨天**是不是**來找我？

  e. 疑問點在主語：**是不是**他的發音最標準？

  f. 疑問點在謂語：他的發音**是不是**最標準？

5.2.3 選擇問句

選擇問句中有並列項目讓別人選取其中一個答案，結構形式多

為選擇複句，以「還是」、「是……還是」來表示疑問點。選擇問可用語氣詞「呢」，不用「嗎」，有時候會在句首加插語氣副詞。例如：

(1) 疑問點在主語：你去**還是**我去呢？

(2) 疑問點在謂語：

　　a. 我們開會討論，**還是**由他一個人來決定？

　　b. **是**你説錯了，**還是**我聽錯了？

　　c. **究竟是**你説了算，**還是**讓大家來決定？

(3) 疑問點在賓語：

　　a. 你們**是**喝汽水，**還是**要點啤酒？

　　b. 你説的**是**那個高個兒呢，**還是**那個胖小子呢？

(4) 疑問點在狀語：你們要在房間裏吃早點，**還是**到餐廳去吃呢？

(5) 疑問點在補語：他**是**吃得太飽了，**還是**吃得不舒服？

5.2.4 特指問句

特指問句以疑問代詞「誰」、「哪個」、「甚麼」、「哪兒」、「怎麼」、「怎樣」等來表示疑問點，讓別人針對疑問代詞所指範圍提供信息。特指問可用語氣詞「呢」，不用「嗎」。如果有特定語境，疑問詞可以省略。例如：

(1) 問主語：**誰**幹的？

(2) 問謂語：你最近**怎麼樣**？

(3) 問賓語：直隸省的西邊是**哪**一省？

(4) 問賓語，帶語氣詞「呢」，含提醒的意味：

　　（雨下得那麼大，）你到**哪兒**去呢？

(5) 問賓語，省略述語：你**誰**呀？

(6) 問狀語：你是**怎麼**進來的？

(7) 問補語：他幹得**怎麼樣**？

(8) 問原因：你**為甚麼**在家裏不敢玩電玩了呢？

(9) 問賓語，省略述語和疑問詞：我的錢包呢？

(10) 問賓語，省略疑問詞：你認為呢？

(11) 問假設情況，省略疑問詞：要是做錯了呢？

5.2.5 附加問句

附加問句包含兩部分，先陳述，再提問，提問形式可以是是非問或反復問，目的是徵詢對方對陳述部分的意見，或要求對方確實陳述部分某個信息。例如：

(1) 確實信息

　　a. 確實主語：這是你要買的，**對嗎**？

　　b. 確實整個句子：他有個朋友去了大灣區工作，**是不是**？

　　c. 確實整個句子：世界上沒有十全十美的事，**不對嗎**？

(2) 徵詢意見：

　　a. A：請問，現在還有空房間嗎？

　　　　B：有，得先看看証件，您帶了証件了嗎？

　　　　C：這是我的工作証，**可以嗎**？

　　b. 我們出去走走，**行嗎**？

　　c. 讓我進來，**可以不可以**？

　　d. 我們星期天出海釣魚，**好不好**？

5.2.6 回聲問

別人提出問題，聽話的一方用問題來回答，以明確疑問點。例如：

(1) 要求確實

　　a. A：走着去？從這兒有車嗎，到金鐘？

　　　　B：嗨，**一站**。

　　　　C：**一站是吧**？

　　b. A：開點藥，開一瓶藥。吃完以後就**差不多**了。

　　　　B：**差不多了**？

(2) 藉以思考問題以便作出回答

　　a. A：你要這件**黃的**還是那件**紅的**？

　　　　B：**黃的還是紅的嗎**？……黃的吧。

　　b. A：你支持還是反對這個決定？

　　　　B：**支持還是反對**？……讓我再想想……

5.3 祈使句

祈使句是提出希望、要求、命令的句子，作用是促使對方行動或禁止對方行動。書面句子句末用感歎號或句號；口語句子一般是語調下降，語音強度比陳述句重，長的句子後面幾個音節語速加快。祈使句可以達成不同的語用目的，句末可以添加語氣詞，有時候會省略主語，例如：

(1) 表示命令，不用敬詞：

　　a. 出去！

　　b. 安靜！

c. 把碗裏的藥喝光！

d. 把書放好！

(2) 表示禁止，不用敬詞：

a. 不許打架！

b. 大人說話，小孩別插嘴！

(3) 表示請求、要求，常用語氣詞「吧」、「啊」，也會使用敬詞「請」或加入「各位」、「您」等主語：

a. 再來一個湯吧。

b. 給我水呀！

c. 請慢走。

d. 請各位多多指教。

e. 您老人家請坐吧。

f. 請大家都來捐血救人吧！

(4) 表示勸說，一般用語氣詞「吧」，也會加入「各位」、「您」等主語：

a. 您老人家別為這小傢伙操心。

b. 你多休息幾天吧。

c. 各位，少說幾句，讓大家冷靜點吧。

d. 為了安全，在開車以前，你還是不要喝酒吧。

(5) 表示催促，句中用上「快」、「快點」，「倒是」、「還是」等副詞，也會加入敬詞「請」，主語「你」、「您」：

a. 快做作業吧！

b. 你還是快點回家吧。

c. 請你快點決定吧。

(6) 表示商議，一般用語氣詞「吧」：

　　a. 這事就由他來做吧！

　　b. 要不就靜觀其變。

　　c. 大家大概還有別的想法吧！

(7) 表示許可，一般用語氣詞「吧」：

　　a. 你可以進來了。

　　b. 可以讓他走了。

　　c. 你就這麼做吧。

(8) 表示號召，多為非主謂句：

　　a. 要珍惜生命，遠離毒品！

　　b. 團結一致，面對逆境！

　　c. 愛香港，保護環境衛生！

(9) 表示提醒、警告、威脅

　　a. 小心扒手！

　　b. 你等着瞧！

　　c. 你敢！

5.4　感嘆句

　　感嘆句表達感嘆的語氣。句中常用嘆詞、感嘆語氣詞、某些語氣副詞。書面句子句末用感嘆號；口語句子語調隨情緒變化升降，一般是尾音拉長而下降，如表示斥責則會用高升語調，表示驚訝或意外，會用曲折調。例如：

(1) 使用嘆詞：

　　a. A：有叉燒飯嗎？

　　　　B：有，別的沒有了。

　　　　C：**噢**。

　　　b. **呸**！你這忘恩負義的人！

　　　c. **唉**！我就是想不通。

(2) 句末添加語氣詞「啦」、「啊」：

　　　a. 我給嚇死**啦**！

　　　b. 太好**啦**！

　　　c. 祝賀您喬遷之喜**啊**。

(3) 一些名詞「天、媽、娘、上帝」等後添加語氣詞，但這些名詞不再帶有實在的意思：

　　　a. **我的媽呀**！你又在湯裏擱錯了糖！

　　　b. **天哪**！我實在太苦了！

(4) 句中使用語氣副詞如「多麼」、「這麼」、「甚麼」、「多」、「好」、「真」、「太」、「可」等：

　　　a. 我**多麼**湖塗！

　　　b. **這麼**偉大的場面！

　　　c. 他算是**甚麼**東西！

　　　d. **好**香的茶！

　　　e. **多**幸福的生活啊！

　　　f. 你**可真**會算！

　　　g. **好**一個吃裏扒外的傢伙！

第六節 | **本章練習**

練習一：句型與句式的識別

一.指出以下句子是哪一種主謂句句型。

   1.　明天端午節。

   2.　你走吧。

   3.　額上、鼻子、下巴都沾滿了灰泥。

   4.　江南水鄉有甚麼特色？

   5.　現在物價漲得挺厲害的。

二.指出劇本〈包公審石頭〉中的以下句子是哪一種非主謂句 句型。

  1.場景：宋代市集一角

  2.從實招來！

  3.好吧！

  4.哈哈！（你説你的錢放在籃子裏）……

三．指出以下楷體字的句子的結構格式，並分析這些句式的
運用發揮了怎樣的語用效果？

1.　聽着甜美的歌聲，**我會猛地把手邊的東西率向四
周的牆壁**。（史鐵生〈秋天的懷念〉）

2.　……**大家**牽手奮力踏上草原後，**不禁被眼前巨大的
星星震攝住了**。（唐土兒〈爸爸星〉）

3.　（媽媽……）**語氣像以往一樣平常**，卻甜蜜得讓我無
地自容。（孫雪晴〈遊戲〉）

4.　我的房子很像一個花塢，因為（1）**牆紙是淺淺的花
朵**，而（2）**窗外卻是油綠的樹葉**，在白天，偶爾（3）
有陽光經葉隙穿入，是金色的。在夜晚，偶爾有月
光經葉隙洩入，是銀色的。（4）**使人感覺如在林下
小憩**，時而聞到撲鼻的花香。至於那白色的窗紗，被
風吹拂時，更像穿林的薄霧了。陳之樊〈寂寞的畫廊〉

5.　各人捲起衣袖，（1）**向盤內摘取一塊米粉來**，捏做
一隻碗的形狀；（2）**夾取一筷豆沙來藏在這碗內**；
然後（3）**把碗口叫攏來**，造成一個圓子。（4）**再用
手法把圓子捏成三角形**，扭出三條絞紋絲花脊樑
來；最後在脊樑湊合的中心點上打一個紅色的「壽」字
印子，包子便造成。一圈一圈地陳列在大區內，樣子
很好看。豐子愷〈夢痕〉

練習二：病句分析

分析以下句子在結構上和語義銜接上出現甚麼問題，並修訂病句。

1. 她的眼睛烏黑，長頭髮，身材中等，她的服飾如高跟鞋和穿裙子。

結構問題：_____

_____

語義銜接問題：_____

_____

2. 對面有一個公園，裏面有很多白鴿和樹木，但是我沒有帶麵包皮來給他們吃，所以空氣很清新。

結構問題：_____

_____

語義銜接問題：_____

_____

3. 我和妹妹送上一份摯誠的祝福送給表哥。

結構問題：_____

_____

語義銜接問題：_____

_____

4. 我們一家走到沙田馬會，探望爸爸的馬叫大財到，到了馬房我們一條 條的青草給牠吃。

結構問題：＿＿＿＿＿＿＿＿＿＿＿＿＿＿＿＿＿＿＿＿
＿＿＿＿＿＿＿＿＿＿＿＿＿＿＿＿＿＿＿＿＿＿＿＿＿＿

語義銜接問題：＿＿＿＿＿＿＿＿＿＿＿＿＿＿＿＿＿＿＿
＿＿＿＿＿＿＿＿＿＿＿＿＿＿＿＿＿＿＿＿＿＿＿＿＿＿

練習三：句類

一 句類的識別

以下的句子屬哪種句類？在口語表達上要用甚麼語調説出來？

1. 先把主料、配料準備好。
2. 你別再鬧了！
3. 可真難得啊！
4. 我們跟着要談一下自律，是嗎？
5. 無風三尺窪，有雨一街泥。

二. 句類、語調、語氣詞

以下句子屬甚麼句類？用甚麼語調來表達？必須用語氣詞嗎？

(1) 快，快去呀！
(2) 瞧一瞧，看一看哪，多好的面料，不貴，不貴！
(3) 怎麼連一碗牛肉麵也上的這麼慢？ 快餓死人啦！
(4) 他丟了工作，我知道的，可又不好意思跟他説甚麼。
(5) 別那麼嘮叨嘛，人家看上你才給你這好差事。

參考答案

練習一：

一．

1. 明天端午節。（名詞性謂語句）

2. 你走吧。（動詞性謂語句—動詞句）

3. 額上、鼻子、下巴都沾滿了灰泥。（動詞性謂語句—動賓句）

4. 江南水鄉有甚麼特色？（動詞性謂語句—動賓句）

5. 現在物價漲得挺厲害的。（動詞性謂語句—動補句）

二．

1. 場景：宋代市集一角（名詞性非主謂句）

2. 從實招來！（動詞性非主謂句）

3. 好吧！（形容詞性非主謂句）

4. 哈哈！（嘆詞非主謂句）你說你的錢放在籃子裏⋯⋯

三．

1. 這是把字句，因為動詞述語後有比較複雜的成分，所以必須用把字結構。

2. 這是被字句，因為第一分句的主語是「大家」，為了保持陳述的連貫性，所以用了被字結構，如果改用主動式「大家牽手奮力踏上草原後，眼前巨大的星星震攝住了我們」，會影響了句意的連貫。

3. 這是比較句，作者把媽媽當時的語氣和一向以來的語氣作比較，目的是強調在事情發生後，媽媽並無異樣，藉以突顯第二分句的「甜蜜」感覺。

4. 這段主要是描述像花塢的房子，以及置身其中的感覺。起始句「我的房子很像一個花塢」就正面點題，然後作者連續用了好幾個存

現句來描述房間的環境，(1)、(2)、(3) 都是存現句，主要描述房子裏哪個空間哪個時間存在着哪些造成花塢感覺的事物。(4) 是兼語句，作用是陳述像花塢的房間致使作者興起怎樣的感覺變化。

5. 這段主要是陳述各人做包子的動態，所以作者運用了不少動詞性謂語句：(1) 是動賓句，這裏不用把字句，是要突顯賓語 —— 做包子的材料 —— 米粉。(2)、(4) 都是連動句，是要敘述兩個連續緊接着的動作步驟。(3) 是把字句，主要是突出包子到最後捏成碗形的結果。

練習二：

1. 她的眼睛 ‖ 烏黑，① ‖ 長頭髮，② ‖ 身材中等，③ 她的服飾 ‖ 如高跟鞋和穿裙子 ④。

改為：她 ‖ 眼睛烏黑，‖ 頭髮長，‖ 身材中等，穿高跟鞋和裙子。

結構問題：全句的主語「她的眼睛」和第 2、3 分句的謂語不搭配。

語義銜接問題：把主語統一為「她」可以保持陳述對象的一致性，分句之間的意義更銜接。

2. 對面 ‖ 有一個公園，① 裏面 ‖ 有很多白鴿和樹木，② 但是我 ‖ 沒有帶麵包皮來給他們吃（他們指誰？白鴿和樹木？），③ 所以空氣很清新。④

改為：我家對面 ‖ 有一個公園，裏面 ‖ 有很多樹木，空氣很清新，這裏還有很多白鴿，但是我 ‖ 今天沒有帶麵包皮來餵他們／給他們吃。

結構和語義銜接問題

① 和 ② 都是存現句，① 處所主語不清楚。

③ 是連動句，兩個動詞性短語都是動賓結構，第一個賓語「麵包皮」，第二個賓語用了代名詞「他們」回指前面分句的「白鴿」和「樹木」，兩個賓語便出現了不搭配的毛病，因為「樹木」不是動物，不會吃麵包皮。

④ 濫用關聯詞語，前面分句所敍述的不是「空氣清新」的原因。

3. 我和妹妹 ∥ 送上一份摯誠的祝福送給表哥。

　　改為：我和妹妹 ∥ 送給表哥一份摯誠的祝福。

　　或

　　我和妹妹 ∥ 送一份摯誠的祝福給表哥。

結構問題：雙賓結構中重複了動詞／ 表人賓語和事物賓語次序顛倒。

語義銜接問題：沒有問題。

4. 我們一家 ∥ 走到沙田馬會，① ∥ 探望爸爸的馬叫大財到，② ∥ 到了馬房，③ 我們 ∥ 一條條的青草給牠吃 ④ 。

改為：**我們一家 ∥ 到沙田馬會，探望爸爸那匹叫大財到的馬，∥ 到了馬房，我們 ∥ 把一條條青草餵給牠吃。**

結構問題：②「探望」的賓語錯用兼語結構，須改為偏正結構。

　　　　　④ 把字結構殘缺，加入「把」字。

語義銜接問題：修正語法結構，分句之間的語義便能銜接。

練習三：

一.

1. 先把主料、配料準備好。（祈使句）

2. 你別再鬧了！（祈使句）

3. 可真難得啊！（感嘆句）

4. 我們跟着要談一下自律，是嗎？（疑問句：附加問）

5. 無風三尺窪，有雨一街泥。（陳述句）

二.

1. 快，快去呀！（祈使句，語調下降，用語氣詞有助加強語氣。）

2. 瞧一瞧，看一看哪，（祈使句，語調下降，不一定用語氣詞。）多好的面料，不貴，不貴！（陳述句，語調下降。）

3. 怎麼連一碗牛肉麵也上的這麼慢？（疑問句：反問，語調上升。）快餓死人啦！（感嘆句，語調下降，語氣詞有助增強語氣。）

4. 他丟了工作，我知道的，（陳述句，語調下降，用語氣詞加強肯定的語氣。）可又不好意思跟他說甚麼。（陳述句，語調下降。）

5. 別那麼嘮叨嘛，（祈使句，語調下降。）人家看上你才給你這好差事。（陳述句，語調下降。）

複句句型

閱讀重點

1. 認識複句的本質；

2. 區分單句和複句。

含兩套或以上平行而又意義緊密相關的外部結構（主謂結構或非主謂結構）的句子就是複句，組成複句的結構單位叫分句。複句的分句，結構和功能相當於單句，可以是主謂結構，也可以是非主謂結構。例如：

(1) 對稱的建築 ‖ 是圖案畫，‖ 不是美術畫。（葉紹鈞〈蘇州園林〉）

(2) 多麼美麗的夜晚，多麼迷人的繁星啊！

句 (1) 的兩個分句是主謂結構，分別從正反兩方面陳述「對稱的建築」的特點。句 (2) 的兩個分句是偏正結構，通過兩種景象的描述來反映作者當時身處的環境。

複句的分句在結構上是平行的，指的是互相獨立，互不包含，即彼此不充作另一方的成分。例如：

(3) 年紀大 ‖ 還可以工作。

(4) 你 ‖ 知道中國最有名的人是誰？（胡適《差不多先生傳》

(5) 女人的鼻子 ‖ 有些酸，但她 ‖ 沒有哭。（孫犁《荷花澱》）

(6) 他們 ‖ 講究亭台軒榭的佈局，‖ 講究假山池沼的配合、
　　‖ 講究花草樹木的映襯，‖ 講究近景遠景的層次。

（葉紹鈞〈蘇州園林〉）

　　句 (3) 看上去有兩個主謂結構，但其中一個主謂短語「年紀大」
是句子的主語，包含在最外層的主謂結構 (句子) 裏面，從句子的
外部結構看，就只有一套獨立的主謂結構，是單句。句 (4)，「中
國最有名的人是誰」是句子述語「知道」的賓語，雖然是主謂結構，
但因為是包孕在句子的謂語部分，所以整句的外部結構還是只有
一套獨立主謂結構，是單句。句 (5) 由兩套互不包含的主謂結構組
成，並由關聯詞語「但」聯繫着，是複句。句 (6) 由四套平行的主
謂結構組成，是複句，複句裏除了第一分句外，其他分句的主語都
承前省略了。

複句裏分句之間的關係和關聯詞語的運用

> **閱讀重點**
>
> 1. 辨認複句裏分句之間的各種關係：事理關係、邏輯關係、心理關係；
> 2. 認識關聯詞語及其作用。

2.1 複句裏分句之間的關係

複句裏分句之間有一定的語義關係，包括事理關係、邏輯關係、心理關係等三種關係類型。例如：

(1) 我是他的老師，他是我的學生。

(2) 學生們下了車，一個個排隊進了校門。

(3) **或者**你對，**或者**我對。

(4) **不是**你對，**就是**我對。

(5) **只要**功夫深，鐵杵磨成針。

(6) 氣溫已下降到攝氏零度，水快要結成冰了。

(7) **既然**是一場誤會，我們倆**就**不要互相埋怨了。

(8) 她**雖然**年紀很大，**但**看起來很年輕。

(9) 她**雖然**看起來很年輕，**但**年紀很大。

(10) 他**不但**品德好，**而且**學問好。

(11) 他**不但**學問好，**而且**品德好。

以上有的分句是直接組合的，有的由關聯詞語聯繫起來。複句裏的分句如果着重陳述客觀事實之間的關係，那複句明顯表達的是事理關係。如句 (1) 兩個分句表兩事並列，句 (2) 表兩事前後連貫。複句裏分句如果着重陳述判斷和判斷之間的關係，或前提或結論之間的關係，那複句明顯表達的是邏輯關係。如 (3) 至 (7) 句裏的兩個分句各代表一個判斷，兩個判斷有着一定的邏輯關係：(3)、(4) 個兩複句的分句之間有選擇關係；(5) 句的分句之間有條件關係；(6)、(7) 兩複句的分句之間有因果關係。複句裏分句之間如果着重表述説話人的主觀意圖，那分句之間顯示的就是某種心理關係。如 (8)、(9) 兩句，從事理的角度看，兩個複句的兩個分句分別陳述了「她年紀很大」和「她看起來很年輕」兩個客觀上對立的事實，但由於分句的位置不同，兩個複句便表達了兩種不同的心理傾向，句 (8) 側重寫「她看起來很年輕」，句 (9) 側重寫「她年紀很大」。又例如第 (10) 和第 (11) 句，分句之間都存有遞進關係，但所表達的是不同的心理傾向，第 (10) 句強調「學問好」，第 (11) 句強調「品德好」。

有的複句可以讓人有不同的理解，例如：

(12) 他給雨淋了半天，就發高燒了。

第 (12) 句可以從事理角度理解為事情順序發展的連貫關係，也可以從邏輯角度理解為事情發展的因果關係。假如在句中加入特定的關聯詞語，則能突出其中一種語義。例如：

(13) 他給雨淋了半天，**於是**就發高燒了。（連貫關係）

(14) 他**因為**給雨淋了半天，**所以**就發高燒了。（因果關係）

　　複句加上了關聯詞語之後，可以明顯表示分句之間的某種關係，但並不排除沒有明顯標誌的隱性關係，如 (13) 句通過關聯詞語「於是」表示了顯性關係 —— 連貫關係，但同時隱含因果關係；(14) 句的顯性關係是因果關係，隱含連貫關係。由此可見，關聯詞語是分辨複句關係的一個重要依據。

2.2 關聯詞語的運用

　　關聯詞語並非一種詞類，又叫關係詞語，大部分由副詞或連詞臨時充當，在複句中發揮關聯分句的功能。關聯詞語脫離了複句，就無所謂聯繫分句了，這與脫離了句子仍有相對獨立性的詞類不同。試比較：

　　(1) 他今天**又**遲到了。

　　(2) 他買了菜，**又**買了很多肉。

　　(3) **只有**虛心的人**才**能不斷進步。

　　(4) **只有**謙虛學習，**才**能不斷進步。

　　以上 (1)、(3) 兩句是單句，(2)、(4) 兩句是複句。「又」和「才」都是副詞，只在 (2)、(4) 兩句複句發揮關聯分句的作用。例如句 (1) 的「又」表示「遲到」的情況重複出現，句 (2) 的「又」則聯繫前後兩個分句，表示兩事相繼出現；句 (3) 的「只有……才」強調唯有具備「虛心」這種特質的人才能「不斷進步」；句 (4) 的「只有……才」，作用是讓前一分句提出特定條件「謙虛學習」，後一分句指明在這種條件下所產生「不斷進步」的結果。

　　關聯詞語主要功能是聯繫複句裏的分句，突出分句之間的各種關係，不用上關聯詞語，讓分句直接組合，分句關係也就淡化了，那我們只能依據語境來意會複句的含意。

複句的關係類別

閱讀重點

1. 辨認各種複句；

2. 辨認表示各種複句關係的關聯詞語；

3. 比較關聯詞語的使用效果。

3.1 並列複句

並列複句的分句分別陳述有關聯的幾件事情或同一事情的幾個方面，也可以表示相反或相對的情況。例如：

(1) 晴朗的天空，燦爛的花朵，可愛的故鄉。

(2) 山色 ‖ 逐漸變得柔嫩，山形 ‖ **也**逐漸變得柔和。

(3) 他們 ‖ **一方面**盡量少管別人的事， ‖ **另一方面**盡量事事親力親為。

(4) 他 ‖ **一邊**來回的走動， ‖ **一邊**不停的歎息。

(5) 馬路上的汽車 ‖ **一會兒**停， ‖ **一會兒**走。

(6) **不是我** ‖ 怕他，**而是我** ‖ 不跟他一般見識。

(7) 虛心 ‖ 使人進步，驕傲 ‖ 使人落後。

(1) 至 (5) 句是平列式，(1)、(2) 句表示同時存在的相關事物，(3) 句列舉並存的情況，(4) 表示同時並行的動作行為，(5)

表示交替發生的動作行為，其中除了句 (1) 由分句直接組合，不帶關聯詞語，是無標誌的複句外，其他四句都用上關聯詞語。 (6)、(7) 兩句是對比式，分句陳述的是兩種對比的情況，其中 (6) 用了關聯詞語「不是……而是……」，通過否定肯定的方式來對照一正一反兩種情況。

並列複句常用的關聯詞語包括：

a. 單用

「也」、「又」、「還」、「同時」等。

b. 成套

「既……又 / 也」、「一方面……（另）一方面」、「一邊……一邊」、「有時……有時」、「一會兒……一會兒」、「不是……而是」、「是……不是」等。

3.2 連貫複句

連貫複句又叫承接複句、順承複句，是幾個分句按次序敘述連續發生的動作或相關的事情、事物、道理等。例如：

(1) 他 ‖ 看了看四周， ‖ 從地上撿起一塊不大不小的石頭， ‖ 用力打破了那口缸。

(2) 那裏 ‖ 有一個大水缸，缸裏 ‖ 裝滿了水。

(3) 大廈 ‖ 有着數不清的大窗戶，每一個大窗戶的玻璃 ‖ 都是那麼明亮。

(4) 正確的行動 ‖ 來自正確的判斷，正確的判斷 ‖ 來自正確的觀察。

(5)（勤，就是要珍惜時間，）勤學習，勤思考，勤探索，勤實踐。

　　句 (1) 按時間先後序敘述主語「他」相繼發生的動作，是時間上的連貫。連貫也可以按照一般人的視點來順序陳述相關的事物，一般人的視點可以由內而外或由外而內，由近至遠或由遠至近，由大到小或有小到大，由上而下或由下而上等等。句 (2)、(3) 就是按照空間位置順序來陳述所見事物的連貫複句，句 (2) 的空間連貫是由外而內，句 (3) 則由大到小。句 (4)、(5) 的分句是依照邏輯順序說明事理，句 (4) 說明「觀察→判斷→行動」的客觀過程，句 (5) 看似並列，實際上「先學後思再探索最後實踐」是自然的心理活動過程。

　　空間順序、邏輯順序的連貫複句，關聯方式多用意合法，時間順序的連貫複句多用關聯詞語。

　　(1) 我 ‖ 悄悄地披了大衫，帶上門出去。

　　(2) 他 ‖ 聽了這話，轉身**便**走了。

　　(3) 爸爸 ‖ 一進門，媽媽 ‖ **就**給他遞上熱茶。

　　(4) 老師的話 ‖ **還**沒有說完，教室裏 ‖ **就**響起了一陣掌聲。

　　以上除了句 (1) 沒用上關聯詞語，是無標誌複句外，其他三句都用上了表時間關係的關聯詞語。句 (2) 用了副詞「便」關聯兩個分句，突出動作行為的先後次序，句 (3) 的「一……就」顯示了所敘述的兩個動作行為幾乎同時發生，句 (4) 的關聯詞「還……就」顯示了前一個動作行為沒完全結束，後一個動作行為就出現了。

　　承接複句常用關聯詞語有：

　　　　a. 單用

「就」、「便」、「又」、「於是」、「接着」、「然後」等。

　　　　b. 成套

「首先……然後 / 接着」、「開始 (起初) ……後來 (……最後)」、「一…… 就」、「還 (沒有) ……就」等。

3.3 遞進複句

遞進複句表現在範圍、程度、數量、時間等方面，後一分句比前一分句有更進一層的意義。依照後一分句的意義變化，遞進複句可分為正遞、反遞、襯托遞進三類型。例如：

正遞

(1) 不少學生失去學習的興趣，**甚至**放棄學習。

(2) 他**不但**會背誦很多古詩，**而且**還能作詩填詞。

(3) 他**不僅**能聽懂普通話，**而且**能寫漢字。

(1)、(2)、(3) 句以前一分句的意思為基點作順向推進，是順進式遞進，也叫正遞。正遞複句兩個分句的順進關係，有的具備客觀的邏輯基礎，如句 (1)，也有反映說話人的主觀強調，如句 (3)，如改用並列複句「他**既**能聽懂普通話，**也**能寫漢字」，便沒有強調「能寫漢字」的效果。

反遞

(4) 他**不但沒有**道歉，**還**動手打人。

(5) 老師**不但不**罰我們，**反而**鼓勵我們努力改過。

(4)、(5) 句的前一分句以否定的意思為基點，後一分句則以此基點向肯定的意思作反向推進，是反進式遞進，也叫反遞。反遞複句的形式與正遞不同，反遞複句兩個分句的意義是對立的，而且前一分句必須加入否定詞語，後一分句須用上反轉詞語如「反而、反、反倒、倒、相反」等。

襯托遞進

(6) 這混濁的空氣，好人都受不了，何況氣管敏感的人。

(7) 這裏的空氣，氣管敏感的人都受得了，何況好人。

(8) 這些家貓連小蟲尚且沒抓過一隻，更別說大老鼠了。

(6)、(7)、(8) 句是襯托遞進句，以前一分句襯托後一分句，語氣轉折。句 (6) 兩個分句的意義是由深而淺、由重而輕發展的，前一分句以否定式來否定強項，後一分句以「何況、別說、不要說」等詞語來強調弱項的不濟。 (7)、(8) 兩句的分句，則意義由淺而深、由輕而重發展的，句 (7) 前一分句肯定弱項，後一分句以「何況、別說、不要說」等詞語來突顯強項絕無問題，句 (8) 前一分句則否定弱項，後一分句以「何況、別說、不要說」等詞語來突出強項更是不行。

遞進複句常用關聯詞語有：

a. 單用

「甚至」、「而且」、「並且／且」、「況且」、「何況」、「尤其」等。

b. 成套

「不但／不僅／不單／不光／非但……而且／且／甚至／就連／還／也／又」、「尚且……何況」、「不但不／不僅不／非但不／不光沒……反而／反倒／相反／偏偏／還」等。

3.4 選擇複句

選擇複句的分句分別說出兩種或以上的可能情況，並且表示要從中選擇一項，分取捨未定和取捨已定兩大類。

3.4.1 取捨未定的

(1) **或者**我去，**或者**你去，**或者**大家一起去。

(2) **要麼**繼續唸書，**要麼**出去找工作。

(3) **是**他去，**還是**你去，**還是**你們一起去？

(4) 常犯錯誤的人，**不是**認為甚麼都不懂，**就是**認為甚麼都懂。

(5) 這事情，不是你讓步，就是我讓步。

3.4.2 取捨已定

(6) **與其**凌晨就得排隊買票，**不如**在家裏看轉播。

(7) 他**寧願**每天坐兩個小時火車上班，**也不**住進城裏。

(8) **寧可**晚一點睡，**也**要把工作做完。

同屬選擇複句，用上不同的關聯詞語，語氣也不同。(1)、(2)、(3) 句表示或此或彼，語氣較溫和，叫商選複句；(4)、(5) 句表示兩者擇其一，語氣較強，叫限選複句；(6)、(7)、(8) 句決定了選擇，語氣比較激烈，叫決選複句，(6) 句是先捨後取，(7) 句以否定後一分句的方式來表示先取後捨的意義，而且含有和心理預期相對的轉折意味：大多數人都選擇住在城裏，說話人所作出的選擇卻和這心理預期相反。(8) 句也是含有讓步意味的選擇，但由於沒有用上否定的方式，語氣比 (7) 句弱。

選擇複句常用關聯詞語有：

a. 商選

「或者 / 或是……或者 / 或是」、「要麼……要麼」、「也許……

也許」、「是……還是」(用於疑問句) 等。

　　b. 限選

「不是……就是」。

　　c. 決選

「寧可 / 寧願……也不」、「與其……不如」、「寧可 / 寧願
……也」。

3.5　因果複句

　　因果複句的前一分句表示原因、根據，後面的分句表示結果、
推論。例如：

(1) 貓很有個性，**所以**我喜歡養貓。

(2) **因為**地球暖化，**所以**世界各地的天氣都出現異常現象。

(3) **由於**人們過度砍伐樹木，**以致**常常發生山洪暴發。

(4) 青春那麼可貴，**是因為**它如曇花一現，一瞬即逝。

(5) 你**既然**知道是自己犯的錯，**就**要誠懇地道歉。

(6) 這麼容易的練習都做錯了，**可見**他沒用心上課。

(7) 他皮膚突然又癢又腫，一定是患了食物敏感症。

　　因果句分說明因果和推論因果兩類型。 (1)、(2)、(3)、(4)
句是說明因果句，(5)、(6)、(7) 句推論因果句。說明因果句陳述
已出現的原因和已實現的結果，帶有說明事理的意味，上述 (1) 和
(4) 句的前後兩個分句都是已然發生的事實，而這兩個事實在人事
上有着某種特殊的因果關係，這是據實因果，而 (2) 和 (3) 句是
自然的因果，即前一分句的已然事實必然導致後一分句的結果。
(5)、(6)、(7) 句是推論因果句，如 (5) 句，前面的分句表示已出
現的事實，後面的分句說明由已然的原因所推論的未然結果，帶有

推理的意味。因果句一般都是原因的陳述在前結果的陳述在後，但也有前果後因的語序，如 (4) 句，而 (6)、(7) 句就是據果推因，與 (5) 句的據因推果不同。這種改變自然語序的方式，作用是突出原因。

因果複句常用關聯詞語有：

　　a. 單用

　　　　ⅰ）用於前一分句的：「因為」、「由於」等。

　　　　ⅱ）用於後一分句的：「所以」、「因此」、「因而」、「以致」、「可見」等。

　　b. 成套

「因為 / 由於 /……所以 / 因此 / 因而」、「（之所以）……是因為」、「既然（既）……就 / 便 / 則 / 那麼」」等。

3.6 假設複句

　　假設複句的前一分句提出假設的情況，後面的分句說明在這種假設情況下要產生的結果。例如：

(1) 他要走，**就**讓他走。

(2) **如果**善於觀察，**就**能發現問題。

(3) **要是**你不面對現實，那**就**不能改變現實。

(4) 你要面對現實，**否則**不能改變現實。

(5) 我沒有足夠的時間和金錢，**要不然**我 ‖ 會到世界各地大開眼界。

(6) 我會支持你，**假如**你的意見是合理的。

（1）至（5）五個句子都是假設在前，結果在後；（4）句的後一分句從否定的角度說明不依據前面分句的做法所引起的後果；（5）句的前一分句從否定的角度提出所不具備的假設條件，後一分句則從肯定的角度說明該條件所能產生的結果。（6）把表假設的分句後置，突出了假設的情況。

假設複句常用的關聯詞有：

　　a. 單用

「就」、「那麼」、「否則」、「要不然」等。

　　b. 成套

「如果 / 假如 / 要是 / 若是 / 倘若 / 萬一……（那麼）就 / 便」。

3.7 條件複句

條件複句的前一分句提出條件，後面的分句說明在滿足這種條件下所所產生的結果。例如：

（1）**只要**有空氣，種子**就**可以萌芽。

（2）**只要**我們待人以誠，**總**會交到真正的朋友。

（3）**只有**有合適土壤，種子**才**能萌芽生長。

（4）**只有**面對現實，**才**能改變現實。

（5）**無論**環境如何惡劣，頑強的種子**都**會萌芽長葉的。

（6）**反正**我不會再相信謊言了，**無論**你把話說得如何漂亮堂皇。

（1）、（2）兩句是充分條件複句，前一分句提出「有了就可以」的條件，後面分句說明在具備這條件後所產生的結果。充分條件複句隱含了還有別的條件可以選擇。（3）、（4）兩句是必要條件複句，

前一分句提出「不可缺少」的條件，後面分句說明滿足這必須條件
後所產生的結果。必要條件複句隱含了這是唯一條件，沒有別的條
件可以選擇。(5)、(6) 句是無條件複句，即所說明的結果不以所
提條件為根據，(6) 句把條件後置，以突出無條件。其他的條件複
句，也可以把條件後置，以作強調。

　　條件複句常用的關聯詞有：

　　　　a. 充分條件

「只要……就」。

　　　　b. 必要條件

「只有 / 除非 / 必須……才」。

　　　　c. 無條件

「無論 / 不管 / 任憑……都 / 也」……」。

3.8 轉折複句

　　轉折複句的前後分句在語意上由一個方向轉向另一個方向，
即後面分句的意思發展跟前面的分句方向不同。例如：

(1) 她對他的不仁，沒有嚴厲的責罵，**只是**眼裏含有點點
　　恨意。

(2) 我愛月夜，**但**我也愛星空。

(3) 我的確時時解剖別人，**然而**更多的是無情面地解剖自己。

(4) 駱駝**雖**高，**卻**很老實，不會發脾氣。

(5) 星的亮光在我們的肉眼裏**雖然**微小，**然而**它使我們覺得
　　它的光明是無處不在的。

(6) **儘管**他品學兼優，**卻**從不驕傲自滿。

上面的轉折複句在語氣上有輕重的差異。(1)、(2)、(3) 句前後兩分句在語意上的對比，沒有 (4)、(5)、(6) 三句那麼明顯，轉折的語意和語氣也比較輕，其中 (1) 句尤為輕微，(2)、(3) 句則在後面的分句用了「但是」一類的連詞，比 (1) 句明顯，有稍微強調和突出的效果。(4)、(5)、(6) 句用了成套的轉折關聯詞語，在前一分句產生了預示轉折的作用，轉折的語意明顯，語氣也較強。

轉折複句的後一分句所表達的轉折意思，往往跟說話人的某種預設有關，其所謂的轉折指的是跟說話人的預設相反或不盡相合。例如 (2) 句「月夜」和「星空」在事理、邏輯上並不對立，假如跟陽光普照的天空比較，甚至可以看作同類的景色，只是作者個人認為月夜和星空情味迥異，愛月夜的人往往不愛星空，而他卻兩者都愛，就用了轉折的方式來表達。(4) 句，「高」和「老實」、「發脾氣」在本質上也不對立，是說話人個人認為「高」會「亂發脾氣」。這種轉折句的運用，目的不在說明邏輯上的種種判斷，而是在突出說話人的某種主觀感覺。

轉折複句常用關聯詞語有：

a. 單用

「只是」、「不過」、「只不過」、「倒」、「但」、「可」、「卻」、「而」、「但是」、「可是」、「然而」等。

b. 成套

「雖然 / 儘管 / 雖說 /⋯⋯但是 / 可是 / 但 / 然而 / 卻」。

3.9 讓步複句

讓步複句的後一分句所說的結果與前一分句所提的假設條件不一致，既有假設的意味，又有轉折意思。例如：

(1) 他再怎麼説，我們**也**不再相信他了。

(2) 我**即使**再窮，**也**不向人搖尾乞憐。

(3) 我**就算**有錢，**也**不會借錢給你這個賭徒。

(4) **哪怕**山有多高，人們堅強的意志**還是**能征服它。

讓步複句是假設和轉折兩種關係的套疊。把上述例句跟以下兩組複句比較一下：

第一組：轉折複句

    a. **不管**他説甚麼，我們從來都不相信他。

    b. 我是窮，**但**也不向人搖尾乞憐。

    c. 我是有錢，**卻**不會借錢給你這個賭徒。

    d. **儘管**山很高，我們**還是**征服了它。

第二組：假設複句

    a. **假如**他再説，我們**就**會相信他了。

    b. 我再窮，**就**得向人搖尾乞憐了。

    c. **要是**我很有錢，**就**會借錢給你這個賭徒。

    d. **如果**山很高，我們就不能征服它了。

讓步複句所陳述的都是未然事實，而轉折複句所陳述的是已然的事實，這是讓步複句跟假設複句相同而跟轉折複句相異之處；讓步複句裏前一分句提出假設的情況，後一分句則從相反的方向陳述所產生的結果，這是讓步複句跟轉折複句相同而跟假設複句相異之處。

讓步複句常用關聯詞語是：「即使 / 就算 / 就是 / 縱使 / 哪怕 / 儘管……也 / 仍然 / 還是」。

3.10 **目的複句**。

目的複句的兩個分句，一個陳述動作行為，一個說明該動作行為所要達成的目的。例如：

(1) **為了**將來有更好的前途，他努力唸書考大學。

(2) 他努力唸書考大學，**為的是**將來有更好的前途。

(3) 他跟年老的雙親住在一起，**以便**照顧他們。

(4) 不要醉酒駕駛，**以免**發生車禍。

(1) 句表目的的分句在前，側重寫行為；(2) 句表目的的分句在後，突出行為要達成的目的。(1)、(2)、(3) 三句從正面寫行為的目的，是積極目的複句；(4) 句從避免的角度寫行為的目的，是消極目的複句。

目的複句常用關聯詞語：「為了」、「為的是」、「以」、「以便」、「藉以」、「好」、「以免」、「以防」、「免得」、「省得」等。

3.11 **解說複句**

解說複句又叫解注複句、解證複句。解說複句後一分句對前一分句進行解釋、說明、補充或總結。例如：

(1) 她生了一個孩子，是男的。

(2) 我愛綠，是深得像墨的黛綠。

(3) 他有兩個兒子，大兒子在唸大學，小的 ‖ 也唸中學了。

(4) 他的兩個兒子，大的在唸大學，小的在唸中學，都很聽話。

(1)、(2) 句的後一分句對前一分句進行解說；(3)、(4) 句是總分複句，(3) 句是先總後分，(4) 句是先分後總，都屬解說句。解說複句多為無標誌的，少用特定的關聯詞語。

多重複句

複句的分句結構只有一個層次，只含一種邏輯語義關係的，叫一重複句。複句的分句結構有兩個或以上的層次的，叫多重複句。例如：

(1) 坐着 ①、躺着 ②、打兩個滾 ③，踢幾腳球 ④，賽幾趟跑 ⑤，捉幾回迷藏 ⑥。

(2) 桃樹、杏樹、梨樹，你不讓我 ①，我不讓你 ②，都開滿了花趕趟兒 ③。（朱自清〈春〉）

(3) 有的（紙船）被天風吹捲到舟中的窗裏 ①，有的被海浪打濕 ②，沾在船頭上 ③。（冰心〈紙船 —— 寄母親〉）

第 (1) 句含六個分句，分句之間都是並列關係，而又只有一個層次，是一重複句。第 (2) 句含三個分句，第一、二分句，即「桃樹、杏樹、梨樹，你不讓我 ①，我不讓你 ②」和第三分句「(桃樹、杏樹、梨樹) 都開滿了花趕趟兒 ③」是第一層的連貫關係，而包含在這關係裏面的是第一分句和第二分句所組成第二層的並列關係。 (3) 句含三個分句，第一分句「有的 (紙船) 被天風吹捲到舟中的窗裏 ①」和第二、三分句「有的

被海浪打濕②，沾在船頭上③」構成第一層次，是並列關係，而第二、三分句是第二層，是連貫關係。 (2)、(3) 兩句都是二重複句，屬多重複句。多重複句和一重複句的辨別不在分句的數量，而在結構的層次。

　　分析多重複句，必須全面考察句子的含義，然後確定分句的數目，再找出第一層次。多重複句第一層次的確定非常重要，第一層次確定錯誤，會影響整個多重複句的分析。關聯詞語是劃分多重複句結構層次的重要標誌，成對的關聯詞語可以作為切分層次的依據。遇到沒有關聯詞語的分句，必須依據語境，即語篇、語段的中心思想和句子的上下文來確定分句的邏輯語義及層次的切分。以下是多重複句的分析例子。

(4) 鎮上的人們仍然叫她祥林嫂①，‖ **但**音調和先前很不同②，｜**也**還和她講話③，‖ **但**笑容卻冷冷的了④。 (魯迅《祝福》)

(5) **如果**你到過巴黎①，‖ 你**會**覺得它不但是法國人的都市，而且是你自己的城市②；｜同樣地，北京**不僅**是中國人的都市③，‖ **也**是全世界人士的都市④。 (蔣夢麟〈迷人的北京〉)

　　從以上兩個例子可以看到多重複句層次分析跟單句的層次分析法有點相似，每次切分都只分出兩個直接組合層次，可以由最外層切分至最內層，也可以由最內層向最外層切分。

　　(4)、(5) 兩句都是二重複句，都含關聯詞語，可以作為層次切分的依據。例如，從關聯詞語「但」可以判斷第 (4) 句的第一、二分句是轉折關係，第三、四分句也是轉折關係；從關聯詞語「而」，可以識別第一、二分句和第三、四分句組合成並列關係。整個多重複句的意義重點是通過內層的轉折關係描述鎮上的人對祥林嫂態度的今昔改變。

　　(5) 句的分句用上了成套的關聯詞語「如果……會」和「不僅……也」，據此可以判斷第一、二分句是假設關係，第三、四分句是遞進關係。第二分句雖然含有表示並列關係的連詞「而且」，但仔細觀察分句的結構，可以看到分句的述語是帶賓語的動詞「覺得」，「覺得」的賓語是一個動詞性短語「它不但是法國人的都市，而且是你自己的城市」，因此，「不但……而且」看起來像聯繫分句的關聯詞，其實是連接兩個短語的連詞。全面考察這複句的意義，主要通過假設語氣指出巴黎的特點，從而烘托北京具備跟巴黎相同的特點，這裏，作者用了遞進關聯詞語，強調了北京的親切感。

　　(6)（遊覽蘇州園林必然會注意到花牆和廊子。）有牆壁隔着①，∣∥有廊子界着②，∥層次多了③，∣景致**就**見得深了④。（葉聖陶〈蘇州園林〉）

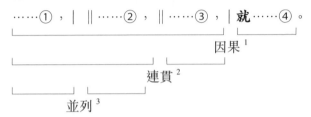

(7) 可是牆壁上有磚砌的各式鏤空圖案 ①，｜　‖ 廊子大多是
　　兩邊無所依傍的 ②，‖ 實際是隔而不隔，界而未界 ③，
　　｜ **因而**更增加了景致的深度 ④。（葉聖陶〈蘇州園林〉）

……①，｜　‖……②，‖……③，｜ **因而**……④。

因果 [1]

解說 [2]

並列 [3]

　　從以上例子可見，多重複具的層次分析可以清晰展示句中各
個分句的組合情況。在切分層次時，不能僅靠關聯詞，還要考查整
句的格局。例如 (6)、(7) 兩句是三重複句，是同一段文字裏的連
續兩個句子，句 (6) 僅用了「就」，句 (7) 只用了「因而」來關聯分
句，因此，在劃分分句結構層次時，必須全面考察句子的意義，找
出第一個層次，然後逐步分析其他層次。如 (6)、(7) 句重點是說
明蘇州園林「深度景致」的特點，所以都把第一層次劃在第一、二、
三分句和第四分句之間，前面分句說明造成景致深的原因，以突出
「景致深」這個結果。

　　複句的關聯詞語運用視乎表達的需要。在說明事理上，如能
運用關聯詞語，則邏輯清楚，方便闡釋事理，容易讓人理解；而在
描述事物、陳述事情上，則要視乎中心意義，有時候需要借助關聯
詞語來突顯某些事物的對比、變化等，有時候不用關聯詞語，可以
淡化理性的邏輯思維色彩，給讀者提供一個開放的想像空間，從中
體會或感受句子所營造的氛圍。例如以下兩首兒童詩，〈跌倒〉用
上了關聯詞而〈坐滑梯〉則完全沒用。

跌倒　　牧也

風，跌倒了

才有了美麗的落葉

雲，跌倒了

才有了滋潤大地的雨水

太陽，跌倒了

才有了靜謐的夜晚

所以

讓我們不再害怕跌倒

讓我們在跌倒時

用最美麗的姿勢

站起來

〈跌倒〉以風、雲、太陽來比擬人的跌倒，前三句用語氣較弱的關聯詞語「才」來突顯跌倒是一切美好所需的條件，由此聯想到人們跌倒也是成就美好的條件，「所以」連繫上下文，強調不怕跌倒的結果，因此這是一個非常重要的關聯詞，不能不用。

坐滑梯　　鄭春華

雨敲着窗

想要進來

我不讓

雨就順着玻璃

像坐滑梯一樣滑到窗台上

〈坐滑梯〉寫下雨的形象和氣氛，詩句之間含敘事的連貫關係，

中間加插了轉折，如果加入關聯詞語，敘事的邏輯性和時間性是比較明顯，但卻破壞了下雨的畫面和想像的空間。

> 雨敲着窗
> 想要進來
> **但是**
> 我不讓
> **於是**
> 雨就順着玻璃
> 像坐滑梯一樣
> 滑到窗台上

> **閱讀重點**
>
> 1. 認識複句緊縮的特點；
> 2. 辨認各種緊縮句及其表達效果。

複句可以出現緊縮的形式，即分句之間沒有停頓，原來兩個分句的邏輯語義緊密結合，給人直接有力的感覺。例如：

(1) 你想走**就**走。（假如你想走，你就走吧。）

(2) 他有空**也**不參加這個活動。（即使他有空，也不參加這個活動。）

(3) 我一說他**就**明白了。（只要我一說，他就明白了。）

以上的句子都包含了複句的邏輯語義，但緊縮成為分句中間沒有停頓的形式，叫做緊縮句，常用於口語。這些句子表面上看來像單句的形式，實際上比單句多了一重邏輯語義，而且往往會含有一些顯示邏輯語義的關聯詞語，例如 (1) 句的「就」，(2) 句的「也」，(3) 句的「一……就」。可見緊縮句也會有某種格式的，按此標準，可以把緊縮句分為以下三類。

5.1 沒有固定格式的

這些緊縮句子省略了所有關聯詞語，看不到有任何固定的格

式。例如：

(1) 你不走我走。（你不走，我走。）

(2) 有你沒我。（假如有你，就沒有我。）

5.2 有固定格式，例如：

(1)「不……不」，相當於「如果……就」

 a. 我不說不行。

 b. 咖啡不香不好喝。

(2)「非 / 無……不」，相當於「除非……否則」

 a. 他非素菜不吃。

 b. 他無肉不歡。

 c. 我今天非警告他不可

(3)「再……也」，相當於「即使……也」

 a. 事情再難也得解決。

 b. 你再勸他也沒用。

(4)「不 / 沒……也」，相當於「即使……也」

 a. 不說我也知道。

 b. 沒空也要去。

(5)「一……就」，相當於「……接着……」，或「只要……就」

 a. 他一喝酒臉就紅。

 b. 這小孩一下課就去玩。

(6)「越……越」，相當於「只要……就」

 a. 他越說越亂。

 b. 薑越老越辣。

(7)「不 / 沒……就」，相當於「要是……就」

　　a. 他沒事幹就生病。

　　b. 今年不減工資就好了。

(8)「非……才」，相當於「除非……才」

　　a. 現在非吃苦能幹才能找到工作。

　　b. 非說實話才能讓人信服。

(9) 利用相同的疑問代詞構成呼應聯結的格式「X……X」，語
　　義相當於假設、條件等關係，例如：

　　a. **誰**做了**誰**負責。

　　b. 你想吃**甚麼**吃**甚麼**。

　　c. 你要**多少**買**多少**。

　　　這類格式的緊縮句，中間也可以加入單用的關聯詞語，
　　　如「就」等，例如：

　　d. 愛怎麼樣**就**怎麼樣。

　　e. 我說甚麼**就**算甚麼。

第六節 | 句子知識的應用

閱讀重點

分析句子的結構和意義。

　　人們表達以句子為基礎，句子結構的學習有助加強「語言意識」，也就是提高運用句子的自覺性。小學階段的語文學習，主要是發展書面語能力，因此，句子學習是核心，句子學習又以句式為主，離不開句子結構的認識和掌握。假如在句式的學習過程中，不能給予學生清晰的說明和練習，學生便學得含糊，便不一定能掌握好相關的句子，以下是一些例子。

　　例 (1) 小學的語文練習：依指定句式造句：「……在……」

　　「……在……」是甚麼句式？沒有人可以肯定，因為「在」這個詞形其實有三個身份，分別是動詞的「在」、副詞的「在」和介詞的「在」。三個「在」都有不同的造句功能，而所造成的句子，結構形式都不一定相同。

	主語	狀語	述語	賓語	句子結構
a.	我	晚上肯定	**在**	家。	動賓句：「在」是動詞，充當述語。
b.	他	**在**	看	電視。	動賓句：「在」是副詞，充當狀語。
c.	你	**在**	造夢。		動詞句：「在」是副詞，充當狀語。
d.	他	只**在**星期天	看	電視。	動賓句：「在」是介詞，與「星期天」組成介詞短語，充當狀語。
e.	你	**在**大白天也	造夢。		動詞句：「在」是介詞，與「大白天」組成介詞短語，充當狀語。

句子的特定結構形式，有的帶明顯標誌，如「是」字句、「被」字句、「把」字句，也有不帶明顯標誌的，如連動句、兼語句、存現句。從上表可以看到，含「在」的句子，可以是以動詞「在」為述語的動賓句，也可以是以副詞「在」充當狀語，或由介詞「在」與其他名詞組成介詞短語充當狀語的動詞性謂語句。因此，「……在……」絕不能看作有標誌的句式。

中學生學習語文，重點是發展句子的表達力，加強語言的表達成效，但如以下「把」字句練習則未能給學生提供適切的學習歷程，加強「把」字句的掌握。

例 (2) 中學語文句子練習

「把」字句

「把」字句的格式如下：

	介詞	賓語	動詞	
英子，去	把	這些錢	寄	給在日本讀書的陳叔叔。(《爸爸的花兒落了》)

非「把」字句的格式如下：

	動詞	賓語	
英子，去	寄	這些錢	給在日本讀書的陳叔叔。(《爸爸的花兒落了》)

把以下句子改寫為「把」字句。

　　a. 燭光照亮了她秀麗的臉龐。

　　b. 我今天測驗不及格，媽媽罵了我一頓。

　　c. 客人走了大半天，我們才收拾好雜亂的客廳。

　　d. 調查員向上司報告了調查結果。

　　例 (2) 的句子來自中學語文課本。原句「英子，去把這些錢寄給在日本讀書的陳叔叔」，屬於祈使句類，在結構上，「英子」是不跟其他句法成分發生語法關係的語用成分，作用是表示稱呼，後面的部分是省略了主語的連動結構。連動結構的第一部分是是動詞「去」，第二部分是「把」字結構「把這些錢寄給在日本讀書的陳叔叔」。「把這些錢寄給在日本讀書的陳叔叔」是規範的現代漢語表達方式，沒有平行的「把」字結構。對於中學生來說，練習的重點是怎樣寫出複雜結構的「把」字結構。例 (2) 這個練習利用了表列方式來分析句子，但卻沒有突顯「把」字後面的複雜結構，其他

部分的分析卻混亂欠準確,例如把連動結構的第一個動詞「去」與語用成分「英子」劃為同一結構項,而第二部分的動詞性短語「寄給」的「給」又劃到賓語裏。假如要讓已學過「把」字句的中學生進一步掌握「把」字句,可以讓他們觀察「把」字句所含兩個賓語的結構。例如:

　ⅰ)把錢寄給陳叔叔。

　ⅱ)把這些錢寄給陳叔叔。

　ⅲ)把這些錢寄給在日本讀書的陳叔叔。

　以上的設計是讓學生學會怎樣在「把」字句的基本結構上,加入修飾成分,使句子內容更豐富,這是中學句子教學的一個重點。

　再檢視改寫練習,四個改寫句子的結構都不同。a 句「燭光照亮了她秀麗的臉龐」是一般的動賓句;b 句「我今天測驗不及格,媽媽罵了我一頓」是複句,第二分句述語後面是「賓語(我)—動量補語(一頓)」的排列;c 句「客人走了大半天,我們才收拾好雜亂的客廳」是複句,第二分句述語動詞後面是「結果補語(好)—賓語(雜亂的客廳)」的排列;d 句「調查員向上司報告了調查結果」是單句,述語動詞「報告」前面帶表對象的介詞短語「向上司」。這種練習,是可以深化學生對「把」字句結構的掌握,但卻無助於提高學生對「把」字句語用效果的認知。以 d 句為例,原句的信息焦點在交代調查員向上司報告了甚麼,而改寫為「把」字句後,句子的重點是交代了調查員如何處理做好的調查結果,信息焦點在「報告」。「把」字句的運用是要看語境,説話人要強調甚麼,所以學生不能只操練句子的結構,而對其語用效果一無所知,尤其是對於以中文作為第一語言學習的香港學生來説,句子學習不能自小學到中學都停留在結構的表層,深層次的語義分析、高層次的語用思考更

為重要。

忽略語用的形式練習可以說是俯拾即是，以下是另一個來自中學語文練習的例子。

例 (3) 中學語文練習

把以下句子改寫為「被」字句。

　　a. 他的表演深深地打動了每個觀眾。（參考答案：每個觀眾都被他的表演深深地打動了。）

　　b. 浪花湧捲過來，弄濕了我的褲管。（參考答案：我的褲管被湧捲過來的浪花弄濕了。）

a 句是動賓語，用不用「被」字句，主要看表達重點。中學生已熟悉「被」字句結構，他們需要留意的是在甚麼情況下用主動句比較好，在哪種情況下就得用被動句。b 句是複句，提供的參考答案是一個單句，原句及改寫句在意義表達上截然不同。原句寫浪花動態，先湧過來，然後把作者的褲管弄濕了；改寫成被動單句後，就變成寫作者的褲管，而「湧捲過來」成了施事「浪花」的修飾成分，信息焦點在「濕」，這樣就淡化了浪花的描寫。這個句子尚有另一種改法，就是仍然保留着複句形式，只把第二分句改為被動格式，即「浪花湧捲過來，我的褲管被弄濕了」。第二分句到底用不用被動結構，值得跟學生討論。這種只讓學生改換句子形式的練習，往往孤立了語言形式而忽略了意義表達，並不利於語文學習。

重形式輕功能的語法練習發展至末流，是會影響到學生學習語文的成效。例如小學句式練習，有要學生用這樣的句式造句的：「……多麼……啊」。這是表感歎的句子，不能叫句式。要學生用這種形式寫一個孤立句，就是要學生憑空感嘆一番，缺乏學習意義。

　　又例如小學的複句教學，重視的是複句的顯性標誌，即一套套的關聯詞語，「雖然……但是」，「因為……所以……」，「如果……就……」等等，學生在學習過程中，只注意到關聯詞語，但對關聯詞語所聯繫的分句在意義上如何銜接、有怎樣的關係，不一定能正確掌握，所以常出現濫用關聯詞語的毛病。以下是一些例子。

(1)……有一次，妹妹因為吃飯的時間，給雞骨停在咽喉內。這時，爸爸和媽媽立刻把妹妹送往醫院……

(2) 我的五姊現在就讀中學四年級生，很快就升讀五年級了，所以我們二人的成績也不錯。

(3) 我現在是一個小學生，但今年九月我就是中學生了，所以我現在要努力讀書。

　　按上文下理看，(1)、(3) 兩句主要是記述事情的發生及變化，含連貫的語義關係，但卻用了因果關聯詞語；(2) 句，關聯詞語「所以」前面的分句寫的是姐姐快唸中學五年級，後面的分句寫作者和姐姐成績很好，是兩事的並列，看不出是因果關係。[1]

　　由此可見，教學上的偏差會導致學習上的偏差，也會影響到學生的語文表現。在中學，複句學習擴展至多重複句，類似的句式練習也會重複出現。例如讓學生用指定的句式造句，如「……雖然……但是……所以……」、「假如……就……但是……所以……」等等。這完全沒考慮到語言形式、語義表達，以及思維三者的相互關係。從語言表達的過程看，我們身處不同的語境，思維活動發生作

1　據筆者曾經做過的「港滬小六學生書面句型運用差異研究」，發覺香港學生偏向使用因果複句和轉折複句，但卻過渡泛化。參看唐秀玲 (1996):「港滬小六學生書面句型運用差異研究」，載於何國祥編《中文教育論文集 (第三輯)》，頁 163-179，香港，香港教育學院出版。

用，讓我們依據實際需要而自然產生各種意念，跟着是進行合乎邏輯的條理安排，最後才選用恰當的語言形式來把意義表達出來。關聯詞語構成的複句形式是後來歸納出來的語言形式，絕非決定我們思考和表達的必然因素或先決因素。多重複句的學習，重點不是要學生硬套隨機組合的關聯詞語，而是要引導學生學習如何在具體的語境裏進行邏輯思考、批判思考，然後據以考慮語言形式的選擇，從而加強語言表達的效果。例如陳述事情始末，既有過程也有因果事理在內，這就可能需要用上連貫、因果等關聯詞語；陳述個人觀點，可以直接說明，也可以利用假設情況引導讀者置身其中自行判斷，這就得用上假設、因果等關聯詞；也可以先從某一個角度肯定他人說法，然後從另一個角度提出質疑，再進而提出個人的想法，這就會用上轉折、讓步、假設等關聯詞語。

　　從上述的討論例子可以看出如忽略語言形式所能發揮的語用功能所導致的問題。語文教師假如能掌握全面的語法知識，再結合語言學習心理、教育原理等知識，是可以改善不理想的實況的。其他專業的語文運用者，如具備一定程度的語法知識，有助自我檢查語文表達的優缺點，以資改進。

第七節 | **本章練習**

練習一：單句和複句

識別單句和複句，把下面的複句找出來，在括號裏打「✓」。

1. （　）年紀大並不一定不能工作。

2. （　）我們日常所見、所聞、所接觸的事物裏，有很多的道理。

3. （　）海上的夜是柔和的，是靜寂的，是夢幻的。

4. （　）生、老、病、死，都是極普遍的人生現象。

5. （　）地震給人們帶來的深重災難，激起了<u>東漢時期科學家張衡</u>思想上的波瀾。

6. （　）多麼令人稱道方式，多麼令人讚美的辛勤！

練習二：複句分析

分析以下複句：1. 劃出每個分句的主語；

　　　　　　　2. 用橫線標記關聯詞語；

　　　　　　　3. 指出複句屬哪種關係複句。

(1) 中國茶最初沿着絲綢之路輾轉傳到歐洲，然後才傳到日本。

(2) 同行的一位女士，不但不吃羊，連聞都不能聞。

(3) 有些東西，自己盡可不吃，但不要反對旁人吃。

(4) 有的人喜愛洋茶，有的人喜愛日本茶，有的人卻對中國茶情有獨鍾。

練習三：多重複句分析

一、分析下面的多重複句。

1. 船在動，星也在動；它們掛得那麼低，真搖搖欲墜呢！

   (巴金〈繁星〉)

2. 美麗的花木，從前燦爛地盛開着的，現在因為沒有人時時灌溉，也漸漸地枯萎了。（鄭振鐸〈荒蕪了的花園〉）

3. 西洋人宴客是有的，但是極不輕易有一次，最普通的只是來一個茶會，並不像中國人這樣常常請朋友吃飯。

   (王力〈請客〉)

二、病句分析

運用句法成分分析以及複句關係分析，用最簡單的方式分析以下段落的句子是否通順。從段落中所犯的語誤可以看到在語文表達上出現甚麼問題？可以怎樣補救？

這棵樹看上去，有很多坑紋，而且就像兩棵樹黏在一起一樣，十分奇怪，還嗅到一些清新的樹香呢！而除了樹外，還有泥土。泥土是深啡色和濕淋淋的，有些枯葉埋在裏面，不時還嗅到一些臭青的味道，因為上面長滿了青苔。花園裏還有青草，青草是翠綠的，因為在花園裏很久的關係，所以長度可觸及人們的鞋子上。最後就是花朵了。雖然我不知道是甚麼花，但它有蜜瓜的香味。除此之外，他還是由粉紅漸變到白色的，十分美麗。

練習四：緊縮句分析

以下熟語屬於緊縮形式，試說明各個熟語所含的語義關係。

(1) 不到黃河心不死

(2) 愛理不理

(3) 見好就收

(4) 有仇不報非君子

參考答案

練習一：3、6是複句。

練習二：

(1) 中國茶‖最初沿着絲綢之路輾轉傳到歐洲，<u>然後</u>‖才傳到日本。（連貫）

(2) 同行的一位女士‖，<u>不但</u>不吃羊，‖連聞都不能聞。（遞進）

(3) 有些東西‖，自己盡可不吃，<u>但</u>‖不要反對旁人吃。（轉折）

(4) 有的人‖喜愛洋茶，有的人‖喜愛日本茶，有的人‖卻對中國茶情有獨鍾。（並列）

練習三：

一、

1. 船在動①，星**也**在動②；它們掛得那麼低③，真搖搖欲墜呢④！（巴金〈繁星〉）

2. 美麗的花木，從前燦爛地盛開着的①，現在**因為**沒有人時時灌溉②，**也**漸漸地枯萎了③。（鄭振鐸〈荒蕪了的花園〉）

3. 西洋人宴客是有的①，**但是**極不輕易有一次②，最普通的只是來一個茶會③，**並不像**中國人這樣常常請朋友吃飯④。（王力〈請客〉）

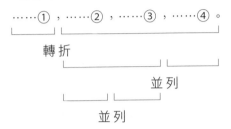

二、

　　這棵樹 ∥ 看上去，有很多坑紋，而且 ∥ 就像兩棵樹黏在一起一樣，∥ 十分奇怪，**還**（主語？誰嗅到？）∥ 嗅到一些清新的樹香呢！（分句之間有甚麼語意關係？）而除了樹外，（主語？哪裏？）∥ 還有泥土。**泥土** ∥ 是深啡色和濕淋淋的，**有些枯葉** ∥ 埋在裏面，（主語？誰嗅到？）∥ 不時**還**嗅到一些臭青的味道，**因為**（定語？甚麼地方的上面？）**上面** ∥ 長滿了青苔。**花園裏** ∥ 還有青草，**青草** ∥ 是翠綠的，**因為**（主語？甚麼在花園裏很久？）∥ 在花園裏很久的關係，所以長度 ∥ 可觸及人們的鞋子上。最後（主語？）∥ 就是花朵了。**雖然我** ∥ 不知道是甚麼花，**但它** ∥ 有蜜瓜的香味。（為甚麼用轉折複句？）除此之外，**他**（？）∥ **還是**由粉紅漸變到白色的，∥ 十分美麗。

全段修改如下：

　　花園裏有棵大樹，這棵樹有很多紋理，而且看上去像兩棵樹黏在一起，十分奇怪，還散發出清新的樹香呢！園裏的泥土是深啡色

和濕淋淋的，長滿了青苔，裏面埋了些枯葉，偶然讓人嗅到臭青的氣味。草是翠綠的，長度可觸及人們的鞋子。最後要說的就是花了。這些花有蜜瓜的香味，由粉紅漸變成白色，十分美麗，但我不知道是甚麼花。

練習四：

(1) 不到黃河心不死　　　(假設)

(2) 愛理不理　　　　　　(並列)

(3) 見好就收　　　　　　(連貫)

(4) 有仇不報非君子　　　(假設)

第七章　口語語法

口語和書面語

1.1 靜態語言和動態語言

傳統語法的語言研究着重語言結構和規律的歸納和分析，句法結構、句型、句式等都是通過對語言事實的觀察而歸納出來的形式。在歸納語言事實的過程中，具體的語句無可避免地被抽象成為脫離語境、沒有實指內容的語言形式。孤立的語言形式是靜態的，主要的作用是為句法說明提供典型的模子。語文學習範疇見到的句式練習，就是把傳統語法研究的部份成果運用到語文教學上的結果，目的是讓學生熟悉句子的結構特點，分清各個成分的序列，能寫作結構完整的句子。然而，這類句子練習容易流於僵化的形式操練，忽略意義的合理性，例如以下句式練習裏的第三、四兩句。

小年		聽老師講課		點頭。
妹妹	一邊	唱歌	一邊	跳舞。
同學們		**玩耍**		**做運動。** *
弟弟		**做功課**		**睡覺。** *

　　脱離語境的孤立句子必須有完整結構才能自足表達，而結構完整也成了語文老師對學生寫或說句子的必須要求。例如普通話課堂上，教師問學生：「你們喜歡吃甚麼水果」，學生必須以完整句子回答：「我喜歡吃香蕉」，這種對學生語言行為所作出的規限，雖然滿足了結構完整的要求，但卻不符合日常的語言習慣。又如語文課的重組句子練習：「我們 / 那個 / 也 / 謎底 / 猜了 / 猜不出來 / 很久 / , / 。」，教師只準備了一個參考答案：「我們猜了很久，也猜不出來那個謎底。」對於學生組成的句子「那個謎底，我們猜了很久也猜不出來。」就表示懷疑，因為從靜態的句法結構看，及物動詞後面須帶賓語。這種教學要求有時候跟語言事實是有點距離的。[1]

　　其實，語法學研究的第一對象是發生在日常生活裏的語言事實。語言事實存在於具體的語境中，是未經抽象化的、多變的動態語言現象，與抽象化後的靜態語言形式不完全相同。語法研究除了探討語言基本的結構形式，也要觀察語言的動態變化；同樣，語文學習和語言運用除了重視基本的造句能力，也不能忽略駕馭語言形式的能力，要求做到靈活多變地運用各種語言形式來表達豐富的意念感情。呂叔湘在《漢語語法分析問題》裏指出句子的基本格式是有限的，實際出現的句子不都是那麼一板三眼，按譜填詞，並同時列舉了一些不那麼「循規蹈矩」的句子：

- 　看書寫文章，他都在晚上。
- 　你真行，一講就是三個鐘頭。

1　例子都是筆者在教科書、課堂觀察搜集所得資料。傳統語法的形式分析應用到語文教學上，剛好與行為主義心理學結合，着重規範學生的語言行為，以養成正確的語言習慣。極端或僵化的實施過程會引致徒具形式、忽略語言事實的結果。

- 你去太原是明天還是後天？

- 她家養了一黑一白兩隻雞。

- 他跟趙司機的車，這回還是第一次。

- 「巴扎」是維語，漢語是集市的意思。

- 對於工作，他是越多越好，越難越好。

- 這是當教師的人都有過的經驗，不過這個過程有人長有人短罷了。

呂先生認為句子的多樣化是在靜態研究的基礎上進行動態的研究，目的是進一步觀察這些格式結構和變化的規律，探討怎樣用有限的格式去說明變化無窮的語句。動態語言的研究該是語法分析的最終目的，也是對學習者更為有用的工作。[2]

動態語言和靜態語言的差異主要緣於語境的有無。人們通過語言來進行交際，無論是口頭形式還是書面形式，使用中的言語必定依存在具體的語境裏，含有實指的內容。例如下面 (1) 的對話中，朋友甲對朋友乙說：「十八」，假如「十八」脫離了語境，只能看作表數的符號，只有抽象的意義，沒有實指內容；要是我們聽到了話語的上文，就能確知「十八」實指漢堡包的價格，因此朋友甲不必以「漢堡包一個十八塊」的完整結構來回話，對方也能完全理解「十八」的內容。

(1) 朋友甲：全世界的漢堡包在香港。

　　朋友乙：是嗎？最便宜多少錢一個？

　　朋友甲：十八。

2　內容詳見呂叔湘 (1989)：《漢語語法分析問題》載於《呂叔湘自選集》，上海，上海教育出版社。

　　靜態的句子會出現自足和不自足的情況，而動態句子由於語境裏已隱含時間、處所等理解句子的必須因素，就沒有自足和不自足的區別。例如：

　　(2) a. 他吃餃子。

　　　　b. 他在吃餃子。

　　　　c. 他吃了餃子了。

　　(3) 甲：他要吃甚麼？

　　　　乙：他嘛，吃餃子。

　　(2) 組三句是沒有語境的孤立句。b 句的時間副詞「在」和 c 句的語氣詞「了」都隱含了主語「他」在「某時某地」「吃餃子」的陳述，具有傳遞信息的功能，是自足的句子。a 句僅展現了漢語裏「主語—謂語」的句子結構，沒有時間處所的隱含因素，就缺乏傳遞信息的功能，是一個不自足的句子。(3) 是一個對話的話輪，乙的回話形式雖然跟 (2) a 差不多，但由於有對答的語境，就能傳遞了「他」在「某時某地」「吃餃子」的信息。[3] 由此可見，靜態句子只為動態語言表達提供結構基礎，實際運用的句子變化往往超出了靜態的結構形式。

3　張斌《漢語語法學》從句子理解的角度分析抽象的句子，區分了「自足句」和「不自足句」。「自足句」和「不自足句」的提出，有助於解釋教師對學生造句提出句子內容不充實的批評，因為形式練習讓學生把注意力集中在句子的結構上，而忽略句子含意是否自足完滿。孤立句子由於脫離語境，所以必須有時地的隱含，才可以讓人理解句子的具體意義。例如非主謂句「下雨」，就讓人不明所以，要是加了語氣詞「下雨了」，就隱含了在某時某地出現了「下雨」這種新狀況，這就有了語用的價值，是一個自足句。

1.2 口語和書面語

　　口語和書面語都是動態語言，但形式各有不同。口語指口頭表達的語言，主要倚靠聲音來表情達意，屬第一性。書面語指文字記錄的語言，以口語為基礎而形成，屬第二性。口語以聲音為媒介，是聽的，聽和說在同一個場合互動進行，速度快，因此，越隨意的口語表達，越會隨想隨說，甚至不假思索、脫口而出。書面語以文字為媒介，是看的、閱讀的，閱讀和寫作基本上不會在同一個場合裏互動進行，因此，充裕的時間和空間可以讓讀者細味琢磨文本，可以讓作者慢慢推敲修改篇章。這就構成了口語和書面語的不同。下表說明了口語和書面語的差異。

	口語	書面語
風格	口語的主要形式是雙方交談，由於不能像寫文章那樣字斟句酌，形成通俗自然、簡潔生動的風格。	書面語的主要形式是單向的結構嚴謹的篇章，不一定都有特定的交際對象。由於一般都經過加工，形成比較雅正嚴謹的風格。
表情方式	(1) 口語表達時多依賴具體語言環境的幫助，也常用手勢和表情來增強語氣； (2) 口語表達能利用語音的感染力，如音變、重音、語調的適當安排等等。	(1) 書面表達多據寫作背景和目的來發揮，表達過程不必倚賴當時當地的具體場所的幫助，沒有態勢語的輔助； (2) 書面語運用標點符號、歎詞、語氣詞等來表情。
語體	因交際範圍和目的不同，形成各種語言體式，如生活對話、廣播語體、演講語體。	因交際範圍和目的不同，形成各種語言體式，如科學語體、藝術語體、政論語體、事務語體。

續表

	口語	書面語
用詞	(1) 多用歎詞、語氣詞、象聲詞； (2) 容納廣泛的通俗詞語。	按不同的語體，用詞風格有所不同，一般來說偏於專門化、標準化。
結構	(1) 多用省略句； (2) 句子含有非標準、不必要成分 (3) 語篇結構比較鬆散。	按不同的語體，句子運用有不同安排，一般來說，多用長句，句法完整。

　　口語和書面語在形式上各有特點，但也存有相互的關係。口語可以用文字記錄，不少文藝作品就用口語寫成，而科學報告、政論也可用口頭形式表達，可見任何語體都可能具有口語和書面語兩種形式。口語和書面語的差異主要是風格上的，而詞的形式變化和句子結構等是構成兩大不同風格的因素之一。拿具體的文章或某人的發言來說，可能交叉運用了口語和書面語兩種不同風格的語言，不過通常總以一種風格為主。例如小說裏的對話，就具口語的風格，但整篇小說就具書面語的風格；電台、電視台的新聞報導，整體來說是口語，但卻具書面語的風格。趙元任《中國話的文法》按「咬文嚼字」的程度排列了八種談話類型，其中以「照着稿子呆板的獨白」，例如「教授的無線電廣播講演」是最「咬文嚼字」的，也就是最具書面語風格的口語；而「動作或事情發生中偶然的插話，比如：打麻將、看比賽或者在宴會上，尤其是上一道新菜後說的話」，「對某種情況的反應，或突然想起一件事時說的話，比如『對了！』就是突然想到一件要緊的事情，得馬上出來，不然又忘了」是最不「咬文嚼字」的。[4]

4　見趙元任著、丁邦新譯（1980）：《中國話的文法》，香港，中文大學出版社，頁10。

口語句法特點

> **閱讀重點**
>
> 1. 認識口語表達的句法特點；
> 2. 加深對動態語言的認識，嘗試以動態的角度來觀察各種語言現象。

2.1 多用省略句

省略句指句子裏某些句法成分因各種原因而省略了，但可以依語境補出所省略的成分。按呂叔湘的看法，省略必須具備以下兩個條件：

(1) 如果一句話離開上下文或者說話的環境，意思就不清楚，必須添補一定的詞語意思才清楚；

(2) 經過添補的話實際上可以有的，並且添補的詞語只有一種可能。

例如以下句子：

a. 稿子寫得不好就重寫，一次不行寫兩次，兩次不行寫三次。

b. 他買了兩本畫報，我也買了一本。

a 句裏的第二、三分句「一次不行寫兩次，兩次不行寫三次」，

假如沒有前一分句所提供的語境，其中「一次」、「兩次」不明所指，而後面的「不行」也不明所以。這裏要補的，按第一分句，只能補上「寫」。b 句的第二分句，述語動詞「買」後面只出現了修飾賓語的數量定語「一本」，按前一分句，就能補上被省略的賓語「畫報」。[5]

朱德熙也提出類似的觀點，認為省略指的是結構上必不可少的成分在一定的語法條件下沒有出現，並認為不能濫用省略的説法。[6] 例如：

(1) 省略句

    a. 我昨兒買一自行車。

    b. 手裏拿一瓶兒。

    c. 桌上擱一電視。

    d. 打外邊進來一老頭兒。

(2) 非主謂句

    a. 一張動物園。（公共汽車上的乘客對售票員説）

    b. 請坐。

以上兩組例子，(1) 是省略句，(2) 是非主謂句。(1) 組是取自北京口語語例，數詞後頭省略了量詞，因為數詞必須帶量詞才能修飾名詞，這是一條語法規律，而這些語句裏量詞卻沒有出現，就是一種省略。(2) 組的語句是非主謂句，不看作省略句。這和隱含的概念有關。按呂叔湘的看法，隱含和省略是不同的。例如「你一言，我一語」，可以在「一言」和「一語」前邊添補「説」或「來」；

---

5 見呂叔湘 (1989)：《漢語語法分析問題》載於《呂叔湘自選集》，上海，上海教育出版社，頁 144。

6 參考朱德熙 (1984)：《語法講義》，北京，商務印書館。

又如「他要求參加」和「他要求放他走」的句子裏，可以說「參加」前邊隱含了「他」，「放」前邊隱含了「別人」，但是不能說省略了「他」和「別人」，因為實際上這兩個詞不可能出現。[7](2) 組的語句就是隱含了「我要買」、「我請你」的意思，這些意思就算離開了語境，也能為人所理解，而平常習慣説法，一般都不會添補隱含的詞，所以不能看作省略句。

口語裏省略的現象有以下幾種。

2.1.1 語用省略

口語表達總會出現在特定的交際語境中，因此，某些不言而喻的內容，也就是舊信息，往往可以省略，否則就出現冗餘信息，給人囉唆的感覺。這種因為語境因素而省略了句子裏某些構句成分，叫語用上的省略，一般可以根據上下文明確添補出來。例如：

(1) 水果攤販：美國橙子，來看看，很甜。

　　顧　　客：怎麼賣？

　　水果攤販：二十，三個。

　　顧　　客：二十？

　　售 貨 員：對，不用七塊一個。

這是一段買賣雙方的直接對話，因此，攤販和顧客不會每一句都加上「你」或「我」等主語，但對方也都明白語句所指。顧客問價「怎麼賣」，攤販的回話只用上數詞「二十」，全都也承前省了主語「美國橙子」。

7　見呂叔湘（1989）：《漢語語法分析問題》載於《呂叔湘自選集》，上海，上海教育出版社，頁 144。

2.1.2 句法省略

　　口語表達，因為語速快，容易出現吞音、連讀等臨時語流音變，在語流音變的過程裏，一些相對來説可以輕讀或不影響信息傳遞的成分往往被省略。這些被省略的句法成分一般處於特定的句法結構中，即使在脱離上下文的情況下，也可以明確補出來，叫句法省略。句法省略，就其補出的情況來説，是和語用省略不同的，例如在「一」後面的量詞省略。句法省略，跟句法結構有關，以下是一些分類。

　　(1) 主要成分 —— 述語的省略

　　　　a. ⅰ)（電話裏的對話）

　　　　　　甲：你（是）哪位？

　　　　　　乙：我（是）税務局。

　　　　　ⅱ)（閒談）

　　　　　　一個人（有）一個樣兒。

　　(2) 修飾成分 —— 數量定語數詞「一」/ 量詞「個」的省略

　　　　a. 可我在中心是一（個）美工，文學部同意我攙和這件事嗎？　　　　　　　　　　　　（王朔《編輯部的故事》）

　　　　b. 欸，來（一）碗牛肉麵。（快餐店裏點菜）

　　(3) 修飾成分 —— 能願狀語的省略

　　　　這個故事很（能）説明問題的。

　　(4) 修飾成分 —— 處所狀語、方向狀語裏介詞的省略

　　　　a. 咱們（在）北京見。

　　　　b. 您（在）牀上坐會兒，我去打壺開水。

　　　　c. 你（到）這邊兒來。

　　　　d. （往）一邊兒去，沒你的事。　　　　（陳建民《漢語口語》）

(5) 補語 —— 結構助詞、趨向動詞的省略

　　a. 不要把垃圾扔（進）溝裏去。

　　b. 糖擱（得）那麼多哇！

　　c. 説（得）明白一點，我就是不高興。

(6) 其他

　　a. 兼語結構裏使令動詞的省略

　　　我把剛才大伙兒説的歸攏一下（給）你聽聽。

（王朔《編輯部的故事》）

　　b. 帶雙賓語動詞裏「給」的省略

　　　這是原稿，我留底的，你們最好復印一份，原稿還（給）我。

（王朔《編輯部的故事》）

　　從以上例子可以看到，省略的句法成分可以是修飾成分，如定語裏的某個詞語「一」、「個」，表能願的狀語「能」，表趨向的補語「進」，也可以是主要成分，如述語「是」、「有」。這些語句雖然省略了某個句法成分的全部或局部（例如兼語結構裏使令動詞的省略是局部的省略），但是，由於在語句中尚有明顯的語法結構標誌，使語義表達不受影響，而被省去的成分又可以明確補出，因此，這些由於語速造成的句法省略，可以看作口語句法的特點之一，而不是句法成分殘缺的語法錯誤。

2.1.3 詞語內部語素的省略

詞語內部語素的省略，也跟口語語速有關，以下是一些例子：

(1) 我還告（訴）你牛大姐，我余德利吃公家飯嘴軟……

(2) ……只能單機拍，戲寫多了拍攝速度上不去，台詞也聽不清（楚）。

(3) 王小姐，你特（別）愛吃西餐嗎？

（以上例子選自王朔《編輯部的故事》）

2.2 語序調整

日常生活裏，口語的表達大多數是隨想隨說的，因此，在表達的過程裏，語句組織很受說話人的心理活動，及當時當地等語用因素所影響，語句會出現句法成分移位的情況。例如：

a. 顧　客：有比這個再小一點兒的嗎？小一點兒的。

售貨員：沒有。你多大孩子呀（你孩子多大呀）？

顧　客：不到兩歲。太大了，好像（好像太大了）。

b. 顧　客：藍的小孩戴有點兒大。

售貨員：這個啊？

顧　客：那個藍色的，剛才我拿的（剛才我拿的那個藍色的）。

以上兩段是顧客與售貨員的對話。第一段對話裏，售貨員首先要了解顧客的孩子幾歲才能決定給他拿哪頂帽子，所以在問顧客時，首先想問的就是「多大」，於是把謂語移前成了「你多大孩子」的易位句。顧客在拿到了帽子以後比量時，發覺帽子太大，就衝口而出先說「太大」，然後才補說「好像」。第二段對話裏，顧客要給售貨員指明是哪頂帽子，所以先說出帽子的特點「藍色的」，然後

再補說是他剛才拿的。句子裏句法成分的移位是相對的，一個成分的前移，也就是說一個成分的後置。無論是前移或後置，都是為了突出或強調某個成分所攜帶的新信息，這直接與說話人在交際時的心理意圖有關。朱德熙《語法講義》歸納了以下幾個漢語「倒裝」的現象。

（1）主語後置，例如：

　　a. 快進來吧，你。

　　b. 修好了沒有，那輛車？

　　c. 真有意思，這個人！

（2）修飾語後置，例如：

　　a. 九點半了，都。

　　b. 找着了，大概。

（3）補語前置，例如：

　　a. 氣都喘不過來，跑得。

　　b. 嚇死人了，說得！

（4）連謂結構前後兩個直接成分的順序顛倒，例如：

　　a. 快結婚了，跟他。（可看作狀語後移）

　　b. 上北海去了，帶着孩子。

　　c. 快回去吧，叫他。（可看作兼語結構前後兩個直接成分的順序顛倒）

除了朱先生所提出上述的成分移位外，也有賓語移位的現象。

（5）賓語前置

　　a. 問路人：先生，您知道去西環坐甚麼車好呢？

　　　　路　人：西環呀，你得過馬路坐去了。

　　　　問路人：馬路對面那兒有車？

　　　　路　人：有。

　　　　問路人：噢。**多少路**知道嗎（知道多少路嗎）？

　　　　路　人：是地鐵。

b. 最近剛開了一家新超市，裏面**甚麼**都有，**平常用的**有、**吃的**有、**穿的**都有，**連新鮮的肉**哇、**青菜**呀、**活的魚**呀都有。

c. ⅰ）他**一點錢**也沒有，別想打他的主意了。

　　ⅱ）這孩子**誰**也不聽，只聽你的。

d. **這棵樹**，花小葉子大，挺難看的，所以我沒買（這棵樹）。

（曹逢甫《主題在漢語中的功能研究》用例）

　　賓語移位指本於述語後面的賓語前置於述語動詞的前面，也叫賓語前置。a 段對話裏，問路人急於知道到馬路對面要坐幾路車，開口就先提疑問點「多少路」，然後才補上主語和述語。b 句，由第二個分句開始，承接第一分句的賓語「新超市」，以「新超市」為主語，假如以靜態的句法結構來看，語句基本上應該以「主語（新超市）＋述語（有）＋賓語（貨品名稱）」的結構展開陳述。但是，第二分句卻用了疑問代詞「甚麼」充當賓語，強調賓語的周遍性，並通過這個方式來把賓語移位；後面第三、第四和第五三個分句，也把賓語前置，以產生對舉的語義功能；最後一個分句，用了連詞「連」來把賓語提前，以收強調之效。c 組兩句，也利用了特定的方式來把賓語前置，包括以疑問代詞充當賓語，及添加了不定指的數

量限制。d 句，賓語被提前至句首的位置，充當整個句子的話題。[8]

　　趙元任《中國話的文法》把成分移位的句子叫「倒裝句」，並指出這些「倒裝句」在口語音律上的特點，就是後面追補的成分往往是輕讀而節奏急促的。[9]

8　關於賓語前置有不同的看法，朱德熙《語法講義》以「他出國了，聽説。」、「不會再地震了，估計。」兩句來説明賓語前置，這個例子跟上面 a 段用例相似，但也可以作另一種解釋。口語裏也有加插成分，以表示説話人某種口氣，這兩個例子裏的「聽説」和「估計」可能是臨時加插的語用成分，表示説話人對陳述的猜測，所以假如能有上文下理的語境，分析可能可以確切一點。趙元任《中國話的文法》列舉了四個例子：(a)「這個人不講理。」(b)「這個人一點道理都不講。」(c)「這個人甚麼東西都不吃。」(d)「這種東西誰都不吃。」(a) 句是普通簡單的主-動-賓式語序，(b)、(c)、(d) 句是疑問-不定式加上「都」(或「也」)，整個放在動詞前頭。他認為索性把所有這些例子都看成簡單直接的語序，把所謂「倒裝賓語」都看作主語，那麼 (b)、(c)、(d) 三句就是成不分移位的句子，而是主謂謂語句。這種看法，對於分析語序、句法結構來説比較方便，但卻不能揭示語言的動態變化。曹逢甫以功能的觀點分析類似的結構形式，提出了「主題」的語用概念，解釋句子在使用過程中，如何通過成分話題化的方式來發揮語言的表述功能，可參考曹逢甫着、謝天蔚譯 (1995)：《主題在漢語中的功能研究》，北京，語文出版社。另外，「話題」是語用成分，在句子的結構上，可以和主語重疊，也會和主語分離，例如「老張啊，他的兒子唸大學嘍。」一句，話題與主語是分離的，句子的主語是「他的兒子」，「老張」是話題。話題的作用提供陳述的框架，作為新信息的陳述起點，或集中談話雙方的注意力，如「魚，我喜歡吃黃魚。」句子裏可以話題化的成分不止賓語，如「今天城裏有事」和「城裏今天有事」兩句，「今天」和「城裏」都可以充當話題，主要視乎説話人所陳述的信息起點是甚麼。

9　關於倒裝句，趙元任在《中國話的文法》中有這樣的説明「雖然句子裏直接成分的正常次序是：主語-謂語，但在特別情形下，也可以倒過來。這種情形通常在一個小型句説完之後，在追補一個主語，例如：『進來吧，你！』……咱們可以斷定在停頓後的詞組並不是謂語，因為謂語一定有完整的重音，而上面各例中追補的詞組卻總是輕聲，而且常常用急促的節奏説出來，正是追補語的特色。」陸儉明 (1980)：〈漢語口語句法裏的易位現象〉，載於《中國語文》1980 年第一期，詳細討論了口語裏句法成分移位的問題，可作參考。

1.3 加插成分

日常口語表達過程中，由於隨想隨説，有時候會出現一些跟句法成分不相關的加插成分。加插成分的出現，跟説話人的心理活動有關，不屬句法層次的成分，可看作一種語用成分。例如：

(1) 退休工人：在這個舊社會，**嗯，這個有甚麼這個，沒有甚麼**，沒有飯吃的時候，**就是甚麼，就是這個，嗯，那一陣好比，嗯，**做工臨時工嗎，也不好找，也找不到，嗯。

(2) 語文教師：梁生寶為甚麼在郭縣車站過夜呢？

　學　　生：**前面，沒有困難，嗯，説出**，前面就説呀，**嗯，那個，渡江**，那個擺渡，渡過去受影響，**就不存在，嗯**，下面在這兒居住。

((1)、(2) 兩例取自陳建民《漢語口語》)

(3) 司　　機：要説學習，**這個從，作為我們司機，這個車隊來講吧，對這學習呀，嗯**，像我來説吧，**這個**，初中，六六年初中畢業……

(北京語言大學《當代北京口語語料 (錄音文本、續二)》，文件編號 N52)

(4) 咱們**明天**，**不**，後天見。

(5) 那本書，**你借我的那本**，在哪家書店買的？

(6) **一句話**，你不去我去。

上面 (1)、(2)、(3) 段話裏有很多加插成分，這都是説話人一邊思考話語內容，一邊説出一些無關宏旨的東西來填補時間的空隙。(4) 的加插成分「明天」和「不」，是為了糾誤，(5) 的「你

借我的那本」是為了注釋，(6) 的「一句話」為了表態。

2.4 重複成分

在口語表達時，因為情緒的問題，會通過重複某些成分的方式來強調某些信息。例如：

(1) **你**給我滾，**你**！

(2) 我**來，來**，馬上就來。

(3) **露露**，你給我當伴娘，**一定，一定**。（曹禺《曹禺選集》）

(4) **乾脆**留個平頭兒，**乾脆**。（陳建民《漢語口語》

(5) 現在**沒**了，**沒**那轎子啦。

(6) 問路人：啊，22 路也到那兒吧？

　　　路　人：欸，坐這邊兒 22 路，那邊兒坐 103 都到那邊兒。**差不多**，走着都**差不多**。

（北京語言大學《當代北京口語語料 (錄音文本、續一)》，文件編號 D56）

(1) 句重複了主語「你」，強調了說話人對對方的嫌惡。(2) 句重複了述語「來」，表示了對別人催促的重視。(3) 句重複了後置的狀語「一定」，及 (4) 句重複「乾脆」這狀語，都是強調說話人堅決的態度。(5) 句重複了否定副詞「沒」。(6) 的回答主要是後面的「走着都差不多」，但由於急於讓對方知道，先說出句子的謂語「差不多」，後來又怕對方不明白，再補上整句，於是前面的「差不多」就成為重複成分。

口語裏由於說話人情緒變化而出現的句法成分重複跟修辭的重複並不完全相同，前者僅限於句法成分的重複，後者可以是成句、成段的重複。

普通話口語常用格式 [10]

> **閱讀重點**
>
> 1. 認識各種口語表達的格式;
>
> 2. 嘗試在說普通話時多用活潑的口語格式,加強普通話的自然語感。

口語裏常出現一些書面語比較少用的格式,現列舉如下。

3.1 套疊的句型

(1) 兼語句、把字句的套疊,例如:

a. 我叫弟弟把這副撲克拿走了。

b. 他把自行車叫人修好了。

(2) 連動句、把字句的套疊,例如:

在她十六歲那年,把她給了一個姓王的工人做了媳婦。

(3)「被」字句、「把」字句的套疊,例如:

a. 這個壞人讓我把他抓住了。

b. 沒想到被奶奶莫名其妙地把我罵了一頓。

---

10 本部分資料參考國家對外漢語教學領導小組辦公室漢語水平考試部(1996):《漢語水平等級標準與語法等級大綱》整理而成。

3.2 口語格式

3.2.1 表邏輯關係的緊縮格式

在口語表達上也常出現某些格式，這些格式有點像緊縮句的特點，以單句的形式表達複句的邏輯意義。

口語格式	例子
(1)「V+X 就 X」	説走就走，別那麼婆婆媽媽的。 想吃就吃，甭客氣。
(2)「X 就 X」	多點儿就多點儿吧。 大就大點儿吧，能穿就行了。 鬧就到你家裏鬧。 他好就好在為人老實。
(3)「讓 / 叫你 V 就 V……」	叫你走就走，甭廢話。
(4)「V+X 是 X」	過一天是一天，這種思想不對頭呀。
(5)「不 +V+ 不 +V+ 也得 +V」	人家都發言了，我呢，不説不説也得説幾句。
(6)「甚麼 +V 不 V 的……」	甚麼專家不專家的，還不是跟普通人的見識一樣？
(7)「……説甚麼 / 怎麼着也得……」	a. 我説甚麼也得給你母親寄點錢去呀。 b. 我怎麼着也得留他一個面子。
(8)「甚麼 X1 的 X2 的……」	甚麼這個的那個的，快把他打發走！
(9)「甚麼 X 不 X 的……」	甚麼好吃不好吃的，只要填飽肚子就行。
(10)「X 着也是 X 着，(不如) ……」	在家呆着也是呆着，不如出去找點活兒幹，掙點錢。

口語格式	例子
(11)「X (了) 就 X (了) 吧 / 唄，沒甚麼 .....」	輸了就輸了唄，沒甚麼好灰心的。
(12)「X 是 X」	a. 人情是 (歸) 人情，錢是 (歸) 錢。 b. 他演得好，眼神兒是眼神兒，身段是身段。 c. 東西好是好，就是價錢太貴。 d. 聽是聽清楚了，就是記不住，老是忘。
(13)「說 +X (就) 是 X」	我說話是算數的，說甚麼就是甚麼。

3.2.2 表平行或對立的並列格式

口語格式	例子
(1)「不 V 不……，一 V……」	不看不要緊，一看出了一身冷汗。
(2)「這 / 那也不……那 / 這也不 .....」	a. 這也不行，那也不行，到底怎麼才行？ b. 這也不叫吃，那也不讓穿，你們要我怎麼做？
(3)「V1 了又 V2，V2 了又 V1……」	裝了又拆，拆了又裝，直到他覺得滿意才罷手。
(4)「V 也不是，不 V 也不是……」	大家七嘴八舌，我站在那兒說也不是，不說也不是。
(5)「V1 也不得，V2 也不得」	這件事讓我哭也不得，笑也不得。
(6)「V1 也 V1 不……，V2 也 V2 不……」	這事兒真難辦呀，我走也走不了，留也留不下

續表

口語格式	例子
(7)「早也不 V……，晚也不 V……，(偏偏) …… V」	他早也不來，晚也不來，偏偏這時候來。
(8)「V 也得 V，不 V 也得 V」	做也得做，不做也得做，還是快點做吧。
(9)「X 也好 (也罷)，Y 也好 (也罷) ……」	花也罷，鳥也罷，甚麼也引不起他的興趣。
(10)「要 X 沒 X」	要吃沒吃，要穿沒穿，這日子怎麼過?

3.2.3 語帶隱含的格式

隱含指某些語言形式包含了不言而喻的特定意義，就算離開了語境，人們也可以通過相關的語言形式來理解該特定意義。以下的語言格式就是平常習慣的説法，隱含了特定意義，一般都不會添補上反映這個隱含的詞。

(1) 讓你睡，你還真睡呀！(隱含不滿，説話人並不想對方睡。)

(2) 你看，把他醉得。(隱含醉得很厲害的意思。)

(3) 好你個姓王的，拿老太太開玩笑來了。(隱含責備的意思。)

(5) 我們都老了，今後要看你們年輕人的了。(隱含寄望的心意。)

(6) 瞧你説的，我哪有那麼大本事。(隱含着對方言詞誇張的意思。)

(7) 竟然騙到我的頭上來了，也太大膽了吧！(帶説話人不好

欺負的含意。）

(8) 不知怎麼搞的，這幾天我老想睡覺。（隱含說話人莫名其妙之感。）

(9) 哪有像你這樣做練習的，眼睛盯着電視手裏拿着筆。（隱含不滿。）

(10) 沒有甚麼大事，你寫你的吧！（隱含叫對方好管閒事的意思。）

(11) 放着正經事不幹，在這兒起甚麼哄？（隱含對對方好管閒事的責備。）

(12) 說來說去，都是我不好，行了吧？（隱含讓步不爭的意思。）

(13) 瞧你那可憐相，人家一說你就哭了。（隱含說話人對對方的同情。）

(14) 看你說到哪去了，都是自家人嘛！（隱含對方言詞過於客氣。）

(15) 一頓飯不吃，小事一樁。（隱含事態絕不嚴重。）

(16) 我把你這個人啊！（隱含對對方強烈的不滿和憎恨。）

(17) 連我的名字都記不清了，還老朋友呢！（隱含對方行為不對勁。）

(19) 沒 / 有甚麼好看的，還是回家吧！（隱含平平無奇的意思。）

(20) 你給我老實點。（語帶警告的意思。）

(21) 我說你別沒大沒小的！（語帶警告的意思。）

(22) 我的小祖宗，你還吃不吃呀？（語帶愛護之情。）

閱讀重點

認識粵語句法和普通話句法的相同和相異。

4.1 粵語和普通話

在香港，人們對口語的概念大多數指粵方言，因此基本上是不接受「口語入文」，認為「口語入文」就是「方言入文」。其實，粵語是方言，粵方言因為缺乏相應的文字系統，基本上以口語形式為主要交流媒介；現代漢語是標準語，有口語和書面語兩種形式，都是主要的交流媒介，上述的口語句法特點和口語格式，指的是國家標準口語，也就是現代漢語的句法特點和運用習慣，寫不寫在文章裏，主要看語用的要求。比較粵方言和現代漢語——普通話，不難發現兩個語言的句法是有差異的，一些粵方言有而現代漢語所沒有的結構形式，在用現代漢語表達時，無論是書面語還是口語，都須避免使用。

4.2 重疊結構的運用

4.2.1 動詞重疊

普通話動詞重疊的形式包括單音節的「AA」式和雙音節的

「ABAB」（詳見第二章詞類：動詞一節）。在普通話裏，多用動作重疊的形式表示動作短暫、輕微或嘗試的體貌，例如「外面吵得那麼厲害，你去看看」。粵語也有「AA」式動詞重疊，不過比較多用述補短語，在動詞後加動量詞「下」來表示，例如「外面嘈得咁厲害，你去睇（一）下」，其中表數的「一」可省，而普通話則不能省。

4.2.2 形容詞重疊

　　普通話形容詞重疊的形式包括單音節的「AA」式（帶兒化的重疊有親暱的色彩）、「ABB」式、「AABB」式、「A 裏 AB 式」（詳見第二章詞類：形容詞一節），表示在程度上加強或描繪意味增加。粵語也有類似的形容詞重疊方式，例如：

（1）件衫紅紅哋，幾好睇。

（2）架洗衣機壞壞哋，唔用得。

（3）你無端端鬧人！

（4）你個仔肥嘟嘟，好得意。

（5）佢講大話講到口震震。

（6）你唔好咁婆婆媽媽啦！

（7）大家都客客氣氣，唔會鬧交。

（8）你咁糊裏糊塗呀！

　　粵語還有一種「AAB」式，普通話是少見的，如「陳生急急腳走咗啦」；「佢冷到騰騰震」。[11]

11　根據李艷（2010）：〈論現代漢語 AA 式重疊〉載於《徐州師範大學學報（哲學社會科學版》第 36 卷第期，頁 55-57，從北京大學 CCL 語料庫搜集所得，現代漢語 AAB 式形容詞重疊只有幾個，如冷冷冰、噴噴香。

4.3 指數量的結構 —— 數詞「一」的省略

普通話，「一量」在動詞後，數詞「一」可省略；在動詞前，由於含有特指的意義，要加上指示代詞「這、那」，「一」才能省。例如：

(1) 來碗紅豆湯。

(2) 這（一）碗湯很甜，給我那碗。

粵語，「一量」在動詞後，數詞「一」可省略；在動詞前，也含有特指的意義，但不一定要加上指示代詞「這、那」，數詞「一」也可省略。例如：

(1) 整碗雲吞麵嚟。

(2) 碗湯好鹹，唔飲得。

(3) 枝雪條好好味。

4.4 表能願的結構 [12]

4.4.1 表能願結構的語義

普通話表能願的結構包括狀中和述補兩種，即帶「能」的動詞性短語及帶「得」或不帶「得」的述補短語，它們所表達的能願語義可以分為以下幾類。

(1) 表可能

　　a. 星期天的旅行，我們都能<u>去</u>。

　　b. 星期天的旅行，我們都<u>不能去</u>

12　有關討論可參考唐秀玲（1997）：〈「能願性」的表達及有關問題〉載於《漢語學習》1997 年第 4 期。

　　　c. 今天講演的內容，我大概又<u>聽不明白</u>了。

（2）表允許

　　　a. 這蘋果洗乾淨了，<u>能吃</u> —— 這蘋果洗乾淨了，<u>吃得</u>。

　　　b. 這蘋果還沒洗乾淨，<u>不能吃</u> —— 這蘋果還沒洗乾淨，<u>吃不得</u>。

（3）表能力

　　　a. 這孩子很<u>能吃</u> —— 這孩子<u>吃得</u>。

　　　b. 這孩子<u>不能吃</u>。

（4）表結果

　　　a. 他的話，我<u>聽得很明白</u> —— 他的話，我<u>聽明白</u>了。

　　　b. 他的話，我<u>聽得不明白</u>。

　　從以上例子可以看到，普通話在表達能願的語義時，狀中結構和述補結構都可以使用。下表顯示了在表達時這兩種結構是可以互相替換的。

語氣	能 + 動詞	動詞 +（得）+ 補語
肯定	他能吃能幹。	他吃得幹得。
	這鍋飯能吃飽三個人。	這鍋飯吃得飽三個人。
否定	我不能爬上去。	我爬不上去。
	不能進來。	進來不得。
	這鍋飯不能吃飽三個人。	這鍋飯吃不飽三個人。

續表

疑問	你能爬上去嗎？	你爬得上去嗎？
	這蘋果能吃嗎？	這蘋果吃得嗎？
	這蘋果能不能吃？	這蘋果吃得不吃得？
	這麼多的菜，你都能吃下嗎？	這麼多的菜，你吃得下嗎？
	這麼多的菜，你能不能都吃下？	這麼多的菜，你吃得下吃不下？

4.4.2 粵語的習慣用法

粵語在表達能願語義時，偏向於用述補短語「動 + 得 + 補」，少用狀中短語，例如：

（1）肯定語氣

　　a. 入得嚟嘛？

　　b. 食得飯喇。

（2）否定語氣

　　a.「動 + 唔 + 補」：個盒打唔開（盒子打不開）。

　　b.「唔 + 動 + 得 + 補」：個盒唔打得開（盒子不打得開）。

（3）疑問語氣

　　a. 呢個這蘋果食得嘛？

　　b. 呢個蘋果食唔食得？

　　c. 咁多，你食得完嘛？

　　d. 咁多，你食唔食得完？

香港人在學習語文的過程中，常自覺不要「我手寫我口」，盡量避用粵語常用的結構，因此傾向於集中使用狀中結構來表達能願的語義，但是，由於少接觸單音節的「能」，便不自覺地用了「能夠」來代替，造成了一些運用習慣的偏差，影響了表達的多樣性和自然感。

4.5 表狀態的結構

普通話表狀態描述的結構包括偏正和述補兩種，例如：

(1) 快點兒走（表「走」的發生速度）

(2) 走快點兒（表「走」的頻率）

(3) 多吃點 / 多吃幾碗飯（表「吃」的預期數量）

(4) 先走一步（表「走」的發生次序）

(4) 來晚了（表「來」的結果）

(5) 吃多了（表「吃」的結果）

從上面例子可見，普通話裏在表示「先」和「多」兩種狀態，用的是狀中結構（述補結構如「吃多了」，「來早了」，表達動作的結果，並非動作的狀態），而粵語則用述補結構，如「行先一步」、「食多幾碗飯」，這給學生在表達類似的語義時帶來母語的干擾，尤其是在說普通話時，一不留神，就會說錯。

4.6 雙賓結構

普通話的雙賓結構是「動詞 + 間接賓語 + 直接賓語」，帶「給」的雙音節動詞有時候可以分別與直接賓語、間接賓語組成連動結構，例如：

(1) 給他五塊錢。

(2) 他給了我這把刀。

(3) 送給他三本書。

(4) 送了他一份大禮。

(5) 送了一份大禮給他。（連動：動詞 + 直接賓語 + 給 + 間接賓語）

粵語的雙賓結構是「動詞 + 直接賓語 + 間接賓語」，例如：

(1) 俾五蚊佢。

(2) 佢俾咗呢把刀我。

(3) 送三本書俾佢。（送俾佢三本書 *）

(4) 送咗份大禮俾佢。（送咗俾佢一份大禮 *）。

普通話的連動式雙賓語序（送……給……）跟粵語相同，香港學生完全可以掌握，但對於一般的雙賓結構，香港學生還是比較習慣使用粵語的「動詞＋直接賓語＋間接賓語」雙賓語序，對於普通話的「動詞＋間接賓語＋直接賓語」語序往往感到不自然，所以在使用普通話表達時，常常受到母語干擾。

4.7 表比較的結構

普通話比較性狀和程度差別，多用「比＋賓語＋謂語中心」結構，例如：

(1) 我比他大六歲。

(2) 女孩子的語言能力比男孩子強。

(3) 他吃得比我多。

(4) 我賺得比他少。

粵語比較性狀和程度差別，多用「謂語中心＋過＋賓語」結構，例如：

(1) 我大過佢六歲。

(2) 女仔嘅語言能力強過男仔。

(3) 佢食得多過我。

(4) 我賺得少過佢。

4.8　主謂謂語結構的運用

普通話在描述性質方面，有時候偏向於用主謂謂語的結構，例如：

(1) 這裏**人很多**，到那邊坐吧。

(2) 他**人很好**，我們都很喜歡他。

粵語則比較多用偏正短語作謂語的方式，例如：

(1) 呢度**好多人**，去嗰邊坐啦。

(2) 佢**好好人**，我哋都好鍾意佢。

4.9　「是＋賓＋來着」

普通話只用「是＋賓＋來着」表達懷疑、不肯定的語氣，例如：

(1) 看看這是甚麼來着。

(2) 不見你好幾天，你幹甚麼來着？

粵語會用「系＋賓＋嚟」的形式來表達肯定和疑問的語氣，例如：

(1) 佢系學生嚟（轉錄成普通話：他是學生來的）。

(2) 呢啲系乜嚟（轉錄成普通話：這是甚麼來的）？

母語的負遷移往往導致學生在說普通話時出現上述「……來的」多餘的毛病。

4.10　「有得＋V」和「有＋的字短語」

除了「有得＋V」的格式外，普通話還可以把「的」字短語用作動詞「有」的賓語，以表達類似的意思。例：

(1) 這裏甚麼都有，有穿的，有吃的，有用的，不用愁。

(2) 愁甚麼，有得穿，有得吃。

(3) 這種新設計有賣的嗎？

粵語不習慣用「的」字短語，偏向於用「有得 +V」，例：

(1) 有得食，有得着，唔使憂。

(2) 呢種新設計有得賣嗎／呢種新設計有冇得賣？

以上粵語第 (2) 句的第二種疑問式，在動詞前加上「有」和「冇」的並列及動詞後加補語助詞「得」，是普通話裏所沒有的，因此，假如把話直接翻成「這種新設計有沒有得賣」，就會出現語法不規範的毛病了。

本章練習：口語分析

一. 以下的普通話說法可以寫在文章裏嗎？粵語有沒有這種說法？粵語是怎麼說？

普通話說法	粵語說法
1. 您	
2. 怎麼着	
3. 買菜	
4. 能吃完嗎	
5. 吃不了，兜着走 *1（參見第二題 餐廳對話中就餐顧客的用法）	
6. 掉面子	
7. 三九天 *2	
8. 挺	

*1：吃不了，兜着走：
　　原來是比喻受不了或擔當不起，承擔不了責任。（《漢語詞典》http://cd.hwxnet.com/view/gpcjplcecgffmhcm.html）

*2：三九天：
　　從冬至起，每九天為一九，至九九為止。冬至後第十九天至第二十七天為三九天，是一年中最冷的時候。（《漢語詞典》http://cd.hwxnet.com/view/dnjcifedfggommkm.html。

三. 以下普通話對話裏，有哪些句子不符合普通話的句法，為甚麼？

　　1.　甲：外衣脫了也不掛好，快點掛回件外衣入衣櫃裏吧。

　　　　乙：等我喝完杯水先。

　　2.　甲：沒見半年，小敏長這麼高了。

　　　　乙：她呀，快要高過我啦。

二. 試分析以下一段口語的句法特點。

語境：記者在餐廳裏訪問就餐顧客。

　　記　　　者：您這是朋友聚會呢，還是怎麼着？

　　就餐顧客：我們幾個員工。

　　記　　　者：員工？噢，那您點了這麼多菜，能吃了嗎？

　　就餐顧客：我們盡量吃。

　　記　　　者：如果吃不了怎麼辦？

　　就餐顧客：吃不了，兜着走。

　　記　　　者：那麼你不覺得這樣兜着走掉面子？

　　就餐顧客：不覺得。

　　記　　　者：為甚麼呢？

　　就餐顧客：為甚麼？因為我感覺我自己賺的錢，我自己賺的
　　　　　　　錢，我應該吃不了我應該兜着走。

　　記　　　者：那您打包這個習慣、兜着走這個習慣從甚麼時候
　　　　　　　開始形成？

　　就餐顧客：這個習慣呢，就是說以前沒有習慣，以前我也是賺
　　　　　　　點錢，就是說外邊吃飯呢，瀟洒，說喝酒也好，吃

菜也好，要滿桌子。後來呢，跟海外的親戚朋友聯絡上以後，我感覺到就是說，他們的習慣跟我們不一樣，一點兒都不一樣，就是說吃完飯，就是吃不了，絕對全都兜着走，打包。

參考答案

練習一：

普通話説法	粵語説法
1. 您	你、您不分
2. 怎麼着	點樣
3. 買菜	買餸
4. 能吃完嗎	食唔食得晒
5. 吃不了，兜着走 *1	食唔晒就打包
6. 掉面子	無面
7. 三九天 *2	三九天
8. 挺	幾

練習二：

記　　者：您這是朋友聚會呢，還是怎麼着？

就餐顧客：我們幾個員工（**成分省略：謂語「聚會」**）。

記　　者：員工？噢，那您點了這麼多菜，能吃了嗎？

就餐顧客：我們盡量吃（**成分省略：賓語「菜」**）。

記　　者：如果（成分省略：主語「你們」）吃不了（**成分省略：賓語「菜」**）怎麼辦？

就餐顧客：（成分省略：主語「你們」）吃不了，兜着走（**關聯詞語省略：「如果……就」**）。

記　　者：那麼你不覺得這樣兜着走掉面子？

就餐顧客：（成分省略：主語「我」）不覺得（**成分省略：賓語「這樣兜着走掉面子」**）。

記　　者：為甚麼呢？

就餐顧客：為甚麼？因為我感覺我自己賺的錢，我自己賺的錢（**成 分重複：賓語裏的成分**），我應該（**成分重複：賓語裏的 成分**）吃不了我應該兜着走。

記　　者：那您打包這個習慣、兜着走這個習慣從甚麼時候開始 形成？

就餐顧客：這個習慣呢，就是説（**加插成分**）以前沒有習慣（**成分重 複：主語**），以前我也是賺點錢，就是説（**加插成分**）外 邊吃飯呢，瀟灑，説（**加插成分**）喝酒也好，吃菜也好， 要滿桌子。後來呢，跟海外的親戚朋友聯絡上以後，我 感覺到就是説（**加插成分**），他們的習慣跟我們不一樣， 一點兒都不一樣（**成分重複：賓語**），就是説（**加插成分**） 吃完飯，就是（**加插成分**）吃不了，絕對全都兜着走， 打包。

練習三：

粵語句法	普通話句法	説明
1. 快點掛回件外 衣入衣櫃裏吧	快點**把**大衣掛在衣櫃 裏吧。	述語動詞後帶複雜成分，普 通話要用「把」字結構。
2. 等我喝完杯 水先	讓（等）我**先**把（**這 杯**）水喝完	1. 普通話習慣，表先後的副 詞要放述語動詞前充當 狀語； 2. 定指的中心語，前面要加 近指代詞「這」。
3. 她呀，快要高 過我啦	她呀，快要比我還高呢	普通話比較句式是狀中結 構，由介詞「比」組成的介 詞短語充當狀語。

詞的形式

第一節 | 詞和詞匯

閱讀重點

1. 認識「詞」和「詞匯」的不同概念;

2. 區分「字」、「語素」、「詞」、「短語」的本質差異。

1.1 詞

詞是甚麼?語法學一般把詞定義為「由語素組成的最小的能夠獨立運用的語言單位」。詞匯學一般把詞定義為「語言中有意義的能單說或用來造句的最小單位,一般具有固定的語音形式」。據此,詞具有以下特性:

(1) 詞具有語音形式;

(2) 詞有意義;

(3) 詞是造句的最小單位。

「是造句的基本單位」是語法學界定詞的標準,詞具有固定的語音形式及一定的意義,是詞匯學上對詞的觀察所得;因此,從詞

匯學角度分析詞，除了詞的結構以外，詞的意義是一個重要內容。[1]

從口語來看，詞是通過既定的語音形式來表達意義；從書面語來看，詞是通過書寫符號（文字）來表示意義。例如人們把居住的地方叫「fángzi」，在口語裏，就以「fángzi」這個語音形式來代表「居住地方」這個意義，而書面形體就是「房子」。詞的語音形式基本上是約定俗成的，也就是說詞的音和所表的意義之間的聯繫是任意的，但當約定俗成之後，就不能隨便改變音和義的既定聯繫了。

未被使用的詞只有抽象的意義，沒有具體的內容。例如脫離語境的「fángzi」（房子），處於備用的靜態，只有概括抽象的意義，指「有牆、頂、門、窗、供人居住或做其他用途的建築物」（見《現代漢語詞典》(2018)），沒有實際的內容，可以指任何一個人居住的地方，也可以指用來辦公或進行文娛活動的建築物，沒有確指某一具體對象，要在進入實際的交際環境後，「fángzi」才會出現具體內容，例如某甲說他最近在北京買了房子，某乙說香港的房子建得

1　據周有光先生分析了呂叔湘、王力、劉復、黎錦熙、陸志韋、史存直諸位先生的說法，指出語法學和詞匯學對詞的觀察可以歸納為兩大觀點：意義（觀念、概念）單位說和句中活動單位說。意義（觀念、概念）單位說的中心思想是「詞是意義（觀念、概念）的最小、單純的、獨立的單位」。句中活動單位說的中心思想是「詞是在句子中間能夠活動的最小活動單位」。詳細內容可參考周有光 (1978)：《漢字改革概論》，爾雅出版社，頁 255-256。語法學和詞匯學是從不同的側面來觀察詞的特性。語法學比較強調詞在造句上的功能，詞匯學比較強調詞的表義功能。例如劉叔新 (1990)：《漢語描寫詞匯學》認為「詞是一個完整而表義清晰的最小語言符號」，王寧、鄒曉麗 (1998)：《詞匯》指出「詞是語言中最小的、能獨立運用的表意單位」。本書採用符淮青 (1985)：《現代漢語詞匯》的定義說明。這個定義大概已經綜合了語法角度和詞匯角度的觀察所得。張永言 (1982)：《詞匯簡論》引述了西方詞匯學對詞所下的不同定義，並就詞的性質提出了幾個問題：(1) 詞的符號性問題，即詞的語音形式及意義內容之間的關係；(2) 詞的分離問題，即詞、短語、語素的劃界；(3) 詞的同一性問題，即多義詞和同音詞的界限。有關討論可參考張永言 (1982)：《詞匯簡論》，湖北，華中工學院出版社，頁 20-41。

特別高，這兩個「房子」都有特定的指稱對象，都有不同的內容。詞匯學討論詞義，以詞的靜態意義為基礎。

詞義經過運用會產生變化，例如「房」，按《說文解字》「房，室在旁也。」本義是正室兩旁的房間，後來才引申為一切房屋，泛指「樓房」、「平房」、「庫房」，「廠房」等建築物。由古至今，「房」的詞義是擴大了，而到了現代漢語裏，更附加了名詞後綴「子」，成為雙音節合成詞「房子」的形式。詞匯學在分析古今詞義時，常以歷史語言學的觀點來描寫詞義的動態變化，詞義的擴大、縮小和轉移等等現象也是詞匯學討論的內容。

詞匯學從「以音表義」的符號觀點來界定詞，跟語法學「能單說、能造句」的結構觀點所劃分出來的詞是有點差異的。例如從語法角度看，「犬馬之勞」、「開夜車」、「香港特別行政區」等是由詞組成的固定短語，而從詞匯角度看，這都是詞的等價物，可以叫作「語」。[2] 劉叔新從詞匯學的角度提出從「語音形式」和「意義」兩個標準來界限詞。他認為詞的語音形式必須從開首至結尾連貫成一

2　張斌指出固定短語是詞的等價物，固定短語有三類，包括專名、由單音節動詞和名詞組成的短語，如「擺架子、敲竹扛、吹牛皮、開夜車」等，以及成語。一方面把這些單位叫做短語，是因為從結構上看，這些單位都由詞組成，一方面又把這些單位稱為詞的等價物，這是從組構的凝固性以及意義的整體性來看，這些單位在運用上與詞相近。有關內容詳見張斌（1998）：《漢語語法學》，上海，上海教育出版社，頁 22-25。王寧、鄒曉麗從歷史考證的觀點指出不少現代漢語裏的雙音節合成詞在古代是短語。如「除夕」，指新舊年交替的夜晚，「除」的本義為「殿階」，階由下而上，有「更易」的含義，引申為「更替」之意，現代漢語裏具有這一意義的「除」已不能獨用，可見短語和詞的界線有時候是不容易區分的，尤其是現代漢語的固定短語，其凝固程度已相等於詞。有關內容詳見王寧、鄒曉麗（1998）：《詞匯》，香港，和平圖書·海峰出版社，見頁 61。劉叔新的看法詳見劉叔新（1990）：《漢語描寫詞匯學》，北京，商務印書館，頁 34-50。

個整體的聲音，其間不能有停頓。例如：

（1）從農村遷到大城市他才看到複雜的大千世界。

（2）他的演說有聲有色，人們聚精會神諦聽着。

以上句子裏的「大千世界」、「有聲有色」、「聚精會神」，從其意義的凝固性、語音形式的穩定性，跟一般短語的鬆散性有別，因此若從詞作為指稱意義的符號來看，這些在語法範疇被界定為短語的單位，在詞匯範疇可以看作是詞的等價物。

總的來說，在討論「詞」的形式和意義以前，必須劃分清楚它與「字」、「語素」、「短語」的界限。下表說明了字、語素、詞和短語四者的關係和差異。

	字	語素	詞	短語
本質、功能、分類	1. 字是記錄語言的書面符號，由筆畫組成。	1. 語素是記錄語言的聲音符號，由音素組成。	1. 詞是表達意義的基本單位，由語素組成，按表達媒介分書面和口語兩種形態。	1. 短語是語言表達的備用單位，由詞組成，可以通過書面和口語形式來表示。
	2. 一個字一個音節。	2. 分單音節語素和多音節語素。	2. 分單音節詞和多音節詞。	2. 短語必定是多音節的。
	3. 字有字義，但不一定每個字都有意義。	3. 語素是最小的音義結合體，特定的音節表達特定的意義成分。	3. 每個詞都表達特定的概念意義或語法意義。語音形式穩定、意義凝固。	3. 短語的意義是短語裏詞語概念的相加，不像詞義的凝固。短語的結構鬆散，大部分的組合都是臨時的。
	4. 字的分類及研究基本上不屬現代漢語的語法或詞匯範疇。字可按造字法分類，也可以按字形、偏旁等特點分類。	4. 在語法上，按組詞的功能，分為自由語素和不自由語素；不自由語素再按組詞位置分為定位語素、不定位語素。	4. 在語法上，以功能標準劃分為實詞和虛詞兩大類，再下分名詞、動詞、形容詞等實詞類，及介詞、助詞等虛詞類。	4. 在語法上，可按語與詞的結構關係劃分為不同的結構類別，如主謂短語、述賓短語、偏正短語、介賓短語等等；也可以按句法功能劃分為功能類別，如名詞性短語、動詞性短語、形容詞性短語等。

續表

	字	語素	詞	短語
本質、功能、分類		5. 在詞彙上，按構詞能力分詞根、詞綴，詞綴再按構詞位置分前綴、後綴。	5. 在詞彙上，以意義和語音的標準分單義詞、多義詞、同音詞等。	5. 在詞彙上，以意義和語音標準，可把某些固定短語如專名、成語、慣用語等劃分為詞的等價物，叫「語」、「固定語」或「熟語」。
		6. 語素是構詞單位，不能獨立運用。	6. 詞是最小的能夠獨立運用的語言單位，可以成句。	6. 短語能夠獨立運用，可以成句。
例子	琵、琶、兒、童、子、演、目、節、人、類、杯、弓、蛇、影、開、夜、車	琵琶、兒童、人、類、開、汽、車、夜、杯、弓、蛇、影	7. 詞：琵琶、兒童、人、人類、類別、開車、汽車、汽水、夜晚、茶杯、杯子、弓箭、蛇、影子 8. 語（詞的等價物）：開夜車、杯弓蛇影	琵琶獨奏、兒童節目、類別眾多、開汽車、開火車、開夜車、杯弓蛇影

從上表可以看到，詞彙學上所指的詞要比語法範疇大。語法學討論詞，以詞的功能和詞類為重點，詞彙學討論詞，則以詞形和詞義為重點。

1.2 詞彙

「詞」是構成詞彙的個體單位，是一個個體概念；「詞彙」是一個集合概念，指詞的總和，包括詞，也包括性質作用相當一個詞的語言單位，也就是詞的等價物，叫「語」或「固定結構」或「固定語」

或「固定短語」,[3] 如成語、諺語、俗語、歇後語。

「詞」雖然指個別的語言單位,但在一個語言裏,這些個體的詞是互有關聯的。因為人們在認識世界的過程中,是會對客觀事物按特定標準進行分類的,而分類的結果就會產生反映上位概念的上位詞和反映下位概念的下位詞。以下是一個例子。

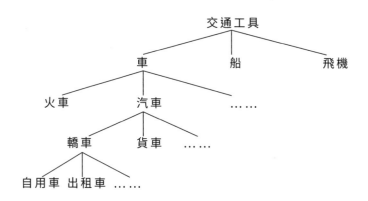

從上圖可見,「交通工具」概念最廣,涵蓋的範圍最大,是上位概念,在這個概念範圍裏,可以依據海陸空的不同運輸方式劃分出三個下位概念:「車」、「船」、「飛機」這三類型交通工具,而這些詞又分別是另一組詞的上位詞,如「車」是「火車」、「汽車」等詞的上位詞。如只着眼一個孤立的詞,就不一定能看出詞在意義上的上下位關係了。

詞的運用是動態漸變的,當一些新的成分進入了特定的詞匯,便會引致某些詞義的重新分配。例如同樣反映「人或鳥獸的腳交互向前移動」的概念,普通話用「走」、粵語用「行」,同樣反映「兩隻

3　詞匯學上指稱「詞的等價物」的術語尚未統一。

腳或四條腿迅速前進」的概念，普通話用「跑」、粵語用「走」，原因是普通話詞匯吸收了「跑」，「走」原指「迅速前進」的意義就越見少用，而指「人之步趨」的「行」就更少用了。粵語由於沒有吸納「跑」這個詞，「行」和「走」還是保留了原來較舊的意義。由此可見，詞雖然是一個個獨立的單位，但作為詞匯的構成單位，詞並不是孤立的，因為詞在意義變化上是互相影響的。詞匯學發展的趨勢，就是漸漸吸收語義學上「語義場」等概念，從宏觀的角度來描寫詞群。[4]

　　詞可以按特定的標準形成一個統一整體，這就是詞匯體系。詞匯體系可以包括以下幾種。

(1) 特定語言的詞語總和，例如漢語詞匯、英語詞匯、法語詞匯等。

(2) 一個語言裏各類詞語的總和，例如基本詞匯、一般詞匯、書面語詞匯、口語詞匯等。

(3) 個人所掌握的詞語總和，例如魯迅的詞匯、沈從文的詞匯、張愛玲的詞匯。

(4) 一個大的語言構成物 (作品、文章) 的詞語總和，例如《邊城》的詞匯、《臺北人》的詞匯、《射鵰英雄傳》的詞匯。

4　有關「詞群」這一術語概念，可參考符淮青 (1996)：《詞義的分析和描寫》，北京，語文出版社，頁 222-263。

第二節 │ **詞的形式**

> **閱讀重點**
>
> 1. 認識各種構詞法；
> 2. 運用構詞法知識分析個別詞語的結構形式。

2.1 詞的結構形式 —— 構詞法

詞匯學講的構詞法，是對詞的結構進行語法分析，說明詞內部結構中語素的組合方式。[5] 分析現代漢語的構詞，可以先按組詞語

5　構詞法指關於詞內部結構形式的研究，語法學家各有不同的看法。趙元任《中國話的文法》以歷史語言學的觀點分析單純詞、複合詞、派生詞的構詞形式。古漢語裏大部分的詞都是單音節的，也就是大部分的詞只含一個成詞語素，因此，談不上詞的內部結構。古漢語發展到了現代漢語，詞多半是雙音節或多音節，詞的內部結構比古漢語的豐富。由詞根（多為自由語素、不定位語素）組成的詞，其內部結構像短語結構一樣，因此，趙元任把這類詞放在「造句類型」一章之後，另立「複合詞」一章來討論；一些詞根在演變的過程中漸漸失去意義，虛化成為詞綴（非自由語素、定位語素），附加在詞根的前或後，以標示所構成的詞的功能，趙元任把這類詞叫派生詞（derived word），並以「構詞類型」專章討論。任學良（1981）《漢語造詞法》認為專講構詞法屬於語法範疇，造詞法（造詞法在下一節討論）則屬詞匯範疇，從詞匯學角度看，構詞法應該包括在造詞法的範圍裏，詞匯學要以造詞法為綱，構詞法為目。陳光磊（1994）《漢語詞法論》，認為詞法是語法的一個研究對象，並把「重疊」和「加綴」看作構詞法的兩個類別，以突顯這兩種構詞方式主要是讓詞產生形態上的變化。

素的數量分為單純詞和合成詞兩大基本類型。由於合成詞是由兩個或以上的語素組成，所以可以按語素的構詞功能和組合方式分複合式和附加式兩個下位類型，最後按語素的組合形式分為若干下位類別，如下表。

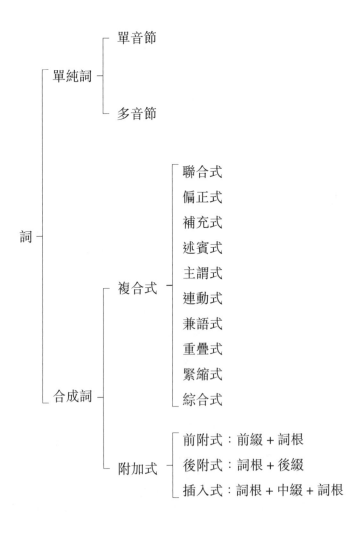

2.1.1 詞根和詞綴

在討論詞的結構形式前，要先介紹詞匯學常用的兩個術語「詞根」和「詞綴」。從語法的角度看，詞由語素構成，有的語素構詞位置不固定，比較自由，叫非定位語素，有的語素構詞位置固定，主要是附加在其他語素之前或之後，叫定位語素（見第二章第二節）。呂叔湘《漢語語法分析問題》以語法的角度來說明詞根和詞綴都是構詞成分：「獨立的語素是詞，不獨立的語素是構詞成分，包括詞根和詞綴」。[6] 趙元任《中國話的文法》以符號功能的角度來討論詞根和詞綴的差異：「實語位跟虛語位的一般區別是，實語位有實在意義，虛語位沒有意義，只用來標誌實語位的文法功能。好比『擦』是實語位，有清楚的意義，但『擦子』的『子』本身就沒意義，只把動詞『擦』變成工具名詞」。[7] 劉叔新《漢語描寫詞匯學》也比較傾向於以「是否有實義」作為區別標準，認為「只體現概念意義的詞素是所謂詞根（root），而既有改變概念意義的作用、又有語法作用的詞素是所謂詞綴（affix）」。[8] 可見詞根和詞綴的分析，牽涉構詞和表

6 　見呂叔湘（1979）：《漢語語法分析問題》載於呂叔湘（1989）《呂叔湘自選集》，頁127，上海，上海教育出版社。

7 　語見趙元任著，丁邦新譯（1980）：《中國話的文法》，頁108，香港，中文大學出版社。趙元任指的「語位」是與「morpheme」相對照的，跟「詞素」、「語素」的概念相若。

8 　語見劉叔新（1990）：《漢語描寫詞匯學》，北京，頁71，商務印書館。詞綴可以改變概念意義，指詞綴附加在某個詞根後所構成的那個詞，跟原詞根的概念意義不同，例如「甜」這個詞根後附了「頭」這個詞綴，成了「甜頭」這個詞，其概念意義指「好吃的味道」或「使人喜歡的好處、利益」，跟「甜」原來的概念意義不同。「甜」加了「頭」這後綴，也由形容詞變為名詞。這裏需要說明的是，「甜」和「甜頭」是兩個詞，兩者都有不同的語音形式、不同的結構，當然概念意義也不同。「甜」，是由成詞語素構成的單純詞，它既是語素也是詞，所以具有實在的詞匯意義；而「頭」只是一個定位語素，所以不一定會有實在的詞匯意義。

義功能兩個標準，以構詞能力來看，可以把非定位語素叫「詞根」，定位語素叫「詞綴」，以表義功能來說，表實義的叫「詞根」，表虛義的叫「詞綴」。王寧、鄒曉麗《詞彙》同時把「位置」和「意義」看作區別「詞根」和「詞綴」的兩個標準：「根據語素在合成詞中的意義和位置，可將它們分為詞根和詞綴。詞根是有實在意義、能自由出現在合成詞中不同位置上的語素。詞綴是沒有實在意義、不能自由出現在合成詞各個位置上的語素。」[9]

　　總的來說，依據「語素是最小的音義結合體」的定義，詞根是具有實義而不定位的語素，詞綴是只有虛義的定位語素。詞根是構成和體現一個詞的基本意義（詞彙意義）的構成部分，是一個詞不可缺少的主要成分。一個詞至少要有一個詞根才能構成，例如：

　　　　a. 石頭、竹子、老鼠、阿婆

　　　　b. 偉大、學習、生活、美好

　　a 組詞中，「石」、「竹」、「鼠」、「婆」是決定這些詞的基本意義，是詞根，「頭」、「子」、「老」、「阿」是詞綴，它們只起某些語法作用，如「頭」、「子」有標示名詞的作用，「阿」表示稱呼，至於「老」就沒有甚麼作用了。b 組詞中，構成詞的兩個語素都有實際的詞彙意義，它們共同構成這些詞的意義，都是詞根。

　　詞綴也是構詞成分，但沒有實義，是附着在詞根上才能起作用的。詞綴起以下兩個作用。

　　(1) 改變、標明一個詞的語義類型

　　詞綴本身沒有確切具體的意義，但附加於詞根以後，可以改變

9　語見王寧、鄒曉麗（1998）：《詞彙》，頁 47，香港，和平書局・海峰出版社。

詞根原來的意義，並標示出詞語指稱的某種語義類型。例如「胖＋子→胖子」、「甜＋頭→甜頭」、「蓋＋兒→蓋兒」，「子」、「頭」、「兒」本身並沒有確切意義，但「胖」的後面加了「子」以後，就改變了意義類型，由「脂肪多，肉多（跟『瘦』相對）」的性狀意義變為「肥胖的人」的事物意義；「甜」的後面加了「頭」，就由「像糖和蜜糖的味道」變為「好處、利益」的意義；「蓋」的後面加了「兒」，就由「由上而下地遮掩」的動作變為「器物上部有遮蔽作用的東西」。這些詞綴不僅改變詞根本來的語法功能，同時改變了語義類型。

(2) 表徵一個詞的語法功能，顯示詞類

有的詞綴沒有改變詞根詞匯意義的功能，但仍帶有標誌詞類的作用，例如「房子」、「爐子」、「木頭」、「石頭」、「刀兒」、「瓶兒」等，後綴「子」、「頭」、「兒」都沒有改變詞根原來的語義類型，但卻顯示出名詞的標誌，可以看作名詞詞綴。[10]

2.1.2 單純詞

單純詞指由一個語素構成的詞，按語素的音節可以分為單音節的和多音節的。

(1) 單音節單純詞

由單音節語素構成的單純詞就是單音詞，例如「天」、「山」、「走」、「去」、「美」、「苦」、「四」、「個」、「這」、「才」、「的」、「了」等。

(2) 多音節單純詞

多音節單純詞指由多音節語素構成、不能再分拆的詞。例如：

---

10 詞根和詞綴的功能分析參考自陳光磊（1994）:《漢語詞法論》，上海，學林出版社，頁 18-20。例子和說明略作調整。

a. 來自古代的聯綿詞如「崎嶇」、「徬徨」、「琉璃」、「芙蓉」等；

b. 疊音詞如「翩翩」、「皚皚」、「栩栩」、「蠆蠆」、「猩猩」等；

c. 摹擬聲音的象聲詞如「潺潺」、「轟隆」、「淅瀝」、「劈里啪啦」等；

d. 感嘆詞如「哎呀」、「喲呵」、「哈哈」、「嗚嗚」等；

e. 外來音譯詞如「葡萄」、「沙發」、「卡路里」、「維他命」、「盤尼西林」、「奧林匹克」等。

2.1.2 合成詞

合成詞指由兩個或兩個以上的語素構成的詞。這些詞都是多音節的，如「教育」、「創造」、「圖書館」、「大眾傳播」、「電子遊戲機」等。合成詞有以下兩種結構形式。

(1) 複合式合成詞

複合式合成詞指由詞根和詞根組合而成的詞。按詞內部詞根和詞根的組合形式，可以劃分為以下幾個類別。

a. 聯合 (並列) 式：兩個意義相近或相對的語素並列結合成詞。例如：

i) 同義聯合：語言、道路、生產、停止、迅速、周全

ii) 相對聯合：動靜、開關、來往、呼吸、早晚、反正

iii) 平行聯合：風景、手足、研製、縫補、高大、弱小

b. 偏正式：結合成詞的兩個語素，前面的修飾限制後面的。例如：

i) 電燈、草圖、車票、住宅、黑板、美感、五官、百姓

　　ii）函授、席捲、混戰、回憶、重視、深造、胡鬧、
　　　　頓悟

　　iii）冰冷、筆直、飛快、透明、高級、深藍、虛心、
　　　　美觀

c. 補充式：結合成詞的兩個語素，後面的補充說明前面
　　的。例如：

　　i）　紙張、船隻、書本、馬匹、人口、耳朵、汗珠

　　ii）開放、提高、說明、擴大、抓緊、推翻

　　iii）分明、趕緊、趕快

d. 主謂式：結合成詞的兩個語素，前面的表示某種事物，
　　後面的加以陳述。例如：

　　i）　眼花、地震、海嘯、政變

　　ii）肩負、首肯、氣餒、神往、心領、形成、目擊

　　iii）年輕、面熟、肉麻、性急、心虛、口緊、風流

e. 述賓式：結合成詞的兩個語素，前面的支配後面的。
　　例如：

　　i）　司機、領隊、管家、托盤

　　ii）關心、動員、留神、吹牛、發誓、效力

　　iii）得意、刺眼、動人、吃力、用功、到家、挨個兒

f. 連動式：結合成詞的兩個語素表示連續的動作。例如：
　　封存、查閱、進駐、投靠、盜賣、報考、借用、割讓

g. 兼語式：兩個語素以類似兼語結構的形式構詞。例如：
　　召集、請示、討厭、誘降、逼供

h. 重疊式：以重疊構詞語素的方式構成的詞就是重疊式構
　　詞。構詞的重疊式跟修辭上的重疊不同，修辭上的重疊

有原型，可單說可重疊，構詞上的重疊，只單說一個語素是沒有意義的。重疊形式有多種，例如：

i) AA 式：

寶寶、冉冉、堂堂、匆匆、偷偷、明明、漸漸

ii) AAB 式：蒙蒙亮、呱呱叫

iii) ABB 式：

活生生、綠油油、水汪汪、毛乎乎、麻酥酥、懶洋洋、打哈哈

i. 緊縮式：有的詞比較長，在使用時只取有代表性的語素構成比較簡便的稱呼，這叫緊縮式構詞。緊縮形式有以下幾種。

i) 選取詞 / 短語裏面頭、中、尾的組合成分結合而成，如：

- 清華大學→清華
- 復旦大學→復旦
- 非典型肺炎→非典
- 原子彈爆炸→原爆
- 科學研究→科研
- 掃除文盲→掃盲
- 北大西洋公約組織→北約
- 人民代表大會→人大

ii) 用數字概括性質相同的成分，或用數字概括性質相同的成分再加一個　表共同性質的語素，如：

- 海軍、陸軍、空軍→三軍
- 初伏、中伏、末伏→三伏

- 工業現代化、農業現代化、國防現代化、科學現代化→四個現代化→四化
- 眼、耳、口、鼻、身→五官
- 陰平、陽平、上聲、去聲→四聲
- 金、木、水、火、土→五行

j. 綜合式：幾種構詞方式結合而成的複雜複合詞，有的是複合式和附加式的綜合，例如：

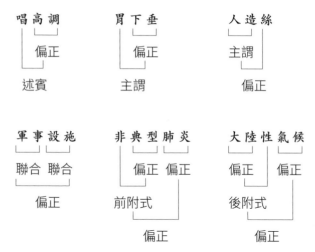

(2) 附加式合成詞（派生詞）

附加式合成詞是由「詞根」加上「詞綴」構成的詞。有的詞綴附加在詞根前面，叫前綴，又叫詞頭；有的附加在後面，叫後綴，也叫詞尾；有的插在兩個詞根中間，叫中綴，又叫詞嵌。

a. 前附式：前綴 + 詞根，例如：

i) 阿—阿爸、阿哥、阿姨、阿王、阿 Q

ii) 老—老虎、老鼠、老師、老闆、老王、老大

iii) 準—準教師、準律師、準新郎

iv) 可—可愛、可笑、可敬、可鄙、可信、可疑、可觀、可怕

v) 非—非法、非凡、非常、非理性

vi) 不—不幸、不法、不軌、不良、不民主、不道德 [11]

vii) 副—副產品、副作用、副流行性感冒

viii) 超—超常、超級、超標、超水準

b. 後附式：詞根 + 後綴，例如：

i) 子—胖子、傻子、盤子、椅子、箱子、帽子、個子、架子、法子

ii) 兒—蓋兒、塞兒、畫兒、信兒、天兒、皮兒、頭兒、個兒、本兒

iii) 頭—木頭、石頭、甜頭、苦頭、看頭、吃頭、工頭、巨頭

iv) 者—讀者、學者、記者、來者、前者、主事者、愛好者

v) 家—儒家、道家、作家、畫家、專家、音樂家、政治家

---

11 有的語法分析不把「不」看作詞綴，本書把置於動詞或形容詞前面的否定副詞「不」和附在詞根前面的「不」劃分為兩個單位。否定副詞「不」表示否定的語法意義，可以和動詞、形容詞結合，可以充當句子成分，是單音節成詞語素，也就是詞；「不幸、不法、不軌、不良、不民主、不道德」裏的「不」附加在詞根前面，表示否定性質的概念，可以和動詞性、形容詞性、名詞性單位結合，如「不法、不道德」等，是單音節不成詞語素，不具備詞的身份。試比較「販毒是不道德的行為」和「販毒不是道德的行為」兩句，前一句的「不道德」是對「販毒」的性質判斷，和後面一句對整個命題的否定是不一樣的，「不是道德的行為」在邏輯概念上不能理解為「不道德的行為」。

vi) 師—教師、律師、牧師、技師、髮型師、美容師、
營養師、練馬師

vii) 迷—歌迷、影迷、馬迷、球迷、戲迷、電影迷、電
視迷

viii) 化—美化、綠化、深化、軟化、合理化、工業化、
現代化、規範化

ix) 性—酸性、鹼性、慢性、慣性、軟性、可能性、必
然性、普遍性

x) 派—反派、樂天派、名士派、學院派

c. 插入式：詞根＋中綴＋詞根，例如：

i) 不—黑不溜秋、花不稜登、酸不溜丟

ii) 裏—糊裏糊塗、滴裏嘟嚕、嘰裏咕嚕

　　現代漢語的詞綴不斷增加，趙元任在《中國話的文法》裏列舉
的正規詞頭有「阿」、「老」、「初」等等，現代詞頭則包括「單」、
「多」、「泛」、「準」、「偽」、「不」、「無」、「非」、「親」等，正規詞
尾比正規詞頭多，包括「者」、「然」、「師」、「家」等十四個，現代
詞尾則有「化」、「性」、「論」、「觀」、「學」、「家」等十二個。[12] 任
學良《漢語造詞法》和陳光磊《漢語詞法論》所列舉的某些詞綴，如
「佬 (闊佬、鄉巴佬)」、「鬼 (酒鬼、懶鬼)」、「棍 (賭棍、惡棍)」、
「品 (產品、毒品)」、「份子 (積級份子、活躍份子)」等都超出了《中

12　見趙元任著，丁邦新譯 (1980)：《中國話的文法》，香港，中文大學出版社，頁
116-124。其中「第」、「初」都普遍看作典型的前綴，本書採用胡裕樹 (1996)：《現
代漢語》(增訂本) 和張斌 (2002)：《新編現代漢語 (普通高等教育「十五」國家級
規劃教材》等觀點，把「第」看作附着在數詞前面的助詞，把「初」看作附着在數詞
一至十前面的助詞，表示次序。

國話的文法》的範圍。[13] 呂叔湘《漢語語法分析問題》把「可、好、難、準、類、亞、次、超、半、單、多、不、無、非、反、自、前、代」等看作「類前綴」，把「員、家、人、民、界、物、品（商品、藥品）、具（用具、炊具、雨具）、件（文件、郵件、信件）、子（分子、原子、電子、轉子）、種（軍種、兵種、工種、劇種）、類、別（性別、級別、國別），度、率、法、學、體（磁體、導體、抗體、垂體）、質、力、氣（脾氣、才氣、勇氣、運氣）、性、化」等看作「類後綴」，因為呂先生認為這些詞綴在語義上還沒有完全虛化，甚致可以附着短語，如「世界戰爭不可避免論者」、「戰鬥英雄、勞動模範們」等等。他認為改用「語綴」來通稱這類詞綴，可以概括這些附着詞、短語的接頭接尾成分。[14] 陳光磊《漢語詞法論》也按此標準把新詞綴叫作「類詞綴」，認為這些詞綴的虛化程度差一些，又沒有詞根的意義那麼實，是一種半實半虛而在複合詞裏結合面相當寬的詞素。[15]

2.2 詞的語音形式

　　口語裏，語音是詞最外層的標誌，也最容易為人所感知的，所以詞的語音形式與口語交際中的斷詞密切相關。趙元任《中國話的文法》指出「在國語裏頭，有時候可以用輕重音跟調型來劃分詞，但是比較有用的方法還是看中間有沒有可能的停頓。」可見，

13　內容詳見任學良（1981）：《漢語造詞法》，北京，中國社會科學出版社，頁 30-105；陳光磊（1994）：《漢語詞法論》，頁 18-27，上海，學林出版社。

14　見呂叔湘（1989）：《呂叔湘自選集》，上海，上海教育出版社，頁 127-129。

15　見陳光磊（1994）：《漢語詞法論》，上海，學林出版社，頁 20。

口語上的停頓可以作為詞的記號。趙先生舉了一個例子：「今天我要上理髮舖理髮。」其中詞與詞之間有各種可能的停頓，在極度猶疑下，句子可以說成：「今天啊，我呀，要——上——，那個那個——理髮——，理髮舖——，去理——理——理——髮。」不難發現，表時間、表施事的詞，可以後加語氣詞來顯示停頓，而當謂語包含的詞不止一個時，那就得用其他的形式來顯式詞的停頓，包括把最後一個音順着結尾聲調的高度加以延長（以破折號表示），或在名詞前，填進輕讀的詞，如「那個那個」、「這個這個」。這種停頓的方式，一個在學習普通話的外國人，假如沒有長期的練習，是無法運用自如的。

在口語裏，輕重音和節律也可以作詞的記號。趙先生指出通常一個詞可以有一個特強重音，所以一個雙音節詞唸起來其節律不是抑揚型就是揚抑型。例如：[16]

抑揚型	揚抑型
天下（tiānxià）	鄉下（xiàngxia）
同事（tóngshì）	本事（běnshi）
代筆（dàibǐ）	知道（zhīdao）

在口語語流裏，停頓和詞的重音節律是用來判斷詞與詞的界限，這與我們對詞的語音形式的掌握密切相關。按照詞的語音形式可以把詞分為以下類別。

16　關於詞的音律問題，詳見見趙元任著，丁邦新譯（1980）：《中國話的文法》，香港，中文大學出版社，頁 79-84。

2.2.1 單音詞

單音詞指由一個音節構成的詞，如「門」、「人」、「樹」、「走」、「路」、「才」、「能」、「的」、「了」、「呢」、「嗎」。實詞重讀，虛詞如各種助詞、語氣詞等讀輕聲。

2.2.2 複音詞

複音詞指由兩個或兩個以上的音節構成的詞，按音節的數量，可以分為雙音節詞和多音節詞。

（1）雙音節詞

現代漢語詞匯中，雙音節詞佔多數，其中還包括疊音形式，以及來自古漢語聯綿詞。例如：

　　　　a. 非雙聲疊韻的雙音節詞

　　　　　i)　擬聲詞：撲通、叮噹、淅瀝

　　　　　ii) 聯綿詞：芙蓉、葡萄、蟋蟀

　　　　　iii) 音譯外來詞：咖啡、壽司、刺身

　　　　　iv) 其他：天空、樹木、道路、學校、黑板、白菜

　　　　b. 疊音——第二音節輕聲，揚抑型節律：區區、蕭蕭、隆隆

　　　　c. 雙聲——躊躇、玲瓏、參差、琵琶、猶豫、蜘蛛、忐忑

　　　　d. 疊韻——駱駝、逍遙、堂皇、徘徊、從容、蜻蜓

　　　　e. 雙聲疊韻——夫婦、信心、輾轉、玲瓏

（2）多音節詞

多音節詞多為音譯的外來詞或擬聲詞，如：

　　　　a. 音譯外來詞：維他命、俱樂部、阿士匹靈、澳大利亞、高爾夫球

　　b. 擬聲詞：嘩啦啦、轟隆隆、唧唧喳喳、丁零當啷

　　單純詞和複合詞，單音詞和複音詞是依不同標準劃分出來的，兩種分類會交差重疊。下表説明它們的關係。

詞的結構形式 ─── 詞的語音形式

```
                ┌ 單音節 ─── 單音詞 ┐
        ┌ 單純詞 ┤                      │
        │       └ 多音節 ┐             ├ 詞
    詞 ┤                 ├─ 複音詞 ┘
        │       ┌ 複合式 │
        └ 合成詞 ┤        ─┘
                └ 附加式
```

第三節 | 新詞的創造方式 —— 造詞法

> **閱讀重點**
>
> 1. 認識構詞法和造詞法的差異;
> 2. 認識各種造詞法;
> 3. 運用有關認識分析詞語的構成和結構形式。

　　構詞法主要描述詞的結構形式,也就是說,構詞法是從各個已構成的詞歸納出其內部結構形式,是一種靜態的觀察和分析。隨着社會發展和生活演變,人們需要更多新詞來反映新概念、新事物,一直以來,人們利用怎樣的原料通過怎樣的方法來創造新詞,這是造詞法要探討的問題。造詞法可以說是對新詞產生的動態觀察和分析。只觀察詞的靜態結構,有時候並不能讓我們正確認識詞與詞之間的關係。例如「數」(shǔ) 和「數」(shù),從語音形式看,都是單音詞,從結構形式看,都是單純詞,但從造詞的角度看,它們之間存着變音別義的關係。「數」(shǔ),《說文解字》:「計也。從支婁聲。」,本義「點數;計算」,由本義引申出來的另一意義「數目;數量」,便通過改變原來的讀音「數」(shù) 來反映。「變音別義」就是造詞方法之一,也就是說傳統音韻學的「破讀」,就是用變音別義的方式創造新詞而產生的語音現象。[17]

17　史存直 (1989):《漢語詞匯史綱要》第四章「構詞法的發展」,以歷時觀點說明構詞法從本質上說也是造詞法,並簡單介紹了變音別義的造詞法,及雙音單純詞、複合詞和詞綴的產生和發展,可以讓我們對古今詞匯發展和變化有一個整體印象。

認識構詞法和造詞法,有助於我們分析新詞。例如港、臺通用的「電腦」和內地規範詞「電子計算機」是有同一指稱的,但由於造詞方式不同,就產生了不同的詞形。「電子計算機」是用派生方式造成的詞,即在舊詞「計算機」前加表性質的前綴。「電腦」則是綜合式造詞,既利用前綴「電」加上詞根「腦」派生新詞,同時又用了比喻式造詞。因此,「電腦」比「電子計算機」更富形象性。

3.1 語音造詞

3.1.1 音義任意結合

在口語上,詞是通過固定的語音形式來指稱事物的,換句話說,詞是特定語音和概念意義相結合的符號。大部分的詞,音和義是任意結合的,例如「天」,普通話叫「tiān」粵語叫「tin⁵⁵」;「路」,普通話叫「lù」粵語叫「lou²²」;「笑」,普通話叫「xiào」粵語叫「siu³³」;「哭」,普通話叫「kū」粵語叫「huk⁵」;「甜」,普通話叫「tián」粵語叫「tim²¹」;「熱」,普通話叫「rè」粵語叫「jit²」。給事物命名,是詞作為指稱符號的產生由來,音義任意結合可以說是基本的造詞法。

3.1.2 取聲、擬聲

取聲指用事物自身發出的聲音來替該事物命名,擬聲指直接摹擬客觀事物的聲音來造詞。以取聲或擬聲方式造成的詞,其語音和所指稱的事物之間可以找到內部關聯,而不是任意結合的。例如:

(1) 動物名稱

　　　a. 鴨（yā）（《禽經》「鴨鳴呷呷，其名自呼。」）

　　　b. 知了（zhāliǎo）（《現代漢語詞典》（2018）「蚱蟬的俗稱，因叫的聲音像『知了』而得名。」）

（2）事物聲音

　　　a. 沙沙（shāshā）

　　　（《現代漢語詞典》（2018）「象聲詞，形容踩着沙子、飛沙擊物或風吹草木等的聲音：走在河灘上，腳下沙沙地響；風吹樹葉，沙沙作響。」

　　　b. 丁零當啷（dānglāngdānglāng）

　　　（《現代漢語詞典》（2018）「象聲詞，形容金屬、瓷器等連續撞擊聲。」）

　　　c. 格格（gēgē）

　　　（《現代漢語詞典》（2018）「象聲詞。 形容笑聲：他格格地笑了起來。① 形容咬牙聲：牙齒咬得格格響。② 形容機關槍的射擊聲。③ 形容某些鳥的叫聲。」）

（3）感歎聲

　　　a. 啊（ā）

　　　（《現代漢語詞典》（2018）「歎詞，表示驚異或讚歎：啊，出虹了！啊，今年的莊稼長得真好哇！」

　　　b. 啊（á）

　　　（《現代漢語詞典》（2018）「歎詞，表示追問：啊？你明天到底去不去？啊？你　說甚麼？」）

　　　c. 啊（ǎ）

　　　（《現代漢語詞典》（2018）「歎詞，表示驚疑：啊？這是怎麼回事啊？」）

d. 啊（à）

（《現代漢語詞典》(2018)「歎詞。 表示應諾（音較短）：啊，好吧。① 表 示明白過來（音較長）：啊，原來是你，怪不得看着面熟哇！② 表示驚異或讚 歎（音較長）：啊，偉大的祖國！」）

3.1.3 音變

利用改變語音的方法來創造新詞，有改變聲調和改變音節結構兩種方式。

（1）改變聲調

改變一個詞的聲調，讓改變了的讀音表示新的意義，這就由舊詞造成了新詞。下表比較同聲韻不同調的詞在表義上的差異：[18]

詞	讀音	聲調	意義	詞類	詞	讀音	聲調	意義	詞類
處	chǔ	三	〈書〉居住：穴居野處	動詞	處	chù	四	地方：住處	名詞
稱	chèng	四	測定物體重量的器具，有杆稱、地稱、台稱、彈簧稱等多種。（《説文解字》「銓也，所以稱物也。」）	名詞	稱	chēng	一	測定重量：把這袋米稱一稱。	動詞
擔	dān	一	用肩膀挑：擔水。（《説文解字》「高舉也。」）	名詞	擔	dàn	四	擔子：貨郎擔；勇挑重擔。	動詞
肚	dù	四	（肚兒）肚子（dùzi）：腹的通稱。	名詞	肚	dǔ	三	（肚兒）肚子（dǔzi）：羊肚兒；伴肚絲。肚子（dǔzi）：用做食品的動物的胃：豬肚、羊肚。	名詞（位置不同）

18　例詞意義參考自《現代漢語詞典》(2018)。

續表

詞	讀音	聲調	意義	詞類	詞	讀音	聲調	意義	詞類
好	hǎo	三	優點多；使人滿意的（跟「壞」相對）：好人；好東西；好事情；好脾氣；莊稼長得很好。（《説文解字》「美也。」）	形容詞	好	hào	四	喜愛（跟惡（wù相對）：嗜好、好學、好動腦筋、好吃懶做。	動詞
和	hè	四	和諧地跟着唱：曲高和寡、一唱百和。（《説文解字》：「和，相應也。」）	動詞	和	hé	二	和諧；和睦：和衷共濟；弟兄不和。	形容詞
幾	jī	一	〈書〉幾乎、近乎：殲滅敵軍，幾三千人。（《説文解字》：「微也。殆也。」）	數詞	幾	jǐ	三	表示大於一而小於十的不定的數目：幾本書；十幾歲；幾百人。	副詞

改變聲調後的詞，除了意義跟舊詞不同，所屬詞類也會改變。

（2）改變音節：

音節包括聲、韻、調三部分，改變代表某詞的音節的其中一、兩部分（只變聲調的除外），以表示新意義，就是改變音節的造詞法。例如：

a.　　行（xíng）：　（動）步行，日行千里

　　→ 行（háng）：　（名）行列，楊柳成行

b.　　落（luò）：　（動）下降，太陽落山

　　→ 落（là）：　　（動）遺漏，這裏落了兩個字

　　　　　　　　　　（動）遺留在後面，名落孫山

　　　　　　　　　　（動）忘記拿走，把書落在家裏

c.　　傳（chuán）：（動）流傳，世代相傳

　　→ 傳（zhuàn）：（名）傳記，為他作傳

d.　　讀（dú）：　（動）閱讀，讀書

　　→ 讀（dòu）：　（名）語句中的停頓，句讀

e.　　樂（yuè）：　　（名）音樂

　　→ 樂（lè）：　　　（形）快樂，樂不可支

　　以上例子說明了改變舊詞的語音形式，就可以構造新詞，這是一個很便捷的造詞法（以上部分例子在古漢語中是獨立運用的詞，發展至現代漢語，演變成不能獨立運用的詞根）。要深入探討這種造詞法，需要參考相關古籍，弄清楚哪個是舊詞哪個是新詞，才可以更準確地歸納音變的造詞規律。

3.1.4 合音

　　合音指把兩個單音詞的語音拼合在一起造成另一個詞。例如：

（1）之（zhī）＋於（yú）　　　→ 諸（zhū）

（2）不（bú）＋用（yòng）　　→ 甭（béng）

3.1.5 音譯 [19]

　　音譯外來詞成為音譯詞，也是以語音方式產生新詞的方法。例如：

（1）來自匈奴和西域的音譯詞

　　駱駝、猩猩、琵琶、胭脂、葡萄、祖母綠（阿拉伯文 zumunrud 音譯，即綠寶石）

（2）來自梵語的音譯詞

　　佛（buddha）、塔（stupa）、剎那（ksana）、三昧（samadhi）、涅槃（nirvana）

19　例子選自史存直（1989）：《漢語詞彙史綱要》，第五章「漢語中的借詞合譯詞」，上海，華東師範大學出版社，頁 102-125。

(3) 來自蒙古語、滿洲語的音譯詞

站 (驛站，蒙古語 Jam)、薩齊瑪 (甜品，滿洲語 Sacima)

(4) 來自西洋的音譯詞

幾何 (geometry)、鴉片 (opium)、德律風 (telephone)、德謨克拉西 (democracy)、摩登 (modern)、幽默 (humor)、檸檬 (lemon)、芒果 (mango)、納粹 (德語 Nazi)、磅 (pound)、噸 (ton)、打 (dozen)、米 (meter)

3.2 修辭造詞

採用修辭方式來給事物命名，叫做修辭造詞。修辭造詞包括以下幾種。

3.2.1 比喻式

取事物的形象特徵，用「以彼物比此物」的方式，借用相似的他物來給事物命名。有的只出現喻體，例如：

(1) 龍眼：水果名。

(2) 雀斑：面上黃褐色的斑點。

(3) 桃李：學生，如「桃李滿門」。

(4) 不倒翁：玩具名。

(5) 獅子頭、螞蟻上樹：菜名。

(6) 蠶食：逐步侵略。

(7) 鯨吞：吞併土地。

(8) 掛鈎：建立聯繫。

(9) 鳥瞰：從高處往下看。

(10) 背黑鍋：蒙受無辜的遣責。

(11) 打退堂鼓：中途退縮。

有的在喻體後加上語義類屬，如：

(12) 猴頭菇：食用菌一種。

(13) 佛手瓜：瓜的一種。

(14) 象拔蚌：貝的一種。

(15) 文火、武火：烹調用火，比較弱的叫文火，比較強的叫武火。

3.2.2 借代式

借用事物本身的特徵來給事物命名。例如：

(1) 紅顏：指貌美女子，借用美好粧容命名。

(2) 巾幗：古代婦女戴的頭巾和髮飾，借指婦女。

(3) 鬚眉：指男子，借用鬍鬚和頭髮命名。

(4) 山河：指國家、國土，借用局部事物命名。

(5) 龍井：以茶葉產地命名。

(6) 茅台（酒）：以產酒地命名。

3.2.3 誇張式

從數量、形象等方面，用擴大、極言的方式給事物命名，例如：

(1) 萬年青：植物名。

(2) 萬花筒：玩具一種。

(3) 萬能膠：文具用品。

(4) 萬金油：藥名，清涼油的舊稱。

(5) 千張：食品，是一種薄的豆腐乾片。

(6) 千里眼：眼光敏銳、看得遠；望遠鏡的舊稱。

(7) 千載難逢：機會難得。

有的誇張式後附語義類屬，例如：

(8) 長春藤：植物的一種。

(9) 飛車：快速開車；開得快的車。

(10) 飛毛腿：跑得快的腿；跑得快的人。

用修辭方式造成的詞，形象色彩明顯，語素之間有形象的聯繫，假如分不清這類詞語的內部意義關係，很容易混淆了其構詞形式。例如「蠶食」（如蠶之食）、「鯨吞」（如鯨之吞）表面看來是主謂結構，但從造詞的過程看，就知道是偏正結構。

3.3 詞法造詞（派生造詞）

利用詞綴附於詞根前面或後面的方式組合成新詞的造詞方法叫詞法造詞。詞法造詞是重要的造詞手段。一些詞綴，如前綴「阿」、「老」，後綴「子」、「兒」、「頭」等在漢唐時代已見使用。例如：[20]

(1) 阿母：「故濟北王阿母」（《史記・扁鵲倉公列傳》）

(2) 阿姊：「阿姊聞妹來」（《樂府詩集》〈木蘭詩〉）

(3) 阿姨：「弟走從軍阿姨死」（白居易〈琵琶行〉）

(4) 老鼠：「失卻斑貓兒，老鼠圍飯甕。」

（《全唐詩》〈寒山詩〉9083）

(5) 老慳：「劉秀之儉吝，呼為老慳。」（《宋書・王玄謨傳》）

(6) 漢子：「何物漢子，我與官，不肯就。」

（《北齊書・魏蘭根傳》）

---

20 例子參考自陳寶勤（2002）：《漢語造詞研究》，成都，巴蜀書社，頁 350-355。

(7) 鑷子：「若有粗毛，鑷子拔卻。」(《齊民要術・卷八》)

(8) 花兒：「縈絲飛鳳子，結縷坐花兒。」(沈約〈詠領邊繡〉)

(9) 魚兒：「細雨魚兒出，微風燕子斜。」(杜甫〈水檻遣興〉)

(10) 衫兒：「黃衣使者白衫兒。」(白居易〈賣炭翁〉)

(11) 鋤頭：「鋤頭三寸澤」(《齊民要術・雜說》)

(12) 枕頭：「空腹不得走，枕頭須莫眠。」

(《全唐詩》〈寒山詩〉)

(13) 石頭：「快活枕石頭，天地任變改。」

(《全唐詩》〈寒山詩〉)

這些詞綴都是由帶實義的詞根虛化而成的，例如前綴「老」由「老夫」、「老翁」、「老松」、「老圃」等偏正複合詞中的詞根「老」虛化而成，虛化後的前綴「老」失去了「年歲大」的意義，只起音節的作用；後綴「子」由「童子」、「兒子」、「女子」等偏正複合詞中的詞根「子」虛化而成，虛化後的後綴「子」沒有了「人的通稱」的含義，只起音節的作用。

隨着時代、社會的改變，新事物新概念不斷湧現，一些詞根在運用過程中漸漸虛化成新的詞綴，然後通過派生式構詞法來創造新詞，以應人們交際溝通的需要。例如「迷」有「因對某人或某一事物發生特殊愛好而沉醉」的意義，如「迷戀」、「入迷」(見《現代漢語詞典》)，當社會物質文明不斷發展，新事物、新活動越來越多，人們的愛好五花百門，帶動詞含義的「迷」隨之漸漸虛化為「泛指沉醉於某事物的人」的後綴，附加在詞根後面，派生出各個新詞，以指稱具有某種愛好的人，如「歌迷」、「樂迷」、「球迷」、「馬迷」、「戲迷」、「電視迷」等；又如「癡」有「極度迷戀某人或某事物」的意義，如「癡情」(見《現代漢語詞典》，後來漸漸虛化為「迷戀於某

事物的人」的後綴，附加在詞根後面，派生出新詞，如「書癡」、「貓癡」、「花癡」、「琴癡」、「酒癡」等。其他如「讀者」、「消費者」、「社會工作者」、「大眾化」、「貴族化」、「規範化」、「邊緣化」、「超音速」、「超時代」、「反戰」、「反污染」、「反吸煙」、「反歧視」等等新詞，都是通過詞根附加詞綴的方式所造成的。詞法造詞的能產性相當高，惟其如此，才可以趕上社會發展的需要。

　　一些構詞分析，如呂叔湘《漢語語法分析問題》、陳光磊《漢語詞法論》等，認為這類新詞綴意義未完全虛化，所以只能看作「類詞綴」或「準詞綴」。沈孟瓔〈再談漢語新的詞綴化傾向〉也有類似的看法，並指出這些新詞綴能產性強，能形成系列的詞群，如：

- 高效益、高風險、高收入、高學歷、高格調、高蛋白
- 足球熱、旅遊熱、養花熱、下海熱、茅盾研究熱
- 手感、質感、失落感、緊迫感、現場感
- 科盲、法盲、舞盲、藥盲、音盲

　　他把這種派生造詞叫做「詞綴化傾向」。[21] 所謂「詞綴化傾向」正反映了詞根虛化為詞綴的中間過程。類詞綴正處於虛化過程，利用類詞綴附加在另一個詞根的前面或後面來構造新詞，也屬於派生造詞。由此可見，派生造詞能產性強，有的更突破了原來的派生結構形式，用上了兩個甚至更多的詞綴，如「民族主義者」用上了「主義」和「者」兩個詞尾，成了「詞根＋後綴＋後綴」的結構形式，又如「超級歌迷」用上了詞頭「超級」和詞尾「迷」，成了「前綴＋詞

21　見沈孟瓔（1995）：〈再談漢語新的詞綴化輕向〉，載於《詞匯學新研究（首屆全國現代漢語詞匯學術討論會選集）》，頁 195-205，北京，語文出版社。沈孟瓔指出，新的詞綴化，意義表徵是語義發生從實到虛的轉化，但是沒有完全虛化。語義虛化有幾個跡象，包括語義限制縮小，趨於概括抽象；意義泛化；語義變益。

根＋後綴」的構詞形式，甚至如「超現實主義者」一類，出現了「前綴＋詞根＋後綴＋後綴」的構詞形式。新詞綴或類詞綴的產生，意味着更多新詞的出現。這種現象說明了社會新事物產生速度快，標誌着人類文明的發展和進步。

3.4　句法造詞（複合造詞）

　　利用聯合、偏正、補充、述賓、主謂等方式把兩個或兩個以上帶實義的詞根組合成新詞的造詞方法叫句法造詞。句法造詞產生得很早，是漢語詞匯雙音節化的一種主要造詞法。按王寧、鄒曉麗（1998）《詞匯》，從一千多個甲骨文字中可以看到涉及自然現象、生產勞動、物質文化、社會關係、日常生活、意識形態等詞，例如：「天」、「日」、「河」、「火」、「年」、「春」、「旦」、「夕」、「上」、「右」、「中」、「東」、「馬」、「牛」、「魚」、「竹」、「禾」、「人」、「首」、「足」、「骨」、「田」、「井」、「舟」、「絲」、「矛」、「盾」、「戈」、「祖」、「父」、「兄」、「孫」、「甲」、「乙」、「丙」、「丁」等。這些來自殷商甲骨卜辭的文字反映了漢語詞匯最早狀況，這些詞絕大多數都是單音節實詞。周秦時代開始出現雙音複合詞，這些詞有一部分是雙音單純詞，如見於《詩經》、《楚辭》的「蕭蕭」、「冉冉」、「窈窕」、「邂逅」、「婆娑」，有的是由兩個詞根以句法方式組合而成的複合詞，如「干戈」（聯合）、「殺戮」（聯合）、「玄鳥」（偏正）、「赤子」（偏正）等；到了漢唐時代以後，句法造詞成了主要的造詞方式，複合詞大量增加；發展至宋、元、明、清時代，甚至有三音節的複合詞出現，例如「菊花餅」（偏正）、「筍辣麵」（偏正）、「裁縫作」（綜合：聯合、偏正）；二十世紀以來，新事物、新概念不斷產生，新詞也順應而生。這些新詞都是利用已有詞根合成的，如「膠卷」（偏正）、「自助

餐」（偏正）、「顯微鏡」（綜合：述賓—顯微 + 偏正—顯微鏡）、「降落傘」（綜合：補充—降落 + 偏正—降落傘）、「意識形態」（綜合：聯合—意識、形態 + 偏正—意識形態）、「腦震盪」（綜合：聯合—震盪 + 主謂—腦震盪）、「神經衰弱」（綜合：偏正—神經 + 聯合—衰弱 + 主謂—神經衰弱）。[22]

22　參考自王寧、鄒曉麗（1998）：《詞匯》，香港，和平書局・海峰出版社，頁 20-25。

第四節 | **本章練習**

練習一：構詞和造詞

請分析以下在香港常接觸到的詞語的結構以及造詞方式。

詞語	結構形式	造詞方式
1. 燒肉		
2. 叉燒		
3. 鳳爪		
4. 鴛鴦（飲品）		
5. 生啤		
6. 巴士		
7. 飛的		
8. 鹽焗雞		
9. 雞尾包		
10. 炒魷魚		

練習二：粵普構詞比較

試分析以下兩組粵普詞語的結構，指出哪些粵語詞不符合現代漢語的規範？

粵語		普通話	
詞	結構	詞	結構
1. 軚		1. 升降機	
2. 貨櫃		2. 集裝箱	
3. 飯盒		3. 盒飯	
4. 公仔麵、即食麵		4. 方便麵、快熟麵、即食麵	
5. 打邊爐		5. 吃火鍋	
6. 肚屙		6. 拉肚子	
7. 奸茅		7. 耍無賴	
8. 搏命		8. 拼命	
9. 圓轆轆		9. 圓鼓鼓	
10. 冇厘搭圾		10. 吊兒郎當	
11. 肥佬		11. 胖子	
12. (考試) 肥佬、食蛋		12. (考試) 不及格、得了個零蛋	

參考答案

練習一：

詞	結構形式	造詞方式
1. 燒肉	述賓	句法造詞
2. 叉燒	連動	句法造詞
3. 鳳爪	偏正	修辭（比喻）造詞
4. 鴛鴦（飲品）	雙聲	修辭（比喻）造詞
5. 生啤	偏正	音譯、句法造詞
6. 巴士	單純詞	音譯
7. 飛的	述賓	音譯、修辭（誇張）造詞
8. 鹽焗雞	偏正	句法造詞
9. 雞尾包	偏正	句法、修辭（比喻）造詞
10. 炒魷魚	述賓	句法、修辭（比喻）造詞

練習二：

粵語		普通話	
詞	結構	詞	結構
1. 軨	音譯單純詞	1. 升降機	偏正
2. 貨櫃	偏正	2. 集裝箱	偏正
3. 飯盒	偏正	3. 盒飯	偏正
4. 公仔麵、即食麵	偏正	4. 方便麵、快熟麵、即食麵	偏正
5. 打邊爐	述賓	5. 吃火鍋	述賓
6. 肚屙	主謂	6. 拉肚子	述賓
7. 奸茅	聯合	7 耍無賴	述賓
8. 搏命	述賓	8. 拼命	述賓
9. 圓轆轆	重疊式	9. 圓鼓鼓	重疊式
10. 冇（厘）搭霎	單純詞	10. 吊兒郎當	單純詞
11. 肥佬	單純詞	11. 胖子	附加式
12.（考試）肥佬、食蛋	單純詞 述賓	11.（考試）不及格、得了個零蛋	偏正（短語） 述賓（短語）

　　上表的粵語詞的構詞方式大多與普通話的相同或相近，但是，大部分的粵語構詞語素並非通用的，是方言成分，不符合現代漢語的規範。例如「軨」是一個音譯外來詞，連規範的漢字詞形也沒有。有的構詞成分是規範的，內部結構也符合規律，但未必充分反映概念意義，如偏正結構的「飯盒」，重點在「盒」而不在「飯」。

詞的意義

| # 詞義分析

> **閱讀重點**
>
> 1. 認識詞義的特質;
> 2. 認識詞義的構成成分,並能區別概念
>   意義和附屬意義;
> 3. 能有系統分析詞語的意義,找出詞語
>   的意義特點;
> 4. 了解詞義的動態變化,能在特定的語
>   境中分析詞語的含義。

1.1 詞義的構成

詞是造句單位,也是語言符號單位,是語音和語意的結合體。任何一個詞都有它的外在形式和內在意義。詞的外在形式是語音,也可以有書寫形體,固定地聯繫着這個外在形式的意義內容就是詞義。從產生根源看,詞義反映的是人們對客觀事物本質屬性的概括。我們認識客觀事物是通過感官活動,例如眼所見的顏色、形狀,耳所聽的聲音,口所嚐的味道,鼻所嗅的氣味,皮膚所觸的軟硬和所感受的冷暖等等,初步形成感性認識,然後經過比較、歸納等抽象思維活動,把個別的事物中的本質屬性概括出來,形成概念。概念就是我們對事物所建構的理性認識,即我們的理性思維形

式。詞義所反映的有相當一部分就是人腦對客觀事物的概括反映，包含了人們對客觀事物所建立的概念。

例如觀察「貓」這種動物，我們眼睛看見牠們是黑的、白的、混色的，用手摸牠們，覺得毛茸茸、軟綿綿，耳朵聽見牠們的叫聲，這都是我們通過感官活動所得到的感性認識。感性認識富形象性，在我們腦海中留下的是能感覺到的形貌特性。當我們經過抽象思維後，就能把這種動物的本質屬性概括出來：

a. 牠們是哺乳類動物；

b. 牠們身上長着柔軟的毛，有黑色、白色、褐色、或混色的；

c. 牠們的瞳孔隨光線強弱而縮小放大；

d. 牠們掌部有軟軟的墊子；

e. 牠們行動敏捷，善跳躍；

f. 牠們會抓老鼠。

上述各點包含了這種動物的特有屬性和偶然屬性。特有屬性指某類事物共有，而其他類別所沒有的特點。如「哺乳類動物」是貓的屬性裏的一般特點，以別於非哺乳類動物；「掌部有軟墊、瞳孔隨光線強弱而縮小放大」是貓有別於其他哺乳動物的本質特點。偶然屬性指同類中部份個體有而其他個體不一定有的特點，如「因貓而異」的毛色、耳朵的形狀等。把這些事物的屬性和特點綜合起來，就是我們對這種動物的理性認識，也可以說是我們對這種動物所建立的概念。通過歸納、概括等思維活動，把對事物的感性知識發展為理性知識，是人們的認知過程，也是思維過程，而所建立的概念就是認知的結果。說不同語言的人們都循着這種由感知到抽象概括的過程來建立不同的概念；但是，說不同語言的人得用特定的語言系統裏的語言符號──詞來反映相同概念。如說漢語的人

用了「貓」這個書面形體、「māo」這個語音形式來反映相關的概念：
「哺乳動物，面部略圓，軀幹長，耳殼短小，眼大，瞳孔隨光線強
弱而縮小放大，四肢較短，掌部有肉質的墊，行動敏捷，善跳躍，
能捕鼠，毛柔軟，有黑、白、黃、灰褐等色」（見《現代漢語詞典》）
(2018)，說英語的人就用「cat」來反映相類似的概念。由此可見，
概念是形成詞義的基礎。反映概念的詞義就叫概念意義，概念意
義是一般性的，所反映的特點都存在於許許多多的個別事物中，這
樣，我們才可以用「貓」、「māo」來表示各種各樣的貓。

　　詞作為語言符號，與其所指稱的對象及所代表的概念有一定
的關係：[1]

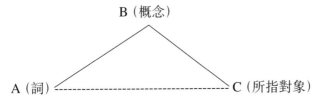

　　詞直接反映的是從許許多多具體的、個別的事物中歸納概括
出來的概念，所以詞與概念有直接的關係，而與其所指稱的具體事
物只有間接的關係。詞典上對詞的意義解釋是抽象化的概念意義，
沒有具體的指稱對象，也不與現實中某一個具體對象直接關聯。當
人們在具體的交際場合運用特定的詞來指稱事物時，那個詞才有個

1　西方語言學家奧格登（Ogden）、理查茲（Richards）在《意義的意義》（The Meaning Of Meaning）用三角圖形來顯示語言的符號關係，詞是符號，概念（concept）由所指對象（referent）歸納概括而成，由詞反映出來。這個分析，在語義學的討論上常被引述，本書參考自 Lyons, J.（1977），Semantics：1. p.96. London：Cambridge University Press. 語義學是專門研究詞的意義和意義的變化的學科，其研究結果常為詞匯學所參考借用。

別的指稱對象，才有特定的內容。例如向朋友介紹自己家裏的貓：「我家養的貓是從街上撿回來的，牠已經十歲了，長得很肥」。這話語中的「貓」，除了包含了本來的概念意義外，還有其具體的指稱內容，如「撿回來的、十歲、很肥」。這「貓」並不指任何一隻貓，而是專指說話人家裏養的具有既定個體特點的一隻貓。

　　詞義反映概念，但並不等同於概念。以上所說明的是詞的概念意義，也叫理性意義。詞除了概念意義還有形象色彩、感情色彩、語體色彩等附於概念之上的附屬意義。例如「貓」、「狗」、「花」、「樹」就能讓人在腦海裏產生具體的形象；「尊重」和「討厭」、「稱讚」和「輕蔑」就帶有褒貶不同的感情色彩；「恐嚇」和「嚇唬」、「吝嗇」和「小氣」就帶有書面語和口語的語體差異。

　　詞的概念意義和附屬意義統稱詞匯意義，其中以概念意義（理性意義）為詞義核心。詞匯意義是詞作為表徵意義的符號屬性，而詞作為造句單位，就具有語法意義，例如「貓」的語法意義就是：「名詞，可以和介詞、形容詞、動詞、數量短語組合，主要充當句子的主語和賓語」。從語法角度劃分的兩大詞類看，實詞同時具有詞匯意義和語法意義，虛詞則只有語法意義，例如：

（1）時態助詞「了、過」：表示動作完成的體貌，如「吃了飯」。

（2）結構助詞「的」：

　　　a. 完成並標示偏正結構，如「用功的學生」；

　　　b. 把非名詞性的詞名詞化，如「教書的」。

（3）介詞「在」：引介動作進行的時間、地點，如「在晚上看書」。

（4）語氣詞「吧、呢、嗎」：表示懷疑或疑問的語氣，如「我的錢包呢」。

歎詞和象聲詞兩個特殊詞類，主要模擬人類和自然事物的聲

音，在某個程度上可以產生形象色彩，但並不具有理性意義，例如：

(5) 象聲詞「嘩嘩、潺潺、淙淙」：比擬流水聲，如「溪水潺潺」。

(6) 歎詞「唉呀、咦」：表示驚訝的感情，如「咦，四月天還那麼冷」。

下圖顯示了詞義的構成成分：[2]

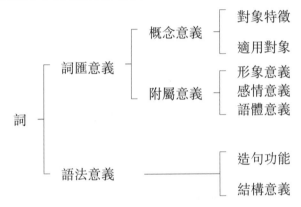

詞是意義與形式的結合體，整合詞義結構及詞的形式，就可以把整個詞的符號性描述出來。

2　詞義包含哪些元素，不同的語言學家有不同的分析。張永言（1982）《詞匯學簡論》指出詞的意義除了它所表現的概念以外還包含其他一些成分，即感情色彩、風格特徵、某些補充觀念和各種聯想。洪篤仁（1984）《詞是甚麼》只把詞義分析為詞匯意義和語法意義兩大部分，何靄人（1985）《詞是甚麼》把詞義定義為「事物的概念」，認為詞除了一般意義，還有比喻意義。符准青（1985）《現代漢語詞匯》以概念意義為詞義的核心，把概念意義以外的詞義成分，包括形象色彩、感情色彩、語體色彩，統一叫作附屬義。英國語言學家利奇（Leech, G.）（1981）的《語義學》（Semantics）綜合不同的語義研究，認為有七種意義，包括理性意義、內涵意義、社會意義、情感意義、反映意義、搭配意義、主題意義。本書綜合洪篤仁《詞是甚麼》和符准青《現代漢語詞匯》的詞義構成架構，作為分析詞義的依據。這個架構有以下好處：（1）比較簡單，方便初學者掌握；（2）能兼顧實詞和虛詞的詞義分析；（3）能清楚突顯詞義的核心成分和附屬成分。

1.2 概念意義的分析 [3]

概念是人們對外界事物理性認知的結果，是一種思維形式；概念意義是詞義的核心內容，反映了人們對外界事物的理性認識。詞所代表的概念意義是多種多樣的。

1.2.1 反映事物、性質、行為的詞

從以下敍述片段的例詞可以看到詞反映了人們對事物、性狀、行為的概念內容。

小龍女出了<u>重陽宮</u>後，放下<u>楊過</u>，抱了<u>孫婆婆</u>的屍身，帶同<u>楊過</u>回到活死人墓中。她將婆婆屍身放在她平時所睡的榻上，坐在榻前椅上，支頤於几，呆呆不語。……<u>楊過</u>一怔，覺得她這話甚是辛辣無情，但仔細想來，卻也當真如此，傷心益甚，不禁又放聲大哭。

（金庸《神雕俠侶》〈師徒初遇〉）

(1) 事物的概念內容

　　a. 榻：狹長而較矮的牀。

　　b. 椅：椅子，有靠背的坐具，主要用木頭、竹子、藤子等製成。

　　c. 几：(几兒) 小桌子。

(2) 性狀的概念內容

　　a. 仔細：細心。

　　b. 傷心：由於遭遇不幸或不如意的事而心裏痛苦。

(3) 行為的概念內容

　　a. 出：從裏面到外面。

3　本部分及以下部分的詞義引述自《現代漢語詞典》(2018)。

　　b. 抱：用手臂圍住。

　　c. 回：從別處到原來的地方；還。

　　d. 睡：睡覺；

　　　　睡覺：進入睡眠狀態；

　　　　睡眠：抑制過程在大腦皮層中逐漸擴散並達到大腦皮層下部各中樞的生理現象。睡眠能恢復體力和腦力。

　　e. 坐：把臀部放在椅子、凳子或其他物體上，支持身體重量。

　　詞義是詞之所以成為詞的本質屬性，是詞彙學的探討對象，即詞的符號形式、反映的意義，和指稱的內容。另一方面，詞是造句的基本單位，以上三組概念意義的類型大抵可以說是語法學上名詞、形容詞和動詞三種詞類的基礎。詞的概念意義或理性意義不一定都出現在我們的腦海裏，例如上述的「出」、「抱」、「回」、「睡」、「坐」等，我們在日常生活裏使用這些詞時腦海裏不一定都存有相對應的理性知識，這些詞所反映的只不過是我們在成長過程中已習得的感性知識。因此，日常的語文運用，是不必深究其概念意義的。至於語文教師，當然也不必給學生詳細解釋這類詞的概念意義，如用詞典上的定義「大腦皮質處於休息狀態」、「抑制過程在大腦皮層中逐漸擴散並達到大腦皮層下部各中樞的生理現象」來解釋「睡」(睡眠)，[4] 用「把臀部放在椅子、凳子或其他物體上支持身體重量」來解釋「坐」。但是，假如閱讀的是生物學、心理學一類的專門知識性文章，那就需要準確理解有關詞語的定義所指。我們需

4　參考《現代漢語詞典》(2018)，「睡」的詞義解釋是「睡覺」，「睡覺」的詞義解釋是「進入睡眠狀態」，可見「睡」、「睡覺」、「睡眠」近義。三詞概念意義相同，語體意義有異，「睡」多用於口語，「睡覺」口語和書面語通用，「睡眠」為醫學等專門術語。

要運用抽象思維來進行分析、綜合，才能理解定義所指，如首先弄明白「抑制過程」、「大腦皮層」、「中樞」等相關概念，然後才能綜合出整體命題所陳述的意義。有時候，對概念意義的掌握能加深我們對事物的客觀認知，如掌握了「睡眠」的理性知識，會擴充對各種動物的「睡眠」現象的認知，注意到鳥類是站着睡的，魚類是睜開眼睛睡的，因為睡姿並非構成「睡眠」的必要成分。

對於某些詞，我們腦裏可能只存有不完全的概念意義，那就不一定能有效運用這些詞來指稱心目中的對象了，例如有人可能只知道「椅子是坐具」，卻沒分清「椅子是有靠背的」、「凳子是無靠背的」；有人可能會把所有「上有平面，下有支柱，在上面放東西或做事情的家具」叫「桌子」，把所有「供人躺在上面睡覺的家具」叫「牀」，於是「几」、「桌」不分，「榻」、「牀」無別。不完全概念的建立與我們生活經驗有關，假如在日常生活裏，有人只見過「桌」和「牀」，「几」和「榻」無可避免會分別被類化為「桌」和「牀」，從另一個角度看，「桌」和「牀」的概念就是泛化了。假如在閱讀上述〈師徒初遇〉的段落時，如果能清楚知道「几」和「榻」是甚麼樣子的家具，會有助於建構故事環境的具體形象。普通的閱讀或許不須深究這些環境形象，而語文教師則適宜視乎需要來輔助學生釐清有關概念，以深化對作者描述場景的欣賞。

1.2.2 反映各種事象聯繫的詞

有的詞所反映的不是具體可見的事物、行為，可感的性質，而是事物、事情之間的各種關係或聯繫。這種概念是觀察事物的演變、事情的發展變化後所歸納出來的事理因素，比較抽象。例如：

（1）原因：造成某種結果或引起另一件事情發生的條件。

(2) 結果：在一定階段，事物發展所達到的最後狀態。

(3) 對立：兩種事物或一種事物中的兩個方面之間的相互排斥、相互矛盾、相互鬥爭。

1.2.3 反映幻想中人、事、物的詞

有的詞所反映的並不是實際存在的人、事或物。例如：

(1) 龍：我國古代傳說中的神異動物，身體長，有鱗，有角，有腳，能走，能飛，能游泳，能興雲降雨。

(2) 神仙：神話傳說中的人物，有超人的能力，可以超脫塵世，長生不老。

(3) 鬼：迷信的人所說的人死後的靈魂。

一般來說，概念是人們對客觀事物經理性思維所概括出來的認知結果，詞的概念意義就是以語言媒介所反映出來的思維內容。但是，上述這組例詞所反映的概念卻來自人們的幻想，是子虛烏有的。這當然跟人們的思維能力有關。人們可以對事物進行理性分析，也可以在現實的基礎上進行各種各樣的想像甚或幻想，因此，有一些詞所反映的概念意義是不存在於真實世界的。例如上述取自金庸《神雕俠侶》的片段，其中「活死人墓」的概念內容是由幾個子概念綜合而成的，包括：

　　a. 活：生存；有生命（跟「死」相對）。

　　b. 死人：失去生命的人（跟「生、活」相對）。

　　c. 墓：墳墓（埋藏死人的穴和上面的墳頭）。

「活」與「死」是相對的，怎樣的人才是「活死人」，「活死人墓」到底是怎樣的一個地方，這得由作者幻想出來的意義來詮釋，讀者需要在閱讀過程中綜合各個有關敘述，加上個人的想像來建構「活

死人墓」的意義。同樣，作品中反映小龍女、楊過等主要人物的專有名詞，其概念內容也是作者創造的，讀者往往需要按個人的想像來再創造有關的概念內容，而讀者對這些詞的概念意義的理解當然是千差萬別，這就是文學閱讀的再創造。由此可見，概念意義的性質不同，理解概念意義的思維過程也不同。

1.2.4 構成概念意義的元素

就概念意義的構成來說，無論甚麼性質的概念意義，都可以分析出以下兩個組成元素。

（1）對象特徵

「對象特徵」指對象的本質特徵。例如「椅子」的對象特徵包括「供人坐」、「有靠背」、「主要用木頭、竹子、藤子等製成」；「傷心」的對象特徵包括「遭遇不幸或不如意的事」、「痛苦」；「抱」的對象特徵包括「用手臂」、「圍住人或物」。比較概念意義所含的對象特徵，有助於辨識同類事物之間的差異。例如「桌、椅、牀」都是家具，但在形狀和功用上都各有不同，按照這兩方面的差異，就可以把它們區別為不同種類的家具。「看、瞪、瞥、瞟」都是眼部動作，但動作進行的方式各有不同，方式的差異就可以成為區分這些動作的依據。「美麗、美好、美妙」都指好的性狀，但仍有性質上的差異。下表比較了不同概念意義的對象特徵。

詞		概念意義：對象特徵（以數字標示）	對象特徵同異	
			同	異
事物	桌	桌子，家具①，上有平面，下有支柱②，在上面放東西或做事情③。	家具	a. 形狀：上有平面，下有支柱 b. 功用：放東西、做事情。
	椅	椅子，有靠背①的坐具②，主要用木頭、竹子、藤子等制成③。		a. 形狀：有靠背 b. 功用：坐。
	牀	供人躺在上面睡覺①的家具②。		a. 形狀：上有平面，下有支柱 b. 功用：躺。
行為	看	使視線接觸人或物①：看書、看電影。	眼部動作	進行方式：普通視線接觸
	瞪	睜大眼睛①注視②，表示不滿意③：老秦瞪了她一眼，嫌她多嘴。		進行方式：a. 眼睛睜大 b. 集中焦點 c. 流露不滿
	瞥	很快地①看一下②：弟弟要插嘴，哥哥瞥了他一眼。		進行方式：a. 動作快 b. 時間短
	瞟	斜着眼睛①看②：他一面説話，一面用眼瞟老李。		進行方式：斜着眼睛
性狀	美麗	使人看了①發生快感的②；好看：美麗的花朵；祖國的山河是多麼莊嚴美麗。	好的	性質：a. 視覺的 b. 使人發生快感
	美好	好（優點多的，使人滿意的）①（多用於生活、前途、願望等抽象事情）：美好的願望、美好的未來。		性質：a. 感受的 b. 使人滿意
	美妙	美好①，奇妙②：美妙的歌喉、美妙的詩句。		性質：a. 聽覺的或感受的 b. 使人有稀奇巧妙之感

（2）適用對象

適用對象指具有概念意義裏相同對象特徵的人、事或物。下表説明了不同概念意義的適用對象。

概念類別	適用對象所指	例詞	適用對象	
事物	具有概念義裏的對象特徵所說明的特點的事物。	桌	書桌、餐桌、八仙桌(大的方桌,每邊可以坐 兩個人)……	
		椅	木椅、藤椅、皮製椅子……	
		牀	單人牀、雙人牀、雙層牀、彈簧牀……	
動作行為	動作的發出者(施動者)、動作的接受者(受事者)	看	施動者:人(眼睛)	受事:人、物
		瞪		受事:令施動者感到不滿的人或物
		瞥		受事:人、物
		瞭		受事:人、物
性狀	具有該性狀特點的事物或事象。	美麗	可見的事物:花朵、山河、風景……	
		美好	可感的抽象事物:生活、前途、願望……	
		美妙	可見可聽可理解的事物:歌聲、詩句、音樂……	

　　概念是人們超越語言的思維形式,例如對「太陽」、「空氣」、「人」、「水」等等生活中必有的事物,不同種族、不同文化背景的人都有相近的概念,不過,因為語言不同,反映這些概念的語言符號就各有差異。語言裏詞所反映的概念意義可以分析出「對象特徵」和「適用對象」,這大概可以相對應於邏輯上把概念分析為內涵和外延兩部分。概念的內涵,指反映在某概念中事物的一切特有本質屬性的總和,即概念的含義,能解答「是甚麼」的提問,如「商品」的概念內涵是「用來交換的勞動產品」。概念的外延指具有概念所反映的本質屬性的事物,即概念的整個應用範圍,能回答「有哪些」

的提問，即事物的類，如「商品」包括了在各種市場上售賣的物品。然而，詞的意義有時候也具有模糊性的特質，例如「大」與「小」、「高」與「矮」、「重」與「輕」都沒有很清楚的外延，孰輕孰重，沒有客觀的標準，又如「破曉」、「黎明」、「清晨」、「早上」、「上午」、「中午」、「下午」、「傍晚」、「黃昏」、「晚上」、「夜晚」、「深夜」、「半夜」之間的時段界線也不明確，顏色如「青色」、「黛綠色」、「墨綠色」、「深綠色」指的是哪種綠色，也是各人有不同的印象，很難在理性的層面區分清楚。

1.3 附屬意義的分析

　　詞匯意義的核心部分是概念意義，詞義除了反映客觀事物的特點外，還帶有語言運用時所表露的其他內容，包括事物的形象、主觀感情，或適用的交際場合，這些概念意義以外的詞義，叫詞的附屬意義（附屬義）。附屬意義概括來說有三種。

1.3.1 形象意義

　　有的詞能激起人們想像的心理活動，在腦中產生詞所反映的對象的形貌、聲音等形象色彩，這叫詞的形象意義。如「淚珠」比「淚水」多了「圓、晶瑩」的形象意義，「汗顏」比「慚愧」多了「臉面，流汗」的形象意義。以下是一些例子。

　　(1) 反映事物的

　　喇叭花（花名）、竹葉青（酒名）、穿山甲（動物名）、龍鬚糖（食品名）、百葉窗（用品名）、瓜子臉（臉形）、摩天輪（電動遊戲名）、百萬富翁（遊戲名）、金字塔（文物）

　　(2) 反映動作行為的

鞭策、煽動、火拼、盤旋、歌頌、擁護、串門兒、擺龍門陣、狼吞虎嚥

（3）反映性質的

迷彩、火紅、刺骨、冷冰冰、圓鼓鼓、雞皮疙瘩、水洩不通、嘔心瀝血

抽象程度高的詞，缺乏可感的形象色彩，所以沒有形象意義，例如「花是植物的一種器官」，其中的「花」可以讓人聯想到一朵具體的花，「植物」就只能讓人想到「綠色、不會動」的類屬集合，而「器官」就更難以讓人有具體的聯想了。

1.3.2 感情意義

感情是人的主觀意識活動。人在認識客觀事物時，對特定的事物會產生某種態度，而自己又可以感受到這個態度，這就是感情意義。感情分「肯定」、「否定」和「中性」三種類型。詞義肯定，感情色彩多為褒，叫褒義詞，如「英雄」、「美人」、「國寶」、「慷慨」、「貢獻」、「犧牲」、「偉大」、「正直」、「自信」等等；詞義否定，感情色彩多為貶，叫貶義詞，如「小人」、「流氓」、「贓款」、「侵略」、「巴結」、「殘害」、「陰險」、「醜陋」、「自大」；不帶固定感情色彩的是中性詞，如「青年」、「工人」、「醫學」、「研究」、「工作」、「休息」、「長」、「紅」、「近」。有些詞雖然具有相同的概念意義，但卻帶有不同的感情色彩，如：

（1）酒鬼：好酒貪杯的人（罵人的話）。

（2）酒徒：好酒貪杯的人。

按《現代漢語詞典》（2018）對上述兩個詞的解釋，「酒鬼」和「酒徒」具有相同的概念意義，但詞典指出「酒鬼」是罵人的話，是

一個貶義詞，相對來說，「酒徒」是一個中性詞。反觀人們冠李白以「酒仙」的美譽，「酒仙」可是一個褒義詞。

下表列舉的例詞具有相近的概念，但感情意義不同。

褒義（肯定）	中性	貶義（否定）
容貌：相貌：如容貌端莊、容貌秀麗。	1. 面貌：臉的形狀；相貌。 2. 相貌：人的面部長的樣子：如相貌堂堂、相貌平常。	嘴臉：面貌；表情或臉色（多含貶義）：如醜惡嘴臉。
鼓勵：激發、勉勵	鼓動：用語言、文字等激發人們的情緒，使他們行動起來。	煽動：鼓動（別人去做壞事）
	贊成：同意（別人的主張或行為）。	附和：（言語、行動）追隨別人（多含貶義）。
身段：女性的身材或身體的姿態：如身段優美。	身材：身體的高矮和胖瘦：如身材高大、身材苗條。	
	合作：互相配合做某事或共同完成某項任務。	勾結：為了進行不正當的活動暗中互相串通、結合。
節儉：用錢等有節制；儉省。		吝嗇：過分愛惜自己的財物，當用不用。

詞所反映的概念意義相近，但附帶的感情色彩有異，這使特定的詞在使用上也往往跟特定的詞語搭配，如「守財奴」跟「吝嗇」搭配，較少跟「節儉」搭配，更絕少與「慷慨」搭配，而「鼓勵」跟「貢獻

社會」、「努力工作」、「戰勝逆境」搭配,「煽動」與「叛亂」、「鬧事」、「暴亂」搭配。有的詞在運用中,通過與其他詞的搭配,又可以獲得某種感情色彩。例如「面目」的意義指「面貌」,是一個中性詞,如「不見廬山真面目」,在與其他詞搭配後,往往會被搭配的詞賦予了某種感情色彩。

褒義

面目一新:樣子完全變新(指變好)。

貶義

a. **面目**全非:事物的樣子改變得很厲害(都含貶義)。

b. **面目**猙獰。

c. **面目**可憎。

1.3.3 語體意義

有的詞帶有適用於某種社會交際場合、或某種文體的色彩,這就是詞的語體意義指。例如以下的詞都含「失去生命」的概念意義,但卻適用於不同場合或語體。

一般場合 / 口語

- 翹辮子:死(含譏笑或詼諧意)。
- 死:(生物)失去生命(跟「生、活」相對)
- 過去了:婉詞,死亡。
- 死亡:失去生命(跟「生存」相對)
- 去世:(成年人)死去;逝世。
- 逝世:去世。
- 仙逝:婉詞,稱人死。

莊重場合 / 書面體

　　語體可按交際環境分為書面語與口語兩大類。具有書面語色彩的詞具有莊重、文雅、嚴肅的特點，多用於政論文、科技文章、應用書函、文藝作品等。具有口語色彩的詞具有通俗、活潑、生活氣息濃厚等特點，多用於日常口語或廣播語體中。但是，有時候也會配合具體需要來選擇用詞，例如在公開場合的發言，雖然是口語，也比較適合用嚴肅莊重的詞。報章副刊上的短文隨筆，朋友之間的來往書信，有時候需要選用輕鬆、隨便的口語詞，才能表現作者的態度和用意。

　　下表比較詞的語體色彩。

概念範疇	書面語色彩	口語色彩
表人、事、物	領導	頭兒
	僱主	老闆
	僱員、員工、職工	伙計
	金錢	錢
	物品	東西
	閣下（稱呼）	你（稱呼）
表動作行為	會晤	見面
	詢問	問、打聽
	進餐、用膳	吃飯
	就寢、睡覺	睡覺、睡
	做事	幹活兒
	購買	買
	購物	買東西
	談天、閒談	聊天兒、閒聊
	恐嚇	嚇唬

續表

概念範疇	書面語色彩	口語色彩
表性狀	吝嗇	小氣
	闊綽	闊氣、擺闊
	英俊	帥
	美麗	漂亮
	能幹	棒
引介對象（介詞）	同	跟
表某種關係、語氣（關聯詞語）	縱使	就算
	倘若	要是
	以免	省得

　　文學作品常藉着詞的語體意義來營造特殊的環境氣氛。例如上面引述的金庸《神雕俠侶》的一段落，其中用詞如「支頤於几」、「呆呆不語」、「傷心益甚」等，帶古典文雅的語體色彩，很能把讀者的想像帶進古代的武俠世界。假如把這類詞語改用現代漢語常用的口語詞如下段，整個氣氛就不同了。

　　她將婆婆屍身放在她平時所睡的**牀**上，坐在**牀**前**椅子**上，**用手托住下巴，呆呆地不說話。**……<u>楊過</u>**一愣**，覺得她的話**很是辛辣無情**，但仔細想來，卻也**果然是這樣子的**，傷心得更**厲害**，不禁又放聲大哭。

　　總的來說，詞匯意義由幾個部分構成，利用以下分析框架可以比較清晰地分析出每個詞的詞匯意義——概念義和附屬義：[5]

5　分析框架參考自符准青（1985）：《現代漢語詞匯》，北京，北京大學出版社，頁32。

詞	概　念　義		附　屬　義		
	對象特徵	適用對象	形象色彩	感情色彩	語體色彩
相貌	人的面部長的樣子	人	有	中 / 褒	書面體
嘴臉	面貌；表情或臉色	人	有	貶	中
爸爸	有子女的男子是子女的父親。	有子女的男人	無	中	隨便
父親	有子女的男子是子女的父親。	有子女的男人	無	中	莊重
吝嗇	過分愛惜自己的財物，當用不用。	人	有	貶	書面體
小氣	吝嗇	人	有	貶	口語體
恐嚇	以要脅的話或手段威脅人	人	有	貶	書面體、嚴肅
嚇唬	使害怕；恐嚇	人	有	貶	口語體、隨便
跑	兩隻腿或四條腿迅速前進	人、動物	有	中	中
爬	昆蟲、爬行動物等行動或人用手和腳一起着地向前移動	昆蟲、爬行動物、人	有	中	中
想	開動腦筋；思索	人	無	中	中

續表

詞	概 念 義		附 屬 義		
	對象特徵	適用對象	形象色彩	感情色彩	語體色彩
想像	心理學上指在知覺材料的基礎上，經過新的配合而創造出新形象的心理過程	人	無	中	專業語體
	對於不在眼前的事物想出它的具體形象；設想	人	無	中	一般語體
美麗	使人看了發生快感的；好看	人、物、山川、風景	有	褒	書面體
瑰麗	異常美麗	有價值的、稀奇的事物，如景色、藝術品	有	褒	書面體
華麗	美麗而有光彩	色彩濃烈的事物：建築、服飾	有	褒	書面體

　　利用詞義分析框架來分析各個詞的概念意義和附屬意義，有助於辨析近義詞，例如「美麗」、「瑰麗」、「華麗」都是褒義詞，有「好看」的概念，但是適用對象就不盡相同，搭配的詞也有差異。「吝嗇」和「小氣」概念相似，都是貶義，但使用場合卻不同，前

者多用於書面表達，後者多用於口語。人和其他動物都有「跑」和「爬」的動作，這兩個動作於人容易區分，因為施動不同，人跑用雙腿，爬是手腳並用，但於如貓、狗等用四條腿「跑」的動物而言，怎樣才是「爬」呢？那就得找出最關鍵的對象特徵「着地」，即動物四肢向前移動時非常接近地面，可以說是四肢是屈曲前進。

1.4 詞義的動態變化

詞典所提供的詞義是靜態的、概括的概念意義，在語言運用過程中，詞往往以概念意義為基礎，通過具體的交際環境、詞與詞的語法組合、以及臨時的附加意義，反映出不同的具體內容，增加了個體的特殊性。以下是一些例子。

（1）語言環境使詞能確指具體的對象

在日常交際裏，語言使用者所處的時間、地點、條件是確定的，這些語境因素能確定詞的指稱對象。例如「爸爸」一詞，《現代漢語詞典》(2018) 的釋義是「父親」，而「父親」就是「有子女的男子是子女的父親」，這意義可以任指一個有子女的男性，沒有實際對象，沒有具體內容，一旦用在具體的語言環境中，便出現了確指。例如以下兩段文字，作者都用了「爸爸」，都以「有子女的男子是子女的父親」為詞義基礎，而不同的語言環境給予了「爸爸」不同的內容，出現了不一樣的實指。

動了，動了，

魚兒上釣了！

哈！

和我的手掌一樣大。

爸爸說：

「放了牠吧！

魚小弟

年紀太小。」　　　　　　　　　　　　〈收穫〉（節錄）　方素珍

　　我說道：「**爸爸**，你走吧。」他往車外看了看，說，「我買幾個橘子去。你就在 此地，不要走動。」我看那邊月臺的柵欄外有幾個賣東西的等着顧客。走到那邊月臺 ，須穿過鐵道，須跳下去又爬上去。**父親是一個胖子**，走過去自然要費事些。我本來要去的，他不肯，只好讓他去。我看見他**戴着黑布小帽，穿着黑布大馬褂，深青布棉袍，蹣跚地走到鐵道邊，慢慢探身下去，尚不大難。可是他穿過鐵道，要爬上那邊月臺，就不容易了。他用兩手攀着上面，兩腳再向上縮 ；他肥胖的身子向左微傾，顯出努力的樣子。**這時我看見他的背影，我的淚很快地流下來了。　　　　　　　　　　〈背影〉（節錄）　朱自清

　　讀者閱讀了上述兩段文字後所得的「爸爸」印象，遠遠超出詞的概念意義，是因為詞所在的語言環境明確了其實際所指，具有鮮明的形象內容：一個是會釣魚的爸爸，一個是走路蹣跚的胖爸爸。

　　小學生學語文其中一個任務是積累詞語，用詞造句是他們常做的練習。學會運用詞語必須通過理解詞義的過程。如要掌握「傑出」一詞，學生須理解「傑出」的詞義──「才能、成就出眾」，然後才能用來造句。有的學生會寫出像「他是一個傑出的畫家」這樣的句子，有的學生會寫出「他是一個傑出的畫家，他開的畫展吸引了很多人來參觀」一類內容比較充實的句子，明顯可見，所謂比較

充實的句子，是「傑出」在句中多了具體的內容，而前一句則只有抽象的概念。由此可見，詞有實指的重要作用。

(2) 詞與詞組合成特定的句法結構，能互相限制範圍，反映個
　　別事物的特點

　　詞典上的詞是靜態的、孤立的、未被使用的詞。一個個孤立的詞，其適用對象、適用範圍是很廣泛的。當詞與詞組合起來，其反映的範圍就會縮小。例如「天空」作為一個孤立的詞，只具有「日月星辰羅列的廣大的空間」的意義，但在與其他詞組合成「藍得透明的天空」的偏正短語以後，「天空」就受「藍得透明」的性質限制，專指晴朗的天空，而烏雲密佈的天空、泛出魚肚白的天空就不是適用對象了。同時，跟「天空」組成偏正短語的「藍得透明」也受到了「天空」的限制，不指海的藍、寶石的藍，不指任何其他事物。假如「天空」與「哭泣」組合成「哭泣的天空」，則這個「日月星辰羅列的廣大的空間」就多了一份感情，其適用的範圍就僅限於帶有感情的「天空」了。

　　在文學創作上，詞在進入特定的句子後，詞義的變化往往會帶來創新的效果。例如以下一首兒童詩〈扇子〉：

> **扇子**是會**傳熱**的
> 爸爸熱時我幫他扇涼
> 當他涼時我就熱得很

　　「扇子」是「搖動生風的工具」，可見是具備「傳送涼意」的特性，但是，當與「傳熱」組合成主謂的句法結構後，「扇子」就有了一個與客觀事象對立的、矛盾的「傳熱」特性。這樣，就營造了一個反常的效果。詩句一開始就那麼反常，可以激發讀者的閱讀意

欲，凝聚讀者的注意力，為後面的兩個詩句埋下讓人發笑的伏線。

又如以下余光中〈碧潭〉的幾個詩句：

如果碧潭再玻璃些

就可以照我憂傷的側影

如果舴艋舟再舴艋些

我的憂傷就滅頂

「碧潭」是台灣的一個湖，從構成這個專有名詞的語素意義看，「碧潭」帶有「深綠、深池」的特點，「玻璃」是「一種質地堅硬而脆的透明物體」，帶有「堅硬、透明」的特點，「碧潭」與「玻璃」組成主謂結構後，「碧潭」就多了「透明」的特點，「玻璃」就少了「硬」的特點；另外，句法結構臨時改變了「玻璃」的語法意義，把它當作形容詞使用，在副詞狀語「再」和量詞補語「些」的修飾和補充之下，增加了動感。於是，「碧潭再玻璃些」這個主謂結構就給讀者營造出一個浮動着幽幽綠光的湖景。「舴艋舟」是小船，帶有「小、乘載、浮於水上行走」的特點，在「舴艋舟再舴艋些」的句法結構裏，充當謂語的「舴艋」，也是臨時改變了語法意義，用作形容詞，強化了「舴艋舟」有別於其他船隻的本質特點——「小」，並結合了副詞「再」和量詞「些」組合的「狀＋述＋補」句法結構，產生「縮小」的動態。本來就小的「舴艋舟」再縮小，就擠出了作者就要滅頂的憂傷，讓讀者感受到「載不動，許多愁」的神傷。由此可見，詞在進入句法結構後，除了與其他詞互相限制範圍，反映個別事物的特點外，還可以增加形象感、營造不同的氛圍和感覺。

(3) 詞與詞的搭配可以增強詞的形象意義，突現個別性，加強感染力

　　詞與詞的組合搭配除了可以限制詞的適用範圍，突出事物的特點，有時候，一個詞與不同的詞搭配時，可以突出或產生形象意義。例如按《現代漢語詞典》(2018)，「搖」的意義是「搖擺，使物體來回地動」，從這個概括意義可以看到「來回」的動態，但當「搖」跟不同的詞搭配時，其動態或有所變化、或更鮮明地突出某種形象，如「搖鈴」見左右動態，並聽見鈴聲，「搖櫓」見上下動態，並帶水聲，「搖尾巴」則會看見尾巴左右搖擺，或沿直線來回擺動。

　　人們的形象思維活動可以在腦海中營造出個體的、形象的圖象，因而增加了主觀的、具體的感受。在語言運用的過程裏，詞語的巧妙搭配，可以增加詞的形象感，啟發聽者或讀者的具象聯想和感受。例如沈從文的短篇小說《三三》對一個城裏來的人有以下的描述：

> a. 三三同管事先生說着，慢慢的把頭抬起，望到那生人的臉目了，白白的臉好像在甚麼地方看到過，就估計莫非這人是唱戲的小生，忘了擦去臉上的粉，所以那麼白……
>
> b. 只聽到宋家婦人說：『……臉兒白得像閨女，見了人就笑……』
>
> c. ……在路上三三問母親：『誰是白臉龐的人？』
>
> d. 走了一會，三三忽問：『娘，娘，你見到那個城裏白臉人沒有呢？』

　　沈從文用了「白」這個顏色詞來描述那個來自城裏的男人，「白」可以跟很多不同的事物搭配，沈從文卻用上了「唱戲的小生忘了擦去臉上的粉」和「閨女」的女性化形象來突出這城裏男人的「白」，使讀者讀到後來的「白臉龐的人、白臉人」，仍然留有女性

化的聯想，從中領會樸實的鄉下人對這位城裏人的印象和感覺。

　　從以上的例子可以看到，詞的運用是語文運用的重要基礎，我們積累詞語、掌握詞語、運用詞語，不宜只限於工具書上的詞義。同樣，語文科的詞語教學，重點也不應該限於讓學生了解詞的概念意義，更重要的是引導學生進入語言環境中分析詞的實指和所指特點，運用詞語的時候要注意詞與詞的組合搭配。

第二節 | **詞義單位**

> **閱讀重點**
>
> 1. 認識義項和義位的差異，能識別詞典
>   上的語素義和義位；
> 2. 學習義素分析法，嘗試運用義素分析
>   法來分析詞義：
> 3. 認識語義場的概念，嘗試運用這個概
>   念來分析詞義關係。

　　一個詞可以只有一個意義，但一詞多義是比較普遍的詞義現象。例如「天空」只有一個意義，「天」的意義要比「天空」多。

(1) 天空：日月星辰羅列的廣大的空間。

(2) 天：

　　① 天空。（名詞）

　　②位置在頂部的：天棚、天窗、天橋。（語素義）

　　③一晝夜二十四小時的時間，有時專指白天：今天、每天、第二天。（名詞）

　　④（天ル）一天裏的某一段時間：五更天。（名詞）

　　⑤季節：春天、冷天。（語素義）

　　⑥天氣：陰天、天晴。（語素義）

⑦天然的；天生的：天性、天資。（語素義）

⑧自然：天災。（語素義）

⑨迷信的人指自然界的主宰者；造物：天意。（名詞）

⑩迷信的人指神佛仙人所住的地方：天國、天堂、歸天。（語素義）

由此可見，要討論詞的意義，不能以詞為單位，要以詞的每一個意義為單位。

2.1 義項

詞典釋詞，把每個意義叫「義項」，也就是説，「義項」是詞典中詞的意義單位。例如「天空」只有一個義項，「天」有十個義項。義項包括的不止是詞義，還有不成詞的語素義。例如「天」的十個義項中，①、③、④、⑨是詞義，因為這幾個意義都由「天」單獨反映的，如：

①他的志氣比天還高。

③爸爸天天都做運動。

④三更天是幾點？五更是幾點？

⑨天哪，為甚麼我的命那麼苦？

其他②、⑤、⑥、⑦、⑧、⑩六個義項是不成詞的語素義，因為這些意義都不能由「天」單獨反映的。

2.2 義位

詞匯學、語義學把詞的一個意義叫作「義位」，[6]也就是説，「義

---

6 傳統的詞匯學把詞義單位叫義項，後來吸收了語義學語義分析理論，就把義項和義位區分開來。

位」是由同一個詞的語音形式或書面形體所指稱而能獨立運用的意義單位。單義詞只有一個義位，如「天空」；多義詞就有幾個義位，如「天」有 ①、③、④、⑨ 四個義位。

下表比較義項和義位的差別。

詞	《現代漢語詞典》(2018) 解釋	義項	義位
想	① 開動腦筋；思索：想辦法、想方設法、冥思苦想。 ② 推測；認為：我想他今天不會來。 ③ 希望；打算：我想到杭州去一趟。 ④ 懷念；想念：想家、朝思暮想、我們很想你。	有四個都能單用的義項。	有四個義位。
慨	① 憤激：憤慨。 ② 感慨：慨歎。 ③ 慷慨：慨允。	有三個不能單用的義項，是語素義。	沒有義位。
耳	① 耳朵：耳聾眼花、耳聞目睹。 ② 形狀像耳朵的東西：木耳、銀耳。 ③ 位置在兩旁的：耳房、耳門。	有三個義項，② 和 ③ 不能單用，是語素義，① 能單用。	有一個義位，是 ①。

2.3 義素和義素分析法

義位是詞確定下來的一個意義，一組義位通過對比的方法可以進一步分析出最小的語義特徵，這些語義特徵又叫義素；換句話說，義素就是最小的意義單位，每個詞的義位都由義素組成。例如「男人」這個詞有一個義位，就是「男性的成年人」，把這個義位進一步分解為最小的語義特徵，可以找出[人]、[男性]、[成年]三個義素；「女人」的義位「女性的成年人」也包括了[人]、[女性]、

[成年]三個義素；比較「男人」和「女人」，兩個詞有[人]和[成年]兩個共同義素，不同的是[+ 男性 /- 男性]。把「男人」、「女人」、「男孩」、「女孩」四個詞的義位進行分析，可以發現四個義位也有共同的和不同的語義成分。

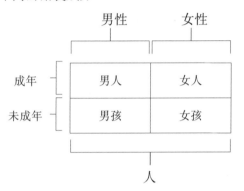

從上面的圖解可以看到「男人」、「女人」、「男孩」、「女孩」四個義位同樣可以分解出三個義素，包括[+ 人]、[+ 男 /- 男]和[+ 成年 /- 成年]，也就是說，這四個詞的義位是由這三個義素的不同組合構成的。[7]

男人：+ 人 + 成年 + 男

女人：+ 人 + 成年 - 男

男孩：+ 人 - 成年 + 男

女孩：+ 人 - 成年 - 男

上述例子顯示了義位可以分解出最小的語義單位 —— 義素，

7　把義位（semene）分析出義素（semantic component），叫義素分析法（componential analysis），是語義學的理論和方法，詞彙學吸收過來，可以更科學地、更系統地分析詞義。Lyons, J.（1977），Semantics：1 .p.317-p.335,London：Cambridge University Press, 有詳細的解釋；蔣紹愚（1989）:《古漢語詞彙綱要》，頁 21-22，簡單介紹了義素分析法，並討論其在漢語詞義上的應用情況。

這種分析方法叫義素分析法。義素分析法有以下一套特定的程序：

(1) 首先確定對比詞群，明確分析義位最接近的範圍，如指稱事物對象、動作行為的類屬，或描述性質狀貌的某個方面，因為只有同範圍的事物、現象才可以比較，不同範圍的是無法對比的，如「椅子」和「男人」無法比，「看」和「凳子」無法比，「瞥」和「美麗」無法比；

(2) 然後用對比的方法抓住義位之間相同和相異的本質特徵，例如上述四個義位，基本的共同屬性是「人」，而人雖有「種族」、「語言」、「文化」等多種多樣的差異，但構成這組義位的對比差異則只有「性別」和「成年」，因此，在義素分析中，必須排除「種族」、「語言」、「文化」等不構成對比差異的成分；

(3) 最後用適當的方法把分析所得的結果表示出來，常用的是「二元對立」方式，即合併有關特徵，用「+」和「-」來表明對比的義位是否具有既定的特徵，也可以按不同性質用三分、四分等形式標示；一般採用矩陣圖式或橫排列式來描述。

例如：「川」、「溪」、「溝」、「海」、「湖」、「池」的義素分析。[8]

水面（中心義素）					
流動的（限定義素）			停聚的（限定義素）		
大	中	小	大	中	小
川	溪	溝	海	湖	池

8　例子參考自蔣紹愚（1989）：《古漢語詞匯綱要》，頁 48。

「川」、「溪」、「溝」、「海」、「湖」、「池」可以組成一個與水域有關的詞群。通過比較分析，可以找出這些詞共同和不同的語義特徵。「水面」是六個詞共有的語義特徵，這個語義特徵使這些詞處於同一個語義場，也叫中心義素。再逐層比對分析，可以找出 [± 流動]、[面積大小] 等用來限制中心義素的性質的義素，叫限定義素。按層次區分出各個義素後，就可以排列出每個義位的義素，例如：

    a.「川」的義素：[水面]+[+ 流動]+[面積大]

    b.「池」的義素：[水面]+[- 流動]+[面積小]

把這些義素組成文字，就可以寫成「川」的概念意義「面積大的流動水面」、「池」的概念意義「面積小的停聚水面」。

本章第一節 1.2 介紹的「概念意義」分析，把詞義分析出對象特徵和適用對象兩個元素，義素分析法則比較精細，能更清楚地顯示相同範圍內各個義位之間的同異，突出反映對象的各自特徵。以下例子說明義素分析法的應用。

2.3.1 名詞的義素分析跟邏輯中「屬加種差」的定義方式相似。

例：「椅子」、「凳子」兩個義位的義素分析

	種類	用途	形狀
椅子：	家具	+ 供人坐	+ 靠背
凳子：	家具	+ 供人坐	- 靠背

兩個義位的義素比較如下：

詞	家具（中心義素）	供人坐（中心義素）	靠背（限定義素）
椅子	+	+	+
凳子	+	+	-

由一個義位分析出來的多個義素，對構成一個概念來說，是有着不同性質的。例如由「椅子」、「凳子」所分析出的三個義素：① 家具、② 供人坐、③ 靠背，其中「家具」是「椅子」和「凳子」的「類屬」，即「椅子」和「凳子」所屬的「語義場」（見下一節說明），「家具」可以說是這兩個詞的中心義素，[± 供人坐] 是判別「椅子」、「凳子」與其他家具的限定義素，即種差，[± 靠背] 是區分「椅子」和「凳子」的限定義素。可見，一個概念的形成是有規則有層次的，通過性質的限定可以把事物的特點逐層區別出來。[9]

家具（中心義素）					
供人坐的（限定義素）		供人做事（限定義素）		供人睡覺（限定義素）	
有靠背	無靠背	吃飯	看書	單人	雙人
椅子	凳子	飯桌	書桌	單人牀	雙人牀

2.3.2 動詞的義素分析

事物概念、動作概念、性質概念的構成成分是不同的。動詞的義素分析，大致有以下幾個成分：

(1) 動作的主體，即施動者，如「吠」和「吼」都是動物的叫聲，「吠」的主體是狗，「吼」的主體是獅；

9　蔣紹愚（1989）：《古漢語詞匯綱要》，頁 47-55，把義素分為中心義素和限定義素，並討論了名詞、動詞、形容詞的義素分析。

(2) 動作的對象，即接觸體，如「捕撈」和「捕獵」都指捕捉，但「捕撈」的對象是水生動植物，「捕獵」的對象是野生動物；

(3) 動作的方式、狀態，如「走」和「跑」都是腿腳的動作，但快慢不同；

(4) 動作的工具，如「敲」和「搥」都是手部動作，但「敲」用手指，「搥」則用拳頭或棒槌。

以下是跟眼部動作有關的幾個義位的義素分析。

「看」、「瞪」、「瞥」、「瞟」四個義位的義素分析

	施動	接觸體	方式	結果
看	眼	人或物	往一定方向	
瞪	眼	人或物	往一定方向、睜大眼睛	表示不滿
瞥	眼	人或物	往一定方向、很快	
瞟	眼	人或物	往一定方向、斜着眼睛	

四個義位的義素比較如下：

詞	施動	接觸體	眼睛睜大	含不滿表情	時間短	視線斜
看	眼	+	-	-	-	-
瞪	眼	+	+	+	-	-
瞥	眼	+	-	-	+	-
瞟	眼	+	-	-	-	+

組成上述義位的義素中，[視線接觸人或物]是中心義素，其他都是跟動作方式有關的限定義素。「瞪」的限定義素是[眼睛睜大]、[表示不滿]；「瞥」的限定義素是[時間短]，「瞟」的限定義素是[視線斜]。

2.3.3 形容詞的義素分析

形容詞的義素分析，大致有以下幾個成分：

(1) 性狀的感知：如「香」屬於嗅覺感知，「美」屬於視覺感知；

(2) 是哪類事物的性狀，及詞語的搭配關係，如「肥」和「胖」都指脂肪多，但動物稱「肥」，人稱「胖」；

(3) 性狀的性質，如「悶熱」和「燥熱」都指氣溫高，但「悶熱」帶氣壓低、濕度大的性質，「燥熱」是帶乾燥的性質；

(4) 性狀的程度，如「溫」和「熱」、「涼」和「寒」的程度都不同。

以下是跟「好看」有關的幾個義位「美麗」、「瑰麗」、「華麗」的義素分析。

	感官範疇	性質	程度	對象
美麗	視覺的	好	普通	人、物、山川、風景
瑰麗	視覺的	好	異常	有價值的事物：景色、藝術品
華麗	視覺的	好	有光彩	有光彩的事物：建築、服飾、裝飾

三個義位的比較如下：

詞	視覺美	程度	對象						
			人	風景	藝術品	文物	建築	服飾	裝飾
美麗	＋	＋普通	＋	＋	＋	＋	＋	＋	＋
瑰麗	＋	＋異常	－	＋	＋	＋	＋	－	－
華麗	＋	＋光彩	－	－	＋	－	＋	＋	＋

組成上述義位的義素中，[視覺美]是中心義素，其他是限定義素。「美麗」的限定義素是[＋普通]、[＋人／物]；「瑰麗」的限定義素是[＋異常]、[＋價值高的事物]；「華麗」的限定義素是[＋光彩]，[＋色彩濃烈／光彩的事物]。

2.4　義素分析法的應用

　　義素分析法還是在發展階段，尚有未解決的問題，例如從義位分解出來的語義特徵如何合併、歸類、概括都欠缺客觀標準和規律，帶有較強的個人主觀性，這是語義研究可以繼續完善的空間。從語文學習的角度看，義素分析可用作抽象思維訓練的一種手段。我們可以參考義素分析法，運用對比的方法來檢視容易混淆的詞語，嘗試把詞群裏各個義位分解出若干義素，檢查各個詞語的獨有特點。在分析、歸類、合併、概括的思考過程中，我們會更徹底地了解某個詞的義位構成，或某組同義詞的共同點以及具體差異，這樣有助於提高對詞義辨識的自覺性，並能強化我們的詞語運用能力。例如給中學生閱讀的一篇文章，葉文玲的〈烏篷搖夢到春江〉的第二段「那時，我並不見過富春江，卻千百次做過有關她的夢，郁達夫『屋住蘭江夢亦香』的詩文和葉淺予墨韻淋漓的畫卷，早把我對富春江的夢幻濡染得又濃又甜，那綠沉沉的甜夢中，總是悠盪着鄉思綿綿的烏篷船。」其中「濡染」一詞，課文附上的解釋是「濡染：濡，沾濕。沾染。」用「沾濕」說明「濡」問題不大，以「沾染」解釋「濡染」就出問題了。

　　先參考《現代漢語詞典》(2018) 所提供的詞義。

　　　　a.　濡：〈書〉；沾濕；沾上：濡筆、濡濕、耳濡目染。

　　　　b.　濡染：〈書〉；① 沾染。② 浸潤。

　　按詞典的解釋，「濡染」是由「濡」和「染」兩個語素組成的詞，「濡染」其實有「沾染」和「浸潤」兩個義位。課本選了「沾染」這個義位來解釋文章中「濡染」是否合適？這可以再深究一下。

　　參考《現代漢語詞典》(2018)，「沾染」和「浸潤」兩個義位的內涵如下：

c. 沾染：① 因接觸而被不好的東西附着上：創口沾染了細菌。

② 因接觸而受到不良的影響：不要沾染壞習氣。

d. 浸潤：(液體) 漸漸滲入：墨水滴到紙上，慢慢浸潤開來。

「沾染」有兩個義位，上述兩個詞的三個義位可以分析出以下的義素：

	主體	方式	接觸體	結果
沾染 ①	兩個客體	接觸	事物、不好的	壞影響
沾染 ②	兩個客體	接觸	人、不良習氣	壞影響
浸潤	兩個客體	滲入	水與紙	不乾燥

三個義位比較如下：

詞	客體相接	方式	接觸體	結果
沾染 ①	＋	＋接觸	＋不良	＋壞影響
沾染 ②	＋	＋接觸	＋不良	＋壞影響
浸潤	＋	＋滲入	－不良	－壞影響

由此可見，「濡染」的兩個義位——「沾染」和「浸潤」，除了[兩個客體事物相接]的中心義素外，幾乎沒有相同的限定義素。[＋與不良事物接觸]和[＋壞結果]是「沾染」的限定義素；[－與不良事物接觸]和[－壞結果]是「浸潤」的限定義素，顯而易見，「沾染」是貶義詞。結合文章第二段的內容，作者「千百次做過有關富春江的夢」卻未得圓夢，幸有「郁達夫的詩文和葉淺予墨韻淋漓的畫卷」豐富了他的夢幻，使他在夢中看到似乎真實的烏篷船。在這個特定的語言環境裏，要解釋「濡染」一詞，當然選「浸潤」這個義位才合適，因為只有這個義位才可以和「墨韻淋漓的畫卷」互相搭

配，而感情色彩更配合作者對富春江的嚮往之情。

再進深一層觀察「沾染」和「浸潤」兩個詞的構成，其中「沾」和「浸」兩個語素都有 [濕] 的義素，但構詞的結果是，「沾染」隱含不良結果，「浸潤」則沒有不良的含義，問題是跟另一個構詞語素的義意有關。據《現代漢語詞典》(2018)，「染」和「潤」有以下意義：

e.　染：① 用染料着色：印染；染布；夕陽染紅了天空。

　　　　② 感染；沾染：傳染；染病；熏染；一塵不染。

f.　潤：加油或水，使不乾燥：浸潤。

三個意義的分析如下：

	方式	接觸體	結果	色彩
染 ①	接觸	染料 + 布、紙	加顏色	中性
染 ②	接觸	普通事物 + 不良的東西	不良	貶義
潤	接觸	液體（油、水）+ 普通事物	不乾燥	中性

以共時的角度看，「染」是一個成詞語素，有兩個義位，一個義位含限定義素「顏色」，另一個義位含限定義素 [不良的東西]，「沾」和「染」組合時，取了「染」的第二個義位，所以「沾染」就含限定義素 [不良]。[10]

10　以歷時的角度看，「染」的本義是把布料的原色變成另一種顏色，意義是中性的，後來引申為變壞的感情色彩。見下面「詞義的發展與變化」。

　　在寫作構思上，其實也可以借用義素分析的過程來激發思考。例如中三年級題為「家有一老如有一寶」的作文，從以下學生寫的三篇短文可以看到他們對於題目中的「老」和「寶」的意義理解不足，未能在生活中找到具體內容。[11]

　　(1) 老人家是受尊敬的人物。老人家在年輕時候，工作敏捷，但現在他們的動作緩慢，要靠很多年青人來幫忙，例如幫老人家倒茶、扶老人家回房間睡覺。

　　老人的經歷是由開始到現在都是歷史，以前老人家在年輕時有工作，有錢供養子女，有錢養妻子，但是老人家退休後沒有工作，由長大的子女負責供養他們，現在老人家在家裏享受退休後的個人生活。

　　老人家可以在家裏照顧孫兒女，因為孫兒女的父母要出外工作。

　　(2)「老人」在字眼上一看就知道是老的人。年老的人對我們來說，可能是「家庭的負累」，但我再想，老人可能不是「家庭的負累」。

　　我覺得他們在這一個世界上生存了很久，他們的見識廣博，人生經驗十分豐富，小至起居飲食，大至待人接物和處世態度等，都足以指導我們。他們又可以令我了解歷史和他們小時候的生活，因為他們的閱歷豐富，經歷不同時代的變遷，他們可以給我們說以前曾經發生過的事，讓我們認識過去，因為在書上看到的不及他們親身經歷的真實。

11　三篇文章搜集自某中學，為方便討論，原文句子稍經修改。

大部分的家長都要出外工作，無暇照顧子女，如果家中有老人家，他們就可以幫忙照顧孩子，令孩子有人教。

（3）在我心目中，老人是家中最大，而又令我最尊敬和佩服的，而且不能忽視的。

有一天，老人家又和我說過幾句話，說他自己的經驗非常豐富，就是我的祖母。她又買玩具和帶我去公園散步，真是很感動！但是，她已經去世了，我現在還記得她對我說的一番話。

祖母在閱歷方面，都是一般的，她以前常常看馬經。她曾經在浴室洗澡，不小心摔倒了，後來進了醫院。

三篇文章中，(1)、(2) 兩篇就「老人」的普遍特徵來討論問題，包括生理上的緩慢行動，生活上的豐富經歷、退休賦閒，但是，還欠深刻具體。對題目關鍵詞的意義有深入的理解和分析，比較能幫助他們反思個人的真實經驗，從中找到適切的內容。

據《現代漢語詞典》(2018)，「老」、「老人」、「老人家」分別有以下的義位。

詞	義位	義素（語義特徵）		
		六十歲以上	受人尊敬	家庭成員
老	① 年歲大（跟「少」或「幼」相對）：老人；他六十多歲了，可是一點也不顯老。	+		
	② 老年人（常用做尊稱）：敬老、扶老攜幼。	+	+	
老人	① 老年人	+		
	② 指上了年紀的父母或祖父母。	+		+

續表

詞	義位	義素（語義特徵）		
		六十歲以上	受人尊敬	家庭成員
老年	六七十歲以上的年紀。	+		
老人家	① 尊稱年老的人：您老人家；這兩位老人家在一起幹活二十多年了。	+	+	
	② 對人稱自己的或對方的父親或母親：你們老人家今年有七十了吧？	+		+

從這些義位的對比，可以分析出跟「老」有關的「六十歲以上」、「受人尊敬」、「家庭成員」等特徵。在寫作文章時，可以依據題目，限定某些重點特徵來加以發揮。

另外，還可以檢視一下「寶」的義位。「寶」的義位是「珍貴」，參考「珍貴」和由「寶」組成的「寶貴」，可以分析出「寶」含有「價值大」、「意義深刻」、「難得」幾個特點。結合整個命題「家有一老如有一寶」來看，從「家」可以明確「老」的特徵，就是「六十歲以上、受人尊敬的父母或祖父母」。「家有一老如有一寶」的題目內涵就是要說明「家裏有六十歲以上的父母或祖父母是非常難得的」，「價值大」、「意義深刻」是文章的說明重點。

詞	義位	義素（語義特徵）		
		價值大	意義深刻	難得
寶	珍貴的東西：國寶、獻寶	+	+	+
珍貴	價值大、意義深刻；寶貴：珍貴的參考資料。	+	+	

續表

詞	義位	義素（語義特徵）		
		價值大	意義深刻	難得
寶貴	極有價值；非常難得；珍貴：寶貴的生命	＋		＋

老人家所能成就「價值大」、「意義深刻」的事情，每個家庭都有不同的體驗，這才是題目中「寶」的具體內容。怎樣從生活沉澱中選取這些內容呢？這可以把老跟少相比，除了年紀還有哪些差異，這當然是「經驗」了。「經驗」又指甚麼？據詞典的解釋，「經驗」有以下兩個義位，可以讓學生分析一下。

「經驗」的義位	義素（語義特徵）					「家有一老」的重點項目
	行動	眼見	感受	知識	技術	
① 由實踐得來的知識或技能。（名詞）	＋			＋	＋	1. 他的學問； 2. 他的專業／工作；
② 經歷；體驗。（動詞）	＋	＋	＋	＋		3. 對生活認識； 4. 待人處世。

經過對「經驗」的義素分析，學生可以依據與義素相關的重點來說明家裏老人家如何給年輕一代就工作、待人處事、面對困難等問題提供寶貴的意見，最後歸結出「家有一老如有一寶」這道理的深刻意義。有條理地思考了取材的問題，就不會出現像 (3) 那篇文不對題的文章。

上述例子只是提出活用義素分析法的構想，重點是把詞義作

系統分析，藉以訓練理性思考，以求深入而全面的審題立意。

2.4 語義場

　　「語義場」來自語義學的「場論」(Field theory)，[12] 指由意義相近的詞構成的集合，在詞的集合裏，詞與詞之間有一定的語義分工，形成一個語義系統。例如每個語言都有反映親屬稱謂的詞集，但各語言的詞集裏詞與詞的關係卻不盡相同。以漢語和英語的比較為例，漢語按長幼分「哥哥」和「弟弟」、「姐姐」和「妹妹」，英語就沒有「長幼」這種語義分工，統叫「brother」、「sister」；漢語按父系母系，再按長幼分稱「伯伯」、「叔叔」、「舅舅」，「伯伯」的妻子叫「伯母」，「叔叔」的妻子叫「嬸嬸」、「舅舅」的妻子叫「舅母」，英語沒有父系母系這種語義分工，統叫「uncle」，「uncle」的妻子也統稱「aunt」。由此可見，親屬關係是人類共有的文化內容，但是由於社會中具體的親屬文化不同，各個語言的親屬語義場就有不同的反映。再看看古代漢語的情況，在最初的時候，凡和父母同輩的男人叫「舅」，凡和父母同輩的女人都叫「姑」，「子」指「兒子」和「女兒」，「弟」指「弟弟」和「妹妹」。[13] 可見，由於社會文化的演變，

---

12 語義場理論 (The Theory of Semantic Field) 是德國學者特雷爾 (J.Trier) 最先提出。他認為詞在語義上是互相聯繫的，並共同組成完整的詞匯系統。整個詞匯系統處於變化的狀態，詞和詞之間的語義關係是不斷地調整的。如舊詞消亡，新詞就出現；一個詞的意義擴大，跟它鄰近的詞的意義就會縮小。有關語義場理論，可以參考語義學的著作，如 Lyons, J. (1977)，Semantics：1 .p.250-p.269, London：Cambridge University Press，伍謙光 (1992)：《語義學導論》，湖南，湖南教育出版社，徐烈炯 (1990)：《語義學》，北京，語文出版社。蔣紹愚 (1989)：《古漢語詞匯綱要》運用了語義場理論來分析古漢語詞匯，以新理論來分析古漢語材料，精闢深入，很值得參考。

13 參考自蔣紹愚 (1989)：《古漢語詞匯綱要》，北京，北京大學出版社，頁 18。

同一個語言在不同的時代裏，同一個語義場的內部語義系統也有差異。

　　以上的分析着眼於詞的聚合關係，也有語言學家注意到語言的組合關係，指出詞與詞之間有特定的搭配關係，並從這個觀點來討論語義場理論。例如「咬」和「牙齒」搭配；「舔」和「舌頭」搭配；「吠」和「狗」搭配；「砍伐」和「樹」搭配。這種詞的聯繫關係也能構成語義場，即「咬」和「牙齒」可以構成一個語義場，「舔」和「舌頭」可以構成另一與個語義場。從這個角度觀察，詞義的發展也能反映在詞的搭配關係上，例如英語的「ride」（騎），最初跟「horse」（馬）搭配的，隨着社會文明演進，出現了「ride on a bicycle」、「ride on a carriage」、「ride on a train」的說法，「ride」（騎）由與「horse」（馬）搭配擴展到和「bicycle」（自行車）、「carriage」（馬車）、「train」（火車）搭配。可見「ride」的詞義擴大了，它與其他詞的搭配關係也隨之發生變化，語義場自然也在擴大。另一個相對的例子是，英語的「drive」（駕駛）與「car」（汽車）緊密搭配，所以往往在說話時可以省略了「car」，如「Will you drive or shall I?」「He's driving up to London.」可見搭配關係有時候可以影響句法結構，如所引述的例子，及物動詞隱含了受事，句子的賓語因此省略了。[14]

　　義素分析建立在語義場的基礎上，即詞的義位分析需要在一個詞義系統裏進行，才可以更精確地突顯義位的語義特徵。例如「看」、「瞪」、「瞥」、「瞟」都屬「視覺／眼部動作」的語義場，有了

14　德國語言學家波爾齊格（Porzig, W.）認為詞的搭配關係也可以構成語義場。見 Lyons, J.（1977），Semantics：1. p.250-p.269, London：Cambridge University Press；蔣紹愚（1989）：《古漢語詞匯綱要》，北京，北京大學出版社，頁 20。

這個基礎，才能明確地對比出這四個義位的個別特徵。又例如「美麗」、「瑰麗」、「華麗」都屬於「視覺美」語義場，但適用對象則各有差異，從搭配關係看，「美麗」、「瑰麗」、「華麗」又可以與其他搭配詞語構成另外的語義場。如：

詞	人	景物	藝術品	建築	服飾
美麗	姑娘、女人…	山河、花…	油畫、雕刻…	宮殿、小橋…	裙子、帽子…
瑰麗		山河、花…	國寶、玉石…	宮殿、大堂…	
華麗			佈置、擺設…	宮殿、大廳…	晚裝、打扮…

　　三個義位的語義場都互有重疊，其中以「美麗」的語義場最大，也就是說能與「美麗」搭配的詞最多。我們若能加深對詞語搭配關係的認識，既能擴充詞彙量，又可以加強詞語運用的能力。臺靜農的〈傷逝〉裏有這樣一句「今晚看我吃酒，他也吃酒，猶是少年人的心情，沒想到這樣不同尋常的興奮，竟是我們最後一次晚餐。」「吃」和「酒」的搭配，比較少見。一般來說，從搭配關係看，「吃」屬於固體食物的語義場，「喝」屬於流質食物的語義場，是不是「喝」和「酒」的搭配更好一點呢？這可以進一步了解一下「吃」和「喝」的語義特徵。

詞	義位		義素	
	《現代漢語詞典》（2018）	《辭源》（1981）	中心	限定
吃	（喫）把食物等放到嘴裏經過嘴嚼嚥下去（包括吸、喝）：吃飯、吃奶、吃藥。	通「喫」。漢賈誼《新書·七耳痹》：「越王之窮，至乎吃山草。」	＋咽下＋食物	＋固體＋流質
喫	吃。	飲和食都可叫喫。同「吃」。	＋咽下＋食物	＋固體＋流質
喝	把液體或流食嚥下去：喝水、喝茶、喝酒、喝粥。	飲。如言喝茶、喝酒。	＋咽下＋食物	＋流質

　　從詞義的分析可以看到，「吃」和「喝」的語義場不盡相同，也不對立，「喝」本來就與流質食物搭配，而「吃」的語義場可以涵蓋「喝」的語義場，只不過在現代漢語裏比較習慣把「吃」和固體食物搭配起來，使「吃」和「喝」兩個詞在搭配語意場上出現明顯的分工。[15]

15　蔣紹愚認為「吃」在唐朝時期既可用於吃飯，吃肉、又可用於吃茶、吃西北風，它的義素是［攝入］＋［東西］。現代的「吃」只用於吃飯、吃肉等，它的義素是［攝入］＋［乾的］＋［東西］，義素增加了，範圍就小了。（見《古漢語詞匯綱要》，頁77）那麼，以「吃」搭配酒、茶之類，是刻意突出其古雅的色彩。

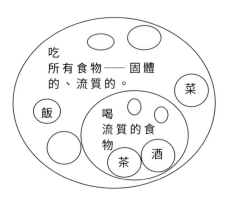

　　總的來說，語義場理論的提出可以補充傳統詞彙學只注意單個詞義分析之不足。語義場理論的應用，突破以孤立的詞為分析對象的限制，在詞群的層面上，通過比較詞與詞之間的語義關係來分析詞義，可以更系統地觀察到詞的歷時變化，更仔細地確定一個詞的真正涵義。

單義詞、多義詞、同音詞

閱讀重點

1. 認識詞的多義現象，能區分多義詞和同音詞；

2. 認識本義、基本義、引申義和比喻義的本質及彼此間的關係；

3. 能參考工具書，運用詞義分析方法來分析詞語多個意義之間的關係。

3.1 單義詞

只有一個義位的詞叫單義詞。以語音的角度看，單義詞是一個語音形式聯繫一個義位。例如 (見《現代漢語詞典》) (2018)：

(1) 植物：生物的一大類，這一類生物的細胞多具有細胞壁。一般有葉綠素，多以無機物為養料，沒有神經，沒有感覺。

(2) 動物：生物的一大類，這一類生物多以有機物為食料，有神經，有感覺，能運動。

(3) 試航：飛機、船隻等在正式航行前進行試驗性航行。

(4) 教導：教育指導。

(5) 嚴格：在遵守制度或掌握標準時認真不放鬆。

(6) 反常：跟正常的情況不同。

單音詞的意義確定，科學術語、專門術語、地名、人名等多是單義詞。例如「植物」、「動物」是生物學術語，只有一個義位。指稱動植物、器物、自然現象等詞如「雞」、「鴨」、「牛」、「馬」、「桌子」、「杯子」、「下雨」、「旱災」等等都是單義詞。

3.2 多義詞

具有若干有關聯的義位的詞叫多義詞。以語音的角度看，多義詞是一個語音形式聯繫若干個有關聯的義位。例如「頭」，據《現代漢語詞典》(2018)，有以下五個義位：

① 人身最上部或動物最前部長着口、鼻、眼等器官的部分。

② 頭髮或所留頭髮的樣式：剃頭、梳頭。

③ 物體的頂端或末稍：中間粗，兩頭細。

④ 事情的起點或終點：這樣一條線一條線地，織到甚麼時候才是個頭呀！

⑤ 頭目：他是這一幫人的頭。

分析以上六個義位的內涵，不難發覺[最上部、頂端]就是關聯這六個義位的語義特徵，也就是義位所含的中心義素。

「熱」也是多義詞，按《現代漢語詞典》(2018)，共有以下三個義位。

① 物體內部分子不規則運動放出的一種能：物質燃燒都能產

生熱。

② 溫度高；感覺溫度高（跟「冷」相對）：熱水、趁熱打鐵、三伏天很熱。

③ 使熱；加熱（多指食物）：熱一熱飯、把菜湯熱一下。

三個義位中，① 是專科術語所反映的概念，物質放出能量時，往往產生高溫，[高溫]就是 ②、③ 兩個義位所共有的中心義素。「熱」還有以下語素義：

④ 生病引起的高體溫：發熱、退熱。

⑤ 情意深厚：親熱、熱愛、熱心腸兒。

⑥ 形容非常羨慕或急切想得到：眼熱、熱中。

⑦ 受很多人歡迎的：熱貨、熱門兒。

⑧ 加在名詞、動詞或詞組後，表示形成的某種熱潮：足球熱、旅遊熱、自學熱。

⑨ 放射性強：熱原子。

④ 的語素義也有「高溫」的語義特徵。⑤ 的語素義由「高」轉為「深」；⑥ 由情意「深」轉為心情「急」；⑦ 由「情意深厚」引申為「多人歡迎」；⑧ 由 ⑤ 虛化而成；⑨ 是 ① 的引申。

從以上例子可以看到，多義詞主要是由詞義引申或詞義轉換而造成的。人們用有限的語言形式來反映層出不同的事物，表述千變萬化的事象，除了造新詞，主要還是讓原有的詞形來反映幾種相關的事物和現象。詞義由一點出發，通過聯想和比喻，依據相關方向作多角度的延伸或轉向，形成一系列與原來意義有某種關聯的新意義，這就是詞義的發展變化。由此可見，詞義是處於動態變化的狀態，以下介紹與詞義發展有關的幾種性質不同的詞義。

3.2.1 本義

「本義」指本來的、最初的意義，也就是說在文字記錄以前，已在口語上出現的詞的本來意義。有的詞的本義我們是無法追尋的。現在所謂的「本義」，一般指文獻所能考證出來的最早的詞義，甲骨文和其他古文字的字形所反映的可以說是字的本義，也是詞的本義。由於本來是字義和詞義一致的單音詞的引申義逐漸增多，自然需要產生其他語素來幫助這些引申義分化，最後成為雙音詞。例如「關」，從以下古文獻用例可以看到本義和引申義的關聯情況。

(1)「關」的本義

① 貫穿，「關」、「貫」為同源詞，見《孟子‧告子下》「越人關弓而射之。」

② 矢貫於弓弦和弓背，關弓也叫貫弓。見《史記‧伍子胥傳》「伍胥貫弓執矢向使者。」《禮儀‧鄉射禮》「不貫不釋。」（不拉滿弓不放箭。）《呂氏春秋》「中關而止。」（弓拉到一半就停止。）

(2)「關」的引申義

③ 交通，見《後漢書‧西羌傳》：「使南北不得交關。」

④ 經由，見《漢書‧董仲舒傳》：「太學者，賢士之所關也。」注「關」，由也。

⑤ 涉及，見《尚書大傳》：「雖禽獸之聲悉關於律。」

⑥ 門栓，見《說文》：「關，以木橫持門戶也。從門䗔聲。」

「關」在古代是單音詞，「貫穿」是本義，然後由「貫穿」的本義引申出「交通」、「經由」、「涉及」、「以木橫持門戶」等意義，發展至現代漢語，「關」與其他語素組成雙音詞，反映同範圍的概念

意義。[16]

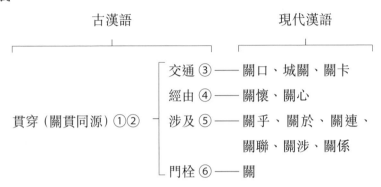

不少詞的本義已經不見於現代漢語，一般詞典不一定都把本義列為義項。例如「封」，本義是「加土培育樹木」（《左傳》昭公二年「封殖此樹」），表面上看不出跟現代漢語裏常用的「封閉」意義的關聯。「渾」，本義是「水勢盛大」（司馬相如《上林賦》「汨乎渾流，順阿而下」），跟現代漢語裏所用的「渾濁」意義不同，而句裏的「阿」在今天也不再用來指稱「大山」了。

有的詞的本義保留至今已不能獨立運用，只作為語素義義項，出現在所構成的合成詞或固定結構中。例如「短兵相接」裏的「兵」用的是「兵器」的本義；「赴湯蹈火」裏的「湯」指的是本義的「熱水」。可見，詞的本義雖然不常見於現代漢語，但還保留在古籍裏，所以閱讀古籍不能隨便以現代漢語常用的詞義來解釋詞句的含義，必須翻查《辭源》、《説文解字》等工具書，探求詞的本義。

---

16 一般認為「關」的本義是「門栓」，見王寧、鄒曉麗（1998）：《詞匯》，香港，和平書局‧海峰出版社，頁83。蔣紹愚認為以「關」、「貫」為同源詞，本義應為是「貫穿」，見蔣紹愚（1989）：《古漢語詞匯綱要》，北京，北京大學出版社，頁69-70。

3.2.2 基本義 [17]

「基本義」是詞在現代最常用、最主要的意義，意義直接，不必依賴上下文就能理解。基本義必須是能獨立使用的詞義義項，即義位。

有的詞基本義和本義是一致的，例如「圓」的本義是「方圓的圓」，見於《墨子·法儀》：「百工以方為矩，以圓為規。」（參考《辭源》）（1981），《現代漢語詞典》（2018）列出「圓」的義項包括：

① 圓周所圍成的平面：圓桌、圓柱、圓筒。

② 圓周的簡稱。

③ 像球的形狀：滾圓、滴溜圓。

④ 圓滿；周全：這話説得不圓；這人做事很圓，各方面都能照顧到。

⑤ 使圓滿；使周全：圓場、圓謊、自圓其説。

⑥ 我國的本位貨幣單位，一圓等於十角或一百分，也作元。

⑦ 圓形的貨幣：銀圓、銅圓，也作元。

⑧ 姓。

①「圓周所圍成的平面」是「圓」的基本義，③、④是引申義，⑤、⑦是由基本義引申出來的語素義。

有的詞基本義和本義不一致的，例如「兵」，《現代漢語詞典》（2018）列出的義項包括：

① 兵器：短兵相接、秣馬厲兵。

17　一般詞匯參考書多介紹本義和引申義，比較少介紹基本義。張永言（1982）：《詞匯學簡論》把常用的、不用倚靠上下文就能直接了解的意義叫直接意義，符淮青《現代漢語詞匯》則把常用意義叫基本義，本部分參考符淮青（1985）：《現代漢語詞匯》，北京，北京大學出版社，頁58-59。

② 軍人；軍隊：當兵、兵種、騎兵。

③ 軍隊中的最基層成員：上等兵。

④ 關於軍事或戰爭的：兵法、兵書。

第 ① 義是「兵」的本義，第 ② 義是基本義，④ 是引申的語素義。

又如「湯」，《現代漢語詞典》(2018) 列出的義項包括：

① 熱水；開水：溫湯浸種、揚湯止沸、赴湯蹈火。

② 專指溫泉 (現多用於地名)：湯山。

③ 食物煮後所得的汁水：米湯、雞湯。

④ 烹調後汁兒特別多的副食：豆腐湯、菠菜湯、四菜一湯。

⑤ 湯藥：柴胡湯。

⑥ 姓

「湯」第 ① 義是本義，第 ④ 義才是基本義，本義和基本義也是不一致的。

3.2.3 引申義

「引申義」是基於聯想而產生的一種詞義，即人們通過聯想，保留了一個詞的義位的部分義素，然後或增、或減、或改變了部分義素，最後引申出一個新的義位，這個新義位相對於原來義位來說，就是引申義。

例如「香」的本義是「穀物氣味」、「以穀物釀造的酒的氣味」，《說文解字》對「香」的字形有這樣的解釋：「香，芳也。從黍從甘。」朱駿聲《說文通訓定聲·壯部》對「香」的意義有這樣的解釋：「穀與酒之臭曰香。」用例可見於《春秋傳》：「黍稷馨香。」在現代漢語裏，「香」的本義已很少用。

| 現代漢語（見《現代漢語詞典》）（2018） ||
義位	義素
① 氣味好聞（跟「臭」相對）：香水、香皂、這花真香。	氣味＋好聞
② 食物味道好：飯很香。	食物＋味道＋好聞
③ 用木屑攙香料做成的細條，燃燒時，發出好聞的氣味，在祭祀祖先或神佛時常用，有的加上藥物，可以熏蚊子：線香、蚊香、燒一炷香。	物品＋氣味＋好聞
④ 吃東西胃口好：這兩天吃飯不香。	吃＋好
⑤ 睡得塌實：睡得正香呢。	睡＋好

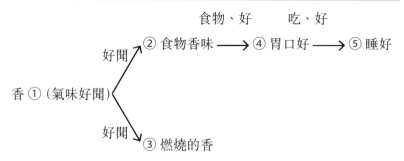

　　「香」的基本義是由本義減去[穀與酒]的限定義素所引申而成的。基本義的中心義素「好聞」保留下來，增加另一個限定義素[食物]，就引申為「食物好聞的氣味」的義位。另一方面把[好聞]的中心義素改為[好聞的東西]，又增加了[木屑、香料、細條、燒燃]等限定義素，引申為「香燭」的「香」，也可以說是轉義，中心義素改變了的「香」所屬的語義場也跟原來的不同。這是第一層的引申。第二層的引申義是由引申義引申出來的意義。首先是引申義位「食物好聞的氣味」，保留了中心義素[好]，然後由限定義素

[食物]聯想到有關的動作「吃」，增加了[吃]的限定義素，引申出「胃口好、吃得好」的義位，「吃」又可以聯想到相對的動作「睡」，增加了[睡]的限定義素，引申出「睡得好」的義位。

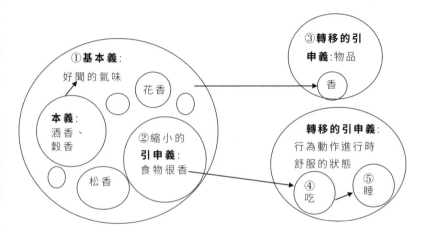

　　從上述語義場的圖解可以看到，由「香」的本義到基本義，意義是擴大了，引申義 ② 的範圍比基本義小，引申義 ③、④、⑤，語義場也改變了。

　　再看看「信」的幾個義位的引申發展。

古漢語		義素	現代漢語《現代漢語詞典》(2018)
義位	文獻用例		義位
①言語真實	《老子》：「信言不美，美言不信。」	語言 + **真實**	① 確實：信而有徵。（限於文言詞，在現代漢語裏是語素義。）
②有信用	《論語・學兒》：「與朋友交而不信乎？」	對人的態度 + **真實**	② 信用：言而有信。（限於文言詞，在現代漢語裏是語素義。）

續表

古漢語		義素	現代漢語 《現代漢語詞典》(2018)
義位	文獻用例		義位
③ 相信	《左傳・襄公三十一年》:「人謂子產不仁,吾不信也。」	確認 + 某情況 + **真實**	③ 相信:別信他的話。
④ 的確	《韓非子・難一》: 「舜其信仁乎?」	某動作 / 狀態 + **真實**	④
⑤ 憑證	《史記・外戚世家》: 「用為符信,上書自陳。」	用以**證明**情況 **真實** + **物品**	⑤ 憑據:信號、信物 (在現代漢語裏是語素義。)
⑥ 信使。	杜甫《寄高適》:「書成無信將。」	攜帶**憑證**傳遞 **消息**或命令 + 人	⑥
⑦ 音訊	杜甫《得弟消息》: 「近有平陰信,遙憐舍弟存。」	信使**傳遞**的 + **消息**	⑦ (信兒) 信息:通風報信。
⑧ 書信	白居易《謝寄新茶》: 「紅紙一封書後信。」	**傳遞音訊**的 + 文字材料	⑧ 書信:送信。

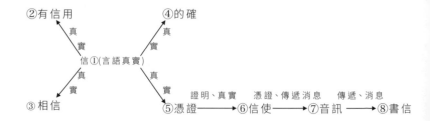

「信」在古漢語中的八個義位在現代漢語中已演變成語素義，從中也可以看到意義的引申變化。「信」的 ① 至 ⑤ 義是第一層次的輻射式引申。① 是本義，含有中心義素「真實」和限定義素「語言」，② 至 ⑤ 義以中心義素 [真實] 為聯想基點，然後改換另一個限定義素，輻射出「有信用」、「相信」、「的確」、「憑證」四個義位。⑤ 至 ⑧ 義是第二層次的連鎖式引申，每個義位都以前一個義位為基礎，加上別的限定義素或減去原來的限定義素而形成。如 ⑤ 義的義素 [憑證] 保留下來，加了 [傳遞消息] 和 [人] 兩個義素，引申出「信使」義；「信使」義減去 [憑證] 和 [人]，引申出「音訊」義，加上 [文字材料] 就是「書信」義。

參考《現代漢語詞典》(2018) 所提供的義項，不難發現「信」的引申義「的確」和「信使」，現代已不使用，而「確實」和「信用」兩個義位，以「信」單用的只見於文言詞，「信」的「信用」和「憑據」兩個意義已因雙音節化成了語素義，必須和其他語素結合才能使用。由此可見，詞義的引申發展，自古至今是處於常動的狀態，有舊的意義消亡，也有新的意義產生。在現代漢語的範圍裏分析引申義，是共時的，要觀察詞義的發展變化，則須採用歷時的取向。

3.2.4 比喻義

「比喻義」是詞的比喻用法固定下來的意義。例如：

(1) 辛辣：辣，比喻語言、文章尖銳而刺激性強：辛辣的諷刺。

(2) 辣：　① 像薑、蒜、辣椒等有刺激性的味道：酸甜苦辣。

　　　　② 辣味刺激（口、鼻或眼）：辣眼睛；他吃到一口芥末，辣得直縮脖子。

　　　　③ 狠毒：心狠手辣、口甜心辣。

(3) 冷水：① 涼水：潑冷水；冷水澆頭（比喻受到意外的打擊或希望突然破滅。）

　　　　② 生水：喝冷水容易得病。

「辣」本指刺激的味道，刺激使人難受，那種感覺讓人聯想到狠毒以害人的情態，所以「辣」的 ③ 義就是由比喻產生的意義；「辛辣」的意義，就是以味覺的刺激來比喻言詞的尖銳，是比喻而來的意義。「冷水」有兩個義位，第 ① 義本指溫度低的水，如在「洗冷水澡」裏的「冷水」反映的是本來意義，但在「潑冷水」、「冷水澆頭」等熟語裏，「冷水」則由 [溫度低] 的語義特徵引申為「缺乏熱誠、缺乏支持」，再以此比喻為「打擊」、「希望破滅」的意義。比喻必須經過以彼物比此物的聯想過程，從義素分析的角度看，比喻義就是由改變基本義的中心義素而形成的意義，所以基本義和比喻義兩個義位所屬的語義場也不同。

認識多義詞對於閱讀來說有一定好處。能了解詞的多義現象，就能在翻查工具書時提高語言意識，選擇恰當的詞義解釋。例如讀朱自清的〈匆匆〉，這是白話文，應該很容易讀明，但假如要細味其中感情，有些詞的意義是需要深入了解的，例如「涔涔」和「閃（過）」兩個詞語。

在默默裏算着，八千多日子已經從我手中溜去；像針尖上一滴水滴在大海裏，我的日子滴在時間的流裏，沒有聲音，也沒有影子。我不禁頭涔涔而淚潸潸了。

⋯⋯但是新來的日子的影兒又開始在歎息裏閃過了。

按《現代漢語詞典》(2018)，「涔涔」和「閃（過）」都是多義詞。「涔涔」有以下義位：

① 形容汗、淚、水等不斷地流下：汗涔涔下。

② 形容天色陰沉。

③ 形容脹痛或煩悶。

從「我不禁頭涔涔而淚潸潸了」一句看，「涔涔」的第二個義位肯定不配合文意。在這裏，第三個義位看起來是最適合整段文字所抒發的感情的。作者對時間的匆匆感到萬般無奈，彷彿無論自己做甚麼，似乎都無法挽回一點一滴的時間，流淚是因為傷心，頭脹痛着是因為心中鬱結煩悶。某出版社在課本上提供的解釋是「涔涔」的第一個義位，假如選用第一個義位「汗流不止」，則對作者的感受是另一種理解：作者對時間去得匆匆感到害怕，以致冷汗直冒，眼淚直流。

「閃（過）」有以下義位：

① 閃避：閃開、閃過去、閃在樹後。

② （身體）猛然晃動：他腳下一滑，閃了閃，差點跌倒。

③ 因動作過猛，使一部分筋肉受傷而疼痛：閃了腰。

④ 突然出現：山後閃出一條小路來。

⑤ 閃耀：閃金光，眼裏閃着淚花。

⑥〈方〉甩下；丟下：出發時我們一定來叫你，不會把你閃下。

從「新來的日子的影兒又開始在歎息裏閃過了」一句看，「閃（過）」的解釋似乎可以取第一個義位，但細心想想，第一個義位含有「避」的意思，新來的日子為甚麼要避開作者呢？整篇文章在於抒發時間匆匆而過，作者無法追趕的無奈感，不含「避」的動機或理由。第四個義位看來比較配合文意。「閃」是突然出現，但很快就消失，所以「閃」帶了時態助詞「過」，表示日子真的匆匆。

深入認識一詞多義，可以加強閱讀時對詞義的敏感，有助深入理解，仔細嘴嚼作品深層意義，假如不認識一詞多義的現象，隨意

解釋，很容易誤解文意，或了解得不深入不確切。

3.3 同音詞

語音形式完全一樣，意義沒有關聯的一組詞叫同音詞。同音詞是多詞同音，意義之間毫無聯繫，跟多義詞不同。多義詞是一個語音形式反映多個有聯繫的意義。

3.1.1 同音詞的由來

語言以有限的符號來反映意義，一詞多義、多義同音的情況是無法避免的。以下簡單說明同音詞的來源。

（1）語音變化

語音簡化是漢語語音發展的總趨勢，例如普通話入聲韻的消失，聲母、韻母比古漢語都減少，這都會導致同音詞的增加。例如「新」、「心」在古代聲母不同，在現代漢語中變為同音；「力」、「利」在古代韻母發音不同，在現代漢語中發展為同音。

（2）詞義分化

一詞多義中的幾個義位在歷史發展中失掉聯繫，成為在意義上沒有關聯的幾個詞，構成了同音詞。一些虛詞如介詞就由動詞虛化而成，以現代漢語的共時觀點看，動詞和虛詞就是截然不同的兩類詞。例如動詞「把」和介詞「把」在現代漢語裏是同音詞。通過歷時的觀察，不難發覺「把」的本義是「握、掌、拿、用」，是動詞，介詞「把」和是由動詞「把」發展出來的。

- 《史記‧周本紀》：「周公旦把大鉞，華公把小鉞」（「把」的意義是「拿」）；
- 韓愈：「誰把長劍倚太行」（「把」的意義是「握」）；

- 方千:「應把清風遺子孫」(「把」已不能解釋為用或拿);
- 《紅樓夢》「把寶玉的襖兒往自己身上拉」(「把」漸漸虛化成表示對有關對象的處置);
- 現代漢語,如「把酒喝光」、「把他嚇了一跳」(「把」完全虛化成為介詞,跟本義失了聯繫,和動詞「把」成了同音詞。

(3) 音譯外來詞與本族語的一些詞同音

音譯外來詞是純從聲音翻譯過來的外來詞,翻譯時必須借用本族的同音字,這樣偶然會造出兩個同音而意義毫不相干的同音詞,例如:

- 米 (英語 meter,長度單位,量詞) —米 (白米,糧食一種,名詞)
- 站 (蒙古語 Jam,驛站,名詞) —— 站 (站立,動詞)

3.3.2 同音詞的分類

從詞形的角度看,同音詞可以分為以下兩種類別。

(1) 同音同形

同音同形指的是書面形式相同的同音詞,例如:

- 杜鵑:鳥名。
- 杜鵑:植物名。
- 儀表:人的外表。
- 儀表:測定溫度、氣壓、電量、血壓等的儀器。
- 黑人:黑色人種的人。
- 黑人:姓名沒有登記在戶籍上的人。
- 白話:指不能實現或沒有根據的話。
- 白話:指現代漢語 (普通話) 的書面形式。

(2) 同音不同形

同音不同形指的是書面形式不相同的同音詞，例如：

* 白話—白樺
* 條理—調理
* 戰事—戰士
* 住院—祝願
* 形勢—形式—刑事—行事

同音詞在修辭上能發揮諧音雙關的作用，如「東邊日出西邊雨，道是有晴卻無晴」，「晴」、「情」同音，可以藉音同而產生暗中的聯繫，以收言在此意在彼的暗示效果。同音詞也是歇後語的主要構成成分，例如：

* 飛機上掛暖水壺—水瓶 (平) 高
* 旗杆上綁雞毛—好大的撢 (膽) 子

修辭的雙關、歇後語的幽默都是由同音詞所產生的效果。我們若能認識詞的同音現象，便懂得欣賞同音相關的暗示式表達，例如香港某家航空公司的廣告「機不可失」，就利用了「機會」和「飛機」裏兩個同音語素造成的雙關效果。

詞義的發展與變化

> **閱讀重點**
>
> 認識詞義的發展和變化。

在語言的使用過程中,詞的意義會產生變化,多義詞的形成就是詞義發展的一種表現。在一個多義詞的幾個義位裏,有時候可以找到本義、基本義和引申義,這些性質不同的意義,正好說明了詞義的發展。以下介紹詞義在發展過程中產生的變化。

4.1 義位的增減

詞義發展帶來的就是古今詞義的變化。比較一個詞的古今詞義,往往會發現有些舊義位消失了,有些新義位產生了,這就是義位的增減。

一個詞在現代漢語裏的義位比古代的多,即增加了新的義位。例如「香」由「穀與酒之臭」一個義位,到現在除了基本義,還有四個引申而成的新義位。一個詞在現代漢語裏的義位比古代的少,即減去了舊的義位。例如「信」,在古漢語中使用的有八個義位,到現在漢語,「的確」、「信使」兩個義位消失了,「憑證」由義位縮小為語素義。

有的詞,舊義位消亡卻又增加了新義位,例如「快」在現代漢

語裏，古代的「放肆」義已不存在了，古代的「暢快」義只用於古語結構之中，在現代漢語中則變為語素義，另一方面，又從「迅速」這個意位引申出「靈敏」、「趕快」、「快要」幾個義位，其中「趕快」和「快要」由形容詞功能改變成副詞功能。下表比較引述自《辭源》、《現代漢語詞典》的義項，可顯示義位的增減情況。

古漢語《辭源 (1981)》	現代漢語《現代漢語詞典》(2018)
① 快樂、暢快 《孟子・梁惠王上》：「抑王興甲兵，危士臣，構怨於諸侯，然後快於心與？」	愉快；高興；舒服：拍手稱快、大快人心。
② 放肆 《荀子・大略》：「賤師而輕傅，則人有快；人有快，則法度壞。」	
③ 迅速 《晉書・王湛傳》：「此馬雖快，然力薄不堪苦行。」	a. 速度高；走路、做事等費的時間短 (跟「慢」相對)：他進步很快。
	b. 靈敏：腦子快。
	c. 趕快；從速：快來幫忙。
	d. 快要；將要：你再等一會兒，他快回來了。
④ 鋒利 杜甫《杜工部草堂詩箋八・戲題王宰畫山水圖歌》：「焉得并州快剪刀，剪取吳松半江水。」	(刀、剪、斧子、等) 鋒利 (跟「鈍」相對)：菜刀不快了，你去磨一磨。
	爽快；痛快；直截了當：快人快語。

4.2 義位的變化

4.2.1 擴大

一個義位在語言長期運用中減少了限定義素，使義位所反映的對象範圍變大，就是詞義的擴大。例如「江」、「河」。

（1）「江」

古漢語《辭源》（1981）	現代漢語《現代漢語詞典》（2018）
① 古代專指長江。 《書・禹貢》：「江，漢朝宗於海。」	① 指長江：江漢、江懷、江南、江左。
② 江河的通稱。如珠江、松花江。	② 大河：長江、珠江、黑龍江。

（2）河

古漢語《辭源》（1981）	現代漢語《現代漢語詞典》（2018）
① 黃河。 《書・禹貢》：「導河、積石，至於龍門。」《爾雅・釋冰》：「河出崑崙虛，色白，所渠並千七百一川，色黃，百里一小曲，千里一曲一直。」	① 特指黃河：河西、河套。
② 河流的通稱。	② 天然的或人工的大水道：內河、運河、護城河。

「江」、「河」在古代專指長江、黃河，到了現代，這個意義只反映在語素義裏，即在一些複合結構詞語如「江南」、「江左」、「河西」、「河套」裏才用上這個意義。在現代漢語裏，「江」、「河」保留了中心義素 [水道]，原來的限定語素如 [出蜀之湔氐徼外崏山，入海]、[出焞煌、塞外昆侖山發原，注海] 減掉了，語義場比古義

的大了。這就詞義擴大的現象。

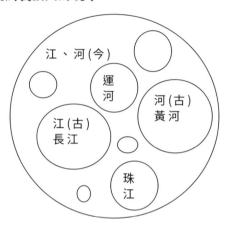

4.2.2 縮小

一個義位在語言長期運用中增加了限定義素，使義位所反映的對象範圍變小，就是詞義的縮小。例如「臭」。

古漢語《辭源》（1981）	現代漢語《現代漢語詞典》（2018）
① 氣味的總稱。 《詩·大雅文王》：「上天之載，無聲無臭。」	〈氣味〉難聞（跟「香」相對）：臭氣；臭味兒。
② 聞。用鼻子辨別氣味。同「嗅」。 《荀子·榮辱》：「彼臭之而無嗛於鼻。」	
③ 形容令人厭惡的貶辭。 《儒林外史六》：「從早上到此刻，一碗飯也不給人吃，偏生有這些臭排場。」	a. 惹人厭惡的：臭架子；臭名遠揚。
	b. 拙劣；不高明：這一着真臭。
	c. 狠狠地：臭罵；臭揍一頓。

「臭」的第一義在古代泛指所有的氣味，到了現代，仍然保留中心義素[氣味]，但增加了限定義素[難聞]，語義場比古義小了。這就詞義縮小的現象。

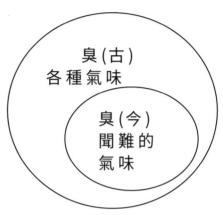

另一方面，我們可以看到，「臭」的 ② 義「用鼻子辨別氣味」在現代漢語裏已改由另一個詞形「嗅」(xiù) 來反映。「臭」的 ③ 義 ，現代漢語還保留着，並引申發展出「拙劣」、「狠狠地」兩個新義位。總的來說「臭」的義位是增加了，基本義是縮小了。

4.2.3 轉移

一個義位在語言長期運用中保留了限定義素，改變了中心義素，使義位所反映的由一個語義場轉入另一個語義場，就是詞義的轉移。例如「兵」，古代指兵器，如「短兵相接」，中心義素是[器械]，並含限定語素[作戰用的]，與「甲」、「革」、「乘」等同屬作戰器物的語義場。現代漢語裏，「兵」指軍人，中心義素由[器械]變為[人]，含限定語素[持兵器的]，與「工」、「農」、「商」、「學」等處於同一語義場。所以說，「兵」的義位是轉移了。

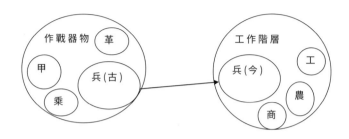

4.3 其他變化

　　詞在詞匯意義發展的過程裏，除了概念意義的擴大、縮小、轉移，還會產生以下的變化。

4.3.1 有的詞會虛化，產生了另一個虛詞

　　有的詞某個義位漸趨虛化，最後產生只有語法意義的虛詞。例如時態助詞「了」(le) 由古語詞含「了結」義的動詞「了」(liǎo) 虛化而來，結構助詞「得」(de) 由含「獲得」義的動詞「得」(dé) 虛化而來。

4.3.2 有的詞會改變語法功能

　　有的詞在詞義發展的過程中，由於指稱範圍改變了，引致語法功能也改變了，也就是說語法意義伴隨着詞匯意義的改變而發生變化，如「布告」本來是動詞，指「對眾宣告，公告」，可帶賓語，用例見《史記‧呂后本紀》:「劉氏所立之九王，呂氏所立之三王，皆本臣之議，事已布告諸侯。」(參考《辭源》(1981))「布告」(佈告) 發展到現代漢語，指的是「機關、團體張貼出來通過群眾的文件」(參考《現代漢語詞典》(2018))，在語法意義上失去後附時態助詞、充當述語、可帶賓語等功能，由動詞的用法變成名詞的用法，即可與介詞、數量詞組合，充當主語、賓語等等。

4.3.3 有的詞會改變感情意義

　　有的詞概念意義沒有太大的變化，但感情意義卻改變了，這也引致詞與詞的搭配關係的改變。例如「沾染」，《辭源》（1981）的解釋是「浸潤濡染，熏染。引申為受影響，用例見《晉書‧楊方傳》：『如方者乃荒萊之特苗，鹵田之善秀，姿質已良，但沾染未足耳；移植豐壤，必成嘉穀。』此指學問的熏陶。後多指壞影響，如沾染惡習。」「沾染」的意義本來是中性的，跟其他詞的搭配可以說不受感情色彩的限制，後來變為貶義詞，現代漢語也只保留了貶義的用法，與其他詞的搭配就受到限制，不能再與一些含褒義或中性色彩的詞語如「文化」、「藝術修養」、「高尚的情操」等搭配。

　　從詞義的發展和變化可以看到，詞義是一個常動的意義系統。一個詞的原來義位會引申出其他義位，然後舊的義位消亡，讓後來引申的義位來補充；構成義位的義素可加可減可轉換，產生不同的義位；詞匯意義中的附屬意義會變化，詞的語法意義也會改變。這就是構成一詞多義的動態進程。因此，我們在閱讀不同年代的篇章時，需要提高對詞義歷時觀察的自覺，在新、舊詞義中選擇恰當的義位，加強理解篇章的效果。例如在談義素分析的 2.3 節所引葉文玲的〈烏篷搖夢到春江〉一例，課本選了含貶義的「沾染」來解釋文章中的「濡染」，而把另一個中性義位「浸潤」棄而不用。其實，帶貶義色彩的「沾染」是不能與文句中「郁達夫『屋住蘭江夢亦香』的詩文和葉淺予墨韻淋漓的畫卷」的意象搭配的，也與作者對富春江的正面情意「那時，我並不見過富春江，卻千百次做過有關她的夢……那綠沉沉的甜夢中，總是悠盪着鄉思綿綿的烏篷船。」不相諧協。詞語解釋除了要幫助讀者理解字面意義，也可以幫助讀者欣賞對詞句蘊含的情感意義。

第五節 | 詞義關係

閱讀重點

1. 認識詞義的同義關係、反義關係、上下位義關係;
2. 嘗試運用詞義分析方法來分析詞義之間的多種關係。

5.1 同義關係

相同或相近的一組義位就有同義關係,具有相同或相近義位的一組詞就叫同義詞。例如以下詞語,據《現代漢語詞典》(2018)的解釋,都具有相同的義位。

a. 講演:對聽眾講述有關某一事物的知識或對某一問題的見解:登台講演;他的講演很生動。

b. 演講:演說;講演:登台演講。

c. 演說:就某個問題對聽眾說明事理,發表見解:發表演說。

「講演」、「演講」、「演說」的義位都含有 [對聽眾] 和 [說明事理] 的語義特徵,所以是同義詞。

同義詞的產生有以下幾個原因。

(1) 新舊詞並存，例如：

　　　舊名　　　　　　新名
- 母音　　　　　　元音
- 子音　　　　　　輔音
- 文法　　　　　　語法

(2) 標準語吸收了方言詞，流行於不同地域的詞並存，例如：
- 西紅柿（北方）　　蕃茄（南方）
- 棒子（北方）　　　玉米（通用）
- 水泥（通用）　　　水門汀（臺灣）
- 電子計算機（大陸）電腦（臺灣、香港）
- 出租車（大陸）　計程車（臺灣）　的士（香港）

(3) 外來詞的音譯詞和意譯詞並存，例如：

　　　音譯　　　　　　意譯
- 維他命　　　　　維生素
- 賀爾蒙　　　　　激素
- 米　　　　　　　公尺
- 馬達　　　　　　發動機

以上例詞能在任何場合下互相替代的並不多。例如一些新舊詞如「母音」、「元音」，雖然並存，但舊詞則比較不常用，甚至有的舊詞正在消亡，已經不用。有些概念意義相同的詞，由於流行區域不同，出現了不同的附屬意義，因此，這些詞雖然同義，但卻不能在任何場合、地域互相替代，例如「計程車」帶臺灣地域色彩，「的士」帶香港地區色彩，至於吸收了「搭的士」這個香港用語而形成的「打的」，就帶有濃厚的內地區域色彩。一些在學科術語和口語裏並存的同義詞語如「海洛英」、「白粉」、「白麵兒」等具有不同

的雅俗色彩，在特定語體中是不適宜互相替換的。由此可見從傳意的角度看，不能只看同義詞的相同部分，還要分析同義詞之間的細微差異。

同義詞按意義的相同程度可以分為等義詞和近義詞兩種。

5.1.1 等義詞

等義詞又叫「絕對等義詞」，指概念意義和附屬意義完全相同的一組詞，從義素分析的角度看，概念意義完全相等，即指組成義位的中心義素和限定義素都一樣。等義詞在任何場合都可以互換。一般的看法都認為外來詞的音譯詞和意譯詞，由於組成義位的義素完全相同，所以是等義詞。其實，嚴格來說，假如音譯詞和意譯詞產生於不同時期，仍然帶有新舊色彩之別。例如以前常用的「賀爾蒙」，現在漸由「激素」取代，於是用詞的選擇就能反映出語言的時代感，這就是概念意義以外的附屬意義所造成的效果。更明顯的例子是，現在已沒人用「塞恩斯」來指稱「science」（科學），用「密斯」來指稱「Miss」（小姐）了。

語言發展其中一個原則是講求經濟，即以有限的規律來表達無窮的意義和內容。詞的發展也符合這個原則。詞是反映意義的語言符號，等義詞就是以不同形式的語言符號來反映絕對相同的意義，這並不符合語言的經濟原則。所以，往往在詞的新形式流行通用後，舊形式就會消亡。由此可知，如「講演」和「演講」這樣的等義詞並不多見。又如「說」和「講」，據《現代漢語詞典》(2018) 的

解釋，有以下的義位：

説	講
① 用話來表達意思：我不會唱歌，只説了個笑話。 ② 解釋：一説就明白。 ③ 意思上指：他這段話是説誰呢？ ④ 責備；批評：爸爸説了他幾句。	① 説：講故事；他高興得話都講不出來了。 ② 解釋；說明；論述：這本書是講氣象的。 ③ 就某方面説；論：講技術他不如你，講幹勁他比你足。 ④ 講求：講衛生、講團結、講速度。

「説」和「講」的幾個義位中，只有第一個義位有絕對同義的關係。組成義位的義素包括[話]、[表達]、[意思]，跟「説」搭配的詞與跟「講」搭配的詞也沒有差異，如「説 / 講故事」、「説 / 講笑話」等，也就是説，在指稱「用話來表達意思」的概念時，無論是甚麼場合，「説」和「講」可以互相替換，是等值的。至於「説」和「講」的第二個義位，雖然同樣具有「解釋」的意義，但「講」還多了一個限定義素[+ 系統組織]，於是搭配的詞語也不同，如「老師連續講了三小時的課也不休息」一句裏，「講」不能由「説」替代，也就是説，「説」和「講」第二個義位的限定義素不同，不能看作等義詞。由此可見，判斷一組詞是否同義，要以義位為基礎，以「説」和「講」為例，第一義是等義，第二義是近義。

5.1.2 近義詞

近義詞指的是中心義素相同，限定義素不盡相同，或概念意義相近而附屬意義不同的一組詞。由於近義詞意義相近但不相同，所以在一定的上下文中是不能替代的。按義位相近與相異的情況，近

義詞可分為以下幾種。

(1) 組成概念義的中心義素相同限定義素不同的近義詞，
　　包括：

a. 範圍大小不同，如「事情」和「事件」

參考《現代漢語詞典》(2018)，「事情」指「人類生活中的一切活動和所遇到的一切社會現象」，「事件」指「歷史上或社會上上發生的不平常的大事情」。兩個詞的義位都含有「+活動+社會現象」的義素，但「事件」多了「+不平常」的限定義素，範圍比「事情」小。

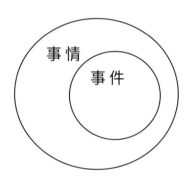

b. 程度輕重不同，如「優良」、「優秀」、「優異」

據《現代漢語詞典》(2018) 的意義解釋，「優良」、「優秀」、「優異」在程度上是有輕重的差異。

- 優良：(品種、質量、成績、作風等) 十分好。
- 優秀：(品行、學問、成績等) 非常好。
- 優異：特別好。

「優良」、「優秀」、「優異」都含有「好」的中心義素，但比較之下，限定程度的限定義素則各有輕重，其輕重程度排列為「優異〉優秀〉優良」；另外，三個詞與其他詞的搭配關係也不盡相同，如

「優良」能和「作風」搭配，「優秀」和「優良」就不能，「優秀」能和「人才」搭配，「優良」和「優異」就不能。

　　c. 語義側重不同，如「狡辯」和「詭辯」

　　「狡辯」的意義是「狡猾地強辯」，「詭辯」指「外表上、形式上好像是運用正確的推理手段，實際上違反邏輯規律，做出似是而非的推論」(《現代漢語詞典》(2018))；兩個詞的中心義素是[強辯、無理論辯]。「狡辯」則多為自己的錯誤而強詞辯解；「詭辯」則不必為自己的錯誤而論辯，而是強調「外表上、形式上運用邏輯推理」。

　　d. 搭配不同，如「漂亮」和「英俊」

　　據《現代漢語詞典》(2018)，「漂亮」有兩個義位：① 好看、美觀：她長得漂亮、衣服漂亮；② 出色：事情辦得漂亮；普通話說得很漂亮。「英俊」也有兩個義位：① 才能出眾：英俊有為；② 容貌俊秀又有精神：英俊少年。「漂亮」的第一個義位和「英俊」的第二個義位近義。這兩個義位都含[好看]的中心義素，但卻有不同的搭配詞語，「漂亮」含[+ 人]、[+ 事物]的限定義素，可以跟[＋女性]、[＋兒童]、[＋事物]等對象搭配；「英俊」的限定義素則只有[＋男性]，可搭配的對象跟「漂亮」不同。

　　e. 概括與具體有異，如「書」、「書籍」

　　「書」、「書籍」都含「+ 着作」的中心義素。「書」含「+ 釘裝成冊」的限定義素，是具可數性的個體名詞。「書籍」則含「+ 集合體」，是不可數的、概括性的集合名詞，表達種屬概念。其他名詞如「人」和「人類」、「船」和「船隻」、「樹」和「樹木」等都具有個體和集合的差異。

　　(2) 概念意義相同，附屬意義不同的近義詞，例如：

　　a.　感情色彩不同

　　例如「成果」、「結果」和「後果」都指「事情所達到的最後狀態」，但三個詞的褒貶色彩不同，「結果」色彩中性，好的結果叫「成果」，壞的結果叫「後果」。「位」和「個」同是量詞，「位」含尊敬色彩，「個」則含中性色彩。

　　b.　語體色彩不同

　　例如「氯化鈉」和「鹽」同指一種化學物質，「氯化鈉」是專科術語，具有嚴肅莊重的專科語體色彩，「鹽」是俗稱，具有通俗平易的通用語體色彩。「飛翔」和「飛」所指相同，「飛翔」含文藝語體色彩，「飛」含通用語體色彩；「碰到」和「邂逅」所指相同，「碰到」多用於口語，「邂逅」多用於書面語，含文藝語體色彩。

　　(3) 語法意義不同、用法不同的近義詞，例如：

　　a. 打仗 —— 戰爭

　　「戰爭」指「民族與民族之間、國家與國家之間、階級與階級之間或政治集團與政治集團之間的武裝鬥爭」，「打仗」指「進行戰爭、進行戰鬥」。兩個義位都含 [武裝鬥爭] 的義素，但是語法意義卻不同。「戰爭」是名詞，「打仗」是動詞，各有不同的句法功能。

　　b. 幫 —— 幫忙 —— 幫助

　　三個詞都含「替人出力、出主意或給以物質上、精神上的支援」的意義，也都是動詞，但「幫」和「幫助」可帶賓語，如「幫媽媽做家務」，「幫助失學兒童」，「幫忙」卻不帶賓語，但可以加插其他成分，如「這件大事，我是幫不上忙的」。

　　不完全等價的同義詞，在概念上、運用色彩上都有微細差異，假如我們仔細對比分析同義詞語之間的差別，會提高自身對詞語運用的自覺性，用心推敲詞語運用的效果，以增強語言表達的精確性

和表現力。例如朱自清〈匆匆〉的一個段落就用了幾個意義相近的詞語來描述時間的過去。

在默默裏算着，八千多日子已經從我手中溜去；像針尖上一滴水滴在大海裏，我的日子滴在時間的流裏，沒有聲音，也沒有影子。我不禁頭涔涔而淚潸潸了。

太陽他有腳啊，輕輕悄悄地挪移了；我也茫茫然跟着旋轉。於是——洗手的時候，日子從水盆裏過去；吃飯的時候，日子從飯碗裏過去……天黑時，我躺在牀上，他便伶伶俐俐地從我身上跨過……但是新來的日子的影兒又開始在歎息裏閃過了。

（朱自清〈匆匆〉）

以上段落裏用了含「移動」意義的詞語來寫時間流逝，這些詞語同中有異。

詞	義位（《現代漢語詞典》）(2018)	中心義素	限定義素
溜（去）	偷偷地走開：一說打牌，他就溜走了。	由一點移動到另一點	偷偷、不動聲色 跟人或物分開
閃（過）	突然出現：山後閃出一條小路來。		突然、快速
挪移	挪動；移動：向前挪移了幾步。		
過去	離開或經過說話人（或敘述的對象）所在地向另一個地點去：你在這裏等着，我過去看看。		跟人或物分開

在文章中，「溜（去）」和「過去」的主語都是日子，兩個動詞都含有離作者而去的意思，但「溜」多了不動聲色的形象。「挪移」和「閃（過）」的主語都是跟光有關的，「挪移」的主語是太陽光線，「閃（過）」的主語是日子的影子，兩個動詞都寫光的轉移，但「閃

（過）」是快速的。四個詞語在「移動，離開作者」的同意義基礎上呈現不同的動態形象，一方面強調了時間流逝的主題，一方面描寫時間在生活中變化多端的消逝。由此可見，同義詞在寫作上能發揮在重複主題中求變化，在變化中突顯主題的成效。

5.2 反義關係

相反或相對的一組義位就有反義關係，具有相反或相對的義位的一組詞就叫反義詞。跟同義關係和同義詞的分析一樣，反義關係和反義詞的分析必須以義位為基礎。有反義關係的義位必須有共同的義素以及極性對立的義素。例如「哭」、「笑」都屬於動作的語義場，共有[＋感情]的中心義素，又含有極性對立的限定義素，即「哭」含限定感情性質的[＋傷心難過]，「笑」含限定感情性質的[＋高興快樂]，兩者的感情性質對立，於是構成反義關係。動詞「睡」雖然也在動作的語義場裏，中心義素是[－感情]，不具備與「哭」、「笑」形成對立的基礎，所以不能與「哭」或「笑」構成反義關係。總的說來，從義素分析的角度來看，A、B兩個義位中心義素和部分限定義素相同，只有一個義素不同，而不同的義素是互補的、對立的，反向的就形成反義關係，是反義詞。

5.2.1 反義的類別

從邏輯意義角度，反義詞可以劃分為絕對反義、相對反義、反向反義三類。

（1）絕對反義

絕對反義的兩個義位含互補關係。互補關係指非 A 則 B、非 B 則 A 的關係，肯定一方則否定另一方，否定一方則必肯定另一

方。例如事情的客觀本質不是「真」就是「假」，沒有既真又假，不真不假的狀態。例如：

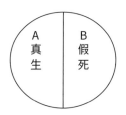

a. 真—假
- 中心義素：事物性質的判斷；
- 極性對立的義素：判斷與事實相符 —— 判斷與事實不相符。

b. 生－死
- 中心義素：生物的生命狀態；
- 極性對立的義素：有生命 —— 失去生命。

(2) 相對反義

相對反義的兩個義位含對立關係。對立關係指 A 與 B 分別處於兩極，兩極中間還有中間狀態。例如「大」以外，還有「不大不小」和「小」，「大」和「小」只是兩極；「黑」和「白」兩個對立之間還有很多深淺不同的顏色。

A　　　　　　　　　　　　　　B

a. 大 - (中) - 小
- 中心義素：事物的面積；
- 極性對立的義素：佔的空間廣 —— 佔的空間比較狹小。

　　b. 優 -（良 - 常 - 可）- 劣

- 中心義素：事物素質或人的表現水平；
- 極性對立的義素：好 —— 差。

　　c. 黑……藍、紅、黃……白

- 中心義素：顏色；
- 極性對立的義素：像煤或墨的顏色 —— 像鮮血或石榴花的顏色 —— 像霜或雪的顏色。

　　「白」可跟「黑」形成反義關係，如「是非黑白」，「黑」和「白」代表了是和非兩極；「白」也可跟「紅」形成反義關係，如「紅白二事」，「紅」和「白」象徵了喜事和喪事兩種對立的大事，反映了特定的民族文化。

　　d. 光明……黑暗

- 中心義素：光線的狀態
- 極性對立的義素：光線充足 —— 光線不足。

（3）反向反義

　　反向反義的兩個義位含逆向關係。逆向關係指當 A 出現時，同時會出現反方向的 B，A 和 B 共存才構成逆向，而 A、B 之間不存在其他中間成分。例如有「買」的一方就有「賣」的一方，一個交易裏出現的是兩個逆向活動。有「教師」就有「學生」，「教師」是授的一方，「學生」就是受的一方，兩個位置逆向。

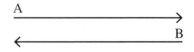

　　a. 買 —— 賣

- 中心義素：交易；

- 極性對立的義素：拿錢換東西 —— 拿東西換錢。

b. 聽 —— 説

- 中心義素：言語活動；
- 極性對立的義素：輸入信息 —— 輸出信息。

c. 教師 —— 學生

- 中心義素：人；知識、技能；
- 極性對立的義素：傳授的一方 —— 接受的一方。

　　上述三類反義關係是可以脱離語境的，即離開上下文也可以成立的反義關係，它們表示的是普遍的相反、對立意義。有些反義關係卻只存於語境當中，在一定的上下文裏、一定的條件下，才表現出來，是臨時性的反義關係。例如：

- 不作風前**楊柳**，要作巖上的**青松**(程光鋭《雷聲萬里》)
- 你走你的**陽關道**，我走的我的**獨木橋**。

　　「楊柳」和「青松」是兩種植物（中心義素），但性質（限定義素）不同。楊柳柔軟，帶迎風搖曳的形象，可喻懦弱的性格，青松是常綠喬木，帶挺直堅強的形象，可喻堅強不屈的性格。因此，「風前楊柳」和「巖上青松」同時出現在句中，便形成了兩個對立的形象，比喻兩種對立的性格。「陽關道」和「獨木橋」是兩不相干的地方（中心義素），在文句的對舉形式裏，形成互不侵犯、互不干涉的對立關係（限定義素：你的方向—我的方向）。

5.2.2 反義詞的義位對應情況

　　詞有單義和多義，所以反義義位有不同的對應情況。以下是選自畢淑敏〈友情：這棵樹上只有一個果子，叫做信任〉文中的片段，其中用了幾組反義詞來說明作者對友情的感覺。

　　現代人的友誼，很**堅固**又很**脆弱**……

　　……友誼之鏈不可**繼承**，不可**轉讓**，不可貼上封條保存起來而不**腐爛**，不可冷凍在冰箱裏永遠**新鮮**。

　　……友誼是最**簡樸**同時也是最**奢侈**的營養……友誼必須**述說**，友誼必須**傾聽**……

　　從以上的反義詞可以看到幾種反義的對應情況。

　　（1）單義詞與單義詞構成的反義關係

　　按《現代漢語詞典》（2018），以下的詞語都是單義詞，它們的反義關係是一一對應的。

堅固 結合緊密，不容易破壞；牢固；結實：陣地堅固；堅固耐用。	脆弱 禁不起挫折；不堅強：感情脆弱；脆弱的心靈。
簡樸 （語言、文筆、生活作風等）簡單樸素：陳設簡樸；衣着簡樸。	奢侈 花費大量錢財追求過分享受：生活奢侈。
述說：陳述說明：述說身世。	傾聽：細心地聽取：傾聽群眾的意見。

　　「堅固」和「脆弱」都是形容事物的性質，這是兩個詞的共同意義基礎，也就是中心義素，「堅固」含[+ 不容易破壞]的限定義素，「脆弱」則含[- 不容易破壞]的限定義素，兩種性質是兩極的對立。作者運用了「堅固」和「脆弱」這組反義詞來形容現代人的友誼，旨

在突出友誼這種感情有兩種極端的狀況。「簡樸」和「奢侈」的中心義素是 [+ 生活、作風]，形成意義對立的是限定性質的義素分別是：「簡樸」的 [- 過分享受] 和「奢侈」的 [+ 過分享受]，作者用這兩個相對反義詞來形容「營養」，暗指友誼的培養可易可難，重點是雙方的態度。因此，最後的兩句用了「述說」和「傾聽」兩個反義詞。這兩個詞的中心義素是 [話]，不同的是「述說」含 [把話輸出] 的限定義素，「傾聽」含 [把話輸入] 的限定義素，兩個動作是反向的，有反向反義的關係，即是說友誼的培養是雙方的雙向的，雙方願意的話，要培養友誼就很簡樸，只要一方不願意的話，要培養友誼就很奢侈。這些相反詞的義位對應簡單直接，要了解這兩對相反詞的意義以及在文中的具體所指並不難。

（2）單義詞與多義詞的某個義位構成反義關係

按《現代漢語詞典》(2018)，上述段落中的以下兩個詞語，其中一個是單義詞，它的義位只跟另一個多義詞的某個義位有反義關係。

轉讓	繼承
把自己的東西或應享有的權利讓給別人：轉讓房屋；技術轉讓。	① 依法律承受 (死者的遺產等)：繼承遺產。 ② 泛指把前人的作風、文化、知識等接受過來：繼承優良傳統；繼承文化遺產。 ③ 後人繼續做前人遺留下來的事業：繼承先烈的遺業。

「轉讓」是單義詞，它的義位跟多義詞「繼承」哪個義位構成反義關係呢？孤立來說，「轉讓」應與「繼承」的第一個義位構成反義關係，因為「繼承」的三個義位中，只有這個義位含有 [+ 東西 / 權利] 的中心義素，能與「轉讓」整個義位相對應，其他兩個義位指

的多為精神、文化，不包括具體事物，跟「轉讓」不完全相對。「轉讓」和「繼承」的第一個義位的極性相對義素是「轉讓」的 [給予] 和「繼承」的 [接受]，兩者有反向反義的關係。

　　「轉讓」：自己 ————————→別人

　　「繼承」：自己 ←————————別人

　　然而，就畢淑敏〈友情：這棵樹上只有一個果子，叫做信任〉的文意來說，與「繼承」搭配的是「友誼」，那就得取第三個義位，不過因上下文的制約下，只取了 [繼續做] 的中心義素，其他限定義素則臨時消失了。於是，在這種特定的條件下，「轉讓」便與「繼承」的第三個義位構成反義關係。文章要強調的是友誼靠朋友之間的信任來繼續維持，不能從別人那裏接受過來，也不能交給他人。由此可見，「轉讓」與「繼承」的第一個義位有普遍的反義關係，「轉讓」與「繼承」的第三個義位則有臨時的反義關係。

　　(3) 多義詞某個義位和另一多義詞某個義位構成反義關係

　　按《現代漢語詞典》(2018)，以下兩個詞語都是多義詞，能構成反義關係的，不都是所有義位，而是其中的一、兩個義位。

腐爛	新鮮
① 有機體由於微生物的滋生而破壞：受傷的地方，肌肉開始腐爛。 ② (思想) 陳舊；(行為) 墮落：生活腐爛；腐爛的靈魂。 ③ (制度、組織、機構、措施等) 混亂、黑暗：剝削制度腐爛透頂。	① (剛生產、宰殺或烹調的食物) 沒有變質，也沒有經過醃製、乾製等：新鮮的水果；新鮮的魚蝦。 ② (花朵) 沒有枯萎：新鮮的花朵。 ③ (空氣) 經常流通，不含雜類氣體：呼吸新鮮空氣。 ④ (事物) 出現不久，還不普遍；少見的；稀罕：新鮮經驗。

「腐爛」三個義位的中心義素是[＋質][＋壞]，第一個義位的限定義素是[＋有機體]，第二、三個義位的限定義素則是[－有機體]；「新鮮」四個義位的中心義素是[＋質][＋好]，只有第一、二個義位含的限定義素是[＋有機體]。從跟這兩詞搭配的詞語，也就是適用對象來看，「腐爛」的第一個義位和「新鮮」的第一、二個義位屬於同一個語義場，兩者在同一語義場裏構成性質對立的反義關係，極性對比義素分別是「壞」和「好」。「新鮮」的其他兩個義位與「腐爛」的其他義位都不屬於同一個對象語義場，沒有對立的基礎，所以不能構成反義關係。在上面引述的文章段落中，作者把友誼比作有生命的東西，所以用「不腐爛」和「永遠新鮮」來暗指友誼長存的意思。

（4）多義詞某個義位與不同詞的某個義位構成多個反義關係

按《現代漢語詞典》(2018)，「開」其中一個義位是「使關閉着的東西不再關閉」，因為適用對象不同而跟不同的詞構成反義關係。

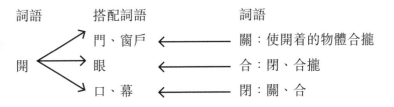

「開」同時與「關」、「合」、「閉」構成反義關係，主要因為是詞語搭配上的差異，而與「開」構成反義關係的「關」、「合」、「閉」，它們彼此之間也有同義關係。

（5）多義詞的多個義位分別與不同詞的某個義位構成多個反義關係

按《現代漢語詞典》(2018)，「生」其中三個義位可跟不同的詞的義位構成反義關係。

```
     ┌ 活                        ←── 死：生物失去生命。
生 ─┤  果實沒有成熟             ←── 熟：植物的果實等完全長成。
     └ 食物沒有煮過或煮得不夠的   ←── 熟：食物加熱到可以食用的程度。
```

「生」的三個義位分別與多義詞「死」、「熟」的某些義位構成反義關係，而「死」跟「熟」彼此之間沒有任何詞義關係。

(6) 多義詞的多個義位分別與多義詞的多個義位構成多個反義關係

例如「冷」和「熱」都是多義詞，它們的多個義位之間存有多個反義的關係。

冷《現代漢語詞典》(2018)	熱《現代漢語詞典》(2018)
義位	
① 溫度低；感覺溫度低，(跟「熱」相對)：你冷不冷？ ② 使冷(多指食物)：太燙了，冷一下再吃。 ③ 比喻灰心或失望：心灰意冷、看到他嚴厲的目光，我的心冷了半截。	① 物體內部分子不規則運動放出的一種能。物質燃燒都能產生熱。 ② 溫度高；感覺溫度高(跟「冷」相對)：三伏天很熱。 ③ 使熱；加熱(多指食物)：把菜湯熱一下。
語素義	
④ 不熱情；不溫和：冷言冷語。 ⑤ 寂靜；不熱鬧：冷落、冷清清。 ⑥ 生僻；少見的：冷僻。 ⑦ 不受歡迎的；沒人過問的：冷貨、冷門。 ⑧ 乘人不備的；暗中的；突然的：冷箭、冷槍、冷不防。 ⑨ (Lěng) 姓	④ 生病引起的高體溫：發熱、退熱。 ⑤ 情意深厚：親熱、熱愛、熱心腸兒。 ⑥ 形容非常羡慕或急切想得到：眼熱、熱中。 ⑦ 受很多人歡迎的：熱貨、熱門兒。 ⑧ 加在名詞、動詞或詞組後，表示形成的某種熱潮：足球熱、旅遊熱、自學熱。 ⑨ 放射性強：熱原子。

　　「冷」的第一個義位和「熱」的第二個義位含有共同的中心義素[溫度]，處於同一語義場，「冷」含[低溫]的限定義素，「熱」含[高溫]的限定義素，是處於兩極的性質，形成相對的反義關係。「冷」的第二個義位和「熱」的第三個義位有相同的語法意義，都是能帶賓語的動詞，中心義素是[使食物溫度產生變化]，「冷」的限定義素是[使變冷]，「熱」的限定義素是[使變熱]，兩者有相對的反義關係。

　　「冷」和「熱」的語素義也有相反的關係。「冷」的其中一個語素義 ⑦ 是由義位 的限定義素[低]引申為[人數]的[量少]，「熱」的其中一個語素義 ⑦ 是由義位 ② 的限定義素[高]引申為[人數]的[量多]，這兩個語素義在數量構成少與多的對立關係，由這兩各語素構成的詞如「冷貨」和「熱貨」、「冷門」和「熱門兒」也有相對的反義關係。

　　反義詞的作用是能突顯事物、行為、性狀的鮮明對比，給讀者從中感受文字以外的深意。以下一段落選自周寧〈慢的哲學〉，文章用了幾組對比的詞語來從側面來說出作者的人生態度。

　　所謂「慢」，並不是真**「慢」**，不宜將它視作**「快速」**或**「捷徑」**的相反詞。它不是**漫不經心**、拖拖拉拉、要死不活。我們應該把「慢」賦予積極的含義，使「慢」成為生活中最具深度的一種理念。

　　人生是一場**永無止境的長途跋涉**，翻山越嶺。我們追求的，不應是**短暫**的彗星一閃，在熱烈的掌聲只能**短暫停駐**，空留**回憶**不如最後豐盈的**收成**。

　　慢慢的走，穩穩的走，保持心境的平和寧靜，不偏離業已抉擇的人生目標，總有一天，驀然回首，發現自己是那走得最遠的人。

文中含相對反義關係的詞包括：

- 慢 ──────── 快速 ──────「捷徑」
- 永無止境 ──── 短暫
- 長途跋涉 ──── 短暫停駐
- 「收成」(豐盈) ──「回憶」(空)

「慢」指「速度低；走路、做事等費的時間長 (跟『快』相對」 (《現代漢語詞典》(2018))，作者在文中卻否定「慢」和「快」本來 的對立關係，並從中把「慢」和「快」轉移為「長久」和「短暫」的 對立，藉以指出「慢」除速度以外，還有更深刻的意義。接着，作 者利用另一組反義詞來寫「慢」的深刻意義。他分別以「永無止境」 和「短暫」、「長途跋涉」和「短暫停駐」的相對反義造成對照，暗 示「慢」的深刻意義就是「持久、永恆」。人生之路長而且難，追求 的是實在的收成，不是刹那的回憶，「回憶」和「收成」在文中構成 相對反義在於「空虛」和「實質」兩個對立的性質。如果能培養對 詞語運用的敏感，在閱讀過程中，便能欣賞作者用詞的巧妙。在語 文教學上，教師在引導學生理解文章的內容大意和中心思想時，也 適宜給學生講講詞語的運用，欣賞作者遣詞的技巧，討論用詞的效 果，幫助學生有方向有重點地積累詞語，學習精確用詞。

5.3 上下位的意義關係

我們認識外界事物時，除了概括事物特徵外，還把事物依層次 按不同的特徵分成各門別類，形成「屬 + 種差」的層級性關係。例 如前面分析過的「川」、「溪」、「溝」、「海」、「湖」、「池」都是「水域」 的種類。「水域」指「從水面到水底的一定範圍」，適用範圍大，是 一個上位詞，包含了含流動的、停聚的、面積大、面積小等不同種

差的「川」、「溪」、「溝」、「海」、「湖」、「池」等下位詞。

上下位詞是相對的，例如「龍井」相對於「中國綠茶」來說是下位詞，相對於「雨前龍井」來說就是上位詞；「中國綠茶」相對於「龍井」來說是上位詞，相對於「中國茶」來說就是下位詞。

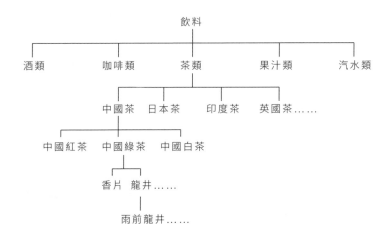

以上例子的上下位關係是通過日常生活的經驗或習慣劃分而成的，沒有嚴格的科學分類系統。在科學語體裏，上下位詞的劃分有嚴格的標準和細密的系統。例如我們把「狗」分類，大概印象是「屬動物一種，是哺乳類動物，跟狼同類」，生物學則按其科學系統，把「狗」的下位種差說明如「哺乳綱食肉目犬屬家犬種」，這並非我們日常生活所熟知的。

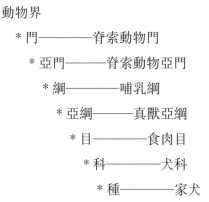

動物界
　＊門————脊索動物門
　　＊亞門————脊索動物亞門
　　　＊綱————哺乳綱
　　　　＊亞綱————真獸亞綱
　　　　　＊目————食肉目
　　　　　　＊科————犬科
　　　　　　　＊種————家犬

　　專門學科的詞多是單義詞,把詞按種差分為上下位關係,系統是可以做到清晰明確的。日常生活裏的通用詞因為一詞多義的關係,所以會造成一詞多屬的上下位關係。例如按《現代漢語詞典》(2018),「菜」有以下兩個義位:

菜 1:能做副食品的植物;蔬菜:種菜。

菜 2:經過烹調供下飯下酒的蔬菜、蛋品、魚肉等:四菜一湯。

　　「菜 1」是「菜 2」的一種材料,兩個義位有着上下位的關係,從詞形來看,似乎同一個詞既是上位又是下位,可見,討論上下位的意義關係,也要以義位為基礎。有時候,因為使用習慣和感知經驗的關係,同一詞也會分屬不同層次的屬種,表面看來,該詞也是上位下位集於一身。例如:

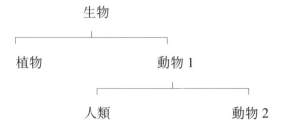

生物
植物　　　　動物 1
　　　人類　　　　動物 2

　　與「植物」同層次的「動物」指「生物的一大類，以有機物為食料，有神經，有感覺，能運動」，與「人類」同層次的「動物」指「人類以外的飛禽走獸」。當有人說「在困難的處境裏，要像動物一樣活着」，指的是下位的那個「動物」。

　　除了反映事物的名詞外，反映動作的動詞和反映性質的形容詞也有上下位的詞義關係。例如：

飛
｜
（鳥）鼓動翅膀在空中活動 ─ 飛 ── 普通方式

飛翔／翶翔 ── 盤旋地飛

滑翔 ── 某些物體不依靠動力，而利用空氣的浮力和本身重力的相互作用在空中飄行。

　　「飛」泛指有翅膀的鳥和蟲在空中行走的動作，不專指特殊的方式，專指旋轉式的「飛」是「飛翔」或「翶翔」。蟲類的翅膀短，無法旋轉式飛翔，「飛翔」往往讓人想到的是老鷹，也不會是麻雀；專指利用空氣浮力滑行的是「滑翔」，沒有巨大有力的雙翼的鳥也無法這樣飛，信天翁有很長的翅膀，牠們在空中不用鼓動雙翅就能借助又長又大的翅膀在空中滑翔，形態像飛機。在指稱鳥類或其他事物在空中移動時，可能需要運用這些下位詞來突出其獨特的飛行方式。又如泛指「露出愉快表情，發出歡喜的聲音」的「笑」，按程度可以下分為「微笑」、「笑」、「大笑」；泛指帶諷刺意味的「笑」也可以按程度下分為「嘲笑」、「譏笑／訕笑」、「恥笑」。「痛」泛指「疾病創傷引起的難受的感覺」，按程度可以下分為「劇痛」、「痛」、「隱隱作痛」，按痛的性質還可以分為「刺痛」、「絞痛」。

　　類似的詞義知識，一般可已在閱讀和生活中慢慢感知，在語文教學上，教師可以在教閱讀或寫作時，給學生講解一點，以提高

他們遣詞的自覺性。例如評講作文，遇到類似以下的句子，教師便可給學生解釋近義關係、上下位關係等詞義知識，以提高他們的選詞意識。

方先生立刻走入廚房，將條魚的所有肚裏的臟拿出來然後洗淨……方先生用鏟子拿了他剛剛燒好的魚拿一些來品嚐。[18]

以上的句子除了句法問題外還有用詞上的問題。先看「臟」，這個單音詞在現代漢語裏不多用。「臟」應該是「內臟」，按文意可以用「內臟」，也可以按習慣用「腸臟」。再看「鏟子」，這是一個上位詞，泛指「帶長把，像簸箕或平板的用具」，鏟草鏟煤的都是鏟子，形狀大，跟煮菜用的不同，煮菜用的是「鍋鏟子」。最後看看動詞「拿」。「拿」泛指「用手或用其他方式抓住、搬動（東西）」的動作，從其中一個義素「其他方式」，就知道不專指特殊的方式，「搬動」任指由此處到彼處，沒有專指處所的特點，義位的概括性比較大，是一個上位詞。用上位動詞來記述宰魚、煎魚的活動，不夠具體細致。「拿」的動作按不同活動方式可以下分幾個動詞，按文意，「拿」可以改為「挖」。

拿 ┌ 掏：用手或工具伸進物體的口，把東西弄出來。
　　├ 摳：用手指或細小的東西從裏面往外挖
　　└ 挖：用工具或手從物體的表面向裏用力，取出其中一部分或其中包藏的東西。

另外還有近義詞的運用問題。句末用了「品嚐」，「品嚐」跟「嚐嚐」的意義是有差別的。煮菜嚐味，多用「嚐嚐」，「品嚐」帶有「仔

細」、「欣賞」的態度，跟新鮮、名貴、稀罕的食品如「名茶」、「名酒」等等搭配。這裏假如要寫方先生很醉心於自己烹調的魚，仔細地嚐味，最好能在「品嚐」前面加上神態專注的修飾語。教師給學生評講作文時，遇到類似的用詞問題，最好借助詞匯知識引導學生分析自己用詞的毛病，再選用恰當的詞語，修改句子。結合句法上的問題，上述兩句，可以作如下的修改。

方先生立刻走~~入~~進廚房，~~將~~把那條魚的~~所有~~肚裏的內臟~~拿~~挖出來，然後把那魚洗乾淨⋯⋯方先生用鍋鏟子~~拿~~子他在剛剛燒好的魚身上~~拿~~挖了一些塊肉來品~~嚐~~嚐。

第六節 ｜ **本章練習**

練習一：概念義和附屬義

1. 依據《現代漢語詞典》的解釋，分析以下面詞語的意義。

(1) 徐州見着父親，看見滿院狼藉的東西，又想起祖母，不盡
　　簌簌地流下了眼淚。

—— 選自朱自清〈背影〉

(2) 偶爾也望一望絢麗的晚霞／卻不再逗留

—— 選自吳晟〈負荷〉

詞	概 念 義		附 屬 義		
	對象特徵	適用對象	形象色彩	感情色彩	語體色彩
例：相貌	人的面部長的樣子	人	有	中／褒	書面體
狼藉					
簌簌					
絢麗					

2. 分析以下反映腿部動作的動詞的意義

詞	概 念 義		附 屬 義		
	對象特徵	適用對象	形象色彩	感情色彩	語體色彩
走					

詞	概念義	附屬義			
	對象特徵	適用對象	形象色彩	感情色彩	語體色彩
行					
跑					
跳					
爬					

練習二：詞素分析法

一. 義項、義位

以下詞語解釋選錄自《現代漢語詞典》(2018)，指出該詞有幾個義項、幾個義位，並指出哪個義項也是義位。

詞	《現代漢語詞典》(2018)	義項	義位
黑	① 像煤或墨的顏色，是物體完全吸收日光或與日光相似的光線時所呈現的顏色（跟「白」相對）：黑板、黑白分明、白紙黑字。 ② 黑暗：天黑了、屋子裏很黑。 ③ 秘密；非法的；不公開的：黑市、黑話、黑戶、黑社會。 ④ 壞；狠毒：黑心。 ⑤ 象徵反動：黑幫。 ⑥ 姓。		

二．義素分析

把以下詞語的義位分析出其所含的義素，然後概括出其所屬的語義場。

詞	義位	義素	語義場
絢麗	燦爛美麗：文采絢麗；絢麗的鮮花。		
燦爛	光彩鮮艷：星光燦爛。		
走	人或鳥獸的腳交互向前移動。		
行	走。		
跑	兩隻腳或四條腿迅速前進。		
跳	腿上用力，使身體突然離開所在的地方。		
爬	昆蟲、爬行動物等行動或人用手和腳一起着地向前移動。		

練習三：多義詞

一．多義詞和同音詞辨別

花¹（huā）：　① 種子植物的有性繁殖器官。

　　　　　　② 可供觀賞的植物：種花。

　　　　　　③ 花紋：這被面花太密。

　　　　　　④ 顏色或種類錯雜的：花花綠綠。

　　　　　　⑤ 衣服磨損或要破沒破的樣子：袖子都磨花了。

　　　　　　⑥ 比喻年輕漂亮的女子：校花、教院之花。

花²（huā）：　用；耗費：花錢。

1. 上面兩個「花」的意義有沒有聯繫？

_____

2. 哪個「花」是多義詞？

_____

3. 從詞形和詞義的關係看，「花¹」和「花²」有哪種關係？

_____

二. 多義詞分析

試分析「花 1」和「白」的多個義位，指出：

1. 哪個是基本義，哪個是引申義，哪個是比喻義

2. 幾個義位之間有怎樣的關聯

(1) 花¹(huā)：(義位見上一題)

(2) 白(bái)：

　① 像霜或雪的顏色，是物體被日光或與日光相似的光線照射，各波長的光都被反射時呈現的顏色(跟「黑」相對)。

　② 光亮；明亮：東方發白。

　③ 清楚；明白：真相大白；不明不白。

　④ 沒有效果；徒然：白跑一趟。

　⑤ 無代價；無報償：白吃。

　⑥ 用白眼珠看人，表示輕視或不滿：白了他一眼。

練習四：詞義關係

一 · 詞義關係分析

1. 用義素分析法說明以下詞語在意義上的異同以及詞義關係。

(1) 欣賞 —— 觀賞

(2) 閱讀（報紙）—— 看（報紙）

2. 指出以下各組詞語的詞義關係。

(1) 出生 —— 去世：＿＿＿＿＿＿＿＿＿＿＿＿＿＿＿＿＿

(2) 醫生 —— 病人：＿＿＿＿＿＿＿＿＿＿＿＿＿＿＿＿＿

(3) 見利忘義 —— 捨生取義：＿＿＿＿＿＿＿＿＿＿＿＿

(4) 熱 —— 酷熱 —— 燥熱 —— 燜熱：＿＿＿＿＿＿＿＿

(5) 交談 —— 談天 —— 談天說地 —— 談心 —— 咬耳朵：

＿＿＿＿＿＿＿＿＿＿＿＿＿＿＿＿＿＿＿＿＿＿＿＿＿

二 · 用詞效果

以下是一段小學語文教材，分析動詞的運用效果。

　　一個小孩一手拿着球兒，一手牽着媽媽的手，從商店裏走來。他用力甩開媽媽的手，衝到馬路上去拾球兒。

三 · 以下段落取自學生作文，討論句子中的用詞有沒有甚麼問題，並提出修訂建議。

　　那攤販的服裝古舊，他們的舉止迅速，動作十分純熟，因為那些顧客人來人往，十分繁忙。那些顧客衣着普通，他們的行動緩慢，因為大多數的顧客是家庭主婦……（題目：菜市場剪影）

參考答案

練習一：

1.

詞	概　念　義		附　屬　義		
	對象特徵	適用對象	形象色彩	感情色彩	語體色彩
狼藉	〈書〉亂七八糟；雜亂不堪：聲名狼藉（形容人的名譽極壞）；杯盤狼藉。也作狼籍。	名譽 食具 物品	有	貶	書面語體
簌簌	① 象聲詞，形容風吹葉子等的聲音。	葉子	有	中	書面語體
	② 形容眼淚等紛紛落下的樣子。（〈背影〉原文取此義）	眼淚	有	中	書面語體
	③ 形容肢體發抖的樣子：手指簌簌地抖。	肢體	有	中	書面語體
絢麗	燦爛美麗：文采絢麗；絢麗的鮮花。	色彩鮮艷的事物：花、雲霞、詞句	有	褒	書面語體

2.

詞	概 念 義		附 屬 義		
	對象特徵	適用對象	形象色彩	感情色彩	語體色彩
走	① 人或鳥獸的腳交互向前移動。(〈背影〉原文取此義)	人、鳥、獸	有	中	中性
	② 跑：奔走相告。	人、鳥、獸	有	中	書面語體(古)
	③ (車船等) 運行；移動；挪動：這條船一個鐘頭能走三十里。	船、車、時鐘、手錶	無	中	中性
	④ 離開；去：我明天要走了。	人	無	中	中性
	⑤ 指人死 (婉辭)：他還這麼年輕就走了。	人	有	中	中性
	⑥ (親友之間) 來往：他們兩家走得很近。	親友	無	中	口語體
	⑦ 通過；由：咱們走這個門出去吧。	人	無	中	口語體
	⑧ 漏出；泄漏：説走了嘴。	消息、氣味	無	中	口語體
	⑨ 改變或失去原樣：茶葉走味了；你把原意講走了。	味道、消息	無	中	口語體
行	① 走：日行千里。	人、鳥、獸	無	中	書面語體
	② 古代指路程：千里之行始於足下。	人	無	中	書面語體
	③ 指旅行或跟旅行有關的：西歐之行。	人	無	中	書面語體

續表

詞	概 念 義		附 屬 義		
	對象特徵	適用對象	形象色彩	感情色彩	語體色彩
跑	① 兩隻腳或四條腿迅速前進：鹿跑得很快。	人、鳥、獸	有	中	中性
	② 逃走：別讓兔子跑了。	人、鳥、獸	有	中	口語體
	③ 為某種事物而奔走：跑碼頭；跑材料；跑買賣。	人 - 事務	有	中	口語體
	④ 物件離了應該在的位置：信紙叫風給刮跑了。	物件	有	中	口語體
	⑤ 液體因揮發而損耗：瓶子沒蓋嚴，汽油都跑了。	液體	有	中	口語體
跳	① 腿上用力，使身體突然離開所在的地方：跳過一條溝。	人、鳥、獸	有	中	中性
	② 物體由於彈性作用突然向上移動：新皮球跳得高。	物件	有	中	口語體
	③ 一起一伏地動：心跳、眼跳。	心、眼、脈搏	有	中	中性
	④ 越過應該經過的一處而到另一處：跳級	級別、職級	有	中	中性
爬	① 昆蟲、爬行動物等行動或人用手和腳一起着地向前移動。	昆蟲、爬行動物、人	有	中	中性
	② 抓着東西往上去：牆上爬滿了藤蔓。	昆蟲、爬行動物、人、植物	有	中	中性
	③ 由倒臥而坐起或站起（多指生牀）：就哪裏跌倒，就在哪裏爬起來。	人	有	中	中性

練習二：

一.

詞	《現代漢語詞典》(2018) 解釋	義項	義位
黑	① 像煤或墨的顏色，是物體完全吸收日光或與日光相似的光線時所呈現的顏色 (跟「白」相對)：黑板、黑白分明、白紙黑字。 ② 黑暗：天黑了、屋子裏很黑。 ③ 秘密；非法的；不公開的：黑市、黑話、黑戶、黑社會。 ④ 壞；狠毒：黑心。 ⑤ 象徵反動：黑幫。 ⑥ 姓。	有六個義項，③、⑤ 是不能單用的語素義，①、②、④、⑥ 能單用。	有四個義位，是①、②、④、⑥。

二.

1.

詞	義位	義素	語義場
絢麗	燦爛美麗：文采絢麗；絢麗的鮮花。	中心義素：視覺的 限定義素：好看、色彩多	
燦爛	光彩鮮艷：星光燦爛。	中心義素：視覺的 限定義素：好看、色彩多、光亮	

續表

詞	義位	義素	語義場
走	人或鳥獸的腳交互向前移動。	中心義素：人、鳥、獸的腿部動作 限定義素：腳、交互、前移	＊ 腿部動作 （人）（鳥）（獸）
行	走。	中心義素：人、鳥、獸的腿部動作 限定義素：腳、交互、前移	
跑	兩隻腳或四條腿迅速前進。	中心義素：人、鳥、獸的腿部動作 限定義素：腳、迅速、前移	＃ 腿部動作 （走）（跑）（跳）
跳	腿上用力，使身體突然離開所在的地方。	中心義素：人、鳥、獸的腿部動作 限定義素：腿上、用力、腳部離開所在地	
爬	昆蟲、爬行動物等行動或人用手和腳一起着地向前移動。	中心義素：昆蟲、爬行動物、人的四肢動作 限定義素：手和腳一起、着地、前移	＊ 四肢動作 （蟲）（人）（爬行動物）

＊ 以詞語的搭配關係（組合關係）構成的語義場。

＃ 以具同類性質的詞語（聚合關係）構成的語義場。

練習三：

一．

「花¹」和「花²」語音形式相同，都唸的「huā」，但「花¹」的多個義位中，沒有一個和「花²」的義位有聯繫，所以「花¹」和「花²」是同音詞。

二．☑ 表示義位

花¹（huā）的義位檢視

① 種子植物的有性繁殖器官。☑（很多植物要靠花來繁殖。）

② 可供觀賞的植物：種花。☑（這盆花開得很燦爛。）

③ 花紋：這被面花太密。☑（這裙子的花很富現代感，很適合你穿。）

④ 顏色或種類錯雜的：花花綠綠。☑（這裙子花得很，我不喜歡。）

⑤ 衣服磨損或要破沒破的樣子：袖子都磨花了。☑

⑥ 比喻年輕漂亮的女子：校花、教院之花。（她是我們班裏／學院裏的花？）

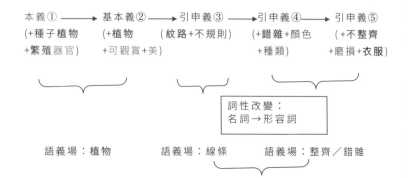

「白」的義位檢視

① 像霜或雪的顏色，是物體被日光或與日光相似的光線照射，各波長的光都被反射時呈現的顏色（跟「黑」相對）。☑（雪的白跟雲的白不一樣。）

② 光亮；明亮：東方發白。☑（你看天都白了，該起牀了。）

③ 清楚；明白：真相大白；不明不白。☑？

④ 沒有效果；徒然：白跑一趟。☑（無良雇主不給工資，工人可真白幹了）

⑤ 無代價；無報償：白吃。☑（她從不幫忙幹點事，就在這裏白吃白喝白住。）

⑥ 用白眼珠看人，表示輕視或不滿：白了他一眼。☑

　　白：象形。甲骨文字形，象日光上下射之形，太陽之明為白，從「白」的字多與光亮、白色有關。本義：白顏色。

語義場：光　　　語義場：(沒有)效果（行為）　語義場：(不付)報償（行為）

引申義②　　　　　引申義④　　　⋯⋯⋯⋯⋯⋯▶　引申義⑤
(+光亮＋天)　　　(-效果＋行為)　　　　　　　(-代價＋行為)

詞性改變：
形容詞→副詞

本義①(+顏色+跟黑相對)　｝　語義場：顏色

詞性改變：
形容詞→動詞

引申義⑥（＋看＋白眼珠＋輕視／不滿）

語義場：看(眼部動作)

練習四：

一．

1. （1）欣賞 ── 觀賞

共有的中心義素：　＋感官作用

	欣賞	觀賞
限定義素：	＋聽覺＋視覺＋感覺	＋視覺

差異：

→適用對象不同　　可觀、可聽、可感的事物　＋可觀的事物

　（2）閱讀（報紙）── 看（報紙）

共有的中心義素：　＋使視線接觸

	閱讀	看
限定義素：	＋書面材料	＋人、＋物
	＋領會內容	－領會

差異：

→行為的結果不同、適用對象不同

2. （1）出生 ── 去世　　　（絕對反義）

　（2）醫生 ── 病人　　　（逆向反義）

　（3）見利忘義 ── 捨生取義（相對反義）

　（4）熱 ── 酷熱 ── 燥熱 ── 燜熱（上下位義）

　（5）交談 ── 談天 ── 談天說地 ── 談心 ── 咬耳朵

　　　（近義：形象意義、語體意義不同）

　二．教材主要描述孩子跟媽媽上街的片段，其中動詞包括：拿、牽、甩、拾。這些動詞可分成兩組（詞義參考自《現代漢語詞典》（2018））。

第一組：拾球前	第二組：拾球
拿：用手取物或持物。 中心義素：手部動作 限定義素：＋持物	甩：用力揮動 中心義素：手部動作 限定義素：＋力量大＋離開自己
牽：拉着使行走或移動 中心義素：手部動作 限定義素：＋力量＋向着自己	衝：很快的朝某一方向直闖 中心義素：人或物的動態 限定義素：＋速度快＋目標＋移動
	拾：把地上的東西拿起來 中心義素：手部動作 限定義素：＋取得＋地上物件

上述動詞的運用描繪了孩子拾球的一連串行為。拾球前，孩子是一手「拿」球一手「牽」着媽媽的手，動作自然平靜。當球掉到馬路上時，文中用了含有「力量」、「速度」義素的動詞來描述孩子行為的變化。「甩」顯示了孩子擺脫媽媽的手的力度，「衝」承接着「甩」的力度，加上了速度，最後「拾」歸結了「甩」和「衝」的目的，就是取得地上的球。上表比較了兩組動詞，拾球前的行為自然平靜，拾球時的行為力度大和速度快，可見文中動詞的對比運用能具體反映出孩子愛球的心理。

三．

　　那攤販的服裝古舊殘舊／陳舊（錯用近義詞），**他們的舉止動作**（錯用近義詞）**迅速，動作十分**純熟迅速，**因為**（因果關係不明顯，錯用關聯詞語）那些顧客**人來人往**來來往往（錯用近義詞），十分繁忙。**那些顧客**他們（回指顧客）衣着着普通，**他們的**（主謂謂語的結構）行動緩慢，**因為**（因果關係不明顯，錯用關聯詞語）大多數**的顧客**（承前省略主語）是家庭主婦⋯⋯（題目：菜市場剪影）

詞匯的構成

　　詞匯是詞的集合，按不同的標準可以把詞集合成不同的詞集合體，例如按語言系統的標準可以劃分出漢語詞匯、英語詞匯、法語詞匯、日語詞匯等等詞的總集。個別的語言可以按照不同的內部標準來劃分不同的詞集合體，如漢語可按發展階段劃分出古漢語詞匯和現代漢語詞匯，以共時的角度按表達媒介可以把現代漢語劃分為口語詞匯和書面語詞匯等等。本章按以下幾個標準來介紹現代漢語的詞語集合體，嘗試從不同的側面來觀察現代漢語詞匯的特點。

　　(1) 基本詞和一般詞：從詞在詞匯構成的地位和作用來劃分。

　　(2) 古語詞和新造詞：從詞的出現時間來劃分。

　　(3) 口語詞和書面詞：從詞在兩種交際媒介上的分佈來劃分。

　　(4) 標準詞和方言詞、行業詞和學科詞：從詞的運用區域、範圍來劃分。

　　(5) 本族詞和外來詞：從詞的來源來劃分。

基本詞與一般詞

閱讀重點

1. 認識基本詞和一般詞本質差異；
2. 從動態的角度理解基本詞和一般詞的轉移關係。

按詞在詞匯構成的地位和作用可以把詞劃分為基本詞與一般詞兩個集合。

1.1 基本詞

基本詞反映的是人類對自然界、人類自身和日常生活等基本概念，基本詞的集合叫基本詞匯。基本詞匯是人類由古至今的語言運用中不可少的詞集，是語言詞匯的核心。

1.1.1 基本詞的類別

基本詞可分為以下幾個類別。

（1）自然界的現象和事物

例如：天象—天、星、月、風、雲、雷、電；

地象—地、山、水、火、江、湖、海；

動物—虎、牛、豬、鳥、魚；

植物—樹、草、花、果。

（2）生產和生活

    例如：居住—房、屋、門；

           交通—車、船、路；

           衣服、飾物—布、絲、衣、玉、金；

           用具—刀、斧、網、筆、書、燈；

           生產品—稻、麥、米、菜、雞、豬。

（3）人體器官

    例如：頭、腦、心、手、腳、腿、牙、血。

（4）人倫關係

    例如：父、母、子、兄、弟。

（5）動作、行為、變化

    例如：生、死、來、去、想、愛、吃、走、飛、寫。

（6）性質、狀態

    例如：形狀—大、小、圓、方；

           長度—高、低、矮、長、短；

           重量—輕、重；

           厚度—厚、薄；

           顏色—紅、白、黑；

           數量—多、少；

           素質—好、壞、對、錯、是、非、美、醜、善、惡；

           速度—快、慢。

（7）人稱和指代關係

    例如：我、你、他、這、那、誰。

（8）數量和單位

    例如：一、十、百、千、萬、個、隻、尺、寸。

(9) 時令、時間、方位

例如：春、秋、早、午、晚、東、西、左、右、內、外。

1.1.2 基本詞的特點

基本詞具有以下特點：

(1) 穩固性

基本詞反映的是人們對外界事物及自身生活的基本概念，這些基本概念從古至今沒有很大的改變，若進行歷時考察，不難發覺有的詞從甲骨文時代到現代，我們仍然使用，例如「天」、「地」、「山」、「水」、「大」、「小」等等。

(2) 能產性

基本詞多為單音節詞，有的從古至今一直為人所用，有的成為構詞能力相當強的語素，是構成新詞的基礎。例如「天」，可以與其他語素組合成以下的詞語：

　　a. 表天象的：天空、天邊、天河、天候、天氣、天體、天文、天宇；

　　b. 表位置在頂部的事物：天花板、天井、天靈蓋、天棚、天橋；

　　c. 指天然的：天才、天敵、天分、天籟、天性、天真、天職、天資；

　　d. 從天興起的想像：天兵、天帝、天公、天機、天門、天命、天闕、天神。

也有一部分的基本詞構詞能力並不強，例如代詞「你」、「我」、「他」、「誰」。

(3) 普遍性

　　由於基本詞反映的是基本概念，因此除了能經得起時間的考驗，由古代沿用到現代，也能不受空間、地域的阻隔，廣為全民使用。

1.2　一般詞

　　基本詞以外的詞就是一般詞，又稱「非基本詞」或「通用詞」，基本詞的集合叫一般詞匯。一般詞匯的數量比基本詞匯大，但不是全民常用的，或者在短時期裏為全民使用，但不穩固，構詞能力比較弱。例如基本詞「天」，也是成詞語素，它和其他語素構成的複合詞都是屬於一般詞匯的通用詞。一般詞匯的成分包括古語詞、新造詞、外來詞、方言詞、行業詞、固定詞語等。

　　一般詞匯與基本詞匯存在着相互轉換的關係。隨着社會生活的發展與變化，某些通用詞跟人們生活密切相關，所反映的概念漸漸成為生活的基本概念，具有基本詞的特點，最後就會進入基本詞匯。例如在古代科技發展還沒有發現「電子」(electron)、「核子」(nuclear) 這類物質元素，那時候自然沒有「電子」、「核子」(nuclear) 這一類意譯詞，在現代文明發現「電子」、「核子」以後，現代詞匯就出現「電子」、「核子」的詞。當這些詞在使用的過程中還沒有出現穩固性、能產性、普遍性的特點時，是通用詞，屬一般詞匯，但當日常生活裏出現更多與「電子」、「核子」有關的事物後，「電子」、「核子」就發展為構詞的詞根，與其他詞根構成表達新事物的新詞，如「電子計算機」、「電子琴」、「電子手錶」、「電子音樂」、「電子顯微鏡」、「核能」、「核武器」、「核裝置」、「核反應」、「核電站」、「核輻射」、「核潛艇」、「核戰爭」等等。「電子」、「核 (子)」的構詞能力不斷增強，可以產生不少新詞，而使用範圍越趨普遍，使用情況

日益穩固，假如有一天它們具備了基本詞的特點，就可以由一般詞匯進入基本詞匯。另一方面，也有一些基本詞隨着社會的演變轉為通用詞，由基本詞匯進入一般詞匯。例如在古代社會制度裏最高的統治者是「君」，在社會生活中與「君」相關的概念不少，以「君」為基礎所構成的詞也不少，如以「君王」、「君侯」、「君主」、「國君」來尊稱一國之首，以「君」作為對人的尊稱，如「孟常君」、「春申君」，以「君子」來稱呼賢能之士，並組成熟語如「君子之交」、「梁上君子」、「君子不念舊惡」等等。「君」在古代能產性強、使用廣泛，是基本詞。到了現代社會，封建制度解體，「君臣」的概念已漸為人所淡忘，「君」這個詞也極為少用，也絕少構造新詞，「君」由於失去了基本詞的特點就會轉為通用詞，屬於一般詞匯的範圍。

　　一般詞和基本詞的轉換牽涉到常用詞的問題。常用詞往往需要依據使用頻率的統計方可確定，使用頻率高的是常用詞，使用頻率低的是非常用詞。使用頻率的統計很受統計對象影響。常用詞統計一般以流行書刊作為對象範圍，由於統計對象不同，語料範圍的大小、性質也不同，統計所得的常用詞也有差異。例如從報章統計所得的常用詞多與時事主題有關，而從中小學教科書統計出來的常用詞，分佈範圍會比較廣泛。不同的社會有不同的常用詞，同一個社會在不同的時代也有不同的常用詞。無論常用詞的統計來自哪個範圍的語料，總之，當一個通用詞成為常用詞，表示其所反映的概念與人們的生活緊密連繫，假如它的構詞能力越來越強，可以產生更多新詞，就會成為基本詞，進入基本詞匯。

古語詞和新造詞

> **閱讀重點**
>
> 1. 認識古語詞和新造詞的本質差異;
> 2. 區分新造詞和生造詞;
> 3. 觀察並分析古語詞和新造詞在不同語境中的運用效果。

　　語言從古到今都處於常動的狀態,有的在古時常用的詞到現代已不用,不同時代的社會又產生新的詞。按詞的出現時間,可以在現代漢語詞匯裏找到古語詞和新造詞。

2.1 古語詞

　　古語詞指現代漢語從古漢語中吸收的詞,色彩簡練文雅,主要用於書面語。古語詞主要分兩類。

2.1.1 歷史詞

　　歷史詞所反映的事物概念曾經存在於歷史上或古代神話傳說中,這些事物或因社會變遷或人們思維的發展,現在已被忽略,因此,反映這類事物概念的歷史詞在日常交際中很少使用,只在涉及的歷史現象、事件、人物的專門學術著作中運用,或為達至某種修

辭效果,也會故意使用歷史詞。

歷史詞可分為以下幾類:

(1) 器物:鼎、鬲、闕、殿、耒、袞、圭。

(2) 典章制度:封禪、井田、門閥、科舉、炮烙、五馬分屍。

(3) 官職:宰相、太尉、司馬、拾遺、補缺、刺史。

(4) 人名:神農氏、女媧、堯、舜、禹、望舒、華陀。

(5) 地名:邢溝、西海、長安、大都、建安、蓬萊仙島。

(6) 其他:騮、驊騮、麒麟、蛟龍、女蘿等。

以上列舉的歷史詞所反映的概念,並非完全消失於現代生活當中,只是在現代漢詞匯範疇裏,已改用短語或句子來指稱相關的事物概念。例如由於經濟活動改變,於馬的語義場中,不需要再以馬的外形特點來細致區分「騮」、「驊騮」等義位,於是,這類詞所反映的義位,往往改用短語來指稱,如以「黑鬃黑尾巴的紅馬」代替「騮」,以「赤色的駿馬」來代替「驊騮」。

2.2.2 文言詞

文言詞指古漢語用過而保留在現代漢語裏的詞,通常有對應的現代漢語詞,例如:

	文言詞	現代漢語詞
	伉儷	夫妻
	笑靨	笑臉、酒窩
實詞	蟾宮	月亮
	囹圄	監獄
	敗北	失敗
	懈逅	遇見

實詞	行樂	玩樂
	逮	到、及
	之	往
	倦	疲勞
	殆	危險
	此	這
	彼	那
虛詞	俱	都
	尚	還
	之	的
	與	和
	乎	嗎、呢

　　古語詞和現代漢語詞的色彩不同。古語詞含莊敬肅穆的感情色彩，如「台端」、「台鑒」、「佇候」等古語詞多用於嚴肅的公函。寫文章能恰當地用上古語詞，會收言簡意賅，文體典雅之效。例如：

　　台北沒有甚麼好去處。我從前常喜歡到動物園走動走動，其中兩個地方對我有誘惑。一個是一家茶館，有**高屋建瓴**之勢，憑窗遠**眺**，一片釉綠的**田疇**，小川**蜿蜒其間**，頗可使人**目曠神怡**。

（梁實秋〈駱駝〉）

　　這是一篇用白話寫成的散文，古語詞的運用使文章增加了凝鍊、古雅的味道。假如把文中的古語詞替換了現代漢語詞，就會發覺兩段文字的效果截然不同。

　　台北沒有甚麼好去處。我從前常喜歡到動物園走動走動，其中兩個地方對我有誘惑。一個是一家茶館，建在高處，倚着窗戶遠望，一片釉綠的田野，小溪彎彎曲曲地流在中間，挺能使人視野廣闊，心情愉快。

2.2　新造詞

　　隨着社會的發展，新事物不斷產生，語言也適應着社會、生活的種種變化，舊詞隨着原有概念的消失而消亡，新詞適應新概念的出現而產生。新造詞就是指為了適應社會的發展和交際需要，隨着新事物和新概念的發展而產生的詞。以歷時的角度看，所謂「新」是相對「舊」來說，它沒有確切的時限界定。以現代漢語來說，新造詞可以指以下幾個階段出現的詞。

(1) 五四至解放期間出現的詞，例如：

　　洋人、學堂、黃油、西服、國民黨、共產黨、抗日、解放、同志、長征。

(2) 解放以後至改革開放期間出現的詞，例如：

　　自留地、幹部、公社、超英趕美、紅領巾、少年宮、雷鋒精神、愛人。

(3) 改革開放至今幾十年間出現的詞，例如：

　　特區、軟件、超市、手機、休閒、熱點、下崗、打工、打假、網紅。

　　新造詞的產生不是任意的，一般是利用語言裏已有的基本詞或語素，按照既定的構詞規則構造而成，不合漢語構詞規則的叫「生造詞」。生造詞是任意把兩個語素生硬拼湊，或隨意改變原有

的詞形所造成的詞，如把「顫抖」顛倒為「抖顫」，如「她沒有她姐姐那麼大方得體，她談吐舉止都挺小方失禮的」一句裏的「小方失禮」，臨時按「大方得體」的格式替換了相反的語素，如「他兩兄弟整天打吵不停」一句裏的「打吵」，是臨時在「打架」和「吵架」兩詞裏各取一個語素湊合而成，表示「打架和吵架」，這些都是生造詞。生造詞因為缺乏社會普遍運用的基礎，難以發展為新造詞。

　　然而，新造詞和生造詞之間不一定有明顯的界限。生造詞假如有約定俗成的基礎，也有機會成為新造詞。例如轉借自香港的音譯詞「卡拉OK」的「OK」不是漢語書寫形體；「打的」的「的」是音譯詞「的士」的中一部分，音「dí」，不是漢語語素，「打」，按《現代漢語詞典》(2018)，一共有二十五個義項，沒有一個跟「乘坐 (交通工具)」有關。這兩個詞初期看起來像生造詞，但在口語上已廣為使用，已成了通用新造詞，並已經收進字《現代漢語詞典》(2018)。有的香港用詞如「巴士」、「的士」，在內地是有相對應的用詞「公共汽車」和「出租車」的，而這兩詞早期被視為不規範詞，現在已見於《現代漢語詞典》(2018)。這些詞的其中一部分也被吸收為構造新詞的語素，繼而產生一系列的新詞如「大巴」、「中巴」、「小巴」、「面的」、「轎的」。組成這些詞的語素「巴」和「的」是音譯外來詞的多音節語素的一部分，有音無義。「大巴」、「面的」等詞以不完整的語素加上漢語現成的語素構造而成，從結構形式來看，並不完全符合漢語構詞規則，是生造詞，但這些詞確實反映着日常生活中人們對新事物的概念，在口頭上普遍運用，雖尚未被收進規範詞典，但也漸漸發展為全民使用的新造詞。由此可見，生造詞能不能發展為新造詞，往往訴諸約定俗成的基礎，當一個生造詞有了普遍性、穩定性之後，就可以成為新造詞。

第三節　| 　**口語詞和書面語詞**

> **閱讀重點**
>
> 1. 認識口語詞和書面語詞的本質差異；
> 2. 認識口語詞和書面語詞在不同語境中
>   的運用效果。

　　人們交際主要通過聽説和讀寫兩種媒介，聽説是口語交際，讀寫是書面傳意，現代漢語詞匯包含了一些常用於口語交際的詞和一些多用於書面傳意的詞，也有一些既用於口語也用於書面語的通用詞。《現代漢語詞典》用〈口〉、〈書〉來表明個別詞語多運用在哪種表達形式，沒有標號説明的詞則通用於口語和書面語。

3.1 口語詞

　　口語詞多用於日常生活的聽説交際活動中。口語可以分為文雅口語、家常口語、俚俗口語。文雅口語用詞比較典雅，最接近書面規範。家常口語用詞比較隨便輕鬆，規範程度差一些，容易吸收方言詞。俚俗口語多用於社會次文化群體，多用土話俚語，規範程度更差一些。[1]

1　關於口語詞匯的分類參考自張永言（1982）：《詞匯學簡論》，武昌，華中工學院出版社，頁 98。

口語詞有以下特點。

(1) 口語詞多為單音節，例如：

口語詞	家 、 病 、 住 、 送 、 讀 、 買 、 聽 、 窄 、 窮
書面詞	家庭、疾病、居住、贈送、閱讀、購買、聆聽、狹窄、貧窮

(2) 有的口語詞帶方言成分，例如以下口語詞，《現代漢語詞典》都標示了〈方〉，表示這些詞吸收自方言，含方言色彩。

旮旯ル	腦勺	打的	（不）打緊
耍橫	涮（騙）	擺龍門陣	敢情（副詞）
尷尬	吃不了，兜着走		

3.2 書面語詞

書面語詞多用於書籍文章，有以下特點。

(1) 書面語詞多為雙音節

例子見口語詞第 (1) 點。

(2) 書面語詞含文言詞、學術用詞

書面表達多應用在文藝寫作或專門學科論文寫作，配合這類語體的需要，會比較多用文言詞或學術用詞。例如「腦」是學術用詞，反映學科上特定的概念定義，多用在專門學科的文章裏，「腦袋」、「腦袋瓜」、「腦瓜ル」、「腦子」等帶口語色彩的近義詞，少用在這類書面表達裏。「傴僂」和「駝背」指同樣的概念，日常交際口語多用「駝背」，古雅的書面表達會用「傴僂」，其他如「造訪」和「看（望）」、「魚雁」和「（書）信」、「嬗變」和「演變」、「服膺」和「信服」等等，前者多見於書面表達，後者多用於日常生活口語。

第四節 ｜ **標準詞和方言詞、行業詞和學科詞**

學習重點

1. 認識標準詞和方言詞的本質差異；

2. 認識以系統的方法比較粵普詞匯；

3. 認識行業詞和學科詞的特點。

　　標準詞和方言詞、行業詞和學科詞是按詞的運用區域、範圍來劃分的詞集。

4.1 標準語詞和方言詞

　　標準語指一個民族的共同語，普通話就是漢民族的標準語，它以北京音為標準音，以北方話為基礎方言，以典範的白話文著作為語法規範。標準語詞指普通話裏面的詞匯，組成標準語詞匯的大部分是規範詞。一個國家內部的各個地區可能會流行着另一種常用的交際語言，這類語言在語音、語法、詞匯跟標準語之間存在着系統差異，這些地區語言叫方言。我國有七大方言，包括北方方言、吳方言、湘方言、贛方言、閩方言、粵方言、客家方言。方言的詞語集合就是方言詞匯。方言詞匯流行於方言地區，標準語詞匯則通用於各個地區。

　　標準語詞匯和方言詞匯，以詞的語音形式差異最大，在書面詞形和所反映的概念兩方面也有不同。

（1）標準語詞和方言詞反映相同的概念但詞形不同，例如：

概念	標準語詞	方言詞		
偷東西的人	小偷	小偷兒（北京）	賊娃子（成都）	賊仔（廈門）
做飯菜的屋子	廚房	灶間（上海）	灶前（福州）	廚房（廣州方言）

（2）標準語詞和方言詞的詞形相同，但反映的概念不同，例如：

共同詞形	標準語概念	方言概念	
麵	麵粉、麵條。	粵方言：麵條	吳方言：麵條。
蚊子	吸人畜血液的昆蟲。	粵方言：同標準語。	四川話：也指蒼蠅。

　　標準語詞彙和方言詞彙的系統對比研究不多。李如龍〈談談詞彙的比較研究〉，提出了對標準語詞彙和方言詞彙進行共時和歷時的比較，指出在共時比較中，標準語詞彙和方言詞彙在詞形上可以歸納出系統差異，例如名詞詞形，官話多「兒」，吳語多「頭」、贛語則有「口得」、粵語則有「仔」。在基本義、引申義方面，兩種詞彙也有系統差別，例如上下義位的分佈不同，粵語和廈門話的「腳」也指「腿」，是下肢的上位概念，普通話的「腳」和「腿」是下位概念，粵語的「雪」和廈門話的「霜」可以包含「冰」，是上位概念，普通話的「雪」、「霜」、「冰」是下位概念。方言詞彙和標準語詞彙也有不對應的差異，例如普通話的「個子」，上海話說「塊頭」，福州話說「漢碼」，廈門話就沒有相應的概念。[2]

2　有關論文見李如龍、蘇新春編（2001）:《詞彙學理論與實踐》，頁 132-146，北京，商務印書館。張永言（1982）:《詞彙學簡論》也談討論過標準語詞彙和方言詞彙的差別，有類似的看法。

　　標準語詞匯跟方言詞匯的關係處於動態的變化中，有的方言詞被吸收到普通話詞匯裏而得到進一步的發展，如普通話的「搞衛生」、「搞關係」、「搞對象」、「搞點吃的」等等的「搞」吸收自湘方言的「搞」，「搞」被吸收到普通話以後，詞義擴大了，色彩也有變化。「貨色」、「把戲」、「打烊」、「尷尬」、「垃圾」、「海鮮」、「鹽焗雞」、「牛腩」、「雪糕」、「套餐」、「創意」等等都是吸收自方言詞匯的普通話詞。有的普通話詞也被吸受到方言詞匯裏，例如「到位」、「達標」、「拍板」、「對口」等詞漸漸被吸收到香港粵語詞匯裏。

4.2 粵普詞匯比較 [3]

　　在香港學習普通話，多多少少會運用粵普詞語對照的策略來積累普通話詞，詞語對照的方式一般是把詞按詞類或主題來一一對照，例如：

	粵語詞	普通話詞
飲食類	飲	喝
	飲酒	喝酒
	飲茶	喝茶
	請人飲茶	請人下館子
	請飲	請客
	去飲	作客去

3　由於歷史背景不同，香港粵語和廣東地區使用的粵語在詞匯上出現差異，本節討論的粵語詞以香港粵語詞為主。

形容詞	靚	漂亮
	貪靚	愛美
	扮靚	打扮
	又平又靚	又便宜又好
歎詞	嘩[wa^{33}]	喲

　　這一類詞語對照方便學生學習普通話的個別詞語，但並沒有從詞匯學角度比較粵普詞匯的系統差異。另外，從語用的角度看，孤立的詞語對照有時候會引致運用上的偏差。例如粵語的「飲茶」和普通話的「喝茶」，以義位為比較基礎，不難發覺兩個詞的義位數量不同，是不能簡單地一一對照的。

飲茶《廣州話方言詞典》[4]　　喝茶《現代漢語詞典》(2018)

① 喝茶　　　　　　　　　　把茶咽下去。

② 在茶館喝茶吃點心

　　粵語「飲茶」是多義詞，只有第一個義位可以跟普通話的「喝茶」對照，「飲茶」的第二個義位反映的是廣東地區的特有飲食習慣，沒有可對應的標準語詞。假如在說普通話時，硬把第二個義位的「飲茶」說成「喝茶」，除了不能表達正確的概念外，在溝通上也會產生誤會和不自然感。這種不考慮方言詞所反映概念內容的詞語對譯，會容易引致普通話的學習偏誤。如粵語「請（人）飲茶」所指跟普通話「請人下館子」不完全一致。「請人下館子」泛指請人到館子裏用餐，「請（人）飲茶」則專指「到茶樓喝茶吃點心」（這個

4　饒秉才等編（1981）：《廣州話方言詞典》，認為「飲茶」還有一個「喝開水」的義位，但按香港的使用習慣，「飲茶」不指「喝開水」。

粵語説法還有一個引申義,指「給打賞、給人好處以作疏通」),這兩個用語範圍大小不同,不能簡單對譯。其他詞語如「請飲」指「請吃喜酒」,「去飲」指「吃喜酒去」,「請飲」和「去飲」的「飲」,意義是「吃喜酒」,不能簡單對譯為「請客人」、「作客」。假如我們在真實的交際活動中硬套這類通過粵普詞語對照學來的普通話詞,就會造成詞不達意的後果。

現從詞匯學的角度來比較粵語詞匯和普通話詞匯。

4.2.1 粵、普詞匯的組成成分不同

普通話詞匯以「北方話」詞為主體,還包括了古語詞和反映外族概念的外來詞。粵語是流行於廣東省的方言,粵語詞匯以廣東省地區詞為主體,也包含了古語詞和外來詞。粵語和普通話雖然都由共同的古漢語發展而來,兩個語言系統有共通之處,例如語法基本結構有相當的一致性,但由於兩個語言的使用環境不同,又經歷了不同的發展變化,粵語詞匯與普通話詞匯有以下的差異。

(1) 粵語詞匯裏保存了一些在普通話詞匯裏並沒有保存下來的古語詞

粵語詞匯保留了不少普通話詞匯沒吸納的古語詞,例如「走」(跑)、「行」(走),「食」(吃)、「飲」(喝)。蔣紹愚〈廣州話和漢語史研究〉列舉了具體的例子説明部分粵語詞和語素是由中古詞甚至上古詞變來的。例如相當於普通話後綴「們」的粵語後綴「哋」大抵由中古的「等」變來。「哋」的構詞功能跟「們」不同,卻與中古的「等」相當一致。「哋」和「等」只附在代名詞「你、我、他」後面構成具複數意義的代名詞如「我哋」、「你哋」、「我等」、「爾等」,不像普通話的「們」,可以附在其他名詞後,構成「先生們 (先生哋

/ 等？)」、「學生們 (學生哋 / 等？)」、「大夫們 (大夫哋 / 等？)」、
「將軍們 (將軍哋 / 等？)」一類的詞。粵語的正偏式構詞法如「雞
公」、「雞乸」與普通話的「公雞」、「母雞」的偏正式相反。上古漢
語中也存在着「大名冠小名」的構詞形式，如「魚鮪」、「鳥烏」，
專名如「城濮」、「帝辛」等都是正偏的構詞。粵語中的「鑊」也能
溯源至上古漢語，《周禮・天官・亨人》：「掌供鼎鑊」，《禮記・少
牢饋食禮》有「羊鑊」、「豕鑊」。可見，漢民族的烹飪器具最初叫
「鼎」、「鑊」，「鼎」、「鑊」之別，見顏師古《漢書・刑法志》注：「鼎
大而無足曰鑊」。普通話的「鍋」原意不是烹飪器具，揚雄《方言》：
「自關而西盛膏者乃謂之鍋」，大概到了明代才用「鍋」來指烹飪器
具，《正字通》：「俗謂釜為鍋」。粵語表選擇的連詞「定」在唐朝已
見使用，如杜甫〈不離西閣〉：「不知西閣意，肯別定留人」。粵語
表數量的疑問代詞「幾多」是唐宋時代常用詞，如劉長卿〈重別嚴
維〉：「新安非欲掛帆過，海內知己有幾多？」，李煜〈虞美人〉：「問
君能有幾多愁？恰似一江春水向東流。」[5]。

(2) 粵語詞匯包含西方國家的外來詞比普通話詞匯多

普通話詞匯和粵語詞匯都吸收了外來詞，例如普通話和粵語
通用的「啤酒」(語音形式不同，書面詞形相同)，是英語「beer」的
音譯加意譯詞，普通話以「啤」為詞根，構成了「黃啤」、「黑啤」等
新造詞，粵語則有「生啤」。由於廣東省地處南中國海岸，與外國
商旅接觸頻繁，吸收的外來詞也比較多，有的反映日常生活事物的
詞，更直接採用音譯形式，不再利用漢語語素改造為接近漢語詞形

5　參考自蔣紹愚〈古漢語詞匯與漢民族文化〉、〈廣州話和漢語史研究〉載於蔣紹愚
　　(2000)：《漢語詞匯語法史論文集》北京，商務印書館，頁 174-175，頁 282-293。

的意譯詞。例如粵語的「波」是英語「ball」的音譯詞，普通話則用漢語本族詞「球」，其他如把「再見」說成「拜拜」，是英語「bye」的音譯詞，把「毛線」叫做「冷」，是法語「laine」的音譯詞。

香港是中西文化交流的樞紐，香港粵語詞匯因此吸收了大量來自西方國家的外來詞，這些外來詞有的是音譯詞，有的更直接保留了外來詞的原來形態，如「媽咪」（「mummy」的音譯，與普通話的「媽媽」相同）、「爹哋」（「daddy」的音譯，與普通話的「爸爸」相同）、「占」（「jam」的音譯，即普通話的「果醬」）、「士多啤梨」（「strawberry」的音譯，即「草莓」）、「車厘子」（「cherry」的音譯，即「櫻桃」）、「撻（火）」（「撻」是「start」）的音譯）、「杯葛」（「boycott」的音譯，指「抵制」）、「柯打」（「order」的音譯，指「訂單」）、「軨」（「lift」的音譯，即「升降機」）、「肥佬」（「fail」的音譯，指考試不及格）、「AA 制」（指各自付脹）、「做 gym」（指在健身室裏做健身運動）、「打／夾 band」（指樂隊練習）、「ball」（指較隆重的舞會）、「party」（指小型舞會）、「canteen」（與「食堂」相近）等等。這一類詞帶有濃厚的西方色彩，給香港粵語增加了洋化味道，由於構詞形式不符合漢語構詞規則，又限於地區性使用，缺乏普遍性和穩定性，不一定能發展為規範的通用詞。

(3) 粵語詞匯以方言詞為主要組成成分，反映地區概念的詞沒有對應的普通話詞

粵語和普通話由於使用地區不同，粵語詞匯和普通話詞匯裏除了包含着兩者通用的基本詞外，還有相當數量的地區獨有詞，這些詞反映的是當地自然環境和生活文化獨有的概念。例如北方有「炕」，南方沒有，南方一帶產各種各樣的青菜如「菜心」、「勝瓜」、「通心菜」等等，北方沒有。

　　粵方言詞反映的是廣東地區特有的自然環境和生活文化，由此也會影響到造詞和構詞，使粵方言詞在概念反映和詞形結構上都與普通話詞有明顯的分別。最明顯的例子是粵方言詞匯在造詞上冰雪不分。南方天氣不下雪、結冰現象也少見，所以不像以北方話為基礎方言的普通話能明確區別冰、雪的概念，並選用恰當的成分來構造相關概念的詞。按《現代漢語詞典》(2018)，「雪」指「空氣中降落的白色結晶，多為六角形，是氣溫降低到攝氏零度以下時，空氣層中的水蒸氣凝結而成的」，「冰」指「水在攝氏零度或零度以下凝結成的固體」，「雪」和「冰」的共有義素是「零度低溫」，「雪」的特有義素是「水蒸氣凝結成的結晶」，「冰」則是「水凝結成的固體」。普通話詞匯裏，「冰棍兒」、「冰激凌」、「冰箱」、「冰鎮」等都是針對事物的特點，即「水凝結成固體」，以「冰」構造成概念相關的詞，粵方言詞則統以「雪」來造詞，分別是「雪條」、「雪糕」、「雪櫃」、「雪藏」。

　　南方天氣酷熱，廣東地區在樓房建築上有「向外伸出在人行道上的部分」，叫「騎樓」，用來遮住太陽，或供人乘涼，「騎樓」下的人行道叫「騎樓底」，這類詞反映的是由南方氣候而產生的建築特點；廣東人的「飲茶」、「燒臘」、「打邊爐」、「大排（牌）檔」反映的是地區飲食習慣和文化；新年貼的「揮春」不像北方成對的春聯，年初三「赤口」不宜拜年等；把自以為是，看不起別人的行為叫「沙塵」，把利用小技倆來取勝的行為叫「奸茅」，把因老實守規矩而吃虧叫「執輸」；把解僱叫「炒魷魚」。這些都是反映不同於北方生活概念的粵方言詞，在普通話詞匯裏不一定找到相對應的詞。

　　香港地區由於特殊的歷史背景，產生不少香港特有的詞語，如「死火」（意近「糟糕」）、「秘撈」（意近「暗中兼職」）、「執生」（意近

「隨機應變」)、「茄厘啡」(意近「無關重要的小人物」)、「出位」(意近「突出自己」)、「爆肚」(意近「臨時現編的發言」)、「齋啡」(指去糖去奶的咖啡)、「茶走」(指只用煉奶的紅茶)，這些詞大部分都由修辭造詞法造成的，形象意義豐富，反映的都是追求效率、講求變通的都市生活文化概念。這類詞也沒有相對應的普通話詞。

4.2.2 粵、普詞的構詞形式不同

粵語詞匯的構詞方式基本上與普通話詞匯一致，有單純詞和複合詞兩大構詞方式，複合式也分合成式和附加式，但卻出現了不規範的方言語素，語素排列與標準詞不同等等差異。以下說明粵、普詞構詞形式的差異。

(1) 粵語詞匯的單音節詞比普通話多

從詞的語音形式觀察，不難發覺粵語詞匯裏單音節詞比普通話詞匯多。例如：

粵語詞	普通話詞
褲	褲子
襪	襪子
箱	箱子
尾	尾巴
眼	眼睛
味	味道
(林)生	(林)先生
(大)力	力氣(大)
(買)屋／樓	(買)房子
衫	衣服

(2) 粵語詞的語素、合成詞的組合形式與普通話詞不同

a. 表示同一義位，粵語詞用的語素與普通話不同，有的更是方言語素，例如：

粵語詞	普通話詞
嘢	東西
雀	鳥
（今）日	（今）天
琴日	昨天
脷	舌（頭）
（雨）遮	（雨）傘
（豬）潤	（豬）肝
房（間）	房間、屋子
鬧交	吵架
打交	打架
出街	上街
冇	沒有／無
佢	他
呢（個）	這（個）
嗰（個）	那（個）
邊（個）	哪（個）

b. 表示同一義位，粵語一些合成詞的語素與普通話詞相同，但次序顛倒，例如：

	粵語詞	普通話詞
聯合式	配搭	搭配　聯合式
	質素	素質
	私隱	隱私

正偏式　雞公	公雞　偏正式
人客	客人
飯盒	盒飯

(3) 粵語詞匯裏附加式構詞詞綴與普通話詞匯不同

普通話詞以「子」、「兒」、「頭」為典型的名詞後綴，粵語詞除了「頭」以外，以「仔」為普遍使用的名詞後綴。例如：

粵語詞	普通話詞
細路仔	小孩子
孫仔	孫兒
雀仔	鳥兒
歌仔	歌兒
耳仔	耳朵

(4) 粵語詞匯的外來詞形式與普通話詞匯的外來詞不同

a. 粵語和普通話由於語音系統不同，所以音譯外來詞的形式有明顯的差異，例如：

粵語詞	普通話詞
朱古力	巧克力
三文治	三明治
梳化	沙發
摩打	馬達
荷里活	好萊塢

b. 同一個外來概念，粵語採用音譯或意譯的方式和普通話的不一致，例如：

粵語詞	普通話詞
菲林	膠卷

忌廉	奶油
士多啤梨	草莓
貼士	小費
刺身	生魚片
雪糕	冰激凌

c. 同是意譯外來詞，粵語和普通話用的語素不同，例如：

粵語詞	普通話詞
幼稚園	幼兒園
原子筆	圓珠筆
酒店	飯店
冷氣	空調
風筒	吹風機
貨櫃	集裝箱

4.2.3 粵、普詞有的詞形相同，反映的義位卻不相同，例如：

共同詞形	粵語義位	普通話義位
a. 班房	教室、課室	① 舊時衙門里役當班的地方。 ② 監獄或拘留所的俗稱。
b. 馬蹄	荸薺	馬的蹄子。
c. 八卦	① 古代有象徵意義的符號，在《易經》裏有詳細論述。 ② 形容人迷信。 ③ 形容人愛管閒事。	古代有象徵意義的符號，在《易經》裏有詳細論述。

上述例詞中，「馬蹄（變調）」在粵語詞彙和普通話詞彙裏都是單義詞，但所反映的義位卻是毫無關聯。粵語的「班房」是單義詞，普通話的「班房」是多義詞，但所反映的義位都不一樣。粵語的「八卦」是多義詞，普通話的「八卦」是單義詞，粵語「八卦」的第一個義位與普通話的「八卦」相同，其他兩個義位都是粵語特有的。

4.2.4 粵、普詞有些義位相近，但所反映概念的範圍不同

有的粵語詞和普通話詞義位相近，兩個義位有相同的中心義素，但限定義素不同，所以指稱範圍就各有不同。例如粵語詞「肥」和普通話詞「肥」都指「脂肪多」，但普通話的「肥」多了[- 人]的限定義素，指稱範圍限於人以外的動物，適用對象比粵語「肥」的義位少。粵語詞「煲」和普通話詞「煮」都指「把食物放在鍋裏燒」，但普通話詞「煮」含有[- 時間長]的限定義素，搭配對象限於短時間的食物，如「米飯」、「餃子」等（[+ 時間長]的是普通話詞「熬」），「煮」也不與「水」搭配，與「開水」搭配的是另一個普通話詞「燒」；粵語詞「煲」不含時間長短的限定義素，搭配對象可以是各種食物，如時間短的「飯」、「開水」，時間長的「（老火）湯」、「粥」等。

4.2.5 粵、普多義詞的義位沒有對應關係

粵、普多義詞的義位之間沒有對應關係，例如粵語詞和普通話詞「肥」都是多義詞，但幾個義位之間並不存在一一對應的關係。

粵語詞「肥」　　　　　普通話詞「肥」

① 含脂肪多　　　　　① 含脂肪多（一般不用於人）

② 肥沃　　　　　　　② 肥沃

③ 油膩　　　　　　　③（衣服）寬大

普通話「肥」第一、二個義位可與粵語「肥」第一、二義位相對應，但第一個義位的運用範圍不同。普通話「肥」第三個義位卻不能與粵語的「肥」的第三義位相對應，粵語詞匯中只有「膶」的義位能與普通話「肥」這個義位對應，而粵語「肥」的第三義位則與普通話詞「油」、「膩」或「油膩」對應。

4.2.6 粵、普詞的義位歸納和義位所反映語義場不存在一一對應的關係

上述粵語詞「肥」和普通話詞「肥」的義位不能一一對應，與詞義引申，語義場改變有關。粵語詞「肥」和普通話詞「肥」的義位引申同中有異。

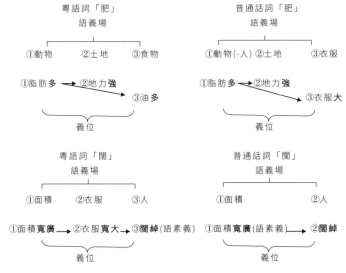

從上述的分析看，「肥」的多個義位以第一義的中心義素「多」為引申基點。粵語「肥」的引申義位「油多」屬於食物的語義場，而普通話「肥」的引申義位「衣服大」屬於衣服的語義場，兩個屬不同

語義場的義位是無法對應的。在衣服的語義場裏，指「寬大」義位的粵語詞是「闊」，但普通話的「闊」則不屬衣服的語義場。

粵、普詞的義位不能一一對應，另外一個原因是在同一語義場裏，粵、普的義位歸納不同。例如在「炊具」的語義場裏，粵語把有底有壁的叫「煲」，炒菜用的、較淺的叫「鑊」，然後可以按不同的用途劃分下位義位，如「飯煲」、「湯煲」、「藥煲」、「茶煲」、「水煲」、「圓底鑊」、「平底鑊」，也可以按物料劃分為「沙煲」、「銻煲」、「不銹鋼煲」、「生鐵鑊」、「熟鐵鑊」。普通話則只有一個通稱義位「鍋」，然後按用途分出「飯鍋」、「火鍋」（裝液體加熱用的），按物料分出「鐵鍋」、「沙鍋」等。

總的來說，從粵、普詞彙的比較分析所得，粵語詞彙和普通話詞彙在構詞、詞義、詞彙組成上都有着同中有異的複雜關係，能存有一一對應關係的詞大抵是兩個語言共有的基本詞，其他的都存在不同程度的差別，因此，教授或學習普通話，使用粵普詞語對比策略時，可考慮從義位、語義場等角度仔細分辨兩個語言的詞語在運用上的差別，以深化詞語學習的層次。

4.3 行業詞和學科詞

行業詞是各種行業的專門詞，學科詞是學科中使用的專門詞。行業用詞和學科用詞都為單義詞，有明顯的詞義系統，不帶任何感情色彩，通用於各個地區，學術用詞更具國際性，通用於國際。例如：

4.3.1 學科用詞

簡單舉例如下：

(1) 哲學：概念、判斷、真假值、矛盾、謬誤、吊詭、唯物、唯心、靈魂、真理。

(2) 教育學：認知、建構、智能、性格、心理、教材、教學計劃、教室管理。

(3) 語言學：輔音、元音、語素、句法、詞匯、構詞、區別特徵、聚合關係。

4.3.2 行業用詞

簡單舉例如下：

(1) 銷售業：產品、推銷、盤點、淡季、市場調查、市場推廣、人事管理。

(2) 金融業：信貸、貸款、利率、利息、股市、地產、基金、債券。

(3) 大眾傳播：報紙、電台、電視台、讀者、聽眾、觀眾、新聞、社論、記者。

第五節 | **本族詞和外來詞**

閱讀重點

1. 認識本族詞和外來詞的本質差異；

2. 認識外來詞的各種形式。

本民族語言的詞叫本族詞，從外國語言和本國其他民族語言中吸收進來的叫外來詞，又稱借詞。

外來詞有以下的形式。

(1) 音譯：般若、浮屠、坦克、樸克、咖啡、沙拉、沙發。

(2) 音譯兼意譯 (音義相關)：休克、苦力、引擎、浪漫、幽默、芒果、維他命。

(3) 半音譯半意譯：蘋果派、摩托車、冰激凌。

(4) 音譯加漢語語素：吉普車、樸克牌、啤酒、卡通片、高爾夫球、乒乓球。

(5) 借形：借形指直接借用外來詞的詞形。有以下幾種。

a. 借用日文的漢字書寫形式，例如：

「革命」、「文明」、「具體」、「主義」、「主觀」、「金融」、「元素」、「寫真」、「原理」、「經驗」。

b. 借用拉丁字母，例如：

「DNA」、「UFO」、「CD」、「DVD」、「WTO」、「WHO」、「SARS」。

c.　借用拉丁字母，在加上漢語語素，例如「AA 制」、「三 K 黨」、「T 恤衫」。

外來詞的詞形有由音譯式改為意譯式的傾向，這是一種漢化的過程。例如「梵啞鈴」由「小提琴」所取代，「賀爾蒙」為「激素」所取代，「鐳射」為「激光」所取代。

熟語：成語、諺語、歇後語、慣用語

閱讀重點

1. 認識熟語的特點；

2. 分辨四種特質不同的熟語：成語、諺語、歇後語、慣用語。

現代漢語詞匯指現代漢語的詞語總和，包括詞和語兩大類。

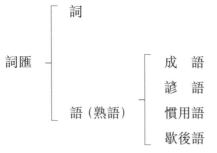

前幾節談的是詞，這一節介紹的是熟語。熟語結構定型，反映的是融合的語義，這跟語法上的一般短語不同。熟語由兩個或以上的詞組成，結構和一般短語相似，但一般短語的結構多為臨時性的，表達的是詞語的概念相加，如「開出租車」、「咬口香糖」、「坐火車」等是分別由動詞「開」、「咬」、「坐」與其他名詞臨時組成的述賓短語，可以加插其他詞語，如時態助詞「了」、「着」、「過」，

也可以加入修飾成分，如「開了一輛出租車」、「咬着幾塊口香糖」、「坐過不同的火車」，這些成分的加插，只是擴充意義，不會改變整體語義基礎。熟語如「開夜車」、「咬牙切齒」、「坐山觀虎鬥」等，則以定型的結構反映一個融合的語義，不能隨意增減成分，如「開過幾輛夜車」、「咬着上下牙、切着上下齒」、「坐過山觀過幾頭虎鬥」，增加了成分，則改變了原來的語義。這些熟語，在語法上叫做固定短語，在詞匯上，其反映概念的功能，相當於一個詞。

　　熟語包含成語、諺語、歇後語和慣用語幾個類別。

6.1 成語

6.1.1 成語的特點

　　成語最大特點是大部分的成語都有出處的，而且形式整齊，多為四字格的形式，音律和諧，講求兩兩相對的形式，具有明顯的漢民族特色。例如：

守株 / 待兔	聞雞 / 起舞	坐井 / 觀天
化險 / 為夷	唯利 / 是圖	走馬 / 看花
實事 / 求是	汗流 / 浹背	七零 / 八落

6.1.2 成語的來源
來自神話寓言、歷史事件

　　成語如「女媧補天」、「補天浴日」來自《淮南子》，「夸父逐日」、「精衛填海」來自《山海經》，「畫龍點睛」來自《神異記》；「自相矛盾」來自《韓非子》的寓言故事，「掩耳盜鈴」來自《呂氏春秋》的寓言，「狐假虎威」、「畫蛇添足」來自《戰國策》。這些來自神話寓

言的成語大多數可以在先秦書籍裏找到出處，含有凝煉的文言色彩及豐富的哲理內涵，有發人深省的效果。

一些成語來自對歷史人物、歷史事件的概括，如「一鼓作氣」來自《左傳·曹劌論戰》，「負荊請罪」來自《史記》廉頗和藺相如的故事，「指鹿為馬」來自《史記·秦始皇本紀》趙高和胡亥的故事，「聞雞起舞」來自《晉書·祖狄傳》，「東山再起」來自《世說新語》謝安隱居復出的故事。這些成語概括了歷史人物行事為人的精神，在引申使用時，往往給人嚴肅隆重的感覺。

來自神話寓言、歷史事件的成語，四字結構包含了一個個內容豐富的典故，具有深厚的漢文化特色，給語言表達加添文雅精煉的色彩。

來自詩文語句、民間俗語

一些成語提取自歷代詩文語句，例如「愛屋及烏」來自《尚書》，「窈窕淑女」來自《詩經》，「實事求是」來自《漢書·河間獻王傳》，「知己知彼」來自《孫子》，「妄自菲薄」來自諸葛亮的《出師表》，「虛無縹緲」來自白居易的《長恨歌》，「悲歡離合」來自蘇軾的《水調歌頭》。

有一些見於書面記載的成語來源是百姓的口頭創造。例如「投鼠忌器」載於《漢書·賈誼傳》「俚諺曰：『欲投鼠而忌器』」；「桃李不言，下自成蹊」見《史記·李將軍列傳》「諺曰：『桃李不言，下自成蹊』」；「生吞活剝」語見《大唐新語·諧謔》「有棗強尉張懷慶，好偷名士文章……人為之諺曰：『活剝王昌齡，生吞郭正一』」。這些成語源自民間諺語，後來提煉成四字格的成語，結構凝固，語義精煉。

來自詩文語句、民間諺語的成語比較顯淺易明，帶有輕鬆活潑的特點。

來自外語

不同的語言接觸會產生文化交流，漢語也從佛教文化傳入的過程中，藉着佛經翻譯吸收了一些外來成語，這些成語久經使用，已經完全漢化，我們也不容易覺察其借入的痕跡。例如「五體投地」、「現身說法」、「想入非非」、「夢幻泡影」、「大千世界」、「曇花一現」、「一塵不染」等等都源自佛教教義，而在使用時往往給賦予了新的含義。有小部分成語吸收自外西方語言，如「三位一體」、「以眼還眼，以牙還牙」吸收自《聖經》，「殺雞取卵」吸收自《伊索寓言》，「天方夜譚」吸收自阿拉伯故事。

這些來自外語的成語，在使用的過程中已融進了漢語的既有文化，跟其他成語一樣，具有言簡意賅的效果。

現代創新

詞彙中有新詞的產生，成語也有新創的成員。這些現代新創的成語，大多數具有四字格的形式，但不都含有典故或詩文的淵源，例如「力爭上游」、「堅毅不屈」、「獨立自主」、「勇往直前」等等。

6.2 諺語

諺語又叫俗語、俗話，是流傳於民間口語的熟語，形式多變，含有傳授前人知識和經驗的教化目的。口口相傳是諺語的流傳方式，也有些古諺見於古籍的引述，如「寧為雞口，莫為牛後」見於《戰國策・韓策一》，蘇秦引用它來說服韓國國王不要上秦國的當；

「天無三日晴，地無三里平」見於明朱國楨《涌幢小品卷十五》，作者引用諺語來記述貴州的地理特點。

來自民間口語的諺語，形式活潑，語義顯淺，跟成語典雅深刻的風格截然不同，以下是一些例子：

成語	諺語
見異思遷	這山望得那山高
吹毛求疵	雞蛋裏挑骨頭
孤掌難鳴	一個巴掌拍不響

以下都是一些耳熟能詳的諺語，含有自生活中提煉出來的經驗和哲理：

(1) 失敗乃成功之母

(2) 情人眼裏出西施

(3) 真金不怕紅爐火

(4) 巧婦難為無米炊

(5) 明人不做暗事

(6) 女大十八變

(7) 好馬不吃回頭草

(8) 人不可以貌相，海不可以斗量

(9) 不求有功，但求無過

(10) 比上不足，必下有餘

(11) 明知山有虎，偏向虎山行

(12) 長江後浪推前浪，一輩新人換舊人

(13) 不到黃河心不死

(14) 不登長城非好漢

從上述例子可以看到，諺語的結構形式很多樣化，甚至有單

句、複句、緊縮複句等形式。

6.3 歇後語

歇後語是口頭熟語，由兩部分組成，有的前面的部分說出一個事物或現象，後面的部分用一個相關的詞語加以解說，有的前面的部分是個比喻，後面的部分是意義的解釋，造成近似謎面和謎底的效果，富於形象和暗示，引發人們的聯想，帶有隱語性質，富幽默感。例如：

(1) 八仙過海 —— 各顯神通

(2) 泥菩薩過江 —— 自身難保

(3) 同檯吃飯 —— 各自修行

(4) 鐵公雞 —— 一毛不拔

(5) 牆上的草 —— 隨風倒

(6) 過河拆橋 —— 忘恩負義

(7) 吃鹹魚蘸醬油 —— 多此一舉

(8) 外甥打燈籠 —— 照舅（「舅」諧音「舊」）

(9) 和尚打傘 —— 無法無天（「法」諧音「髮」）

(10) 東邊日出西邊雨 —— 道是有晴卻無晴（「晴」諧音「情」）

(11) 打破沙鍋 —— 璺到底（「璺」諧音「問」）

(12) 自行車下坡 —— 不用踩（「踩」諧音「睬」）

上面例 (8) 至例 (12) 是諧音歇後語，是利用詞的同音、近音現象構成的。

6.4 慣用語

慣用語也是口頭熟語，多為三字格的結構，用比喻方式反映一

個完整的複雜概念，例如：

(1) 開夜車：晚上工作或學習。

(2) 扯後腿：在工作上暗下手腳給別人設置障礙。

(3) 走下坡：事業下滑，變得衰落。

(4) 碰釘子：碰壁，做事遇到障礙，不順利。

(5) 潑冷水：打擊別人的熱情和信心。

(6) 半瓶醋：只懂皮毛的知識又好表現的人。

(7) 炒魷魚：解僱。

(8) 嚐甜頭：得到好處。

(9) 揹黑鍋：替人承擔過錯。

(10) 打落水狗：打擊失敗者。

慣用語很有時代感，語帶諷刺，反映的都是當時社會的思想感情，與老百姓生活密切相關。

成語、諺語、歇後語和慣用語都屬熟語，其中有同有異，下表簡單比較四種熟語的異同。

	成語	諺語	歇後語	慣用語
來源	1. 大部分來自先秦古籍，也有來自後來朝代的。 2. 典故性成語來自古代寓言故事、神話傳說及歷史故事 3. 非典故性成語來自詩文。	產生並流行於民間	是古已有之的語言遊戲，有的來自詩歌，有的來自民間口語。	1. 來自民間口語。 2. 常產生新的，淘汰舊的。

	成語	諺語	歇後語	慣用語
特點	文言色彩濃厚，音節整齊，以四字格為主要形式。	以口語形式為主，形式多變。	口語性強，由兩部分組成，前一部分是引子，相當於謎面，後一部分是對前一部分的注釋或說明，相當於謎底。	口語語體色彩濃厚，以三字格為主，也有四字格。
表義	真實意義隱藏於字面意義背後。	以傳授知識，人生經驗為主。	以幽默的方式表達生活經驗或對生活的態度。	以比喻的方式表達整體概念，語帶諷刺，與當代生活密切相關。
例子	守株待兔、畫龍點睛、曇花一現、生吞活剝。	這山望得那山高；聽其言，觀其行；里姻緣一線牽；由儉入奢易，有奢入儉難。	牆上的草—隨風倒；吃鹹魚蘸醬油—多此一舉；繡花枕頭—外面好看裏面空。	半瓶醋；咬耳朵；老江湖；坐冷板凳；打退堂鼓；勒緊褲腰帶。

第八節 ｜ **本章練習**

　　檢查以下句子中成語的運用是否正確，並解釋錯誤，然後改正句子。

1. 今年的電影千篇一律，沒有新意。
2. 演唱會完了，觀眾人山人海地從體育館裏走出來。
3. 人肩接踵的旺角真的水洩不通，人們都沐猴而冠。

參考答案

1. 今年的電影千篇一律，沒有新意。

正確。

參考資料：

一千篇文章都一個樣。指文章公式化。也比喻辦事按一個格式，非常機械。南朝梁・鐘嶸《詩品》卷中："張公雖複千篇，猶一體耳。"宋・蘇軾《答王庠書》："今程試文字，千人一律，考官亦厭之。"

2. 演唱會完了，觀眾人山人海地從體育館裏走出來。

錯誤之處："人山人海"不用作狀語。

修改建議：演唱會完了，觀眾陸續陸續從體育館裏走出來，館外變得人山人海。

參考資料：

人群如山似海。形容人聚集得非常多。明・施耐庵《水滸全傳》第五十一回："每日有那一般打散，或是戲舞，或是吹彈，或是歌唱，賺得那人山人海價看。"

3. 人肩接踵的旺角真的水洩不通，人們都沐猴而冠。

錯誤之處：

(1)「摩肩接踵」寫成「人肩接踵」，詞形錯誤。「摩肩接踵」形容人（適用對象），不形容地方（適用對象錯誤），詞語搭配錯誤。

(2) 誤解「沐猴而冠」的意義，運用錯誤。

修改建議：旺角真得水洩不通，人們摩肩接踵，擠得汗流浹背。

「摩肩接踵」參考資料：

肩碰着肩，腳碰着腳。形容人多擁擠。《戰國策·齊策一》：“臨淄之途，車轂擊，人肩摩。”《宋史·李顯忠傳》：“入城，宣佈德意，不戮一人，中原歸附者踵接。”

「水洩不通」參考資料：

洩：排泄。像是連水也流不出去。形容擁擠或包圍的非常嚴密。宋·釋道原《景德傳燈錄》：“德山門下，水泄不通。”

「沐猴而冠」參考資料：

沐猴：獼猴；冠：戴帽子。猴子穿衣戴帽，究竟不是真人。比喻虛有其表，形同傀儡。常用來諷刺投靠惡勢力竊據權位的人。《史記·項羽本紀》：“人言楚人沐猴而冠耳，果然。”

「汗流浹背」參考資料：

浹：濕透。汗流得滿背都是。形容非常恐懼或非常害怕。現也形容出汗很多，背上的衣服都濕透了。《史記·陳丞相世家》：“勃又謝不知，汗出沾背，愧不能對。”《後漢書·伏皇后紀》：“操出，顧左右，汗流浹背。”

參考文獻

一. 語法

1. 曹逢甫著、謝天蔚譯（1995）:《主題在漢語中的功能研究》,北京,語文出 版社。

2. 陳建民（1984）:《漢語口語》,北京,北京出版社。

3. 范開泰（1985）:〈語用分析說略〉載於《中國語文》。

4. 程徵祥、田小琳（1989）:《現代漢語》,香港,三聯書店。

5. 丁聲樹等著（1961）:《現代漢語語法講話》,北京,中國語文雜誌社。

6. 房玉清（1992）:《實用漢語語法》,北京,北京語言學院出版社。

7. 胡明揚主編（1996）:《詞類問題考察》,北京,北京語言學院出版社。

8. 胡裕樹（1982）:〈試論漢語句首的名詞性成分〉載於《語言教學與研究》1982 年四期。

9. 胡附、文鍊（1990）:《現代漢語語法探索》,北京,商務印書館。

10. 胡裕樹（1992）:〈語法研究的三個平面〉載於《語文學習》第 1 期。

11. 胡裕樹（1996）:《現代漢語》（增訂本）,香港,三聯書店。

12. 胡裕樹、范曉主編（1996）:《動詞研究綜述》,山西,山西高校聯合出版社。

13. 李艷（2010）:〈論現代漢語 AA 式重疊〉載於《徐州師範大學學報（哲學社會科學版》第 36 卷第 4 期,頁 55-57

14. 廖秋忠（1991）:〈篇章與語用和句法研究〉載於《語言教學與研究》1991 年,第 4 期。

15. 陸儉明、馬真（1985）:《現代漢語虛詞散論》,北京,北京大學出版社。

16. 陸儉明（1992）:〈漢語句法分析的嬗變〉載與《中國語文》,總第 231 期。

17. 陸儉明（2003）:《現代漢語語法研究教程》,北京,北京大學出版社。

18. 陸志韋（1964）:《漢語的構詞法》,科學出版社。

19. 呂叔湘（1955）:〈關於漢語詞類的一些原則性問題〉載於《漢語的詞類問題》,中華書局。

20. 呂叔湘（1955）:〈從主語賓語的分別談國語句子的分析〉見於《漢語語法論文集》。

21. 呂叔湘（1982）:《中國文法要略》,北京,商務印書館。

22. 呂叔湘（1979）:《漢語語法分析問題》載於呂叔湘（1989）《呂叔湘自選集》,上海,上海教育出版社。

23. 呂叔湘（1999）:《現代漢語八百詞》（增訂本）,北京,商務印書館。

24. 吳為章 (1988):《句群與表達》,北京,中國物資出版社。

25. 吳為章、田小琳 (2000):《漢語句群》,香港,商務印書館。

26. 歐陽覺亞 (1993):《普通話廣州話的比較與學習》,北京,中國社會科學出版社。

27. 湯廷池 (1979):《國語語法研究論集》,台灣學生書局。

28. 王力 (1985):《中國現代語法》,北京,商務印書館。

29. 文煉 (1986):〈句子種種 —— 談談句子和語境的關係〉載於《中文自修》1986 年第 6 期。

30. 文煉 (1996):〈談談漢語語法結構的功能解釋〉載於《中國語文》1996 年第 6 期(總第 225 期)。

31. 向若 (1984):《緊縮句》,上海,上海教育出版社。

32. 袁家驊 (1984):《漢語方言概要》,北京,文字改革出版社。

33. 趙元任著,丁邦新譯 (1980):《中國話的文法》,香港,中文大學出版社。

34. 張斌 (1998):《漢語語法學》,上海,上海教育出版社。

35. 張斌主編 (2000):《現代漢語 實詞》(上海普通高校「九五」重點教材),上海,華東師範大學出版社。

36. 張斌主編 (2000):《現代漢語 虛詞》(上海普通高校「九五」重點教材),上海,華東師範大學出版社。

37. 張斌主編 (2000):《現代漢語 短語》(上海普通高校「九五」重點教材),上海,華東師範大學出版社。

38. 張斌主編 (2000):《現代漢語 句子》(上海普通高校「九五」重點教材),上海,華東師範大學出版社。

39. 張斌主編 (2000):《現代漢語 語法分析》(上海普通高校「九五」重點教材),上海,華東師範大學出版社。

40. 張斌主編 (2002):《新編現代漢語(普通高等教育「十五」國家級規劃教材),上海,復旦大學出版社。

41. 張斌 (2003):《現代漢語(中央廣播電視大學教材)》,北京,中央廣播電視大學出版社。

42. 張斌主編（2010）：《現代漢語描寫語法》，北京，商務印書館。

43. 張誼生（2000）：《現代漢語副詞研究》，上海，學林出版社。

44. 張志公主編（1982）：《語文論壇》，北京，知識出版社。

45. 朱德熙（1985）：《語法答問》，北京，商務印書館。

46. 朱德熙（1982）：《語法講義》，北京，商務印書館。

二．詞匯

1. 本書編輯組（1995）：《詞匯學新研究（首屆全國現代漢語詞匯學術討論會選集）》，北京，語文出版社。

2. 陳寶勤（2002）：《漢語造詞研究》，成都，巴蜀書社。

3. 陳光磊（1994）：《漢語詞法論》，上海，學林出版社。

4. 符淮青（1985）：《現代漢語詞匯》，北京，北京大學出版社。

5. 符淮青（1996）：《詞義的分析和描寫》，北京，語文出版社。

6. 何靄人（1985）：《普通話詞義》，上海，上海教育出版社。

7. 洪篤仁（1984）：《詞是甚麼》，上海，上海教育出版社。

8. 蔣紹愚（1989）：《古漢語詞匯綱要》，北京，北京大學出版社。

9. 蔣紹愚（2000）：《漢語詞匯語法史論文集》，北京，商務印書館。

10. 利奇（Leech, G.）李瑞華等譯（1987）：《語義學》，上海，上海外語教育出版社。

11. 李如龍、蘇新春編（2001）：《詞匯學理論與實踐》，北京，商務印書館。

12. 劉叔新（1990）：《漢語描寫詞匯學》，北京，商務印書館。

13. 呂叔湘（1999）：《現代漢語八百詞（增訂本）》，北京，商務印書館。

14. 任學良（1981）：《漢語造詞法》，北京，中國社會科學出版社。

15. 史存直（1989）：《漢語詞匯史綱要》，上海，華東師範大學出版社。

16. 蘇新春（1992）：《漢語詞義學》，廣東，廣東教育出版社。

17. 王寧、鄒曉麗（1998）：《詞匯》，香港，和平書局・海峰出版社。

18. 伍謙光（1992）：《語義學導論》，湖南，湖南教育出版社。

19. 徐烈炯（1990）：《語義學》，北京，語文出版社。

20. 袁家驊（1984）：《漢語方言概要》，北京，北京文字改革出版社。

21. 曾子凡（1995）：《廣州話、普通話語詞對比研究》，香港，香港普通話研習社。

22. 張永言（1982）：《詞匯學簡論》，武昌，華中工學院出版社。

23. 張致毅、張慶云（2001）：《詞匯語義學》，北京，商務印書館。

24. 趙元任著，丁邦新譯（1980）：《中國話的文法》，香港，中文大學出版社。

25. 周有光（1978）：《漢字改革概論》，澳門，爾雅出版社。

26. Lyons, J. (1977), Semantics：1 .London：Cambridge University Press.

三. 語言學習

1. 曹明海（1998）：《追問與發現 —— 語文學習心理論》，青島，青島海洋大學出版公司。

2. 戴昭銘（1994）：《規範語言學探索》，哈爾濱，《北方論叢》編輯部出版。

3. 國家對外漢語教學領導小組辦公室漢語水平考試部（1996）：《漢語水平等級標準與語法等級大綱》，北京，高等教育出版社。

4. 靳洪剛（1994）：《語言發展心理學》，台北，五南圖書出版公司。

5. 李芳杰（1993.）：《漢語語法和規範問題研究》，武漢，武漢大學出版社。

6. 彭聃齡（1991）：《語言心理學》，北京，北京師範大學出版社。

7. Pinker, S 著，洪蘭譯（1998）：《語言本能》，台北，商業周刊出版股份有限公司。

8. 香港課程發展議會（2002）：《中國語文教育學習領域課程指引（小一至中三）》，香港，香港印務局。

9. 曾子凡（1982）：《廣州話、普通話口語詞對譯手冊》，香港，三聯書店。

10. 曾子凡（1995）：《廣州話、普通話語詞對比研究》，香港，香港普通話研習社。

11. 朱曼殊（1990）：《心理語言學》，上海，華東師範大學出版社。